PARIS The Memoir

パリス・ヒルトン
村井理子 訳

太田出版

私が生まれた家族、私が築いた家族、
そしてその過程で私が出会ってきた家族。
すべての人たちに愛を込めて。

CONTENTS

II サバイバル

III

スタートアップ　251

Ⅳ　リブランディング

ヒルトン家の家系図

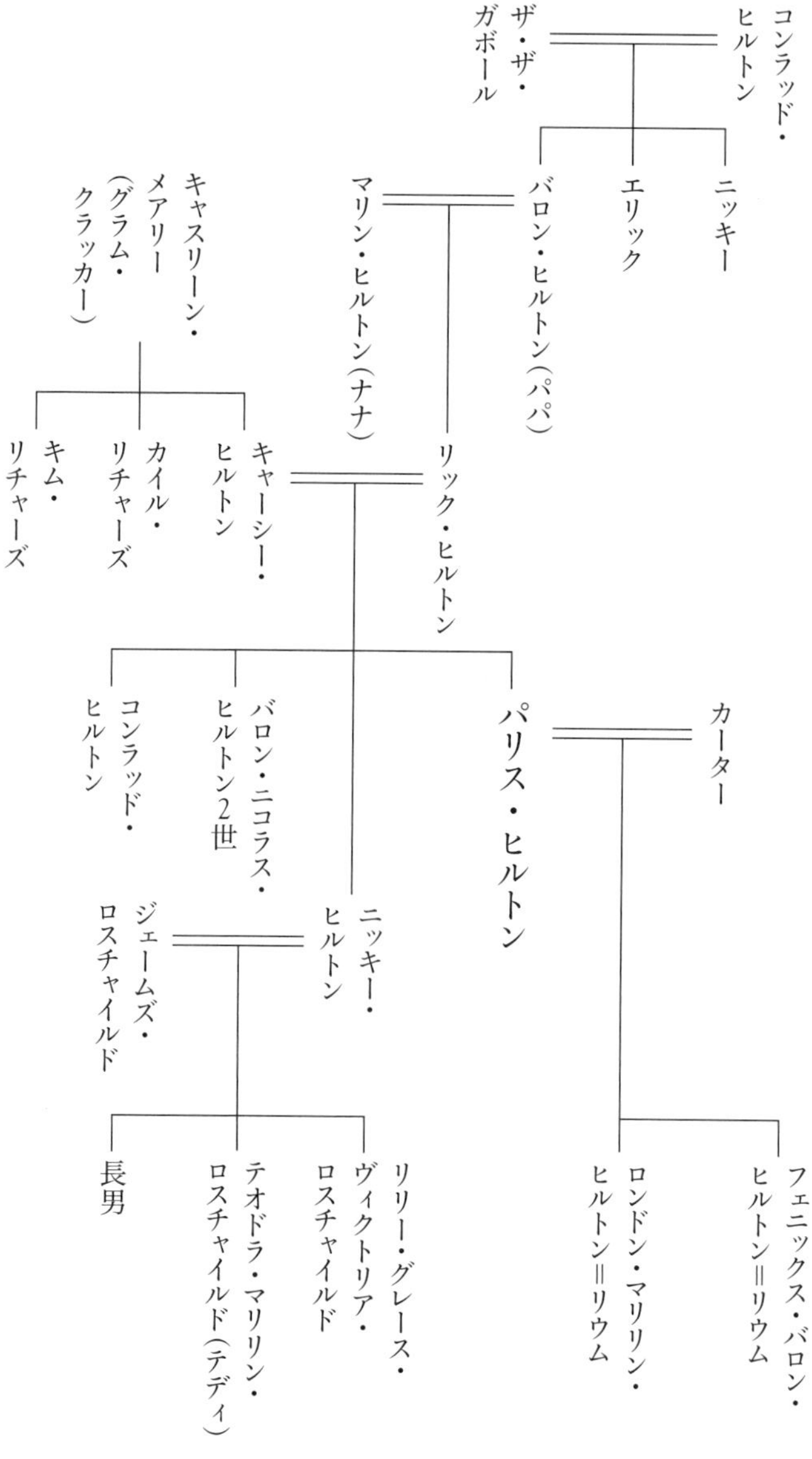

コンラッド・ヒルトン
ザ・ザ・ガボール
ニッキー
エリック
バロン・ヒルトン（パパ）
マリン・ヒルトン（ナナ）
キャスリーン・メアリー（グラム・クラッカー）
リック・ヒルトン
キャーシー・ヒルトン
カイル・リチャーズ
キム・リチャーズ
カーター
パリス・ヒルトン
バロン・ニコラス・ヒルトン2世
コンラッド・ヒルトン
ニッキー・ヒルトン
ジェームズ・ロスチャイルド
フェニックス・バロン・ヒルトン＝リウム
ロンドン・マリリン・ヒルトン＝リウム
リリー・グレース・ヴィクトリア・ロスチャイルド
テオドラ・マリリン・ロスチャイルド（テディ）
長男

プロローグ

『Driven to Distraction』（注意力散漫）の著者エドワード・ハロウェル博士は、ＡＤＨＤ（注意欠陥・多動症）の人の脳はフェラーリに自転車のブレーキがついているようなものだと言う。パワフルだけど、コントロールが難しいという意味だ。ＡＤＨＤである私はケータイを頻繁になくすけれど、ＡＤＨＤは私そのものだから、自分の人生を愛そうと思うのなら、ＡＤＨＤだって愛さなくてはならない。

私は自分の人生を愛している。

２０２２年６月。生涯で最高の時間を過ごしている。隣人であり、友人のクリスティーナ・アギレラがLA Pride（ロサンゼルスで開催されるＬＧＢＴＱ＋の人たちのためのフェスティバル）のシークレットゲストとして私を招待してくれた。スタッフがＤＪ機材を運び出してくれた。とても緊張していたし、舞い上がっていたから、靴を履くのも忘れて家を出て、タンクトップとベロアのトラックパンツと靴下でバックステージに向かった。それより最悪だったのは、更衣室を間違えたこと。私を見つけて喜びの声をあげたバックダンサーたちが着替えをしていたのだ。

みんなが自撮りを始めた。もちろん。

自撮りは、絶対に自分ですることにしている——その人のカメラを私が持てば、角度を下向きにできるから。私は背が高いからこれは大事。だって、下から鼻の穴を写されたら嫌だし、カメラを握る誰かの手が緊張だとか、シャイだからとかで震えていたら上手に写らない。私も完全にシャイなタイプだから、「楽しい！　大好き！　スリヴィング！（訳注：Sliving=slaying＋livingで、パリスが作りだした造語）」って言いながら撮影して、靴下のままで、夫のカーターが「ユニコーンのトロット」と呼ぶ走り方で先を急いだ。完全に走っているわけではなく、ギャロップよりも優雅で、スキップというよりはダンスのようなもの。私はゆっくり動くのが苦手だ。

この日、私はプライドパレードにクリスティーナ、そしておよそ3万人の人々と参加していた。虹色に輝く衣装をまとい、踊り、誰もが笑顔で互いを抱きしめ合い、昨年の私たちの結婚式で歌ってくれた、キム・ペトラス（ドイツ生まれのシンガーソングライター）の直後に始まった私のセットで、最高の時を過ごした。キムは『Stars Are Blind』をバラードで、そしてカーターと私が式場の通路を一緒に歩いた際には『Can't Help Falling in Love』を歌ってくれた。この曲は先週、悪夢のような数年を乗り越えたブリトニー・スピアーズの結婚式でも演奏された。アイコニックなエルヴィス・プレスリーの曲と共に、あの美しい天使のような花嫁が現れ、通路をヴェルサーチの衣装で（わかるでしょ。当然、**ヴェルサーチ**）歩いたときには、思わず涙が出てしまった。この曲はベガスの結婚式で何百万回も演奏されてきた。祖父バロン・ヒルトンは、1969年にラスベガス・ヒルトン・インターナショナルのショーでエルヴィスを起用し、ベガス・レジデンシー（訳注：アーティストがラスベガスにあるホテルで定期公演を行うこと）を流行させて、のちにそのショーがブリトニーやその他多くの革新的なアーティストが活躍できる場の定番にした。これはひとりの人間の創造的ビジョンが多くの天才たちを集め、未来を切り拓いた完璧な例だと言える。

もうひとりの完璧な例。それは私の曽祖父コンラッド・ヒルトン。

ちょっと待って。私、何の話をしていたっけ？

プライド！

この観衆。信じられない。エネルギー。愛。光、不屈の魂。

私はDJ機材の前にいた。クールな人をたくさん乗せた宇宙船を、銀河系で操縦している気分。私のセットはブリトニーの『Toxic』のような象徴的な曲と、クリスティーナの『ジニー・イン・ア・ボトル』や『Queen of the Night』のビートブレーカー・リミックス、そしてその他多くの最高なオリジナル曲で構成されていた。ポッドキャストかYouTubeにアップすべき。だって、すごく楽しいから（自分へのメモ：この本のプレイリストを作ること）。自分のセットにすごく集中していたから（自分へのメモ：プレイリストにウルトラ・ナテを入れること）、ほぼ裸のバックダンサーたちとセルフィーを撮影したトレーラー内のカウンターにケータイを忘れてきてしまったことを、セットの真ん中を過ぎるまで気づくこともなかった。

ファック。

ファックばかり言わないように注意はしている。もったいないから。どんなときにも使えるから。名詞。動詞。仕事の内容。

空白を埋めよう。ファックは一日を救う。だから、**ファァァァァァァック！**　ケータイがなければなにもできないし、拾った誰かが、中身をインターネットにぶちまけるんじゃないかって被害妄想がひどい。今までそれが起きたのは一度だけではない。だから、私の親友で守護天使のクレイドがトレーラーまで戻って迷子のケータイを拾ってきてくれて、私はＤＪのセットを終了して、みんなとソーホー・ハウス・ダウンタウンでクリスティーナが開いたアフターパーティーに行けたのは最高だった。

私は今、愛するみんなと家にいる。ダイヤモンド・ベイビー、スリヴィントン、クリプト、イーサー、それからオールドガールのチワワ『ハラジュク・ビッチ』。

ねえみんな、ハラジュク・ビッチを応援してよ！

彼女、22歳だよ。犬の１歳は人間の７歳だから、１５４歳なんだって！　１日23時間眠り、見た目はまるで『グレムリン』のギズモだけれど、それでも最高の暮らしを楽しんでいる。いつか彼女が永遠の眠りにつくことは知っている。その日のことを考えると怖くなるし、時々頭のなかにそんな考えが勝手に侵入してくるのが大嫌い。侵入思考は私の敵で、私をハイにしてくれる友人と参加している素晴らしいイベントの最中でさえ、私がお風呂に入り、絶対に手順を飛ばさないスキンケアルーティーンが終わるのを夫がベッドで辛抱強く待っている時でさえ、私の喜びを邪魔してくる。

妹と私は、幼い頃から母にスキンケアの価値を教え込まれた。その心地よい儀式はいつも母を思い起こさせる。スキンケアは、正しく行えば、不愉快な世界に優しい時間をもたらしてくれる。マスクを外し――勇敢な顔、面白い顔、厳しい顔、キャンディでコーティングされた顔――浄化され、活気が戻った自分自身の顔を見る。それは、「私はこれで大丈夫」と思う経験になる。洗顔直後は、すべてに対して敏感だ。まるで生まれたての赤ちゃんが新鮮な空気に初めて触れたときのように。

ある朝、キム・カーダシアンと一緒に、シリアルを添えたフレンチ・トーストとフリッターを作っていたときのことだ。「パーティーばかりやっているのに、あなたほど美しい人を見たことがないわ」と彼女は言った。

スキンケア。これは大真面目に。私の物語から何も得られなかったとしても、これだけは覚えておいて。**スキンケアは神聖なもの**。1990年代にコカインをやっていた女性の多くは、2000年代中盤にはボロボロになっていた。その姿は私にとって強い抑止力になった。一度もやったことがないとは言わないけれど、自分の肌を犠牲にしようとまでは思わなかった。同じことがタバコにも言える。シャベルで自分の顔をぶん殴ったほうがマシ。

最近の私の唯一の悪い癖はスプレータンニング（訳注：小麦色の肌を作るために塗料をスプレーする）だ。妹のニッキーは我慢できないようだけれど、私は少し病みつきになっている。これ以外では、カーターも私も、健康とスキンケアには力を入れている。私たちはいつも「永遠は十分じゃない」って言っている。自分自身を手入れすることは、お互いの愛のためにやっていること。私たちはお互いの素晴らしい人生を少しでも長続きさせたい。

私がフリッタータをオーブンに入れ、かわいくて小さなペンギンのタイマーをセットすると、キムが「さあ、この12分で片付けをするわ。**キッチンを使う度にきれいにするのがルール**」と言った。

私の唯一のルールはスキンケア。日焼け止めは11番目の掟。

それがADHDにどんな関係があるの？　って思うでしょうね。

関係なんてない。同時に、すべてが関係あると言える。どんなものだって、関係している。ADHDはとても疲れるし、気分爽快。神様が私をそう作ったのだから、それで正しいに違いない。

夫のカーターがADHDの意味を完璧に理解しているわけではないけれど、それでも彼は、私の人生で初めて、そして唯一、理解しようと努力してくれた男性だ。付き合い始めた頃には、長い時間と労力をかけてADHDについて調べてくれた。男性が私のためにしてくれたことの中で、最も確かな愛に満ちた行いだった。ほとんどの人がため息をつき、指でテーブルをコツコツと叩き、私の人生の終わりなき空回りに巻き込まれることが、どれほど耐えられないかを見せてくる。カーターは、ただ受け入れてくれる。ほとんどの人が大惨事と思うことを、カーターはお祭りだと考えてくれる。もちろん彼だってイラつくことはあるけれど、私に信念を捨てさせるようなことはしない。

カーターはベンチャーキャピタリストだ。弟のコートニーと立ち上げたM13はユニコーン——10億ドル以上の価値のある新興企業——と呼ばれるローシーズ、リング、そしてデイリー・ハーヴェストといった企業と関わっている。カーターはユニコーンの訓練士のような人だ。彼は感情に影響されやすく、前向きな考えを持っていて、ボスになるのは好きだけど、人当たりの優しい男性だ。私たちが11:11 Media（訳注：パリス・ヒルトンが創立したグローバル・メディア・コンテンツ企業）の取締役会議に参加していたとする。私が即興のInstagramの動画を撮影するための新しいツールについて、どのようにスタイリングできるか、制作できるか、どんなに楽しく、アクセスしやすい方法で提供できるか、マーケティングできるか、私だったらどのようにして相互プロモーションのコンテンツとして宣伝するか、マスコットがかわいいカワウソだったりナマケモノだったりカンガルーだったりなんてのはどうかな……なんて言い出したとする。

カーターは私のほうに身を寄せて、耳元でこう囁く。「ベイブ」。

嫌な言い方ではなく。ただ、私を元の話に引き戻すために。

少し前のことだけれど、『The Disruptors』というドキュメンタリーで、ADHDを持つ非凡な人の一人として、ラッパーのウィル・アイ・アム、トレーナーのジリアン・マイケルズ、歌手のジャスティン・ティンバーレイク、ジェットブルー航空やイケアの創業者スティーブ・マデン、体操選手のシモーネ・バイルズ、歌手のアダム・レヴィーン、フットボール選手のテリー・ブラッドショー、宇宙飛行士のスコット・ケリー、俳優のチャニング・テイタムらと共に、私も紹介された。彼ら以外にもADHDの有名人は大勢いる。このドキュメンタリーには、ADHDの科学を発展させたハロウェル博士や、心理学者、神経学者が登場する。このドキュメンタリーは、ADHDに対する誤解やスティグマに真正面から問題提起を投げかけている。

ADHDの脳の構造と機能は、生き残り、食料を見つけ、子孫を残すためにやり手でいることが求められた時代に逆戻りしているようなものなのだ（視覚的てがかり：女優のラクエル・ウェルチが映画『恐竜100万年』で演じた洞穴の女性が、その代表）。衝動、集中、抑制を司る前頭葉が小さいのは、原始時代のやり手が、恐怖を感じることなく本能のままに反応しなければならなかったから。神経経路が同じルートで繋がらず成熟しないのは、原始時代のバッドアスの女王にとって、ベリーを摘むことや剣歯虎《けんしこ》を殺すことのほうが、小説を読むより重要だったからだ。眠りを調整し、脳細胞間のコミュニケーションを促進する強力な化学物質であるドーパミンとアドレナリンは、ゆっくりと放出されている。小さな音にも反応して起きなければならなかったからだ。

現代の世界において私は、子どもの5%、大人の2・5%の人々と同じ、原始的なタイプのやり手だ。今の世界では服従と順応が求められている。愛する人が望むような、きちんとした人になろうと望んだとしても、私たちには無理なのだ。私たちは、ありのままの自分を受け入れるか、それとも誰か他の人になろうとして死ぬしかない。

ＡＤＨＤの利点は、創造性、洞察力、立ち直る力、そしてブレインストーミングの能力だろう。私はダメージコントロールに長《た》けている。なぜなら、自分自身が常に物をなくしたり、遅刻をしたり、誰かをいらだたせたりしているからだ。私はマルチタスクが得意。長時間ひとつのことに集中することが苦手だから。集中できる時間が限られているため、時間を線上に捉えていない。ＡＤＨＤの脳は、過去、現在、そして未来を相互接続したスピログラフ（訳注：幾何学的な図形を描く際に使用する道具）のように処理する。それは私に、ファッションのトレンドやテクノロジーに対する、ある種の直感を与えてくれる。

私の喜びを見つけるのはとても簡単。その瞬間に自分が興味を抱いたものであれば何でもいい。私の脳は感覚的インプットを求めている。音、イメージ、パズル、アート、動き、体験――アドレナリンとエンドルフィンを放出させるものならなんでも――ＡＤＨＤの脳にとって、酸素と同じぐらい必要不可欠なものだ。

ただ単に、楽しいことが大好きなだけではない。私にはその楽しさが**必要**なのだ。楽しいことは私のジェット燃料。

ＡＤＨＤの一番のデメリットは、その行動によって、周囲にいる人間が迷惑をこうむったり、嫌な思いをしたり傷ついたりすることで、常にジャッジされ、罰を受け、最低な気分になってしまうこと。ＡＤＨＤの人は希死念慮が強い。自己嫌悪と自己治癒が特徴だ。もし世界中の人があなたのことを不快な人間だとか、バカだとか、頭が働かないやつとか言うとしたら、自分を愛することは一種の抵抗であり、それは美しいことだけど、とっても疲れる。特にあなたが子どもだったら、あなたのなかに愛情に飢えた幼い子がずっといるのであれば、人生は愛――その瞬間に愛だと感じたもの――を求める長い旅路になる。

私が知る限り、子どもの頃に投薬治療を受けたことはないし、ADHDと診断されたこともない。世界で最も素晴らしい、愛にあふれた両親がいたとしても（私にはそういう両親がいる）、必ずしも早い時期に診断が下されるわけではない。特に症状を上手に隠すことができる女の子の場合はそうだ。ADHD治療は伝統的に、望ましくない行動を減らすことに焦点を置いてきた。1980年代に世の中はようやく、多動だとか、「スペクトラム」なんて話をし始めたのだ。

誰も私に、「お嬢ちゃん、落ち着いていいんだよ。世の中にはいろいろな種類の知性があるのだから」と言ってはくれなかった。

その代わり、誰もが私に、お前は愚かで、生意気で、不注意で、恩知らずで、努力が足りないと言った。これはすべて真実ではない。私は周囲に馴染むために、クリエイティブになり、たくさん努力をしなければならなかった。でも私は生まれつきクリエイティブで努力家だったから、毎日とにかく努力して、何かに打ち込んで、周囲に馴染もうとし、最終的に「**馴染むなんてクソだ**」と言えるまで強くなって諦めた。「**馴染むなんてクソ**」は、自分の子どもたちが、どのような神経発達状態だったとしても、最初に教えようと思っている。

成長してからは、薬漬けだった。20代前半は、私のどこが「間違っている」のか説明してくれた医師が、私にアデロールを処方した。カーターと私がハロウェル博士に出会うまで、アデロールと私の愛と憎しみの関係は20年以上続いた。

ハロウェル博士は「1981年から、この症状についてずっと説明しようとしてきています。正しく使えば、買うことも教えることもできない才能という資産になるってね。邪魔しているのはスティグマです。スティグマと無知でもいいでしょう。これは致命的なコンビですね」

常にそう思っていたけれど、誰かが大きな声で言ったのを初めて聞いた。真実。私は雷に打たれたかと思った。

「我々のクリプトナイト（訳注：弱点）は退屈することです」とハロウェル博士は言った。「刺激がなければ、それを想像します。アドレナリンを放出させ、自分で治療してしまうんです」

ＡＤＨＤは創造的エネルギーの源泉になり得るけれど、創造的エネルギーには問題を起こす衝動がつきまとう。アドレナリンがほしい？　強引に突き進め。散々な人間関係に突っ込んで行く。アドレナリンを得るために、人生を棒に振る方法は山ほどある。私の想像力は無限にあるけれど、それは私を光の方向に導くのと同じように、暗い場所にも連れて行く。ハロウェル博士はそれを悪魔と呼ぶ。悪いことなら自業自得で、良いことだったらすぐに終わると囁きながら、どこにでも忍び込んでくるヘビのようなもの。もちろん悪魔は嘘つきだけれど、バケツ一杯の揚げたてフライドポテトみたいな不安を抱えた私の脳に、そう伝えてみてほしい。

「あなたの偉大なる財産は、あなたの最悪の敵」と、ハロウェル博士は言う。

そして私の脳は、**ファック**と言う。

「教えてくれないか、パリス。自尊心は？」

「あるふりをするのは上手」と私は答えた。

「ＡＤＨＤと共に生きる人たちには共通することだ」と彼は言った。

「ＡＤＨＤに苦しむ人たち」でもなく「ＡＤＨＤに悩まされている人たち」でもない。ＡＤＨＤと共に生きる人たちだ。

私たちの一部は、ＡＤＨＤをスーパーパワーだと知っている。ＡＤＨＤの**A**は**Ass-kicking**（**やっつけてやる**）だといいな。**D**は**dope**（**ドープ**）と**drive**（**ドライブ**）。**H**は**hell yes**（**その通り**）だといい。

自慢しているわけでもないし、愚痴ってるわけでもない。ただ、あなたに伝えたいだけ。これが私の脳なのだ。この本の内容に大きく関係していることだ。なぜなら私は勢いのある文章とダッシュが好き。それから文章の断片を残すことも好き。物語の途中でジャンプしてばかりいるかもしれない。

時間のスピログラフ。すべて関係している。何十年も、この問題を語ることを避けてきた。私は問題を隠す機械みたいなものだ。私は両親という、このうえない存在から学んだ。妹のニッキーは母と父のことを「問題を隠す女王と王」と呼ぶ。

私の家族には、ヒエラルキーとルールがある。これがその内容。

・語らなければ、問題ではない。
・深く傷ついたことでも口にしなければ、それはなかったことになる。
・誰かを深く傷つけたことを気づかないふりができたら、それについて悪いと思う必要はない。

もちろん、すべてめちゃくちゃで、おかしなことだ。でも、さらに物事をおかしくするのは、**それが成功していない**ということ。私は優秀なビジネスマンの家に生まれたはず。それなのになぜ、私の家族は感情経済学がこんなにも苦手なの？　仕事でも個人的なものでも、人間関係なんてすべて取引みたいなもの。良くも悪くもギブアンドテイクじゃないか。投資して、リターンを期待する。でも、そこには常にリスクもある。

私は母を愛しているし、母が私を愛しているのも知っている。それでも私たちはお互いに地獄を味わったし、ある問題については口に出すこともできない。彼女にとって、この本を読むことは苦痛かもしれない。本棚にしばらく放置したとしても驚かない。もしかしたら永遠に。それでもいいと思っている。

これまで口にすることができなかった、とても強烈で個人的なことがらを自分のものにしようとしている。私が口に出して言い、行ったことを。私に対して口に出して言われたことと、私に対して行われたことを。人を信用するのは難しいし、個人的な考えを共有することは滅多にない。家族と自分のブランド——パーティーガールから成長したビジネスウーマン、そしてビジネスウーマンのなかに今も生きているパーティーガール——を守りたいと強く思っている。だから、誰が何を言うのか考えると、とても怖くなる。

でも、時は来た。

私の物語を知る必要がある若い女性は大勢いる。私の失敗から学んでほしいとは思っていない。自分の間違いで、自分を嫌いになってほしくない。私は彼女たちに笑い転げてほしい。彼女たちには声がある。知性というブランドがある。**みんな、周囲に馴染むなんてクソだから。**

I

生まれながらの
パーティーガール

絶対に後悔はしないこと。
だってそれは、
あなたが求めていたものだから。

——マリリン・モンロー

第1章

このドアは閉めておくこと

ラスベガスで開いた21歳の誕生パーティーの翌日、私がスカイダイビングをやったことを誰もが愚かだと言ったけれど、当時の私には、そんな悪口、気にもならなかった。今もあの人たちが間違いだったと思ってる。最高レベルの大騒ぎをした翌日にスカイダイビングをしたいと思ったら、すればいい。21歳の誕生日は桁違いに意味のある日で、20代でやったバカ騒ぎはすべて、その後の人生の土台になる。賢くなればなるほど、**やらなかった**バカ騒ぎがすべて後悔になると気づくから。私の20代は最高だった。ひとつ残らずバカ騒ぎをやった。だめな男を愛した。嫌な女を憎んだ。ボンダッチを身にまとって。

後悔なんてひとつもない。

まあ、少しぐらいはあるかもしれない。

スカイダイビングは、そのリストにはない。

やると決めた時の私は、スターが勢ぞろいする最高の誕生パーティーのトップに乗った完璧なサクランボになると思っていた。マリー・アントワネット以来の、最高の21歳の誕生パーティーになる可能性もあると考えていた。こうやって断言できるのは、パーティーという専門分野で、生涯かけて繰り返した熱心な練習で身につけたスキルがあるからだ。

私とパーティーの略歴（本書の後半でも、たっぷり説明している）

私が子どものときのパーティーは、多くがブルックラウンの家で開かれた家族の集まりだった。父の両親である、バロンそしてマリリン・ヒルトンが住んでいた場所で、私はふたりをパパ、そしてナナと呼んでいた。この家のことは、私について描かれたドキュメンタリー『パリス・イン・ラブ』で見たことがある人がいるかもしれない。私が2021年に結婚式を挙げた、ジョージアン様式の邸宅だ。フランク・シナトラ、ルシル・ボール、そしてバーバラ・スタンウィックといった、ハリウッドの名だたる有名人の邸宅を手がけた伝説の建築家ポール・R・ウィリアムズが、1935年にCBS創業者ジェイ・ペイリーのために設計した豪邸だ。

当時、パパは8歳で、兄のニッキーと弟のエリック、そして私の曽祖父コンラッド・ヒルトンとホテル暮らしをしていた。曽祖母が家族の元を去ったのは（わが一族の神話によれば）、重労働のホテル暮らしが嫌で、お金のないコンラッドに嫌気が差したからだという（心の中で、

「バイ、フェリシア」（じゃあね）のｇｉｆ画像を思い浮かべる）。

コンラッドはその後しばらくの間、ハンガリー出身で社交界の有名人ザ・ザ・ガボール（訳注：ハンガリー出身の女優）と結婚していた。彼女は無一文だったが美しく、明るくて、毎晩踊りに出かけていたそうだ。ザ・ザは華やかな性格の持ち主で、私たちが今、インフルエンシングと呼ぶビジネスモデルの初期バージョンを開発した女性だ。衣類を身につけることで報酬をもらい、パーティーに姿を現し、ハリウッドのマスコミにブランド名が知れ渡るよう美容製品の宣伝をした。

残念ながら結婚は破綻し、コンラッドは自分の手で息子たちを育てるしかないと決めた。息子たちを伝統的なキリスト教の教義に基づいて育て、ベルボーイとして働かせ、男の時間と献身的愛情を奪い合うのは、家族と仕事だと常に叩き込んだ。パパは第二次世界大戦後にナナと結婚し、ふたりは8人の子どもをもうけた。父は6番目の子だ。小さい時にジェイ・ペイリーの邸宅に移り住み、そこをブルックラウンの家と呼んだ。

古い歴史の話のように聞こえるかもしれないけれど、私の物語を理解するには、ヒルトン家のすべてを知る必要がある。コンラッド・ヒルトンを知る人たちは、私が彼にそっくりだと言うし、私はそのほとんどを褒め言葉と受け取っている。ほとんどね。彼は私が生まれる2年前に他界し、多くの人たちの予想とは裏腹に、財産のほぼすべてを慈善事業に残した。パパは本当によく働いた。私の両親も働き者だった。私も野獣みたいに働く人間。２０２２年、私はヒルトン・ホテルの顔として、広告キャンペーンやソーシャル・メディアを駆使したクロス・プロモーション（訳注：顧客に報酬として他社の商品その他を提供すること）を行うための大型契約を結んだ。私はヒルトンと仕事をするのが大好きだけれど、この仕事がヒルトンの一員として得る最高額になるだろう。

私はヒルトンで、それには大きな意味がある。自分がどれだけ恵まれているか、幸運か、自分自身で認めている。わかる？　私の家族は「アメリカの皇族」と呼ばれてきた。与えられた特権とか権利を軽く考えているわけじゃない。経験。旅行。機会。私はそのすべてに感謝している。

ナナが他界してから頻繁に会わなくなったとはいえ、バロン・ヒルトン一家は大家族で、私たちは常に一緒に行動し、互いを愛し合い、互いをケアし合っていた。私たちが子どもの頃、ニッキーと私は大勢のいとこたちと一緒にブルックラウンを探検し、フェンスに登り、緑が美しい芝生でキックボールをして遊んでいた。ブルックラウンでのパーティーはまるでカーニバルだった。ポニーに乗ったり、小さな動物園がやってきたり、バウンシー・キャッスル（訳注：空気で膨らませる巨大な遊具）、テニスのトーナメント、そして十二宮図を描いたイタリア製タイルで作られた、精密なモザイク柄の巨大なプールでマルコ・ポーロ（訳注：鬼ごっこ）をした。私は水瓶座だから、マーメイドみたいな格好をするのは私の役目だと思ったのだけれど、それは乙女座だったみたい。水瓶座は、肩に水のたっぷり入った水差しを担いだ、屈強な男だった。それがわかった時は泣いた。3秒泣いてそれから、星や古いイタリアのタイル職人がなんと言おうと、私はマーメイドなのだと決めた。

私の両親リックとキャシー・ヒルトンは、アンディ・ウォーホルやスタジオ・シティ（カリフォルニアの）、スタジオ54（伝説のクラブ）まで、とにかく可能な限りヒップな人たちとパーティー三昧の1970年代を過ごしたそうだ。父は不動産業と金融業を営んでいて、ヒルトン&ハイランドという、ハイレベルな企業用不動産を扱う巨大ファームの共同設立者。両親は父のビジネスに関連したイベントを数多く開催していた。母がパーティーを開くときは、ゲストが特別な何かの一員のような気持ちになれるように、薔薇の花びら一枚に至るまで完璧に計画をした。すべてが完璧だった。それはもちろん、ホステスだってそうだった。母は自分自身を、そして彼女の周りを、完璧なセンスでスタイリングする。パーティーにやってきて、まるで王族のようにパーティー会場を取りしきる。経験豊富で、優しく、美しい。彼女が誰からも愛される理由は、彼女が心の底から人々のことを気遣い、彼らの言葉を聞き、彼らも彼女と同じように、経験豊富で優しくて、美しい人だと感じさせるからなのだ。

真の洗練とは、どこにでも馴染むことができる能力だ。なぜなら、それにはすべての人々に対する広い理解とリスペクトが必要だから。母の洗練とはそのようなものだ。彼女は愉快で、賢くて、スタイリッシュだけれど、経験豊富というところが彼女の本物のスーパーパワーだと言える。2021年、『ザ・リアル・ハウスワイヴス・オブ・ビバリーヒルズ』に出演が決定するまで、彼女が内に秘めていたおバカさんのエネルギーを私は知らなかった。まるでピンク色のシャンパンの栓を誰かが勢いよく抜いたような出来事だった。

弟たちが生まれる前、ニッキーと私が幼かった頃、母は私たちにパーティーのマナーを教え

てくれた。どのフォークを使うのか。レッドカーペット上での写真撮影では、どのように足をそろえたらいいか。私たちの家名には重みがあって、何かと注目されることを、私たちは理解していた。私たちは社会のなかで、ある一定の地位を持っていて、それには期待もつきまとっていた。幼い少女だったニッキーと私は、ザ・ウォルドルフ・ヒルトンやメトロポリタン美術館で開催される、とてもシックな社交の場に参加し、資金調達イベントや休暇中のイベント、豪華なレセプションにも行った。両親は、弁護士、エージェント、政治家、そして様々な業種の特別な人たちと交流していた。

ウォルドルフ・アストリア・ホテルズ&リゾーツで開かれたアフターパーティーで、絵を描いているアンディ・ウォーホルの膝にちょこんと座っていたのが、私の古い記憶のひとつ。彼は私をとてもかわいがってくれて、いつも母に「この子は将来、大スターになるよ」と言ってくれた。

両親がこういった機会を与えてくれたことに感謝している。派手なビジネスやパーティーは、幼い子どもには退屈だと思うかもしれないけれど、私はそのパーティーのために生きていたようなものだった。美しいロングドレスの構造の素晴らしさを理解できるようになった。美しい音楽にも触れた。ジャズバンド、弦楽四重奏、そして著名なアーティストによるプライベートなパフォーマンス。私はまるでフェンスの上で休む蝶のようにちょこんと座り、企業経営、不動産取引、築かれた資産とその喪失、軽率な恋愛話、醜い離婚など、大人たちの会話を盗み聞きした。そんな話はすべて、お金と愛というふたつの要素でできていて、どちらも私を惹きつ

けてやまなかった。だって、誰もがその魔法にかかっているように見えたから。

初めてクラブに行ったのは、12歳のときだった。ニッキーと私は女優ピア・ザドラの娘カイディと仲が良く、ピアは母の友人だったので、ロサンゼルスで開催されたニュー・キッズ・オン・ザ・ブロックのコンサートに一緒に行くことになった。セレブのピアは、バックステージに行くことができた。私たちは、もう本当に死にそうだった。

メンバーがピアに「アフターパーティーはバー・ワンだよ」と言った。「君も来ればいい」ニッキーとカイディと私は、「絶対に行きたい！　お願い！　**おねがいいいいいいい！**」とという感じだった。私たちはニューキッズに夢中だったのだ。ピアはすごくいい人だから、私たちはバー・ワンに行き、そしてピアがセレブだったから、バーの用心棒もすぐに彼女を中に入れてくれた。

バー・ワンの内部の雰囲気に、私の小さな心は吹き飛ばされた。私はすぐに感情を爆発させた。**ヤアアアアアアアアス！**　だって――**ライト、音楽、笑い、ファッション、音楽、喜び、白い歯、ダイヤモンド、音楽**――私のADHD脳が常に求めている、派手な感覚的インプットが弾けていたから。体内の化学反応を実際に感じているかどうかはわからなかったけど、「本物」は理解していたし、とにかく最高の気分だった。私のすべてが目覚めた。体、脳、肌、そして精神。素晴らしい感覚だった。

すべてを体中で受け止めていたそのとき、残念ながら母の妹に出くわしてしまった。カイル叔母さんは「ちょっと、アンタ何やってんのよ！」と言いたげだった。彼女はピアを隅っこに

連れて行って、ヒステリックな会話を繰り広げ、そして私たちを家まで連れ帰ったけれど、絶対に戻ると私は決めていた。

10代前半の私は、家から抜け出せるときは、必ず抜け出していた。90年代初頭の夜の世界を牛耳る『マドンナのスーザンを探して』クラブのメンバーだった。VOGUEダンサーとドラァグクイーンが私をかわいがってくれて、守ってくれた。ロックスターみたいにパーティーに大切なことを、そうやって学ぶことができた。

1. 水分補給は絶対に。
2. 常に美しくあれ（ほろ酔いはかわいいけれど、泥酔は最悪）。
3. ブーツを履く。上質で、頑丈なブーツを選ぶこと。一晩中踊り続けることができるように、必要であれば簡単にフェンスを乗り越え、窓までよじ登ることができるように、快適な服を着ること。

当時の私は、お酒もドラッグもやっていなかった。子どものときは、「楽しいこと」が唯一、私が必要としていたパーティー・ドラッグだった。パーティーで酔っ払うことが目的ではなかった。私は踊るためにパーティーに行っていた。アルコールとドラッグは現実からの逃避であって、私は現実のすべてを望んでいた。逃避のためのお酒なんて、ずっと後になるまで飲むことはなかった。

ピア・ザドラとのクラブ大冒険の翌日の夜、私とニッキーは家から脱走して、いとこのファラーと私たちの友人クロエ・カーダシアンと一緒にバー・ワンに向かった。クロエとファラーは中学生の女の子だったので、私はクロエにしっかりとメイクして、長い赤毛のウィッグをつけて、ぺらぺらの黒い帽子をかぶらせた。

私は彼女に「誰かに名前を聞かれたら、ベッツィ・ジョンソンと答えるんだよ」と言い聞かせた。

いとこのファラーに大ぶりのトレンチコートを着せ、友だちに肩車してもらった。一生懸命、変装をした。ベルベットのロープの向こうに行けなかったときは、とてもショックを受けた。

「有名な人と一緒じゃないとだめみたいね」と私は言った。

大勢の人の前で拒絶される気分は最低だった。二度とごめんだと思った。16歳のとき、偽物の身分証明書をニッキーと自分用に手に入れた。誰かを騙したわけではなかったけれど、当時私たちは少しだけ有名になっていたので、バー・ワン（今は、ブーツィー・ベロウズ）や、ロックスバリー（今は、ピンク・タコ）に入ることは簡単だった。

16歳から18歳の2年間で、パーティーに行くことができた機会は限られたものだった。というのも、私は手つかずの自然の中で行われるカルト的なブートキャンプ、そして「感情的な成長を促す全寮制の学校」に何度も収容されていたからだ。ほんの数週間の自由を得ていた時期は、小さなビーチパーティーや、子どもたちが集まっておしゃべりやリラックスするリビングルームで集まりを開いて安全に遊んでいた。最終的には、みんなが立ち上がってダンスし始める。特に、とてもシャイだとか、自分の体について気にしている子たちはそうだった。そんな子たちが最もダンスを必要としていた。それは今でも、私がバーチャルな世界、そして現実の世界でDJを務めるギグのルールだ。「パリスとパーティーするのだったら、踊らなくちゃ」

18歳で、モデル・エージェンシーと契約をした。ランウェイを見たあとに観客が何をやりたいかわかる？　モデルとのパーティーに決まってる。そんなの**当たり前だ**と考えるのは簡単だけど、男は豚でモデルはバカだという安易な思い込みは捨ててもらっていいですか。それはフェアでもなければ、真実でもないし、役にも立たない。ほとんどの男は基本的にしっかりしていると私は思うし、成功しているモデルは世界中を旅している。世界中を旅することは、最高の教育だ。モデルの多くは10代や20代で、その未熟さが見えることもあるけれど、彼女たちは成長の途中にある。だから、ちょっと待ってあげてよ。

人脈を作ることは――パーティーを仕切るにはどうしたらいいか知ること――ビジネスを拡大する際には大切だ。20代の私は、パーティーもビジネスも本当に得意で、ギャラの出るパーティーに呼ばれ始めていた。お金を払ってもらってパーティーに行くことは、私が発明したことではないけれど、それを**再**発明したとは言える。インフルエンサーの元祖と呼ばれることを誇りに思っている。パーティーに行く女の子たちは、自分がパーティーにもたらす価値を認識する必要がある。美しい姿でパーティー会場をうろつく以上の意味がある。それだけであればマネキンだってできる。プロのパーティーガールは進行役であり、交渉役、外交官――花火であり、**そのうえ**、マッチなのだ。

自分の価値を忘れないで。パーティーに行けてラッキーだという考えは間違っている。**あなたが来てくれて、パーティーのほうがラッキーなのだ。**恋人、仕事、そして家族との関係にも、この考えを当てはめてみて。

２０２１年の私の結婚式、それから２００２年の21歳の誕生生パーティーは、何日も、そしていくつものタイムゾーンで開かれた。クラブでのパーティーは何年も経験していたけれど、偽物の身分証明書を見せて用心棒を騙すことにはうんざりしていた。そんなもの、バレバレだっていうのに。こういった行為は私たちを偽善者に仕立て上げていたし、そんなことをするのはエネルギーの無駄に思えた。21歳になることはうれしくて、すべてを過去に流すことができるのが楽しみだった。初めて合法的で素敵な外出になるはずだったから、私は大きなパーティーを世界中で計画して、すべての費用を払ってくれるスポンサーを募集した。私の成人を祝うパーティーは、ダンス、飲酒、談笑ありのマルチバースで、参加した人たちは誰もがへとへとに疲れ切った。

もちろん、ワードローブは完璧にコーディネートした。このパーティーはデザイン性の高いドレス、プラットフォーム・ヒール、アクセサリー、そしてダイヤモンドのティアラがラインアップされた、様々なスタイルを見せるためのイベントだった。ジュリアン・マクドナルドによるアイコニックなシルバーの鎖が施された私のドレスの原点となるイベントだ。２０１６年、ケンダル・ジェナーが自分の21歳の誕生パーティー用に同じものを作った。それぐらい、この装いは時代を超越している。２０１７年、スペインのマルベリャでＤＪをしたときの最後の晩に、もう一度このドレスを身につけた(もちろん、大切に保管してた!)。

ジュリアンは、ロンドン・ファッション・ウィークの最終日に開かれたパーティーで着るために、このシルバーの鎖のドレスを作ってくれた。私は彼のショーでランウェイを歩いた。私は花嫁の姿で、着用していたドレスは最高の仕上がり。でも、あのアイコニックなシルバーのドレスをひと目見たときは、本当に驚いた。

「このドレス、**最高だよ**」と私は言った。「きっと博物館に飾られる」

重さと構造は緻密に設計されたもの。何千個ものスワロフスキー・クリスタルが使われているからだ。まるで液体のスリンキー(訳注:バネのおもちゃ)のように揺れる。ネックラインはアルゼンチンまで届くほど深くカットされているから、胸のトップが見えてしまわないように、両面テープが必要だ。ダンスフロアで汗だくになれば両面テープは役に立たなくなるけど、あのドレスで踊るのはミルクバスよりも素敵。

誰かをハグするために走っていたら、顔から転んでしまったので、6インチのヒールは脱ぎ捨てたほうがいいと考えた。ふわっとした青いマーメイドのドレスに着替えたのは、その時だったと思う。背中がすべて出るデザインだったけれど、しっかりした作りだった。ロサンゼルスのGOラウンジでは、無数のキラキラしたビーズが手縫いされた、透けたピンクのミニドレスを着た。でも、ロンドンのストークラウンジで、ジュリアン・マクドナルドのあのシルバーのドレスを着てダンスしたときの気分にさせてくれるドレスはなかった。

21歳の誕生日には、どんな女の子にもあの気持ちを味わってほしい。自由で、幸せで、美しくて、愛されている気持ち。

無敵。

ヘザレットはニューヨークのスタジオ54で着るために、スワロフスキーのクリスタルがあしらわれたターコイズ色のマーメイドドレスを製作してくれた。有名なレストラン「ル・シルク」が最高のグルメビュッフェを用意してくれて、21歳の誕生日用のゴージャスなケーキを作ってくれた。

その後は、フランスのパリでパーティーを開き、なぜかというと私は**パリス**なので——その後は東京に行って数千人のファンのために巨大なパーティーを開催した。私のリトル・ヒルトンたち（訳注：パリスは彼女のファンをそう呼ぶ）を放ってはおけない。それからロサンゼルスに戻って、ロサンゼルス国際空港からキングス・ロードにある私の家まで、生涯を通じて愛してきた家族や友だちと一緒に派手なパーティーをしながら移動した。

キングス・ロードにある私の家は、プレゼントで山積みの状態だった。世界中の友だちやファンがバラ、指輪、ブレスレット、ぬいぐるみを送ってくれた。とても優しくて、愛情のこもった贈り物がたくさん届けられた。カードや手紙、メールに書かれた温かな言葉に感動した。腕がもげるぐらいお礼の手紙を書いた。パーティーの参加者をとりまとめるのにも技術がいる。アンディ・ウォーホルは、パーティーのキュレーションにかけては誰もが認めるプロ中のプロ。プリンスはその称号を彼から引き継いで、秘密のソースでネクストレベルまで引き上げた——秘密のソースとは、音楽だ。音楽は、すべてのパーティーで私のなかに残り続けている。音楽、そして人々。私の妹、そして従姉妹たち。ニコール・リッチーのような幼なじみ。ホットな女性リーダー。母、クリス・ジェンナー、フェイ・レズニック、カイル叔母さん、そしてキム叔母さん。P・ディディや、レストラン経営者のシリオ・マッシオーニといったレジェンドたち。私の人生に常にいてくれる家族や友だちもいたけど、多くのクールな人たちが私の人生に現れては、去っていった。なぜなら、友情には〝旬〟があるから。それでいい。

こんな魅力的な人たちが、私が選んだプレイリストに合わせて踊ってくれた。全員がダンスした。これは私がプロのDJになる前のことだったけれど、私はいつだって満ち引きの直感があった。ゼロ年代初頭に作られたクラブ・ミュージックは、楽しい時間のためのもの。

ケミカル・ブラザーズの『スター・ギター』
デペッシュ・モードの『フリーラブ』
DJ Diciple の『Caught Up』featuring Mia Cox
ファンキー・グリーン・ドッグの『You Got Me (Burnin' up)』
私のソウルソングも必要。それはウルトラ・ナテの『フリー』。

ラスベガスのベラージオでは、DJ AM(アダム・ゴールドスタイン)がプレイしていたので、私は音楽が最高になる予感がしていた。その夜が終わってほしくはなかった。大人になってからは、犬なしで眠ると――多くの場合、犬たちがいたとしても――悪夢が私の脳をぐちやぐちゃにして、私の胃を切り裂いたから、眠りにつくことを恐れていた。できる限り眠らないようにして、パーティーを続けていた。ダンスして、シャンパンを飲んで、ダンスして、ダンスして、飲んで、笑って、そしてダンスした。朝が来て、私の体が、**ビッチ、もう限界、終わりだからああああ……**と言うまで。

気づいたときには、脇の下でケータイが震えていた。

誰かが私のホテルの部屋のドアを叩いていた。

「パリス？　パリス、起きてよ。滑走路に行かなくちゃ」

私は目を開けた。部屋がディスコのミラーボールみたいにくるくる回っていた。

「なんですって？　なんで……私たちって……どこに行くの？」

そしてようやく私は、スカイダイビングをやると、みんなに言ってしまったことを思い出した。

やだ！　最悪！

最低なことになるとは思ったものの、怖じ気づいて恥をかくのも嫌だった。私はトラックスーツを着込んだ。水のボトルを飲み干しても、口の中は砂場みたいにカラカラだった。水を飲んだせいで少し気分が悪くなって吐きそうになったけれど、水以外、胃には何も入っていなかった。ケーキは少しだけ入っていたかも。ダンスに忙しくて、ビュッフェに行く時間もなかった。普通、シャンパンは二日酔いにならないのだけれど、ショット数杯とマティーニ、それから誰もが21歳の誕生パーティーに飲む感じのお酒を飲んでいた。私の右目は大爆発状態。髪は叫び出しそう。

ラスベガス郊外のちっぽけな滑走路に向かいながら、私は自分に言い聞かせた。**痛い女になるな、痛い女になるな、痛い女になるな。**吐いたり、泣いたり、怖じ気づいたりしたら、一緒に来ている人たちはそれを秘密にはしないだろう。誰かが写真を撮り、それを売る。信頼できる友人もいたけれど、それ以外の人はよく知らない人たちだし、信頼しているわけでもなく、二日酔いでその区別をするエネルギーもなかったから、私は自分を**誰も信頼しない**モードに切り替えて、すごく楽しみにしているふりをした。

「すごく疲れちゃった」と私は言った。「ちょっと……そういうこと」と言ってジャケットを頭からかぶって、濡れた子犬のように震えていた。

町外れにある、広くて乾燥して何もない場所に辿りついた。脱水症状がひどくて、疲れ切っていたので、男性が私に伝えている情報のすべてを理解することができなかった。「タンデム・インストラクターが、なんとかかんとか……3000フィートでジャンプするんだとか、どうとか……下降する最初の1マイルはフリーフォールだから……」**私ったら、一体なにをやってるんだろう？**って考えながら、私は座っていた。そして彼らが私に装置を取り付けて、クソッ、これは現実だ。私は100％しらふ。すごく怖かった。

小型でボロボロの飛行機に乗って上空へ。誰もが笑い、そして話をしていた……というか、叫んでいたのは、エンジンがとてもうるさかったからだ。幸せで楽しそうな声は私の耳に突き刺さるようだった。私はただそこに座っていた。静かに。怖い時、私は必ず静かになる。本能に従う子ウサギのように、静かで小さなボールみたいに身を縮めて、回避行動を取る準備はできていた。自分の人生がどれほど大きなものだとしても、あっという間にこの地球から消し去られてしまう塵《ちり》のような存在だと思い知らされると、謙虚な気持ちになる。

ゴーグルが顔にぴったりとくっついていた。跡がついてしまう、絶対に。ああ、嫌だ。私は全く知らない男性の膝の上に座っていた。彼の体は、文字通り私の体にしっかりと縛り付けられていた。私たちはぴったりと密着していたのだ。だからすごく変な感じで、私の命はこの男の手にあるというわけで、このすべてが本当にどうにかしている感じで恐ろしくて、吐きそうになった。

そこでドアが開かれた。氷のように冷たい風が、音を立てて入って来た。

このドアの上にあるサインは、どの飛行機のドアの上にも必ずあるサインと同じだ。赤い文字。すべて大文字。

このドアは閉めておくこと

理由があるんだから！　ドアが開いていたら、この世界は終わる。頭がひっくり返ってしまう。心は完全に萎《な》える。

このドアは閉めておくこと

それなのに、この飛行機のドアは開いている。他の人たちの後ろにあるベンチに私は座っていて、誰かが飛び出すたびに、前に進む。誰かが飛ぶ。前に進む。

飛ぶ。進む。

飛ぶ。進む。

私にぴったりくっついているお友だちが、私をドアの方に押してきては、叫んでいる。「**いい調子だよ、パリス。最高の経験だよ、パリス。もう少しだよ、パリス。いいぞ**」

そしてとうとう、ドアのところまでやってきた。足の下に、飛行機の端の部分を感じていた。風はとても速くて、うるさくて、ほつれた糸を引くように、私の叫び声をかき消していた。

「3で飛ぶぞ!」と、男性は言ったけれど、彼が「3」と言ったとしても、私には聞こえなかったはずだ。「1」、そして……

無。

すべて。

空気。

光。

耐えられないほどのまぶしさ。

祝福のアドレナリン・ラッシュ。


落ちていく感覚を期待していた。顔に地面が近づいてくるような感覚だ。でも、そうではなかった。まずは1万3000フィートがスタートだ。まさに地上から何マイルも離れた場所。時速120マイルで落下していたとしても、自分の周りのスペースはとても広くて、距離はあまりにも遠くて、全体像はまるでゆっくりと動く雲のようなものなのだ。

手にできるものは何もない。手放すこともできない。

私は両手を広げて、汚れひとつない喜びを感じていた。

自由。

エクスタシー。

ドラッグも、お金も、愛でさえも与えてくれないけれど、私の欲しいもの、すべて。アドレナリン・ジャンキーの私の脳が、常に求めているもののすべて。

コンラッド・ヒルトンは信仰深かった。彼は神について多くを記した。神を恐れた。神を知りたいと願った。神を求めた。彼もスカイダイビングをやればよかったのに。

タンデム・インストラクターはパラシュートを開くと、ゆっくりと、静かな飛行を始めた。デリケートな銀の鎖に飾られた、ダイヤモンドのような砂漠の上に漂った。私は考えるのをやめて、抗うのをやめて、不思議に思うのをやめた。

空は完璧なまでのクリスタルブルー。遠くに連なる山脈の山肌は黄土色で、真冬の雪で凍っていた。広大な砂漠は幾重にも重なる灰色で、そこにハイウェイが通り、箱のように小さな構造物が点在していた。

私を愛した、あるいは傷つけた人々の無意味さ。

私自身の無意味さ。

聴衆なんていない。

深い安らぎがあるだけ。

神の恵み。

私たちは下降し、風に乗り、急上昇する気流に身を任せた。感謝の気持ち。

高揚感。

征服。

私はここにいる。

私は生き延びた。

怖くはない。

私は自分の人生を愛している。

マリリン・モンローは「恐れるなんて愚かなこと。後悔も同じ」と言った。一般的には、これは真実だろう。私の人生を通じて、何度も、最も恐ろしい瞬間が私を最も充実した瞬間に導いた。ネバダの砂漠の上空からのフリーフォールはひとつの例でしかない。もう少しこんなことを話したいけれど、誰もが気に入るわけではないと知っている。

誰もが自分の中に、あのジャンプ用のドアを持っている。そして長い間、私は自分のその扉には赤い文字でマークしていた。すべて大文字で。

このドアは閉めておくこと

ビッチたち、気を確かに持って。

私たちはいま、そのドアをこじ開けようとしているのだから。

第２章 スター誕生

私は１９８１年2月17日、ニューヨークで生まれた。バレンタインの３日後だ。水瓶座の太陽、獅子座の月、射手座の上昇。半年後、ＭＴＶはバグルスの『ラジオ・スターの悲劇』と共に番組をスタートさせた。

全部、辻褄が合う。

テクノロジー・ルネサンスという文脈のなかで、私の人生は完璧に意味をなしている。誰もが、私は優しい子どもだったと言う。両親はそれを証明するホームビデオを何百時間分も所有している。テクノロジーに関して父は常に新しい物好きで、例の大きなビデオデッキが出てきたときも、すぐに手に入れて、すべて録画すべきというアイデアを受け入れたのだった。現在のエンタメと、将来の、記録としての価値のために。彼は私の人生のすべてを記録した。それは誕生から始まっている。父が私を見つめてくれているという感覚がとても好きだった。あの瞬間、彼の関心はすべてあの小さなレンズに集約され、私がその中心にいたのだ。

父はいつだって私を「スター」と呼んでいた。それは「ムービースター」のスターでもあるけれど、**君は一体どんな子なのかな？** と考えているふしもあった。

私が2歳の時、シンディ・ローパーが初めてのシングルをリリースした。『ガールズ・ジャスト・ワナ・ハヴ・ファン』で、妹のニコライ・オリヴィアが誕生したのもこの年だ。カイル叔母さんは私が大喜びして、家に戻ったばかりのニッキーに夢中になったと教えてくれた。彼女が私の目の前に現れる前の人生を、私は記憶していない。私たちが幼い子どもだった頃、彼女は私の親友で、いたずら仲間だった。母は私たちを双子のように着飾った。母のクローゼットで一緒に遊び、お互いをスカーフやジュエリーでスタイリングし、おままごとのランウェイを気取って歩いた。

私はニッキーを冒険や災難に引きずり込んできた。ベッドの下に置いたケージにフェレットを隠したり、2階の寝室の窓から抜け出したり、外出禁止の時にトレリス（格子状のフェンス）を降りて脱出したりするとき、私はいつもニッキーに頼りきりだった。言葉を理解できる程度に成長したニッキーは、私にブレーキをかけようと必死だった。中学生になったら告げ口をし始めたけれど、それでもきっと、彼女は私を守ろうとしてくれていたにちがいない。

子どもの頃から、ADHDという科学的なアンバランスさが原因で、私の脳は飛び跳ねていた。それは限度を超えることもあった。起き上がって、ディズニー・プリンセスのナイトライトの明かりの下で、踊らなくてはならない日もあった。「タイムアウト（訳注：数分間黙って静かにしていること)」とか、じっと座っていなければならない状況は、私にとっては拷問だった。もちろん私は手に負えない子どもだっただろうけれど、私は嘘をついたり、意地悪をしたりするような子どもではなかった。ニッキーと私はエチケットの教室に通っていたから、いい子みたいに謝る方法も知っていたし、練習だってたくさんしていた。「いい子になる」ためには、静かにしていなくてはならない。

服従。

じっとしていること。

私はこういったことができなかったから、その代わりに、かわいらしくしていなければならなかった。キュートで、おませで、恥ずかしがり屋。赤ちゃんみたいな声を出して、おどけて見せなければならなかった。そのうち、緊張したときには自然にできるようになった。なぜなら、首と肩の緊張が声帯を引き締めて、声を高くするからだ(ホラーミュージカル『REPO! レポ』のボーカルトレーニングの時に気づいた)。私は歌って、踊って、ニッキーとペットたちと一緒にナナのリビングルームでショーを繰り広げたけれど、だからといって公共の場所でパフォーマンスするという考えには至らなかった。基本的に、私はシャイな人間なのだ。外交的だけど内向的な性格だ。社交家であるかのように振るまって、なんとか誤魔化してきた。

ニッキーと私が未就学児だった頃、私たち家族はベル・エア地区に引っ越した。『チャーリーズ・エンジェル』に出演していたジャクリーン・スミスから購入した家に移り住んだ。ジャクリーンは娘のために、複雑なプレイハウスを建てていた。まるでバービーの夢の家が現実になったかのようだった。それをニッキーと私はペットホテルにしたのだ。じめじめして臭うペットショップからペットを購入できるように常にお金を貯めていた。ペットショップは、熱帯魚、ヘビ、その他いろいろな美しい動物を売っていた。私のところにやってきてくれた小さな生き物を、愛したいと思っていたし、慰めてあげたいと感じていた。

私とニッキーはドレスアップしたり、ままごとをしたり、複雑なゲームを作り上げて楽しんだ。一方で、カイル叔母さんは私たちの写真を撮影し、ビデオカメラで映像を残していた。母はそういった映像のほんの一部しか公開していない。とある古いホームムービーのなかに、多くを物語る瞬間が残っている。8歳だった私の歪んだ笑顔と真っ赤に塗られた唇。前髪はまるで『フォーエバー・ユア・ガール』に出てくる女の子のようだ。例の帽子をかぶってボサボサ。私はボーイ・ジョージそっくりの青いアイシャドウを塗って、1980年代後半に流行った、宝石色の服を何枚も重ね着している。

「ねえ」とカイル叔母さんが言った。「あなたってもしかして有名な映画スターかしら?」

「そうだよ!」

「名前は?」

「ポーラ・アブドゥルよ」と言って、私は小さな白黒のウサギを追いかけた。

「あなたってゴージャス？」とカイル叔母さん。

「そうでもないわ」と、私はウサギを抱き上げる。「このウサギはゴージャスだけど」

「怒った顔をして」と叔母さんは言う。「楽しい顔をして。感情のない顔をして」

私は合図に従って、言われた通りの表情を作って見せてはゲームに参加したけれど、それもほんの少しの間だった。私にとってはウサギのほうがずっと興味深かった。

父は、私の動物愛に気づき、それを育ててくれた。子犬を見るために私をペットショップに連れて行ってくれたし、ベンガルヤマネコを見るためにキャット・ショーに連れて行ってくれた。サンディエゴ動物園では、父と素晴らしい一日を過ごした。バックステージを訪れることができるVIP体験を予約してくれたので、近くですべての動物を観察できたし、飼育員の仕事のお手伝いをすることができた。祖父母が所有していた農場では乗馬を体験した。父は私を釣りに連れて行き、ダートバイクに乗せ、生まれたばかりの雛をどう扱えばいいのか、鶏小屋で教えてくれた。私が父の存在を近くに感じたのは、こういった瞬間だった。父と母は、私がフェレット、ウサギ、スナネズミ、猫、犬、鳥、ヘビ、モルモット、チンチラ、そして小型の猿と、パパとナナのテニスコートの横で子ヤギを飼うなど、プライベートの動物園を持つことに驚くほど冷静に対応してくれた。

『ビバリーヒルズ高校白書』に出演する人々の名前がつけられた、ラットの群れを飼っていたこともある。ルーク、トリ、ジェイソン、シャナン、ブライアン、イアン、ジェニー、ティファニー、そしてガブリエルだ。あなたの考えていることはわかる。ラットですって？　でも、ペットのラットはとても清潔で、性格も良く、賢いのだ。マックスという名の大柄なラットには、巨大な睾丸《こうがん》がついていた。ある日、マックスを抱っこして庭にでていたら、フェレットが走ってきて、かわいそうなマックスは小さな口を大きく開けて、大声で悲鳴を上げた。そして私に噛みついた。私は彼を落としてしまい、逃がしてしまった。奇妙なほど巨大な睾丸を揺らしながら、車道を一目散に逃げていった。私は泣き始めた。痛かったからではない。マックスがいなくなってしまうと思ったからだ。

「マックス！　マックス！」私は車道にへたり込んで、しくしくと泣いた。

マックスは肩越しに私を見ると、急いで戻って来た。私は彼を腕のなかに拾い上げて、キスをして、怒ってないよと伝えた。マックスは、とても恥ずかしそうにしていた。

ラットは本当にかわいい生き物だ。もう一匹飼おうかな（カーターへメモ：誕生日にはラット）。

セントラル・シティーにある父のオフィスをニッキーと訪れることがあった（後に、彼と共同経営者のジェフ・ハイランドは、ビバリーヒルズのキャノンドライブにオフィスを移転した）。電話が鳴り響き、ファックスが音を立てているオフィスに溢れるエネルギーは、何か素晴らしいことが起きる予感めいたものを与えてくれたし、父の秘書のウェンディ・ホワイトは、そんな音のすべてを混乱させることなくとりまとめていた。

バットマンには、彼の面倒を見てくれるチャーミングなアクセントのお爺さんがいて、そのお爺さんが秘密基地のバットケイヴがちゃんと動作するように見守ってくれているって知ってる？　私の記憶にある限り、父の人生においてその役割を果たしているのは、南アフリカ出身で、とても礼儀正しくて、誰からのナンセンスも受け付けないウェンディ・ホワイトという名の女性だ。彼女はそれ（＝「ナンセンスを受け付けないこと」）を、常に表明するのが好きだ。

待って。もしかしたら、私に対して表明するのが好きなのかもしれない。

「私は厳しいわよ、パリス。バカな真似は許さない」

とにかく、彼女がそうエキゾチックな南アフリカ訛《なま》りで言うものだから、本当にぐさっとくる。ウェンディはニッキーと私と会うことを、いつも喜んでくれた。紙、ペン、マーカー、そしてハサミをセットして、私たちがコラージュやクリスマスカードを作ることができるようにしてくれた。アートは大好きだったし、特に「ぬりえ」という平坦なコンセプトに挑戦するアートが好きだった。私は膨大な材料を溜め込んでいて、立体的な家族写真のディスプレイを作ったり、ビダズラー（訳注：ラインストーンを貼り付けるキット）を使って額縁を作ったりした。誰も私のビダズラーから逃げることはできなかった。動かないものにだったら何にでも、ラインストーンや偽物の宝石をくっつけることができるガジェットだ。オンラインで購入できる（ビダズラーの発明者に拍手を！）。

父のオフィスのフロアに座って、雑誌やハサミ、ノリに囲まれてコラージュを作るのが大好きだった。『ヴォーグ』や『ヴァニティ・フェア』誌に掲載されている広告は、良い音楽を聴いているときに感じる興奮を私に与えてくれた。重ねられたイメージのなかで、何時間も過ごすることができた。私が精神的にいきいきとする方法なのだ。自由にくっついた、断片。ウェンディが腹を立てて、片付けをしなさいと言うまで、私たちはいつも手に負えないほどオフィスを散らかした。

私とニッキーが成長してから、ウェンディは私たちが必要としたら、いつ何時でも駆けつけて、なんでもやってくれた。彼女は不機嫌な大家を説き伏せて、必要とあらば配管工や造園業者を呼んできて、迷惑な住人を追い出し、私たちのどちらかが大人としてのタスクに圧倒されてしまうときは、いつでも、なんでもそれをクリアにしてくれた。彼女は現実的な人だけれど、愛を信じていた。

カーターと私が結婚した日、ウェンディは「人生とは浮き沈みの激しい旅のようなもの。お互いに誠実でいなさいね」と言ってくれた。

特徴的なアクセントと共に。私は永遠にウェンディを愛し続ける。たとえいつか彼女が、定年退職とは、もう働かないという意味だ、と書いたメモを手にしたとしても。

1989年、私は8歳で、ニッキーは6歳だった。ベルリンの壁が崩壊し、FOXチャンネルで『ザ・シンプソンズ』の放映が始まり、私のかわいい弟のバロン・ニコラス・ヒルトン2世が誕生した。私たちは弟を無条件に愛していた。彼はまるで子犬だった（嘘だよ！　愛してるわ、バロン！）。母は1990年代のパワフルなママで、家事を切り盛りし、自分のビジネスを繁盛させ、家族全員がしっかりと栄養を取り、きちんとした身なりをしているように努力していた。サンセット・プラザにブティックを構えて、贈り物、アクセサリー、そしてアンティークを販売して、彼女の完璧なセンスを披露していた。店の名前は「ステアケース」（訳注：階段の意味）で、私はその名前が大好きだった。だって、それはまさに彼女が登り詰めるきっかけになったから。

カイル叔母さんの友だちのベサニー・フランケルは、当時私たちの子守役だった。ふたりとも、19歳か20歳だったはずだ。母は店を経営していたから、ニッキーと私をリセというフランス語と英語で勉強するバイリンガル・スクールまで迎えに行くのは、ベサニーの仕事だった。ニッキーはショッピング・モールにあるランページという、ホット・トピックとかフォーエバー21に似たタイプの店がお気に入りだった。でも私は、ウェストウッドにあるペットショップに連れて行ってほしいとベサニーに頼みこんだ。そこに行けば、熱帯魚、ネズミ、インコたちに会えるからだった。時にはカイル叔母さんと待ち合わせをしてアイススケートに行ったり、モバイル・マートでキャンディを買ったりした。

母と姉妹たちは子どもの頃から10代まで、モデルと女優として活躍していた。おばあちゃんは撮影会や小さな役柄をブッキングして、数多くのテレビ番組に出演させていた。母は1960年代の基準から言えば、かわいい子たちの中でも、最も美しいブランドだった。アイルランド人とイタリア人のハーフで、ヘーゼル色の瞳にブロンドの髪で、陶器の人形のような肌をしていた。母は本当にかわいい赤ちゃんだったし、バービー人形の初期のコマーシャルにも出演していた。『奥様は魔女』、『ぼくらのナニー』、『ファミリー・アフェア』、『ロックフォードの事件メモ』といったドラマにも小さな役で出演していた。18歳のとき、母は『ハッピーデイズ』の「フォンジー：ロック起業家パート1」というタイトルのエピソードで、スージー・クアトロ演じるレザー・タスカデロのバック・シンガー役を演じた。母ともう一人の女の子はバレエシューズを履いて、前後にステップを踏みながら、「ウウウウ」とか「ダダダ」と歌い、リッチー（ロン・ハワード）がアルトサックスをもの悲しく演奏し、フォンジー（ヘンリー・ウィンクラー）がアーノルド・ダイナーのブースから、それを食い入るようにして見つめるシーンだ。

母はロサンゼルスにあるモントクレア・カレッジ・プレパラトリー・スクールに通い、そこで彼女は、よく働く業界の子どものひとり、マイケル・ジャクソンと親友になった。同じクラスだった。一方でキム叔母さんとカイル叔母さんは、ディズニーの『星の国から来た仲間』に出演し、カイル叔母さんは『大草原の小さな家』にレギュラー出演していた。三姉妹は10代を通して継続的に働いていた。それはポジティブな経験だと思うけれど、最高でもない何かが起きたにちがいない、と私は考えている。母はニッキーと私がモデルや華やかな世界に入るべきではないと考えていたからだ。チャリティーの名目で母と娘のファッションショーに出たことは数回あるけれど、プロフェッショナルな仕事は一切やっていない。ただ、楽しむため。子どもの頃の私の夢は、獣医になることだったし、両親はその夢を後押ししてくれていた。

ニッキーも私も、メイクをすること、露出の多い服を着ることは許されていなかった。母はその点ついて、とても厳しかったし、それは私も納得している。私はあくまで快適な状態でいたかっただけだ。ショーツ、Tシャツ、トラックスーツ。いつだって動き出せる。母は謙虚さと上品さを重んじた。私たちは、彼女が卑猥だと思うこと、気持ちの悪いこと、不作法だと考えることは話題にしなかった。私はこれについて未だに問題を抱えているけれど。

カーターがハネムーンのアクティビティとして、マッコウクジラ（sperm whales）とのスイミングを提案したとき、「却下。『精子』（sperm）っていう言葉に関係していることはやっちゃだめでしょ？」と答えた。

彼は「ああ、そう」と感じよく答えた。「じゃあ、ザトウクジラ（humpback whales）にしよう」

「ねえ、ハニー。『お尻』（hump）は？」

彼は笑った。私が冗談を言っていると思ったらしい。彼は私がなぜそこまで過敏になるのか理解していない。私だってすべて理解しているわけじゃないけれど、とにかく私はそうなのだ。

10代になる前の私は、運動神経がとても良く、賢くて、恐れなんて一切抱いていなかった。親にとっては最も恐ろしいタイプの子どもだけれど、私の母と父は最強のチームだった。母がすでにだめと言ったことについて、父に対して目を潤ませてお願いすることもあったけれど、ほとんどのケースで、両親は一致団結していた。ふたりは厳しかったけれど、私は肉親や親戚に囲まれて、安全で愛されていると感じていた。

私とニッキーはシャーマン・オークスにある、とてもリッチな私立のバックリー校に通っていた。そこにはハリウッドの重役や業界の子どもたちが大勢通っていた。5年生の時、私たちはリーボックのポンプスニーカーに夢中になった。靴の側面についている小さなバスケットボールを押すと、空気が入るのだ。私はどうしてもスニーカーが欲しかったのだけれど、母は私をピクシータウンに連れてきて、そこには一足しか残っていなかった。

母は「これはだめよ。サイズが大きすぎるもの」と私を説得しようとした。

私はそんなことはどうでもよかった。すごくかっこいいスニーカーだった。私は靴下を何足か重ねて履いて、思いっきり空気を入れて、翌日学校に履いていき、なんて素敵なんだろうって思っていた。とある女の子が私を見るやいなや「やだ、パリス！ ロナルド・マクドナルド（マクドナルドのマスコット）みたい！」と言った。みんなが私を見て笑い始め、私はバスルームに駆け込んで、死にたいと考えた。私は落ち着きを取り戻して、母に電話するために公衆電話に向かう途中で、誰かのロッカーにスニーカーを突っ込んだ。

「ママなんて大嫌い！ なんであんな変な靴を買ったの？ みんなが意地悪する」

母は私を落ち着かせて、サイズの合った靴を持って来てくれたけれど、私はこの事件から立ち直るのに時間がかかった。いじめの輪の隅っこに一旦入ってしまえば、学校は最悪の場所になる。成績は徐々に下がっていった。

6年生のとき、『ターミネーター2』に出演していた子役のエドワード・ファーロングに誰もが夢中になっていた。彼の写真は雑誌『タイガー・ビート』や『ピープル』の至る所に掲載され、彼の髪型が流行した。バックリーは幼稚園から12年生までの学校だったので、10年生の男子がファーロングみたいな横分けで、キャンパスを抜け出してマクドナルドにランチに行かないか誘ってくれたときは、「もちろん！」と答えた。そして当然のように、町中を膝丈の悲惨なスカートで歩くことはできないから、スカートをロールアップして、短くした。それが問題になった。男の子たちと何かしていたわけではなかった。ただ、注目を浴びたかったのだ（最終的に、18歳になったエディ・ファーロングと付き合った。彼は動物愛護支持者だったので、その点が共通していた。数年後、用品店の水槽からロブスターを逃がして逮捕されたと聞いた。英雄みたい。**走れ、ロブスター、走るんだ！**　付き合っていた頃に、それをやってくれていたらよかったのに……）。

学年度の終わりに、校長が私の両親に、7年生として戻ってこなくて結構です、と告げた。最悪の事態だった。だってそれは、中学からの親友だったニコール・リッチーを残さなければならないという意味だったから。

バックリーで、ニコールは私と同じクラスで、彼女の家族はご近所さんだった。本当にラッキー。ということで、私たちはその後も一緒に過ごすことができた。ふたりで一緒に、ベサニーやカイル叔母さんがそうだったように、クールな女の子になりたいと熱望していた。幼い男の子と女の子を集めたパーティーにエネルギーを与えようと躍起になって、同時に「スピンザボトル」（瓶を回転させ、キスする相手を選ぶゲーム。キスをされた人が次に瓶を回転させる）でファーストキスを経験した（別々の男の子と）。

私はロサンゼルスにあるK－8（幼稚園から8年生までの学校）のカトリック・スクールに転校した。ヨハネ・パウロ2世がローマ法王の時代で、『サウンド・オブ・ミュージック』スタイルの古めかしい修道女は半分程度だったけれど、その全員が意地悪だった。自信を持って数学のテストに臨んだのに、数分後には落ち着いていられなくなった。誰かが咳をする度に、数字が飛び跳ねて見えた。

窓の外には鳥がいた。

袖の長さがそろっていないみたいだった。

シスター・ゴジラの顎にほくろがあった。

「パリス、じっとしていなさい」

顎のほくろが私に怒鳴っているみたいで、私はクスクス笑ってしまった。シスターは私に向かって歩きながら、お母さんに電話しますと言った。母は学校から電話がかかってくることに疲れ切っていた。注意を受けることも。そして校長と面談することにも。成績はどん底ではなかったけれど、それでも両親には手を抜いていることはばれていた。

父はいつも「お前は誰よりも賢い子だ」と言っていた。「ただし、切磋琢磨する必要がある。自制心を持ちなさい」

チアリーディングが救いだった。チームの振り付けを必死に覚える。肉体と精神の完璧なバランスが求められるワークアウトだ。学校で数時間座った後に、飛び跳ね、大暴れして、大声を出し、その日初めてポジティブな注目を浴びることができるチアリーディングは、私の癒やしだった。チアリーディングのアリーナでは、自分をしっかり感じることができた。クールな女の子たちの中のひとりになれている自分を。

私はビダズラーで飾り付けた日記を書いていて、中学生のチアリーディングで起きるドラマ、発明のアイデア、人生のこと、詩、夢、落書き、私の気分を傷つけた人への攻撃、片思いしていた男の子への賛歌、野生の馬やユニコーン、動物の王国に関する物語などを気の向くままに綴っていた。

ある時ニッキーが「それってホット」（訳注：That's hot. このフレーズはパリスの象徴的なものとなった）と言い、私はそれに共感した。私はそう日記に書いて、花と花火をその周りに落書きした。とても素敵な言葉だと思わない？　ポジティブ。気取っていないし。**ホット**という言葉は刺激的だ。エネルギーが詰まっている。ホット・ピンク、最高のもの（hot shit）、レッド・ホット・チリ・ペッパーズ。誰かにその言葉を使ってみたら、きっと笑顔になると思う。保証する。気持ち悪いと思わないでほしいのだけれど、ポジティブな肯定を嫌う人なんている？　感謝したいと思うものを目撃したら、大声で叫べばいい。世界にポジティブな光を放てばいい。

それは「またね」って意味だけど、ずっとセクシーだ。

突然、私の世界にはこのささやかな称賛に値するものがたくさんあると思え、私はそれを誠実に日記に記した。

母がキラキラ光るマーカーを買ってくれた。それってホット。

文章を図式化する方法を教えてもらった。それってホット。

ニコールが週末泊まりに来るんだって。それってホット。

それは流行り始めた。すぐに私のクラスの子どもたちが「それってホット」だって言うようになった。「フェッチだね！（Like I made 'fetch' happen!）」（『ミーン・ガールズ』（２００４年公開の学園コメディ映画。主演はリンジー・ローハン）からの引用。ホットだね）。

父はビジネスで出張が多いけれど、両親は必ず一緒に寝る。今現在も、もし父が行くなら、母も行く。というわけで、私たち家族は常に旅行しているか、母が父と旅行していて、カイル叔母さんが私たちの面倒を見てくれる。これが最高のパターンだった。カイル叔母さんはいつだってニッキーと私に友だちを招待していいと言ってくれた。中学生の時の大親友ニコールとはたくさんお泊まり会をした。私たちは自分たちのことを最先端だと思っていた。サー・ミックス・ア・ロットの『Baby Got Back』の歌詞をすべて知っていたから。

母、キム叔母さん、そしてカイル叔母さんの3人は、私たちにシスターフッドの見事な模範を見せてくれた。母が子どもだった頃、とても厳しかったというおばあちゃんは、母のお父さんと離婚して2番目の夫と結婚してから多少冷静になったらしい。キム叔母さんはその5年後に生まれ、カイル叔母さんはそのまた5年後に生まれた。おばあちゃんは2番目の男とも離婚して、また結婚して、その後2回離婚しているので、三姉妹は成長過程で苦労したそうだけれど、美貌、ビジネスセンス、申し分ないスタイル、そして私が常に称賛している〝人生を謳歌する〟性格で、それを乗り越えた。3人は互いを支え合い、守り、そして条件なしに愛し合ったし、ありのままの真実を互いに伝え合うほど信頼していた。三姉妹の誰かの歯にブロッコリーが挟まっていたら、残りのふたりがそれを指摘する。3人のいきいきとした会話はいつも笑いと自信に溢れていた。母は人を笑わせるのが大好きだ。

ある日の夜、母の部屋の前を歩いていたら、母が人形みたいな子どもっぽい声を出して話していた。キム叔母さんとカイル叔母さんが笑い転げていて、あまりにも笑っていたので、涙まで流す勢いだった。どんな文章だったのかは正確には覚えていないけれど、「**ニコールは、彼にホットだと告白すべきだって言う。キム叔母さんは、彼の友だちの一人に打ち明けて、様子を見ればと言っている……**」、そんな感じだった。

私はしばらく考えた。母は私のビダズラー日記を読んでいたのだ。

あまりにも腹立たしくて、動くことができなかった。ドアの前で凍り付いたように立ち尽くした。激怒していたし、屈辱を感じていた。

叔母たちの声に悪意は含まれていなかった。とってもかわいいと思っていただけだ。そしてもちろん、とってもかわいかったと思う。母はただ、このとってもかわいいことを妹たちとシェアしたいと思っていただけに違いない。私の靴下が入った引き出しを漁って、そして私の日記を読んだ。ラムチョップ（訳注：子ども向けテレビ番組に登場する羊のキャラクター）みたいな声で。

子どもに起きる悪いことのなかでは、これはたいしたことではないのかもしれない。それはわかっている。私がこれを記している理由は、このことが私の中にずっと残り続けたから。手から滑り落ちたグラスがシンクで砕けるようだった。長い目で見ればたいしたことではないけれど、でもあの瞬間、壊れやすいものは何かを理解し、理解したことで自分自身も妙に壊れやすいと感じてしまうのだ。

あの日記がどうなったのかは知らない。残しておけばよかったと思う。もし中身を見たら、私も笑うでしょうね。でも同時に、それは美しいものだと気づくはず。自意識を得る前の貴重な時期にクリエイティブであることの意味を、私たちは忘れてしまいがち。他人が自分をどう思うのか、本気で気にするようになるまでの時期だ。特に、愛している人たち、そして尊敬している人たちにどう思われているのか。

1994年、私が13歳の時、弟のコンラッド・ヒルトンが誕生した。私は音楽とファッションに夢中になり始めた時期だった。私はマドンナとジャネット・ジャクソンを崇拝していた。ソルト・ン・ペパーの『シュープ』の歌詞の半分は理解していなかったけれど、曲に合わせて口パクはできたし、ダ・ブラットの『Funkdafied』とスヌープ・ドッグの『Gin and Juice』も、ほとんどリップシンクすることができた。

ニューイヤーズ・イブに、私の家族とニコールの家族、そしてその他大勢の知り合いと一緒にラスベガスに繰り出した。両親はラスベガスが大好きなので、こうやって全員で出かけるのは、私たち仲間全員の伝統行事のようなものだった。新しい年を迎える日、大人はダンスに行き、子どもはホテルのスイートルームでシッターたちとボードゲームをしたり映画を観たりした。でもこの年、ニコールと私はふたりで一部屋がほしいと懇願した。私たちは粘り強く訴えた。ほとんど大人なのに、ベビーシッターがいるなんて屈辱だと言ったのだ。

「私たち、ティーンエイジャーだよ！　自分たちの世話ぐらいできますから」

とうとう私たちは両親の説得に成功した。もしふたりでひとつの部屋に宿泊していいなら、『ディック・クラークス・ニューイヤーズ・ロッキン・イヴ』（訳注：大晦日に放映される年越しロック番組）を見て、12時を過ぎたらすぐにベッドに入ると約束した。

もちろん、そうはならなかったけど。

9時、私たちはすでに退屈して、バックリーの少し年上の男子たちと電話していた。幸せな偶然！　彼らも家族とラスベガスに滞在していたのだ。男の子たちは私たちのホテルの部屋に来て、散歩に行こうと誘ってくれた。ニコールも私も部屋を出ることを禁止されていたけれど、クールでいたかったから、ホテルの周りを少しだけ歩くことはできると伝えた。それでも、両親とばったり出くわす危険は避けたほうがいいと思ったので、現実的な選択肢は商業地を男子たちと歩くことだった。

とても楽しかった。お酒を飲むだとか、タバコを吸おうなんてことは思わなかった。私たちはただ、騒がしい場所に行きたかったのだ。すべてのドアから音楽が漏れ聞こえていた。幸せで、美しい人たちが派手な服とパーティーハットをかぶってお祝いをしていた。夜中だというのに通りは光に溢れていて、人々の明るい声が聞こえ、車のクラクションが鳴らされていた。私たちは男子たちと仲良くした（キス以上はしていない）。そして男子たちは帰っていった。

ニコールと私はふたりで歩き続けた。歩いて、歩いて、すべてを受け止めて、ウィンドウ・ショッピングをして、笑って、そしておしゃべりに夢中になった。カジノやホテルのバーから人々が流れだし、アフターパーティーに向かって行った。本当に、たくさんの人がいた。とても混雑していたから、少し怖くなった。ニコールと私は先に進み続けた。腕を組んで、離れてしまわないようにした。

とうとう私は「タクシーを捕まえてホテルに帰ったほうがいいよね」と言い始めた。

ニコールも同意したけれど、通りにいた人たち全員が同じことを考えていたようだ。ウーバーやリフトがなかった時代の話だ。街角で手を挙げるか、ホテルの外で並ぶか、どちらかだったけれど、とにかく多くの人がいて、タクシーを見ることさえ不可能で、捕まえることなんてなおさら無理だった。結局、私たちは、忙しそうだけど優しそうな警察官に声を掛けた。

「すいません」と私は言った。「タクシーを捕まえられるところってないですか？　百万人ぐらいの人が並んでいて、困っているんです」

警察官はライトで私を照らして、「君はいくつ？」と聞いた。

「21です」と、私たちは動揺せずに答えた。

彼は腕を組んだ。「IDを見せてくれますか」

「今、持っていないんです」と私は言った。「なくしちゃった」

「名前は？」

「ジェニファー・パールシュタインです」と私は答えた。「こっちは友だちのレズリー」

「何歳なんだい、ジェニファー？」

「だから言ったでしょ！　21歳！」

「いや、違うな」

「18歳だったら？」

「いや、君は18歳でもないね」と彼は言った。「君の年齢で9時以降に商業地域に来るのは法律違反だ。外出禁止令が出ているんだ。逮捕されたい？　すぐに逮捕すべきだな」

ニコールと私は、18歳で仕事のために街に来ていると言い張ったけれど、警察官は信じてくれなかった。

警察官はパトカーの後部座席に座るように私たちに命じ、私たちは後部座席に、**一体、何事？　あたしたちが何をしたっていうの？　どういうこと？**　という表情で座っていた。彼は道路の角に立って、肩越しに無線で話していた。

私たちはずっと待っていた。2時間ぐらいに感じられた。実際には15分ぐらいだったと思う。ニコールと私はこそこそと言葉を交わし、話のつじつまを合わせ、戦略を練っていた。警察官がパトカーのドアを開けると、ニコールがうっかり口を滑らせた。「彼女の名前はパリス・ヒルトンよ！　ラスベガス・ヒルトンに滞在してるの。彼女のママはキャシー・ヒルトン！」

「**ニコール**」私は彼女を肘で突いた。「なんてこと」

「ごめんなさい。悪いことをしようなんて考えていなかったんです」とニコールは言った。彼女は私の母の電話番号を警察官に渡し、それから少しして父が迎えに来てくれた。ホテルに戻るまで、父は私たちを怒鳴りつけた。ご想像通り。

「一体何を考えていたんだ？　どれだけ恐ろしいことかわかるか？　スター、君を隔離する！　隔離だ！」

私は、「何から隔離するのよ？　私はラスベガスにいるのよ」

「ニコールから隔離だ」と父は言った。「君たちがお互いに悪い影響を与え合っているのは明白だ。君たちはもう、仲良くしてはいけない」

ニコールの両親は、私の両親と同じぐらい腹を立てていたから、いわゆるダブル・トラブル状態だった。両親たちは私たちふたりを別々の部屋に滞在させ、おしゃべりは禁止だと言いつけた。ロサンゼルスに帰った時、母たちが部屋の電話を没収した。でもニコールの家と私の家はゴルフコースを挟んで向かい側にあったので、バルコニーに立って大きな声を出せば、グリーンにひびき渡ってお互いの声が聞こえることがわかった。

愛は常に方法を探し出す。私たちを引き離すなんて不可能だった。

私たちはイヤイヤ期の頃から、死なばもろとも関係で、世界が終わるまでその関係は続いていく。10代の頃は、短いフレーズを作って言い合ったり、ふざけた声を出して話したりして、私たちの周囲にいた人たちは笑い転げていた。私たちだって笑い転げていた。今それを考えるだけでも笑ってしまう！　一体なにが起きていたのかわからない。私たちはただ、音叉《おんさ》のように共鳴し合っていた。私たちは楽しい時間を過ごしていて、ルーシーとエセルが演じるコメディ（訳注：1951年より放映されたテレビ番組『アイ・ラブ・ルーシー』）の魔法がかかったみたいだったし、それは『シンプル・ライフ』（訳注：2003年より放映されたパリスとニコールが出演するリアリティ・ショー）の魔法でもあった。

ニコールはとても優しくて親切で、ちょっと下品なジョークで人々の心をつかむのがうまい。聞く人の反応は、最高の喜劇。喜劇は大胆でなければならず、ニコールは一切迷わない。

私たちのお気に入りの遊びはいたずら電話で、いたずら電話のプロから方法を学んだ。私の母だ。母は声を自由自在に変えて、ハワイアン・ピザを100枚配達している人にもなれるし、車のトランクに閉じ込められている人にもなれるし、とにかくどんな人にもなれる。母とニッキーに連れられて、小さなぶどう園にランチに行った時のことだ。サプライズ結婚式に参列していると騙されたことがある。それも私が花嫁になるはずだった。

母の規模の大きないたずら電話のサンプルに触発されて、ニコールと私は部屋に何時間も閉じこもって『ロサンゼルス・タイムズ』紙に掲載された求人広告に応えたり、同じクラスの男子に電話をかけて、プロスポーツチームのスカウトの秘書のふりをして約束を取り付けたりした。こういったいたずら電話は、『シンプル・ライフ』の撮影中に、コインランドリーの掲示板に掲載されていた番号にかけていた電話と同じようなものだった。

どこの誰だかわからない人「もしもし？」

私「（低い、しわがれた声で）すいません、部屋を借りたいのですが」

どこの誰だかわからない人「広い部屋ですよ。家具は気に入るんじゃないかな。バッドな感じで」

私「バッドな家具は嫌だな。待って、バッドって、良いって意味？　若者の言葉がわからなくってね。寂しい老人だからなあ」

どこの誰だかわからない人「バッドは最高って意味ですよ」

私「禁煙ってあるけど。タバコが大好きなんだ」

どこの誰だかわからない人「禁煙です」

私「そうですか。プールに裸で入ってもいいの？　今はカリエンテに住んでいるんだけれど、いわゆるヌーディストのコロニーなんだ。ヌードなんて気にしないよね？　どう？」

（ガチャン）

第3章 被害者になるか、インフルエンサーになるか

1995年年2月、私は14歳になった。『トイ・ストーリー』と『ジュマンジ』が大好きで、モンテル・ジョーダンの『This Is How We Do It』を、片手を上げて、踊りながら大声で歌っていた。カトリック・スクールの8年生になっていた。（堅苦しい感じの）制服があったけれど、私とニッキーはスカートを短くして、大好きなハローキティのアクセサリーをつけて、シャツをたくし上げる賢いテクニックを駆使し、制服をアレンジする方法を見つけ出した。髪をブローしていた。家に戻り、格子柄のスカートと糊付けされたブラウスを脱いで、足で蹴って部屋の隅に追いやるのが待ちきれなかった。私はサーファーショーツとぶかぶかのTシャツとスニーカーを履いていた。父のきれいな洗濯物のなかからトランクスとベースボールシャツを盗んでパジャマにしていた。

私はおてんばだったけれど、自分が子どもだとは一切思っていなかった。ポケットベルと自

分専用の電話線を持っていて、それは留守番電話に接続されていた。擦《かす》れた声を出し、まるで深夜のテレビで流れるテレフォンセックスの広告みたいな声で誘惑しようと、留守番メッセージを何度も何度も録音した。

ヘイ、パリスだよ。いま、忙しくて電話に出ることができないけれど、あなたとお話がしたいな……。

夜はベッドに寝転んで、友だちと大人みたいなゴシップを楽しんでいた。例えば『フレンズ』のレイチェルとロスが付き合うのかなとか、放課後、テレビで再放送される『ビバリーヒルズ高校白書』では、次に何が起きるのかなんて話題だ。

90年代中盤、女優のシャナン・ドハーティーはバッドガールのアイコン的存在だった。ニュースタンドや日用品店でキャンディを買えば、タブロイドにところ狭しと掲載された彼女の姿を必ず目にした。『プレイボーイ』誌では、ほとんどヌードでポーズを取っていた。男性たちとパーティーを繰り返し、女性の友だちとの間には確執があり、そして……**許せない!** 彼女はドラマを降板したのだ。彼女を大ブレイクさせたファンたちが、彼女を責め、私たちでさえその流れに乗った。「なんて女。最悪のビッチ」。誰もが愛した女の子が、誰もが憎む女の子になった後、寄せられたコメントはだいたいこんな感じだった。

母は男の子たちの世話で手一杯だったから、私の部屋の汚れだとか私のペットだとか、私の落ち着きのなさは、徐々に彼女を苛立たせていった。私たちは常に仲良しだったけれど、母と10代の娘の間で自然に発生する、摩擦のようなものを感じ始めていた。母は超がつくほど保守的な人だ。私はスーパーがつくほど**その逆**だった。私はオニクスの『Bacdafucup』を繰り返し聞き、失礼な言葉がプリントされたGadzooks（２０００年代初頭に10代の若者の間で流行ったアパレルブランド）のTシャツを愛用していた。生意気な口をきき、お礼のメッセージを書かず、親の許可を得なければならない難局を避けた。寝室の窓から抜け出して、スーパーマリオみたいに壁を伝って抜け出していた。学校の修道女たちは私の落ち着きのなさ、反抗的な態度、そして注意力の欠如を嘆いていた。

頻繁に外出禁止を命じられ、その解決策は抜け出すことだった。ある時、ニコールと私は、とある学校で開かれるダンスパーティーに行く計画を練った。そのパーティーは、私たちの手に負えない振る舞いが理由で、出入り禁止になっていた。ビバリー・センターにあるジュディーズという店に行って、双子の衣装を購入した。ベルベットのショートパンツにクロップトップ、そして網タイツだ（センスがいいとは言えないけれど、全く不適切というわけでもなかった。リアリティ・ショー『Dance Moms』でもっとセクシーな衣装を見たことがあるはず）。そして、学校のプロジェクトの勉強をするとか、そんな理由をこじつけてニコールのお父さんの家に行き、衣装に着替え、バギーパンツとジャケットを衣装の上に着た。そしてどちらの両親も、相手の家に子どもがいると考えている状況のなか、私たちはダンスに出かけた。

私たちはこんなことに大きなスリルを感じていた。

計画を立てる！　陰謀だわ！

　私たちは一度もひどいことはしていない。自由になれる感覚と、押さえつけようとする相手を出し抜くことが楽しかっただけだ。何をやっても結局見つけられて、外出禁止にされた。当時の私たちにとって、それはとても不公平に思えた。私たちは冒険をしているだけ。**セクシーな気分ってどんなもの？　セクシーの意味って、そもそもなんだろう？**　10代の女の子が疑問に思ったとしても、全く不思議はない。

　でも女の子たちが、知識不足のうえに自らの行動を隠したいと感じながら探検のフェーズに入ることには問題が多くある。あなたが子どもに対して「それについては話をしません」という態度を示すのだとしたら……残念でした！　子どもたちは、大人になるということは、物事を秘密にすることだと考えたまま成長してしまう。修道女たちは、生殖医療について生物の授業で教えてはくれなかった。英語のクラスでは当然のように『ロリータ』は取り上げられなかった。母は「体のプライベートな部分」や「みだら」なことについては話をしなかった。私は基本を雑誌『セブンティーン』の女性向け保健衛生広告で学んだのだ。私が理解していたセクシュアリティは、マドンナのビデオの噴霧器で、カルバン・クラインのコマーシャルで、母のバッグからリップグロスを盗んだときの罪悪感に似た、漠然としたいたずらな衝動だった。

　そんな理由もあって、中学卒業を間近に控えた私は、心のなかではすでに高校生の気分だった。それは成長という意味だよね？　卒業アルバムができてきたときには、8年生全員がガウンとキャップ姿で写真に収まっていて、私の写真にはこうキャプションがついていた。「最強の女子」

これも最高な言葉でしょ？　「あなたは最高。あなたは大丈夫」だとか、「この子は大丈夫。彼女は素敵な子よ！」とか、トンボの羽のように繊細な少女だとか、そんな意味にも受け取れる。

でも、この「**最強**」の意味は**ホット**だということ。**セクシー**という意味。私は8年生のなかで、**一番セクシー**な少女だった！　だってセクシーな8年生って……すごいことでしょ？

まるでハロウィンのコスチュームみたいな？

「最強の女子」という言葉を私は受け入れた。それに身を任せた。

一方で、クラスの女の子たちは全員、若いハンサムな男性教師に恋をしていた。彼が嘘みたいにホットだといつも言っていた。全身アバクロンビー。くしゃくしゃの髪。刺すような視線。修道女も含めて、誰もが彼に恋をしていた。

でも彼は**私を**選んだ。「最強の女子」を。

彼は誘うような笑顔を見せながら、「君に恋している」と言った。

私は大人のやり方で注目され、大事に思われていると感じていた。彼は私を褒めちぎって、からかって、女の子たち全員が私の悪口を言っているのは、あの子たちが私に嫉妬しているからだと言った。私がホットだから嫉妬しているのだ。私が部屋に入った瞬間、彼女たちのボーイフレンドは別れたがってしまうのが理由だそうだ。彼は私のプライベートな電話番号を聞き、誰にも言ってはいけないと注意した。

「ふたりの秘密だよ」と彼は言い、私はそれを枕の下のキャンディのように秘密にした。騙され、操られているとは決して思わなかった。崇拝されていると思っていた。私はマリリン・モンローで、その恋を待っていた。私が彼に魔法をかけたから、彼は我慢ができなかった。

なぜ私がこの物語を好きじゃないかって？　それはすべて、私、私、ゴージャスでかわいい私だったから。焦点は、彼の不適切な行動ではなく、私の誰かを夢中にさせるような美しさに当てられていたから。

ミスター・アバクロンビーはほとんど毎晩私に電話をし、私たちは、私がどれほど大人っぽく、美しく、そして聡明で、官能的で、周囲に誤解され、そして特別なのか何時間も語り合った。先生は、ダイアナ妃はチャールズ皇太子より13歳も若かったと教えてくれた。プリシラ・プレスリーがエルヴィスと恋に落ちたとき、私と同じ年齢だったと言った。私にはロックスターがお似合いだ。私にはプリンスがふさわしい。なぜなら私はプリンセスだから。8年生の男子が絶対にできないような方法で、私は寵愛を受けるべきだ。

ミスター・アバクロンビーは、私はとても素晴らしく、大切だと信じこませた。だって知ってる？

私はその通りの女の子。8年生の女の子は誰だって、素晴らしくて大切だ。プライスレスな芸術品のようなもの。だから8年生の教師は全員、美術館の警備員のようなものだと考えてしまう。美しさを堪能するためにそこにいるのではない。それを守るためにいるのだ。ルールを守るためにいるのだ。そしてルールその1は、**「絶対に手を触れるな」**なのだ。指、唇、男性自身を最高傑作から遠ざけておけってこと。真珠の耳飾りの少女は、気味の悪い男に体を触れることなく、もの悲しげな微笑みを浮かべる価値があるのは明らかだ。なぜなら、貴重な芸術品に対する損傷は隠すことはできても、元に戻すことはできないから。

先生はほとんど毎晩、「親御さんは家にいるの?」と聞いてきた。

ある日の夜、両親が出かけている日に、私は「いないわ。子守がいるだけ」と答えた。

彼は「外に出ておいで」と言った。「待ってるから」

私はスニーカーを履いて、寝室の窓から出て、雨樋《あまどい》を伝って下に降りた。夜の空気と、刈られた芝生とクチナシの花の香りが私の肺を満たした。古いＳＵＶが私道の端でアイドリングしているのが見えた。私は助手席に滑り込んだ。先生は私を抱き寄せて、そしてキスをした。

その激しさが私を驚かせ、そして喜ばせた。脳にスイッチが入り、アドレナリン、好奇心、そして名前もつけることができないような感情が流れ出した。この恐ろしいぐらい幸せなキスはとても長く感じられ、次の何かへと繋がっていくように感じられた。もし両親の車が私道に入ってこなかったら、彼はどこまで先に進もうとしていたのか。それはわからない。

ヘッドライトがフロントガラスを照らし、魔法が解けた。

父の唖然とした顔が見えた。先生は車の鍵をイグニッションに差し込むと、車を急発進させた。車のボディを左右に振りながら車は走り、私はシートの端を必死につかんでいた。ベル・エアとウェストウッドの高級住宅街を、先生は狂ったようにスピードを上げ、タイヤを軋ませながら角を曲がり、ずっとおびえていた。

私はクスクス笑った。ナーバスだったからだ。心臓はどきどきしていた。耳鳴りがしていた。どうしよう！　シートベルトをしていなかった！　まるでボニー＆クライドじゃない！

「**ファック！　ファック！　ファック！**」

ミスター・アバクロンビーは泣いているようだった。「人生が終わってしまった。俺は一体なにをやっているんだ？　**なんでこんなことをさせたんだ？**」

結局、彼は車をバックさせて、家の前で私を降ろした。デートの最後にするような、お休みのキスもしてくれなかった。ロマンチック・コメディみたいなことは起きなかった。彼はただ私を車から降ろすと、スピードを上げて走り去った。私は庭を走って横切り、雨樋をよじ登って寝室の窓から部屋に入り、ベッドカバーの下に飛び込んだ。激怒した両親が部屋に勢いよく入って来て、私に叫び続けていた。とにかく、次から次へと言葉が出てきて、まとめることができないほどだった。憤慨という感じ。

私は大きな目でまばたきを繰り返し、夢を見ている赤ちゃんのような声で「なぁに？　なにを言っているの？　私は眠っていたの」と言った。

それ以外、どうしたらいいのかわからなかった。ふたりが私を信じなかったことは確かだけれど、とりあえず……ふたりにはどこかに行ってほしかったし、明らかに、ふたりもどこかへ行きたかったようで、私の部屋から出て行った。そしてこの日以降、この気まずい事件を口にする人は誰ひとりとしていなかった。

学年はほとんど終わりだった。でも最後の1か月は、学校でも、家でも修羅場が続いていた。

私は誰にも言わなかったけれど、なぜかみんなは知っていたようだった。もしかしたら私の想像なのかもしれないけれど、何かが違う気がした。彼はその後もミスター・アバクロンビーだったけれど、私はもう「最強の女子」ではなかった。私はカトリック・スクールのシャナン・ドハーティーだった。誰もが私を嬉々として憎んだ。私がやることはすべて間違いだった。どのように考えたらいいのか、どうしたらいいのかわからず、孤独で混乱した秘密のなかで、何もかもひとりで処理しようとしていた。

卒業式のあとのダンスパーティーで、私はマクドナルドに行き、学校に戻ると、卒業式の付添人の大人が中に入れてくれなかった。

修道女たちは、「あんたはもうおしまいだよ、ビッチ。GTFO（訳注：Go the fuck out：失せろという意味）」という感じだった。

その言葉を正確に口にしてはいなかったけれど、彼女らの気持ちは明らかだった。母に電話して迎えにきてもらわなければならなかった。母は顔面蒼白になり、辱めを受けると知りながら。

この時が、ベル・エアにあるバービーの夢の家で過ごす最後になった。

父と母は、パーム・スプリングスにあるおばあちゃんの家に私を住まわせた。夏の間だけだと思っていたのに、もっと長い期間になるとわかった。

先生とのことが影響したのか、それとも先生が別の女の子を選ぶことを阻止しようとした試みがあったかどうかはわからない。私の両親は一切情報を提供しなかったし、私は両親に一度も聞いたことはなかったけれど、きっと悪い評判を恐れて事を荒立てず、告発もしなかったのだろう。私にとって最善だと両親が考えた理由は理解できる。

25年間、私はこの出来事を心のなかで「私のファーストキス」だと考えていた。実際は私のファーストキスではなかったけれど、あのキスの前のすべてのキスが、フェレットへのキスと同じように感じさせたからだ。なぜ窓から抜け出してバカな小児性愛者とキスしたのか、話すことも、本当はそれが何を意味するのか考えることも、自分に許さなかった。実際に**小児性愛者**と口にすることに、数十年もかかった。

あの男に児童性的虐待者としての役割を与えることは、自分自身を被害者にすることで、私にはどうしても受け入れられなかった。彼の私に対するすべての称賛が、8年生の女の子が熱望する肯定的な言葉のすべてが悪意から生まれたものであり、私は愚かで、うぬぼれていたからそれを信じたという事実を受け入れられなかった。恋人に優しく触れられる自分を夢見つつ、実際はゴキブリが私の体を這い上がっていたと気づくようなものだ。卑劣な行いを、現実世界では自分が楽しんでいたという事実と折り合いをつけることができなかった。この視点で考えていると、こうやって書いていても、本当に気分が悪くなってくる。

私はハエではなくてクモになりたかったし、その結果として、私は屈辱を受けた側となり、遠くに送られたのだから、私が悪かったということでしょ？　プラスチックが環境を汚染しているのと同じぐらい確実に、この哀れな男の人生を台無しにしたのは、私の責任だ。

私は今でもその恥を引きずっている。

大人となった今、心の中では、大人の不適切な行いに対して子どもが非難されるべきでは決してないとはわかっている。ここであなたに最悪な秘密を伝えている今この時も、私の顔は真っ赤になっている。この気持ちを完全に払拭できる日が来るかどうかもわからない。でも、このことはこの先の多くの出来事のきっかけとなった、私の物語の重要な鍵を握る出来事なのだ。

マリリン・モンローの回顧録『マイ・ストーリー』を読み、私は泣いた。彼女が小学生の時、叔母の隣人から性的虐待を受けたことについて勇気を出して語った事実に、影響を受けた。男は魅惑的なおしゃべりで彼女に近づき、そして優しく部屋におびき寄せた。男はドアに鍵をかけ、彼女の体を触り、そして彼女が美しいから自分を止めることができないと言った。そして男は部屋の鍵を開けると、絶対に誰にも言わないようにと口止めした。アイスクリームを買うために5セントを渡そうとしたけれど、幼き日のノーマ・ジーンは男の顔に向かって5セントを投げつけ、急いで叔母に何が起きたかを伝えに行った。すると叔母は、隣人について嘘をついたと彼女を叱った。男は紳士として知られていたのだ。数日後、叔母は彼女を教会の伝道集会に連れて行った。そこではマリリン・モンローを虐待した当人が、彼女の罪が許されるよう声高に祈りを捧げた。

「その日の夜、私はベッドの中で泣いて、死にたいと考えた」とマリリンは『マイ・ストーリー』で綴っている。『『誰も味方になってくれる相談相手ではないのなら、私は叫びだしてしまう』と考えた。でも私は叫ばなかった」

マリリンと私の両方が、自分の容姿が自分以外の誰かの犯罪行為の言い訳になるという物語をあっという間に受け入れたことを考えると、ひどく腹立たしい。でも、だからって私たちが何をできたというの？

私たちには選択肢が与えられていただけ。

A　騙された、利用されたバカな子どもで、ゴミのように捨てられる。

B　その美しさと魅力が誰かの気持ちを変える力を持ち、魂を揺さぶり、行動を変えてしまう、抵抗できないサイレンになる。

被害者とインフルエンサーの二択を与えられた私とマリリンは、サイレンとしての自分を受け入れたのだ。

第4章
スリヴィングなグラム・クラッカー

パーム・スプリングスが最高のリゾート地である理由は、その高温多湿さにある。周辺地域はサソリとサボテンがいっぱいのフライパンみたいに暑い場所だが、パーム・スプリングスはサン・ジャッキント山脈が作る影の恩恵を受ける位置にある。天気の良い日ばかりなのだ。暖かい砂漠の風が上品なビクトリア朝の女性たちの疲れやヒステリー（PMS、更年期障害、あるいは女性に意見を述べてもいいのだと信じ込ませるクレイジーなアイデアを呼び覚ます症状を包括する言葉）に効くとされ、ハイソサイエティな人たちが1990年代にこぞって訪れるようになった。

伝説によれば、ウィリアム・モリスのスカウトマンによってマリリン・モンローが「発掘」されたのは（まるでコロンブスがアメリカ大陸を「発見」したような感じで）、1949年、パーム・スプリングスにあるチャールズ・ファレル市長のラケット・クラブのプールサイドだったらしい。コンラッド・ヒルトンは1960年代初頭にやってきて、99年の賃貸契約で高級ホテルを建設した。

1995年に私がパーム・スプリングスにやって来るまでに、ラケット・クラブのオーナーは次々と変わっていた状況で、雑草が生い茂っていた。パーム・スプリングス・モールの店舗の半分は、大規模な小売店舗も含めて、閉店状態だった。パーム・スプリングスのダウンタウンは、当時もハリウッドのエリートたちの遊び場として機能していたが、地域の住人は、多くが髪を青く染めたおばあちゃんだった。

私の母方の祖母は、そんな人たちとは違っていた。

私の祖母の髪は銅みたいな色の赤毛で、それはまるで真新しい1セントみたいだった。そして燃えさかるような赤いリップなしで家を出ることは決してなかった。彼女はグラマラスだった。いつもダイヤモンドを身につけていた。彼女は宝石が大好きだった。多ければ多いほどいいのだ。そして彼女はそんな宝石を美しく見せることができる人だった。グラム・クラッカー(祖母のニックネーム)は部屋のエネルギーを変える能力を持つ人だった。キャラクターの強い人だった。人付き合いが大好きだった。ゴージャスでいることが大好きだった。普通の型にはまろうとするのではなく、彼女は自分自身であることを享受した。

言い換えれば、グラム・クラッカーは**スリヴィング**(slaying(とても魅力的)+living(生きている))な人だ。

スリヴィングとは、私が数年前に開かれたハロウィンパーティーで作った言葉だ。「スレイ

「スリヴィング」と言い始めたものの、「最高の人生を生きる」を目指して左に急旋回、「スリヴィング」ができ上がった。腹を抱えて大笑いしたけれど、**最高の言葉だなって思った。今すぐ商標登録してやろうか**。もしかしたらちょっと酔っていたのかもしれない。でも、すごくいい言葉じゃない！　ムーブメントだし、ライフスタイルだ。そして私のグラム・クラッカーはまさにスリヴィングを体現する人だった。

今思い返してみれば、彼女と一緒に暮らせたことに感謝している。彼女はスタイルとは何か、強さとは何か、そしてそのふたつがどれだけ調和するのかを見せてくれた。彼女はまるで街を支配しているかのようだった。誰もが彼女のスタイルとスピリットを愛していた。私は子どもだったけれど、それには気づいていた。彼女にはヒルトン家にあるような資金力はなかったけれど、その大胆さと意志の強さで道を切り拓いてきたのだ。

「一生懸命働いて、自立しなさい」と彼女は教えてくれた。「男に人生を決められてはだめ。あなたはスターよ。この惑星で最も美しい存在なの。男たちはあなたにひれ伏すだろうけれど、自分が求めているものを知り、それを手に入れるの」

クラスの男の子に意地悪をされて、不機嫌な顔をして家に戻った日があった。グラム・クラッカーは彼の両親を知っていたので、彼に電話をして、いきなり「よく聞きな、このニキビ面のブサイクが！　あたしの孫に関わるんじゃねえ。今度あの子に話しかけたら、お前を破壊してやる」

言葉のことはおいといて、彼女はとても力強い例を示してくれた。愛する者のために立ち向かえ。そして自分のために立ち向かうことができるほど、自分を愛すること。

　グラム・クラッカーと夏を過ごすのは楽しかったけれど、夏が終わると、母と父が来て、私をランチョ・ミラージュにある私立のプレパラトリー・スクール（訳注：大学進学のための私立の中学校）、パーム・ヴァレー校の9年生に編入させた。グラム・クラッカーの家から30分程度で通える学校だった。先生との一件に対する罰だとは考えていなかった。多くの子どもがプレップ・スクールに通っていた。たいしたことじゃない。それに、両親は家を離れることが多かったから、子守といるより、グラム・クラッカーといるほうが安全だと考えたのだろう。私は子守よりも賢かった。でもグラム・クラッカーには勝てなかった。誰も彼女には勝てない。永遠にね。

　家族が私を残したまま、ニューヨークに戻ったと知ったときには打ちのめされた。グラム・クラッカーの家はもちろん収監先としては最高の場所だったけれど、砂漠のなかのゴルフコースの横に私が閉じ込められているというのに、家族はウォルドルフ・アストリアに居を構えたというのだ。これはとてもじゃないけど納得できなかった。私14歳だった。家族と一緒にいたかった。私には母が必要だった。彼女の手首につけられたシャネルの5番の清潔な香りが恋しかった。彼女の溢れかえるようなウォークインクローゼットで試着をしたかった。父と一緒に行った、午後の動物園の素晴らしいひとときが待ち遠しかった。

　弟のバロンは成長して背が高くなり、見ても彼だとわからないほどだった。バロンの下の弟のコンラッドは幼児で、彼を知ることも、一緒に遊ぶことも、ニッキーと私がバロンをかわいがっていたように、赤ちゃんのコンラッドをかわいがることができなかった。

私は悪い子ではなかった。

口が達者な子で、非協力的で頑固だったかもしれない。言い換えれば、私は14歳だったのだ。あなたの14歳の娘が常に完璧な天使のように振る舞っているのなら、ライム病の検査を受けるべきだ。私はアルコールを飲んだこともなかったし、ドラッグだって一切やっていなかった。タバコだって吸ったことはなかった。私は汚い言葉を使わなかったし、(そんなにたくさんの)嘘もつかなかった。10代の女の子が母とよくやる口喧嘩のようなものはあったけれど、私は両親を愛していたし、ふたりが私を愛していることも知っていた。テレビの前でくつろいだり、家族が一緒に朝食を食べる様子を想像するだけで、心が深く傷ついた。私なしで行われる些細なことすべてがつらかった。私は大いに泣いて、母を求めて、姉弟を求めて、家に帰りたいと考えた。

家族が何を求めているのかわからなかった。私ではないのは確かだった。

ということで、必要な家族がいない人がやることを、私はやった。自分で家族を作ったのだ。どんな人だって人生のある時点で、生まれついた家族と疎遠になってしまうフェーズを経験するはずだから、これはとてもよいスキルだ。それは単なるフェーズではない。ライフスタイルなのだ。ＬＧＢＴＱの友だちやファンの多くがそういった状況にいるから、自分自身のことについてシェアしすぎることなく、彼らが見守られ、愛されていると感じられるように常に努力してきた。

私は理解している。

グラム・クラッカーには感謝している。

私とグラム・クラッカーはまるで、ひとつのさやのなかの豆のように仲が良かった。彼女に慎み深い老人のような役割を演じてほしいと期待したことは一度もなかった。私たちは、ただ自然でいることができた。グラム・クラッカー、そして私だ。グラム・クラッカーは少なくとも1000回ぐらい、私にこう言った。「あなたが生まれる前、霊能者が教えてくれたの。『今度生まれてくる女の子は将来、世界で最も写真を撮影される有名な女性になるでしょう』って。ブリジット・バルドー。オードリー・ヘップバーン、マリリン・モンロー、グレース・ケリー。あなたはその誰よりも有名になる」

メイクをすること、本物のデートに行くこと、モールで遊ぶことはそれまで許されていなかった。グラム・クラッカーはこういったことについては厳しく制限しなかった。母が絶対に話をしようとしなかったセンシティブな話題も、グラム・クラッカーは教えてくれた。男の子、ブラ、マスカラ、14歳の女の子にとっては適切で必要なことすべてを教えてくれた。グラム・クラッカーは私をサロンに連れて行ってくれ、ハニーブラウン色の髪をブロンドに脱色し、ファラ・フォーセットみたいにレイヤーカットにすることを許してくれた。最新のメイクのトレンドも教えてくれた。マット・ファンデーション、唇を大きく描くリップライナー、完璧に整えた眉毛、そしてきらきら光るグリッター仕上げ。グラム・クラッカーは「ネフェルティティ（訳注：紀元前14世紀古代エジプトのファラオだったアメンホテプ4世の正妃。目の周辺を黒く縁取るようなメイクが特徴）の目」の達人だった。アイスブルー、またはラベンダー色にまぶたを塗り、眉毛の下の骨のあたりまで銀色に輝く白を塗る。でも私はスモーキー・アイ（目の周辺に黒いアイシャドウを塗る）が特徴の初期のグランジトレンドが好きだった。

グラム・クラッカーは週末になるとモールに行かせてくれて、フードコートのお金も必ず持たせてくれた。デートに行くことも、パーティーに参加することも許してくれた。私の部屋でテレビを見るために、男の子や女の子の友だちを招くことも許してくれた。だから、私は家を抜け出す必要がなかった。両親が許してくれていたよりも、ずっと多くの自由が与えられていた。ただ、グラム・クラッカーは境界線も定めていて、それについては厳格だった。

９年生は、私が学校から何かを得た最後の年だった。私は授業を決してサボらなかった。宿題をやり、大学進学について考えた。初めての本物のボーイフレンドと付き合っていた。ランディ・スペリングは、両親であるアーロンとキャンティ・スペリングと姉のトリと一緒に、５万６５００平方フィートの伝説的な豪邸「マナー」に住んでいた。ランディの家には映画館やボウリング場があった。その他にも、彼のガールフレンドは最高だと思わせてくれるものがそろっていた。彼は私よりも少し年上で車の免許を持っていたので、パーム・スプリングスに私に会いに来てくれた。とても素敵な温泉のあるプール付きのバンガローを借りてくれたこともある。週末のために大きな計画を立てた。セックスの計画じゃない。ただ、楽しむためのものだ。私はそのときバージンで、夫のために自分自身を大切にしておくとはっきり決めていた。

処女でいることについて、カトリックの教えを基本として育てられた私は、母を尊敬し、父のような人と結婚したいと思っていた。ふたりは互いに忠実で、優しかった。お互いを大切にしていた。私もそのように大切にされたかったし、良い妻になるには、結婚するときには処女でいなければならないと教え込まれていた。母は、男は手に入れられないものばかりを欲しがるから、それを与えるということは翌日に捨てられるという意味だと、私の頭に叩き込んだ。フェラチオなんて私には絶対にふさわしくない行為だと言った。「それは情けない女のすることよ。跪《ひざまず》く必要なんてない。あなたはパリス・ヒルトンなんだから」と言った。母はいつもニッキーと私に「自分を安売りするな、あなたの価値に感謝しない男に自分を与えるな。自分をシャネルの財布だと思いなさい。あなたはエルメスのオリジナルであって、リサイクルショップの偽物じゃないのよ」

ランディに夢中になっていたとはいえ、私はこんな理由で**バーキンになろう**と考えていた。そしてランディはそれを理解してくれていた。こういう状況でも、楽しい週末は過ごせるでしょ？　それにふたりきりの週末ではなくて、子どもたちのグループも一緒だったのだ。まさに『ビバリーヒルズ高校白書』状態。

私はキュートな服を小さなスーツケースに詰め込んで、グラム・クラッカーには友だちのクリスタルと週末を過ごすと伝えた。グラム・クラッカーはクリスタルの母親と親しかったので、全く問題はなかった。ふたりが親しいからこそ、グラム・クラッカーがクリスタルの母親に電話して、私がいるかどうか確認するとは考えなかった。レンタルのバンガローの住所をどうやって調べたのかはわからないけれど、彼女のパーム・スプリングスでのネットワークの最強さが証明されたというわけだ。私たちがジャグジーでくつろいでいたそのとき、グラム・クラッカーは急いでバンガローにやってきて、ドアを叩いた。私は部屋のなかに入って覗き窓から外を見た。そこには大声で叫ぶグラム・クラッカーが見えていた。「パリス！　中にいるのはわかってるのよ！」私はスーツケースを急いでつかんで裏口から逃げ出し、フェンスを乗り越えた。このバンガローはゴルフコースの端にあったので、裸足で走ってグリーンを横切り、バンカーやスプリンクラーを避けながら、グラム・クラッカーの家まで戻ったのだ。少しあとになってグラム・クラッカーは家に戻ったけれど、とにかくカンカンに怒っていた。私は思いつく限りの言い訳をした。神に誓うわ、**私はクリスタルの家にいたの！　ゲストハウスにいたから、彼女のお母さんは知らなかったかもしれないし、わからなかったかもしれないし……**そういうこと。もういいわ。グラム・クラッカーに嘘をつくことなんてできなかった。レーザービームみたいな視線で私を見て、そして魂まで見透かしていた。私を叱ることはなかったけれど、品位と事の重大さについて私に教え込み、私は彼女を騙そうとした自分を恥じ入った。

現代の高校生と比べれば、私のやったことなんてとってもかわいいことだけれど、母と父はニッキーと私が生まれたその日から、愛と恩恵という名のタッパーのなかに私たちを閉じ込めて世界から守っていた。母は働きながら大人になって、若くして結婚した。彼女は（そんなものがあるのだとしたら）「普通」の10代を経験する機会を得ることができなかった。だから私の10代の生活は、彼女を怖がらせたのだ。ヒルトンという名は両親にとっては大切なものだった。そしてもちろん、私にとっても。私はヒルトン家の一員として誇りを持っていた。でも、私はパリスでもいたかったのだ。

高校時代は自分自身の運命の女王になったような気分でいた。美しく、自信に満ちあふれていて、Micky D's（マクドナルド）で友だちと遊んでいた。

週末になると、時々ロサンゼルスに行きパパとナナと一緒に過ごし、友だちと遊び、最後にはセンチュリー・シティー・モールに辿りつく。パーム・スプリングスのモールよりは**ずいぶんマシ**だった。そこに行くと必ず、友だちと私は20代後半の男性ふたりと出くわした。ふたりはとてもかっこよくて、優しくて、モールで売られている服を着た大人で、ふたりが私たちと友だちになりたいと言ってくれるから大人の気分になれたし、一緒に歩き、ポケベルの番号を交換して、無駄話をした。

とある週末、私はそこまで仲がよくない友だちと一緒にいて（仮にその子をイフィと呼ぶ）、そして私たちは例のホットなふたりに出くわした。男の子たちのうち一人のアパートが近くにあるから、遊びに来ないかと誘ってくれた。その誘いは奇妙でも、唐突でもなかった。というのも、ふたりはとても優しく、以前からの知り合いだったからだ。彼らは年上だったけれど、私たちも幼い女の子ではなかった。なにせ、私たちは高校生だったのだ。これは土曜日の午前中の出来事で、イフィの両親は夕食までには家に戻るようにと私たちに言いつけていた。

ということで、イフィと私はアパートへ行き、音楽を聴いて、ダンスをし、ただ遊んでいた。男性のうち一人が、私にどうしてもワイルドベリーのワインクーラーを飲ませようとしてきた。でも私は先を読んで、スプライトのボトルを持ってきていた。

「スプライトがあるからいらない」と言い続けた。

でも彼は何度も何度も、ワイルドベリーのワインクーラーを持ってくる。ワイルドベリーのワインクーラー、ワイルドベリーのワインクーラー、ワイルドベリーのワインクーラー。彼は「子どもじみた真似はやめろよ。アルコールの味なんてしないんだから。なんともないさ。クールエイドみたいなもんだよ。いいから、とにかく飲みなよ。無駄にしないでくれよ。とにかく一杯飲んで」

私は一口飲んでみた。それはシロップのような味で、青かった。

その後は、ほとんどなにも覚えていない。壊れた断片のようなもの。破片。エコー。ホワイトノイズ。黒い静寂。自分にのしかかるような重さに気づいた。窒息しそうだった。肋骨が折れそうだった。急激にパニックに襲われ、起きようとしたけれど、力は失われていた。まるで脊髄が遮断されたかのようだった。叫ぼうとしたけれど、肺に空気が入っていなかった。ようやくしぼり出すように、**「やめて。……一体なんなの…やめて…」**という声を出した。男が私の口に手を押し当てた。本当に乱暴に。**本当に強い力で**。男は私の顔を押さえつけ、そして囁いた。「これは夢だ。夢なんだ。お前は夢を見ているんだ」

そのしわがれた囁きはまるで蚊の飛ぶような音だった。そして……なにもかも消えた。

私はたったひとりで、見覚えのない部屋で目覚めた。縞模様の入った窓から夕方の日差しが差し込んでいた。両目は頭蓋骨に入ったふたつの石のようだった。唇は腫れているようで、血の味がした。体中が痛み、グラグラして、まるで服のなかで真っ二つに引き裂かれて、それから接着剤でくっつけられたようだった。友だちが私を置いて行ってしまったのか、別の部屋で死んでいるのかわからなかった。吐きたかった。

トイレに行って、吐いて、冷たい水で顔を洗った。寝室のドアを開ける前に、ドアに耳をくっつけた。アパートは静寂に包まれていた。私は慎重にドアを開けて、廊下に出た。男が、玄関と私のちょうど中央の、リビングルームの真ん中に立っていた。

喉が締め付けられるようだった。息が吸えなかった。彼は私を部屋から出さないつもりのように見えた。彼は私を怖がらせたいように感じられた。でもそこで彼は笑顔を見せて、「ハイ」と言った。

私は「イフィはどこ?」と言った。

「ふたりはもう帰ったよ。ランチに行ったんじゃないかな。君は寝ちゃったんだよ。そうだろ? 寝ちゃったことは覚えてる?」

私は「私は……そうだね。きっと、きっと寝ちゃったに違いないわ」と言った。

彼は「君……何か、変な夢は見た? 何か覚えてる?」と聞いた。

私は玄関に集中して、彼が私に言ってほしいことを口にした。「何も覚えてない。私は寝てただけ。それだけ」

彼は足を前後に奇妙に、ぎこちなく動かして、私が何か記憶しているか、何か悪い夢を見なかったかと聞いてきた。私はただ、彼の言いたいことが理解できないというそぶりで、友だちが待っているから早く帰らなくちゃと答えた。彼はドアから、ちょうど私が彼を押しのけて出ることができる程度に移動した。走ろうとしたけれど、両足が液体のセメントのように重かった。階段をよろよろと降りながら、振り返るのがとても怖かった。

そこからどこへ向かったのか、パーム・スプリングスのグラム・クラッカーの家にどうやって戻ったのかは思い出せない。あの日の記憶、あの日から数日の記憶は、ごちゃごちゃで、奇妙で、まるでびりびりに破って、ブレンダーでかき混ぜられたみたいだ。

祖母にこの話はしなかった。「あなた、なぜそんなに機嫌が悪いのかしら？　名前を不機嫌さんに変えたほうがいいかしら？」と彼女は私に聞き続けた。私は笑うふりをし続けた。

1996年の春はセリーヌ・ディオンが『ビコーズ・ユー・ラヴド・ミー』を歌っていた。1996年の夏はボーン・サグズン・ハーモニーが『Tha Crossroads』を歌っていた。

ランディはセックスをしないことについて、冷静さを欠いていた。私は15歳だった。彼は19歳になろうとしていた。付き合ってから1年が経過していた。彼の悪友たちは「おい！　やっとやらないと、浮気するぞ」と言った。彼の友だちと私の友だちの一部は、すでに経験済みだった（少なくとも、そう聞いていた）。私に異変が起きていることはわかっていた。キスされて、抱きしめてもらいたいのに、彼が私の胸を触ったり、それ以外のことをしたりすると、私の体はまるで石のように固まった。

する前に、シャンパンを飲んだ。それが効いた。

「私がバージンを失った」物語は、この先ずっと素晴らしくなる。

昔むかし、私を愛してくれていた、かわいい男の子との。

モールで出会った男たちのアパートで起きたことは、考えないようにした。もちろんランディには話さなかった。ニッキーにも一切話をしていない。母には絶対に言わなかった。最近まで、夫のカーターにすら話していなかった。大昔に起きたことだし、あれ以降、いろいろなことがあったし、話をして何になる？　正直、あれ以来、あまり考えたこともなかった。考えるだけで、自分が汚された気持ちになるし、恥ずかしいし、気分が悪くなるから、私の心のなかの最も暗い奥底に突っ込んでしまっておいた記憶なのだ。それが私に落とした長い影を、見ることすら拒絶した。

でもここ数年で、私に奇妙なことが起きた。視点の変化なのかもしれない。それとも、悪い夢として片づけてしまうことを望んだ記憶の処理方法が変化したのかもしれない。クモの巣に水滴がついて、輝いているのを見たことがあるでしょう？　巣の編み目がすべて見える瞬間だ。原因と結果。生命が外側に広がり、死が粘着性のある糸に絡め取られている。その世界のすべてをまとめるデザインの美しさ。私はその中心に、スターである私を見るのだ。

私を中心に世界が回っていると言っているわけではない。私はただ、**私の**世界が私の周りを回っていると言いたいのだ。それはあなたの世界があなたの周りを回っていることと同じだ。そして自分自身の世界に一体いくつの世界が繋がっているのか確認できるほど、私たちは遠くを見ることができない。でも、それは繋がっているのだ。

私に起きたことは、偶然起きたというわけではない。きっとどこかで、多くの女性が、あのアパートで起きた悪夢を忘れようとしているはずだ。そのなかの誰かが誰かに話をしていれば、私には起きなかったかもしれない。そしてもし私が誰かに話していれば、他の誰かに起きなかったかもしれない。だから、今ここで書いている。

恥とは危険なものだ。毒を持っている。

恥を持つ人だけの話ではない。

3件の性的暴行のうち、2件が通報されない理由を考えたことがある？　あなたはそれをどうでもいいと、贅沢にも思える？　15歳の女の子が性的虐待を受けたり、誰かに搾取されたりしたと聞けば自動的に、**バカな女の子**だと考える人が多いだろう。私たちの文化はそのようにして物事をねじ曲げるのがとっても上手。私たちは自分にそう言い聞かせる。何十年もの間、あの気持ちの悪い蚊の鳴くような声は、悪夢を通して私に語りかけた。私は、目を覚まして、**バカバカバカ、なんてバカな女！**　と考えた。

最も意識が高く、フェミニストで、クールで、悟ってる人だって、そう考える。誤魔化すのはやめてね。ピンクよりも寛大で、進化していて、進歩的な人っている？　いないよね！　彼女はとにかくかっこいい人だよ。すごい人！　そして素晴らしいお母さんもやっているようだから、私は彼女が好きになってしまうし、リスペクトする。もうすぐテレビ番組の主人公となるティーンエイジャーの女の子のセックステープで誰もが大騒ぎしている時、テープを絶対に、絶対に公開しないでとその女の子が言っていたというのに、出た結末はピンクの『ストゥーピッド・ガールズ』だった。ミュージックビデオは、悪名高い、一般的に『porno paparazzi girls』と呼ばれる、私のセックステープの強烈なパロディーだ。

あのテープは、私がバーで違法にラム&コークを提供された年齢の時に作られたもので、私の意思に反して公開された。あのテープがインターネット上に公開されたとき、世間の批判、軽蔑、そして嫌悪感は、それを購入した多くの人や、売った人ではなく、すべて私に向けられた。偽物のパリス・ヒルトンのセックステープが次々と製作され、未来の多くの10代の女性の人生を脅かすビジネスの新機軸を開いてしまった。

ピンクは**「野望を抱いた、社会から軽蔑された人と女の子たち」**のことを歌い、**「私が見たいのはそれ」**だと発言した。でも彼女は、それを私の中には見いだすことはしなかった。はっきりさせておく。私はピンクに怒っているわけではない。

ピンクとパリスの「確執」なんてものはない。そんなものあるわけがない。私には昆虫程度の集中力しかないし、恨みを持ち続けるのは苦手。それに、怒りはなんの助けにもならない。必要なのは正直さ。だから今、私は正直に書いているだけ。

問題を抱えた女の子たちの支援活動を通して、口を閉ざすこと、そして恥の有毒な本質を学んだ。そして今になって考えてみると、当時の私は自分の身体の所有権を回復しようと、私のなかの自然で素晴らしいものを取り戻そうと、努力していたとわかる。そしてそれが多くの人を不愉快にしたし、彼らはその向こうにあるものを見ること、「この子には実際、なにが起きているのか?」と考えることもしなかった。

昨年のテニストーナメントで、カーターの知り合いの、とても優しい男性と出会った。彼はパーム・ヴァレー校時代の私を知っていると言った。過去数十年で出会った人たちの名前と顔を思い出し、当時の混乱した記憶の中から彼の顔を大急ぎで探していた。

「あら、久しぶり！」と、私は彼が誰か知っているかのように振る舞った。私は全く彼を記憶していなかった。でも、彼は私の記憶にひっかかっているとある出来事を口にした。

ある金曜の夜、９年生のお泊まり映画鑑賞会が開かれた。体育館にパジャマとお気に入りのものを持って行き、朝まで滞在する。女の子たちの多くはスウェットやフランネルのパジャマパンツ、大きなTシャツ、そしてケアベアのぬいぐるみ、犬のぬいぐるみを持って現れた。私はヴィクトリアズ・シークレットで購入したシルクのロンパー姿で現れた。プレイボーイ・マンション（訳注：雑誌『プレイボーイ』創刊者のヒュー・ヘフナーが所有していた邸宅）で開かれるパーティーに行くような雰囲気。すごくセクシーなランジェリーというわけではないけれど、ホット・ピンクで丈も短かった。そして本物のフェレットを連れていた。監督役がグラム・クラッカーに電話して、私は宿泊できないと伝えた。

カーターにこのことを話したとき、彼は涙が出るまで笑い転げた。

「フェレットが悪かったんじゃないかな」と彼は言った。「衛生規約違反。それから責任問題」

私の夫の、美しくて、オタクで、セクシーで、常に何かせずにはいられないフィクサーみたいな脳は、そのように理解する。彼はどうしてもフェレットのせいにしたかったのだ。

「きっとそう」と私は彼の膝を軽く叩いた。「絶対にフェレット」

母と父が私のパーム・スプリングスでの生活について、どの程度グラム・クラッカーと話をしていたのかはわからないけれど、ふたりは満足していたはずだ。だって、私はグラム・クラッカーの家に1年程度滞在していたから。両親は定期的に会いに来て、家族旅行にも連れて行ってくれて、最終的に私を家に戻すことを決めた。

家族と一緒に家に戻ることはうれしかったけれど、グラム・クラッカーを残して行くことは本当につらかった。パーム・スプリングスで彼女と暮らした一年は、私の人生も、グラム・クラッカーの人生もひっくり返ってしまうほど慌ただしかったけれど、一緒にそれを乗り越えたのだ。やり通すことができた。

グラム・クラッカーがその時すでに自分の乳がんについて知っていたかどうかはわからない。母に話したのかもわからないし、ニッキーと私にも、赤い髪がすべて抜け落ちてしまうまで何も言わなかった。私はそれまでに成人して、自分ひとりで暮らしていたけれど、怖かった。乳がん、なんて怖い言葉なんだろう。そしてグラム・クラッカーにさようならを言わなければならないことを想像すると、心が潰れるようだった。彼女は最強だったはず。いや、私が勝手にそう考えていただけかもしれない。だって彼女を失うなんて、耐えられないことだったから。

しばらくの間、彼女は闘い続け、私はきっと大丈夫だと信じ込んだ。でも、大丈夫ではなかった。治療はとてもつらいものだった。最後に彼女に会ったとき、私は泣いて、彼女にすがりついた。「ここで別れるのは嫌。もう二度と会えないかもしれない」

「乗り越えなさい」とグラム・クラッカーは言った。「私はどこにも行かないわ」

「約束だよ！　おねがい、死なないで」

「**今日は**死なないよ……あなたがその涙で私を溺れさせない限りは」

彼女は私にクリネックスを手渡して、メイクの手直しを手伝ってくれた。空港に行く前に、彼女は私の顔を両手ではさんで、額にキスをした。

「ずっとあなたのそばにいる」と彼女は言った。「ハチドリを見たら、それが私」

キャスリーン・メアリー・ドゥーガン・アヴァンジーノ・リチャーズ・カーテン・フェントンは1938年にネブラスカで生まれた。彼女はシングルマザーで、3人の素晴らしい娘たちの世話役を務めた。彼女は桁外れに愛情深く、迷うことなく自分自身を貫いた。カイル叔母さんがプロデュースした『アメリカン・ウーマン』では、アリシア・シルバーストーンがグラム・クラッカー役を演じた。その中に素晴らしいシーンがある。グラム・クラッカーが、娘にちょっかいを出した男性に挑む場面だ。「ジェリー、あんたのことなんてお見通しだ。あんたは美しい木の上に浮かんだ、嵐を呼ぶ暗雲に過ぎない。雷と稲妻で脅しをかけようとしているけれど、それがどうした？　私の娘は、あんたの雨なんてへっちゃらだよ。だって彼女は木なんだ。あの立派なセコイアの木なんだよ」

番組はフィクションだったけれど、このシーンは彼女のキャラクターを素晴らしい形で再現している。孫娘と娘たちに対する、本物で、強い信念だ。

リアリティ・ショーの『シンプル・ライフ』が撮影中だった2002年、グラム・クラッカーは亡くなった。霊能者の預言が現実になった様子を見ることはできなかったけれど、その必要はなかった。彼女の先見の明がすべてを変えたから。彼女は最後の瞬間まで、私を信じていた。ハチドリを見るたびに、彼女の両腕に抱きしめられているような気持ちになるし、NFT（訳注：非代替性トークン）を初めてリリースしたとき――このパワフルな新しい空間に、才能ある女性アーティストを呼び寄せようとしたとき――私はビジュアル・アーティストのブレイク・キャスリンとコラボレーションして『ハミングバード・イン・マイ・メタバース』を完成させた。それは流れるように動く惑星とハチドリの姿を表現している。

グラム・クラッカーにエールを送る。彼女が今どこにいようとも、彼女は私を見守ってくれている。

第5章
レイヴとパパラッチ

10年以上前にパパが話してくれたことによると、彼の父はウォルドルフ・アストリア・ホテルの写真をデスクのガラスの下に忍ばせていたそうだ。黄色く色の変わった彼の写真には、コンラッドが書いた「偉大なる者たち」という言葉が見える。コンラッド・ヒルトンがどのようにしてウォルドルフについて学び、夢を追い求め、購入、修復したのかという物語は、石灰石でできたアール・デコ調のモニュメントが登場する『モビー・ディック（白鯨）』みたいだ。コンラッド・ヒルトンの回顧録『Be My Guest』でその内容を知ることができる。

この回顧録を短くまとめると、こうなる。彼はホテルを見た。欲しくなった。手に入れるまで努力し続けた。ウォルドルフは47階建てで、パーク大通りとレキシントン大通り、49番通りと50番通りに囲まれたミッドタウンのブロック全体を占めている。

パーク大通り側の入り口から入ると、彫刻家のニーナ・セムンドソンによって作られた、優雅で、そして挑戦的なアール・デコ調の作品『The Spirit of Achievement』が出迎えてくれる。商談がまとまったり、アイデアが思い浮かんだり、ボスビッチみたいな気分にしてくれる勝利を収めたときは、この作品の外側に、上向きに広げられた翼を思い浮かべる。この彫刻がつま先立ちになっているところ、背が高く、強靭であるところ、表情が穏やかで、集中しているように見えるところが大好きだ。

ホテルは見事な芸術的建造物で、数え切れないほどの宝物が詰まっている。1893年に開催された万国博覧会で使用された大きな時計は、現在はニューヨーク歴史協会に保管されているが、以前はウォルドルフのピーコック・アレイに展示されていた。母がニッキーと私に、ケンジントン宮殿で行われるハイ・ティーのエチケットを教えてくれたのがその場所だ。どこを見ても、値段のつけられない絵画や大きな花瓶が置かれていた。中2階にはコール・ポーターが弾いたピアノが置かれていた。

ウォルドルフに滞在した世界の指導者、皇族、ハリウッドのスター、そして政界の大物のリストは、建物自体よりも高い。マリリン・モンローが暮らしていたスイート2728では、40年後に、ダイヤモンドの密売人が死体となって発見された。ジョン・Fと、ジャッキー・ケネディがハネムーンで滞在した。私の家族は30Hに住んでいた。マイケル・ジャクソンは子どもたちと一緒に30Aに住んでいた。バーバラ・ストライサンドとフランク・シナトラも住んでいた。ロビーを横切り、エレベーターに乗れば、外国の要人や映画俳優、ローリング・ストーンズと出くわすような場所だ。

ウォルドルフは上流階級と高所得層向けビジネスのハブの役割を果たしていて、いつもそこには魅力的な人たちが集い、興味深い会話が交わされ、大きなパーティーが開催されていた。

そして、ウォルドルフと名前がつけられたサラダまであって、そのサラダがなぜだかとても美味しいのだ。マヨネーズとホイップクリームのなかに、入れるべきではないと思われるものがたくさん入ったドレッシングだ。まるでADHDサラダ。

クラッシックなウォルドルフサラダのレシピはこちら。

酸っぱい青リンゴ少し。どのぐらいかはわからない。果物売り場のリンゴの大きさなんて、わかるわけない。あなたにおまかせ。

セロリ。大きいセロリ。繊維は体にいいから。クルミかピーカンナッツ。両方でもいい。たっぷり入れることを恐れないで。気が散らない人は、少しローストするといい。

レッド・グレープ。サラダを作りながら食べてしまったあとの残りをすべて。

砂糖。たぶん、少しだけ。

塩。ひとつまみ（a pinch）。ピンチってかわいくない？

マヨネーズ。気持ち悪い？　プチュッと入れて。後で私に感謝するから。

ホイップクリーム。またはクール・ホイップ（偽物の生クリーム）でもいい。私はそのあたりはいい加減なので。ギリシャ・ヨーグルトを代わりに使ってもいいし、ドレッシングをつけてもいいけど、とりあえず受け入れてみるってどう？　食べられるラメだとか、ピンク色のシーソルトをかけて、さあどうぞ。

ヴォアラ！　ウォルドルフサラダです。どういたしまして。

話をウォルドルフに戻そう。

私の家族は、私がパーム・スプリングスでグラム・クラッカーと暮らしていた時期に、ウォルドルフ内のあり得ないほど最高なアパートに引っ越した。私は当然、死ぬほど嫉妬した。私抜きで一体どういうこと？　だってそうでしょ、このアパートってホテルの部屋だとかホテルのスイートなんてレベルの話じゃない。２５００平方フィートの広大なコンドミニアムで、イタリアから運んで来た大理石、アール・デコ調の建築様式、仰天の照明器具、どこからでも見える素晴らしい街並み、その上バスタブも設置されていたのだから。

最初は少し居心地が悪くて、家のリズムになれようとしていた。以前住んでいたカリフォルニアのリラックスした家とは少し勝手が違っていたからだ。

誰もがそれぞれ自分の事をしていて、私にはすぐに「何か」があったわけではなかった。ママは白いリネン、ふわふわしたピンクのラグ、私が子どものときに大好きだったかわいい人形とぬいぐるみを置いた、美しい部屋を用意してくれた。その部屋の唯一の問題は、私がもう子どもではなかったということ。本当にいろいろなことがあった。私は15歳になっていた。高校生だ。人生について自分自身の考えがあったし、パーソナルスペースがどんなものかという持論もあったけれど、私はそれを誰にも言わなかった。**すごく**感謝していたから、恩知らずだと思われたくなかったんだもの！

とにかく。本当に。感謝。

家に戻ることができて、感謝。

愛されていて、感謝。

家族の存在が身近に感じられることに、感謝。

私のかわいい弟たち。ああ、本当にふたりが大好き。

ふたりと一緒にアニメを見るのが本当に楽しかった。ふたりは走り回って、飛び跳ねて、私に抱きついてきた。私の服を盗んだり、私に命令しようとしたりする妹とホテルの中を駆け抜けるのが好きだった。いつも興味深いことで大忙しだったのに、学校やエチケットやそれから、それからなんやかんや……のことで私を叱る時間を見つけてくれる両親が大好きだった。皮肉を言いたいのではない。私の完璧で、そして不完全な家族の腕の中に戻ることができて、私は幸せだった。家族に変わってほしいなんて、考えたこともなかった。私は「やったーーーーーー!!　神様、ありがとう！」という感じだった。

信じてほしい。私は、自分がどれだけ恵まれているか、幸運であるかを完全に理解していたのだ。

ウォルドルフの建つブロック全体が、24時間、アクティビティと興奮に満たされていた。ニッキーと私はドレスアップが必要なパーティーに招待されることもあった。大規模なイベントが開催されたあとのボールルームに忍び込んで、パジャマを着て、裸足の状態で走り周り、美しいデザートのカートからつまみ食いをし、残りのギフトバッグの中身をチェックしたりした。ファッション、音楽、そしてアートに夢中なふたりのティーンエイジャーにとって、そこはまるでキャンディランドだった。

この年の夏、私たちはハンプトンで休暇を過ごした。それは私にもう一度「帰宅」するような気持ちにしてくれた。愛する人たちと共に、慣れ親しんだ場所で時を過ごしたのだ。男たちは休むことなく私に声をかけ、モデルになるべきだと言い続けた。それは男がよく言うことだから誰も本気にはしないけど、ニューヨークで、ニッキーと私にモデルになるべきだと言っていたのは、その世界では本物の人たちだった。エージェント。デザイナー。そして写真家。自分たちに商品価値があると気づいた。

「絶対にだめ」と母は言った。「18歳になるまでは」

ニッキーはこういった会話に対しては常に冷静だったので、話は彼女に任せた。

「ハンプトンでは、ママもパパも私たちに仕事を持てって言ってたよね」と彼女は言った。

「ベビーシッターのことよ」とママは言った。「アイスクリーム屋さんで働くとか。そんな感じの仕事の話」

「ママ」とニッキーは言った。「赤ちゃんの時にモデルをしていたのは、誰だったかしら？」

「時代が違ったの。それに私が決めたわけじゃない」

「やりたくなかったってこと？」と私は聞いた。

「誰も私の意思を確認しなかったって言いたいの。私は歌いたかったんだから」とママは言った。「すごく努力してたの。レコーディングの契約まで済ませてた。でも妊娠して、あなたを育てなければならなくて、それが私が選んだ人生だった」

彼女はまるで、本のページをめくって次のチャプターに進むかのように、シンプルに言った。彼女の表情を読むことができなかった。

もし母に、どうしたら難しい会話を切り抜けられるのか質問したら、彼女は「私はこうやるわ」と言うだろう。彼女は両手をカーテンのようにして顔を隠して、そしてその両手が膝の上に乗せられたときには、完璧な笑顔を見せているのだ。まるで『ステップフォードの妻たち』みたいに。本当に完璧。最高の美人だ。そのスキルは私も身につけることができた。私のステップフォードの笑顔。何度も使われるスキル。

母と父の許しを得たというわけではなかったけれど、私たちは仕事を請け負うようになった。私たちは、外に出て、仕事をやって、父と母にバレないように家に戻ることができると考えた。ほとんどの場合、そうできたのだけれど、たまに誰かが母に連絡を入れ、「そういえばパリスとニッキーが○○で撮影しているのを見ましたよ」などと言い、家に戻って母と対決しなければならないことがあった。母は気に入らなかったけれど、私たちは少しずつ母の決意を切り崩していった。

母が私たちにモデルの仕事をさせたくなかった3つの理由

1．モデル、女優の世界を私たちよりも知っていて、苦労してまでそれを学んでほしくなかった。

2．私たちが働いているのを見るのはつらかった。なぜなら、彼女の心に多くの「もしも」を生み出してしまったから。ニッキーが美しい子どもを育てている様子を見る私の心のなかに、「もしも」が生まれてくるのと一緒。

3．実際は私たちにモデルの仕事をやってほしかったけれど、私たちに成功してほしかった。コンラッド・ヒルトンはおじいちゃんのパパに、パパは父に、裕福な子どもは「倒すべきドラゴン」がいないと危険だと教え込んだから。

きっとこの3つが組み合わさっていたと思う。結論。母は私がオファーされたすべてのランウェイと写真撮影に対してノーを突きつけた。

秋になると、母と父はニッキーと私を、マンハッタンにある名門、聖心女学院の面接に連れて行った。修道女が校内を案内して、聖心会創設者のマドレーヌ・ソフィー・バラについて教えてくれた。

「我々は彼女をお手本として教育を行っています」と修道女は言った。「マドレーヌ・ソフィー・バラは、『謙虚であれ、質素であれ、他者に喜びをもたらしなさい』とおっしゃいました。

我々の女学生は、有意義な人生を送る方法を学んでおります」

行きたくなかった。この学校の何がそう思わせるのかわからなかった。制服は、昔通っていた学校を思い出させた。窮屈な机が並んだ教室だった。とんでもないことになることはわかっていた。私は自分を理解しているから。私のＡＤＨＤは当時まだ診断を受けていなかったので、自分の問題点や突発的な行動を表現する言葉は持ち合わせていなかったけれど、いらついた修道女や口うるさい女子たちに嫌われる自信はあったし、最終的に自分自身を憎むようになるだろうと確信していた。

校内ツアーが終わると、ニッキーと私は入学許可担当の修道女との面談を受けることになっていた。修道女とニッキーが素晴らしい会話をつらつらと繰り広げている間、私はせわしなく足を動かしていた。そこで修道女が訊いた。「パリスさん、本校のどこが素晴らしいと思いましたか？」

私は陽気に答えた。「べつに」

「あら、それではパーム・スプリングスの学校では、何が好きだったのかしら？」

「アート。フィールドホッケー」

私は座り心地の悪い椅子に座ってそわそわしていた。「あのね、私、この学校には通いたくないの。だからあなたに嫌われてもかまわない」

「なるほど」と彼女は言った。

「ここって最悪。死んだほうがマシだわ」

母の鋭い視線がレーザービームのようだった。修道女は机の上の書類をまとめた。

「残念ですがあなたは聖心にふさわしい生徒ではないようですね、パリス」

修道女はニッキーの方を向いて笑顔を見せて、「**あなたは**、ふさわしいわ」と言った。

秋になり、ニッキーは聖心女学院に進学し、私はファッション業界に焦点を絞ったカリキュラムを選択できる、プロフェッショナル・チルドレンスクールに通い始めた。マコーレー・カルキン、クリスティアーナ・リッチ、その他多くの若い俳優、バレリーナ、モデルらが通っていた。マコーレーのアパートは学校のすぐ隣にあったから、放課後にパーティー三昧だった。

世界で一番クールな学校だと信じて疑わなかったし、その通りだったけれど、ひとつの場所に何時間も留まることが苦痛だった。それがクールな場所だったとしても。ADHD脳に思春期のホルモンをたっぷり注ぎ込むのは、火にガソリンをぶっかけるようなものだ。ADHDの10代の女の子の多くが気分の移り変わりや体重の増加、不安、パニック発作、その他全く未知の、とても恐ろしい、身体的、感情的混乱に苦しんでいる。それは孤立、批判、いじめ、懲罰に繋がるのだ。それはただ状況を千倍悪くする。

自分のなかにヘビの巣があるような気持ちだった。口を閉じていることは不可能だったし、手を動かさないでいることも難しかった。いくら一生懸命、自分に命令してもだめ。**口を閉じろ、手を動かすな**。爪を腕に食い込ませたって絶対に無理だった。それがあまりにもひどいときもあった。ただニューヨークの街を歩き回ることしかできなかった。裏通りをジョギングして、公園で見知らぬ犬と遊んだ。五番街をふらふら歩いていると、ショーウィンドウがスライドショーのように流れていく。カラフルで、素敵なスライドショー。

父が海外の仕事をするため、両親が数週間にわたって家を留守にした。バロンは7歳で、コンラッドはまだ赤ちゃんだったので、子守はとても忙しく、私はやりたいことを思い切りできる環境にいた。パーム・スプリングスで手に入れていた自由よりも、より多くの自由が与えられた。そしてニューヨークは100万倍楽しい場所だった。

私はニッキーが下校してくるのを待って、「出かけようよ」と言った。

彼女ははっきり返事をしなかった。「金曜日だったら行くけど」と彼女は答え、「でも平日は無理」

「いいじゃん。なんでだめなの？」

「私はバカじゃないから。いい成績を取りたいから」

ニッキーは13歳で、ちょっと偉そうな子だった。彼女は頻繁に、本当は誰がお姉さんなのかを忘れる子だった。そういうこと。

私はウォルドルフのロビーに行き、『タイムアウト・ニューヨーク』誌を手に取り、ひっくり返して、ニューヨークの夜の情報満載の裏面を見た。ジャズ、ポップ、カラオケ、クラッシックといった、ありとあらゆる音楽、そして典型的なニューヨークの催しであるギャラリーのオープニング、ドラァグのコンテスト、パフォーマンス・アート、そしてファッションショーの情報が掲載されていた。なかでも最高だったのは、クラブ、DJ、そしてアンダーグラウンドのレイヴ情報があったことだ。

『タイムアウト・ニューヨーク』誌は私の毎日の課題になった。私は最高のパーティー、音楽、そしてDJを探し出すのが上手だった。

私は一日のほとんどを寝て過ごし、バロンとコンラッドと数時間遊び、宿題を片づけているニッキーの部屋で電話をかけたりしていた。全員が寝た後、私は路上で食べ物を買うのに必要なだけの現金をポケットに突っ込んで外に出た。夜中になるまでパーティー好きの人たちはクラブにやってこないし、バーに行くまでどこでレイヴが行われているのかがわからないので、深夜はちょうどいい時間だった。クラブをはしごして、バーが始まる時間まで状況の確認をするには十分だった。

歌詞にもあるように、**ここにいてはいけないけれど、家に戻る必要はない**（訳注：ビッグ・ジェイ・マクリーニーの『You Don't Have to Go Home,(But You Can't Stay Here)』）という感じ。

タクシーにぎゅうぎゅう詰めで乗り込んで、地下鉄に乗って倉庫や廃墟と化したショッピングセンターや人気のないデパートに行き、ダンスして、朝まで思い切り騒いだ。大音響で音楽を流していたから、会話なんてできなかったけど、それでも大丈夫だった。言葉なんて必要なかった。感情がすべてだった。自由、奔放、アドレナリン。永遠に続けていたかったけれど、最後は汗をかいて疲れ果て、ウォルドルフまで戻り、ドアマンの横をすり抜けて、冷たくて清潔なエレベーターの壁に寄りかかり、ドアが開くのを待つ。できるだけ静かに部屋に入ると、シャワーを浴びて、私以外の子どもたちが起きて学校に行く支度をし始める頃、ようやくベッドで眠りについた。

レンガの壁と黒く塗られた窓は、時間を忘れさせてしまう。レイヴが深夜に及び、より遅くまで続くと、やがて、早朝になれば、もう家になんて帰らないほうがいいと考えるようになった。私は友だちの家に泊まり、一日中寝て、そして次の夜には出かけて行く。

とある日の朝、エレベーターを降りると、両親が怒りと安堵の入り交じる顔で待ち構えていた。母は傷つき、ひどく打ちのめされ、号泣していた。それほどの状態になってしまった母を見て、父はより怒りを募らせた。

「どこに行っていたんだ？　私たちがどれだけ心配していたか、理解できるか？　私たちが何を想像していたか、お前にはわかるか？」

私は疲れ切っていた。説明するより、とにかくこの衝突を終わらせたくて、私は両親に謝罪して、もう二度とやらないからと約束した。本気でそう約束したかった。ふたりを傷つけたことは申し訳なかったけれど、それでも両親は私が自分の面倒を見ることができると信頼すべきだし、それに対して冷静でいるべきだと考えた。もちろん、この考えは完全に自分勝手で愚かなものだ。冷静でいられる親なんている？　私が母だとしても、絶対にだめだと言う。

それなのに私はこう言った。「落ち着いてよ。私は大丈夫だし」

「世の中には、捕食者がいるの」と母は言った。「あなたみたいな女の子を待ち構えているの」

「誰も私に手を触れることなんてできないよ」と私は答えた。「パパラッチがいて、写真を撮ってるんだから」

「なんですって？」

ここでひとつはっきりさせておくと、ここでいうパパラッチとは、のちの私のキャリアで私にぴったりくっついて離れなかったパパラッチのことではない。毎晩ストリートにたむろして、有名なクラブからセレブが出てくる瞬間を狙うようなタイプの男たちのことだ。私は有名人ではなかったけれど、私の名字は有名だった。私以外、狙える人がいないという夜もあったのだ。『女相続人パリス』の写真は、多少の価値はあったから、彼らは「ねえ、君! 君って、ヒルトン家の女の子?」と声をかけた。

「こんばんは、ボーイズたち!」

「パリス、今からどこへ行くの?」

「そうね……」

「その人、君のボーイフレンド?」

「いいえ、ただ遊んでいるだけ」

私はいつもかわいくポーズしたし、丁寧な対応をしていた。暗い道をひとりで歩いていたり、午前3時にライセンスプレートのないタクシーに乗り込んでしまっていたりしたら、もちろん恐怖を感じただろう。パパラッチ(当時は全員男性だった)が外で待っていてくれるから安全だと感じていた。肩越しに彼らを見て、笑顔を振りまいていれば、捕食者だって私が守られていることを理解するから。

どんな理由があったのかわからないけれど、母も父もそれを安全だとは受け取らなかった。まずは何より、ふたりは私の安全を危惧していた。見ず知らずの危険な人々に対する危惧以上に、裕福な家庭育ちの女の子を見つけた誘拐犯たちが、身代金目的で私を誘拐することを、ふたりは当然のように恐れていた。しかしそれだけでなく、未成年の娘がナイトクラブに出入りし、明け方までレイヴで騒いでいる姿を見られたら人々がどう思うのかという点についても、両親は心配していた。

10億ドル規模のブランドの運転席に座った今となっては、私の写真が『ニューヨーク・ポスト』紙のゴシップ欄『ページ・シックス』に掲載されることに、両親がどれほど取り乱していたか、はっきりと理解できる。成功へのハードルが恐ろしく高く設定された一族出身の父は、高級不動産売買のビジネスに心血を注いできた。母は、登り詰める父の真横で、寄り添って生きてきた。私が、マンハッタンをうろついて両親を辱めることを、ふたりは望んでいなかったのだ。ブランドを立ち上げようとするとき、恥は大きな代償を伴うものだ。

私は、自分がやることに口を出す必要は誰にもないと考えていた。私はただのティーンエイジャーで、生きたいように生きていた。セクシーになろうと思っていたわけじゃない。バギーパンツにタンクシャツ、そしてスニーカー姿だった。髪はボブに短くカットされていて、シンディー・ルーがお下げにできる程度の長さしかなく、メイクもナチュラルを心がけていた。だって、週に4日も、まるでマラソンを走るように踊っていたから。

私みたいに家を抜け出すにはニンジャの技術が必要なので、酔っ払うことには興味がなかった。私はただその場にいて、残りのレイヴァーといっしょにダンスしたかっただけだ。シャンパングラスに注いだスプライトを飲みながら歩き、指には火がついてないタバコを挟んでいた。派手なファッションやメイクが大好きで、そんなルックスを作り上げる創造性にも惚れ込んでいたし、誰もが互いを認め合うダンスフロアの様子が大好きだった。そこにふさわしくない人など、ひとりもいなかった。脈動する音楽とレーザーの光が、私の脳内のユニークなリズムとぴったり合っていた。理解しがたいことだとは知っているけれど、カオスが心地よかったのだ。

その一方で両親は、学校から電話やメールを受け続けていたため、怒っていた。学校に関する問題が、私と両親との間に摩擦を引き起こし、母は泣き、母が泣いたことで私はとても申し訳なく思った。私は、いい子になる、と約束し続けた。本当にいい子になりたかった。でもテストでは落第し続け、授業をスキップし続けた。とうとう、プロフェッショナル・チルドレンスクールは、私を退学処分とした。

素行不良や、他の学校を追い出されたリッチな子どもの最後の砦と言われていた私立のドワイト校の10年生に、私は編入した。現在でもこの学校に関するジョークはインターネット上で目にする。『ドワイト（DWIGHT）とは、バカな（Dumb）白人（White）の、マヌケ(Idiots) が、一緒にハイになるところ (Getting High Together)』当時、マリファナなんて私は興味がなかったので、ドワイトは聖心女学院以上に、居心地が悪いかもしれないと考えた。ドワイトは私を、たったふたりしか他の生徒がいないクラスに入れた。そのふたりは多くの問題を抱えていた。すごく怖かったし、奇妙だった。そして、心の底から退屈だった。終わりの見えない学校生活はバニラ・ミルクシェイクで水攻めされているようなものだった。学校から追い出されて、安心した。

私は両親に冷静になってほしいと頼んだ。「仕事をしちゃだめなの？　エージェントを見つけて、フルタイムのモデルになりたいの」

複数のエージェントが私に興味を持っていた。ランウェイは得意だった。足が長く、父とパパに似て背が高かった。『ページ・シックス』に掲載されるたびに、私がモデルを務めたデザイナーは大喜びしてくれたのだ。まるで世界の終わりのように振る舞った両親とは大違いだった。学校にいると、最悪の気分になった。誰もがヘアスプレーの霧と熱狂的なエネルギーのなかで慌ただしく行き来しているランウェイのバックステージにいると、自分の背が高くなったように思えたし、自信を持つことができた。モデルをすることで光り輝く機会を得ていた私は、登校日は失敗ばかりを繰り返すように思えた。

母も父も最初は怒っていたけれど、突然、奇妙なまでに静かになった。ふたりは私をセラピストのところに連れて行った。私にとってはくだらないセラピストだったけれど、それがふたりの気持ちを和らげているようだった。状況は深刻であることは理解していたけれど、自分ではコントロールできていると感じていた。仕事を持つこと。ビジネスを学ぶこと。人間関係を作っていくこと。

私は何者かになれると考えていた。

絶対に成功できると考えていた。

1997年2月、私は16歳になった。

私はロサンゼルスでパーティーを開きたいと考えていた。グラム・クラッカー、パパ、ナナ、そしてロス在住のいとこや友人が参加できるからだ。ママは起業家のブレント・ボルトハウス、そしてジェン・ロセーロと協力して、とても素敵な16歳の誕生生パーティーを開いてくれた。木曜日と土曜日のみ、18歳以下の子どもが行くことができるポップというクラブがハイランドにあったのだ。これは私にとってハリウッドの外で行われる初めてのイベントで、確実に、私が参加した中で最もスイートな16歳の誕生パーティーだった。

母は最高のパーティーを開いてくれた。誰もが着飾っていた。ブレントがDJ AMを連れてきてくれた。ニッキーと私、そして友だち全員が、大人になった気分を味わった。**クラブに来たんだよ！　すごいDJが来た！　そして私たちってすごくホット！**　スリル満点の体験だった。

「君は溌剌とした目をした、元気のいい子だね」、今にして思えば彼はお兄ちゃんのように言ったのだけれど、私はそのとき自分を子どもだとは思っていなかった。ランウェイを歩くまえに、私は自分の姿を鏡に映してみた。そこには私を見つめ返す女性がいた。ワンダーブラ（訳注：胸の谷間を強調するブラ）が流行っていたのはよかった――痩せた女性がトレンドで、痩せている女性は必然的に胸が平らだから。1960年代のブレットブラ（訳注：弾丸（bullet）のように先端が尖ったブラ）の時代に誕生したワンダーブラは、再びブームになろうとしていた。私はその活動的なブラをありがたく利用したし、自分のために着用したし、後に（たしか２０１５年あたり）、私はパリス・ヒルトンブランドのドリーム・プッシュアップ・ブラをデザインしたほどだ。

最近は、プッシュアップ・ブラを身に着けるときは少し気をつけなくちゃいけない状況だ。なぜなら、着けたらすぐに、私が妊娠してるという噂が立つからだ。赤ちゃんを欲しいと願っているときに起きる最悪なことといえば、Twitterだとかタブロイドの噂話で、「パリスが妊娠しているみたい。パリス、妊娠？　まだできない？　そろそろどう？　ちょっと妊婦っぽい。なんで妊娠していないの？」最悪。黙れ。うるさいんだよ。

ちょっと待って。なんの話だっけ？　リバースエンジニアリングに時間をちょうだい。

ワンダーブラ。
ボルトハウス。
スイート・シックスティーン。

ワンダーブラ。ボルトハウス。スイート・シックスティーン。

やったーー!!　外の世界に飛び出して、征服する準備は整っていた。車の運転にわくわくしていた。ニューヨークではタクシーや地下鉄でどこにでも行けるけれど、モデル、女優、音楽の仕事をするのであれば、ほとんどの時間をロスで過ごすことになる。私はその道に進むだろうと考えていた。獣医科大学に進むことはできなかったけれど、自分のプラットフォームを使って、動物のために積極的に行動するというアイデアは最高だと考えていた。そう、ティッピ・ヘドレンやブリジット・バルドーがそうしていたようにね。

学校には通っていなかったから、寝坊できたし、夜に出歩いて街を探検したあとも十分休むことができた。街には常に何か面白いことが起きていた。美しい服を見て、魅力的な人々を眺め、そしてダンスした。家から抜け出すのはほとんどゲーム感覚で、私はそれが上手だった。30Hが暗くて静かな時に、私はトラックスーツとスニーカーを身に着け、廊下をそっと歩いて抜け出すのだ。行きたいと言うのなら、友だちを連れ出した。私みたいに夜更かしが好きな新しい友だちを、たくさん作った。

母と父は絶好調だった——多角的ビジネスを展開し、巨大なチームをまとめていた——だから私は好きに外出して、家に戻ることも簡単なはずだったのに、母は賢いのだ。電話番号が書かれた名刺やカクテル用ナプキンを見つけたら、母は1を7に変え、3を8に変えた。私が電話すると、「誰？」と言われるのだ。

ニッキーは容赦ない告げ口屋だった。私と出かけたいとき以外の話。でも、それは週末だけだった。学校がある日の夜はほとんど家にいた。私は違った。

学期が終了すると、ハンプトンズに出かけた。誰もが穏やかになって、ハッピーで、ビーチモードになる場所だ。しかしそれも、パパラッチとカーチェイスをしたダイアナ妃が自動車事故死したと知るまでのことだった。ニッキーと私は打ちひしがれた。私たちはダイアナ妃が大好きだった。彼女はマリリン・モンローがいる天国へと旅立ってしまった。永遠の若さと、永遠の完璧さと共に。死ぬこと以外方法はないのに、なぜ人々は女性に若くあり続けてほしいと願うのか不思議だと、私たちは考え続けた。そして私は彼女の死を、夜、私をクラブの外で待ってくれていたパパラッチたちと結びつけることはなかった。私にとって、彼らは善良で愛らしい人たちだったのだ。お世辞が大好きで、面白い人たちだった。

母はぶっきらぼうに、「彼女を殺したのはパパラッチよ」と言った。「コヨーテの群れみたいに、彼女を狩ったのよ。さあ、わかるでしょ？　私があなたに言い続けたことの意味が、わかった？」

母が言っていたことの意味はわかったけれど、モデルとして成功したいのなら、人々の目に触れなくてはならない。私は外に出て、写真を撮られなければならない。

私たちがニューヨークに戻ると――両親が恐れたように――私の写真がタブロイドに掲載され始めた。父は静かに激怒していた。母は毎日泣いていた。ふたりは、私がふたりを傷つけたと怒り、妹や弟たちへ悪影響を与え、人生を棒に振り、甘やかされた娘のように振る舞う、手がつけられないガキだと言った。毎日、同じ言葉が繰り返された。

両親：いま、人々がどう考えているかわかるか？　――夜、私たちが子どもをほったらかしにして、街をうろつかせていると考えているに違いない。どうしたらいいんだ？

月にでも引っ越せっていうのか？

私：最悪。私を自由にして！　この会話にはうんざり。

本当に残酷な仕打ちだった。

母は夜になると、私を部屋に閉じ込めて鍵をかけた。でも私は抜け目ない子だったから、週に何度か抜け出していた。母の部屋から鍵を盗むことができたら、一緒に連れて行ってあげるとバロンと取引をした。鍵がかけられたドアの内側から、夜のニューヨークは不思議の国だと囁いた。ダンスをして、キャンディを食べて、好きなだけマクドナルドを食べてもいい。完全に私を信頼していた彼は、鍵を持ち出した。

「OK、さあ、ベッドに行って、寝るのよ」と私は彼に言った。「出かけるときに、起こしてあげるね」

は？　**そんなことするわけないでしょ！**　嘘をついていたの。勘弁してよ。相手は2年生だよ。私にだってルールはあった。

パーティーの夜は何日も続くことがあり、家に戻ると母が私のベッドに座り泣いている場面に出くわすことがあった。グラム・クラッカーがやってきて、1週間滞在していたので、私の味方になってくれることを期待したけれど、そうではなかった。彼女は私の寝室のドアの外にある簡易ベッドに寝て、私が寝室のドアを開けないように見張っていた。

両親の生活を脅かしていることは理解していた。

残酷だったことも。危険だったことも。

私は家族を愛していたし、彼らを傷つけてしまう自分を許すことができなかった。本当に、自分が決断したことの理由は理解できないし、15歳の子どもに対して、１日36時間もパーティーをしろなんて勧めるつもりは一切ない。

ＡＤＨＤだからといって——診断されていようが、いまいが——家族をめちゃくちゃに振り回し、自らを危険に晒していいわけではない。私は自分のＡＤＨＤという特性を言い訳にしようとしているのではない。でも、私は考える。当時私が会ったセラピスト——冗談でしょと軽くあしらった男性セラピストが——私をＡＤＨＤと診断して、治療しただろうか？　私が行った学校の誰かが、私を治療しようとするのではなく、手を差し伸べてくれただろうか？　もし両親が「私たちはあなたがモデルをやることに賛成はしないけれど、基本的ルールを守るのであればサポートする」と言ってくれていたら、物事は変わっていただろうか？　ふたりがそう言ってくれていたらと思う。もしかしたら、ふたりはそう言ってくれたのかもしれないし、私が忘れているのかもしれない。トラウマは人の記憶を奪ってしまうことが多いから——それは不便なことだけれど、慈悲だとも言える。

この状況が両親にとって、当時どれぐらい大変なことであったか理解しようと、心から努力している。なぜなら、彼らが取った選択を、決して理解することができないからだ。「愛しいわが子を救おうとするなら——あなただって同じことをするはず」と、この話題についてめったに口にしたがらない母が言うことがある。ふたりの選択が、どれだけ間違った結果ことをしたはず」

を導き出したのか知っていても、今でも彼女はそれをきっぱり言い切る。「あなただって同じことをしたはず」

そんなこと、死んだってやるはずはないけれど、それをはっきり口に出して叫んだりはしない。母に反論する気はない。自分と家族が離れることを、二度と想像したくないからだ。その代わりに、私は彼女の首に両腕を回して抱きしめ、たったひとつの真実を口にする。「愛してるわ、ママ」

1997年秋。コメディ・セントラル（訳注：コメディ専門のケーブルテレビチャンネル）で『サウスパーク』の放映がスタートした。

ハリー・ポッターの初めての一冊が出版された。

マデレーン・オルブライトがアメリカで初の女性国務長官となった。

スパイス・ガールズの登場によって、ベルボトムとプラットフォーム・シューズがクローゼットから登場し、カットされたタンクトップと、ユニオンジャック柄の服を合わせたクール・ブリタニアムーブメントが巻き起こった。

あとになってニッキーは「ある計画が存在していたことは知っていたけれど、詳細はわからなかった」と言った。

私が家で過ごす最後の夜は、いつもと同じだった。家族と一緒に夕食を食べた。母が料理をした。家族はそれを食べた。話をして、笑った。誰も怒っていなかったし、奇妙でも、緊張している様子もなかった。私はその夜、家にいることに決めた。その決断が「ある計画」にとって良かったのか、それともそれを妨害したのかはわからない。

私は友だちと電話で話をして、寝た。ぐっすり眠っていた早朝4時半頃、寝室のドアが乱暴に開いて、誰かが私のベッドカバーを引き剝いだ。大きな手が私の足首をつかみ、マットレスから引きずり下ろした。私は一瞬にして目を覚ました——覚醒だ——パニックになって、悲鳴を上げ、必死にもがいていた。私の頭のなかは一瞬にしてクリアになった。

私はレイプされる。殺される。

ここで記憶が砕け散った——心の鏡は粉々だ。

ふたりの男。

私に触れる手。

コーヒーの匂いのする息。

体臭。

ひとりが汗をかいた手のひらで私の口を塞ぎ、頭を後ろに引いて、叫ぶために必要な酸素を遮断した。もう一人が、廊下の明かりを反射している手錠を私の手にかけた。汚れが染みついた指で手錠をする様子は、まるで男がそれを楽しんでいるかのようだった。

男は「楽な方がいいか？　それともハードなのがいいか？」と言い、私はハードな方法を選んだ。爪を立てて引っ掻いて、キックして、叫び声を上げて逃げだそうとした。ひとりが私の上半身を押さえつけ、もう一人が私の足を持っていた。暴れれば暴れるだけ、男たちは強く私を押さえつけ、廊下へと私を引きずり出していった。

これは悪夢だ。これは悪夢だ。

私は目覚めようと必死だった。今でもそれは続いている。何十年もの間、同じ光景が夢のなかで繰り広げられ、私は目覚めようと必死になる。

ハローキティのパジャマを着た少女が見える。彼女は恐怖をあまり、身をよじりながら叫んでいる。**「ママ！　パパ！　助けて！」**

すると、母と父が見える。

ふたりの寝室のドアがほんの少しだけ開いていて、ふたりはそこからこちらをのぞき見ている。頬に涙が伝っている。ふたりは強く抱き合いながら、ふたりの見知らぬ男たちが私をドアから引きずり出して、暗闇の中に連れ去る様子を見ている。

II

サバイバル

小さな子どもを
保護する機会を見失わないこと。
私たち大人の過ちの重荷を
背負うのは子どもたちだから。

——コンラッド・ヒルトン

第6章

情動発達プログラム——「家族は再びひとつになるのです」

昔むかし、パーム・スプリングスに、家具のセールスマンのメル・ワッサーマンという男がいた。地元の食堂に行く途中、ワッサーマンは10代の若者たちが通りの角で何かに対して抗議している様子を見た。1964年のことだった。

伝説によれば、メルは若者と自分の家に招待し、スパゲティの夕食を振る舞い、宿泊する場所を提供したという。希望すれば、そのまま宿泊し続けていいと彼は言ったが、若者たちは、身だしなみ、行動、そしてグループによる「セラピーセッション」に参加しなければならない、という彼の取り決めに従うことを強制された。

ワッサーマンは、シナノンと呼ばれる、宗教運動を設立したチャールズ・デデリヒの門弟だった。それは暴力的なカルト教団で、FBIによって取り締まられていたものの、全滅には至ってはいなかった。1958年から1991年まで、デデリヒと、その取り巻きのビッチたちは――別名「帝国海兵隊」――若者たちをカルトに誘い込み、薬物中毒とホモセクシュアリティーを治療すると約束した。デデリヒのメソッドには言葉による暴力、身体的暴力、強制的な中絶やパイプカット、そして精神的拷問が含まれていた。「ザ・ゲーム」は、いわゆる言葉のファイトクラブだった。「ザ・トリップ」は不眠、洗脳、そして身体的チャレンジのマラソンの週末だ（ジェットコースターの底に縛り付けられて72時間耐えることを想像して）。

ワッサーマンは、これらすべてを現金化する機会だと捉え、次の段階へ進んだ。サンバーナディーノ山脈にある宿舎に移り住み、再びカルト的環境を作り上げると、『情動発達寄宿学校』と呼んだ。巧みなマーケティングで、思春期の子どもを管理することができなくなったと悩み、精神的に弱っている親につけ込んだ。デデリヒは「ザ・ゲーム」を「ラップ」と名称変更し、「ザ・トリップ」は一連の「預言（Propheets）」と呼んだ（綴りにeがひとつ多いところなんて、**とーーーーってても**合法って感じでしょ？）。

ワッサーマンは自らが設立した「学校」を、CEDUと呼んだ――チャールズE・デデリヒ・ユニバーシティー（Charles E. Dederich University）の頭文字を取ったものだ。しかし、カルト教団を巡る裁判や悪い評判もあって、宣伝用の資料には、「自分の目で見て、自分でやってみる（"**SEE** yourself as you are and **DO** something about it."）」と誤魔化して書いていた。

CEDUのビジネスモデルは大成功を収め、ワッサーマンと弟子たちは――そしてそのビジネスモデルに金脈を見た数人のベンチャーキャピタルたちが――**監督法が緩く**、当局が見て見ぬふりをしてくれる州に姉妹校を設立した。

学校は認証評価を得て、民間保険会社や州当局と有利な提携関係を結び、メディケイドや里親制度を経由して資金を吸い上げた。

1990年代、テレビ番組司会者のモーリー・ポヴィッチと、同じく司会者のサリー・ジェシー・ラファエルが、CEDUを正当化し、子どもたちを出演させた。「荒れるティーン」――多くが魅力的な女子学生だった――のエピソードを放映して大もうけした。子どもたちはブートキャンプに送られ、寮生活をしながら、「愛のムチ」を与えられる。少し後にはドクター・フィル（訳注：テレビ番組司会者で作家のドクター・フィルことフィル・マグロー）もそれに便乗し、大男たちが10代の男子をベッドから引きずり出して、暴力的に移動させる映像を流した。まるで私の時と同じだ。

『ソルトレイク・トリビューン』紙によると、1999年から2005年の間に、アラスカ州は、メディケイドの資金を3100万ドル以上も費やし、511人の子どもたちをユタにある施設に収容した。1人の子どもに対して、平均で6万665ドルの支出だ。たった1州の納税者によって、子どもたちに必要な資金が賄《まかな》われた。CEDUが保険金請求や納税者から荒稼ぎした数百万ドルという金額が明らかになることはないだろう。

労働者階級の親たちは、家を抵当に入れ、副業をしてまで子どもたちをCEDUに入学させた。裕福な親たちには十分な資金力があったため、CEDUはそういう親を積極的に勧誘した。特にセレブたち。私の両親だけではない。マイケル・ダグラス、クリント・イーストウッド、ロザンヌ・バー、バーバラ・ウォルターズ、モンテル・ウィリアムズ、マリー・オズモンド雇った。

——リストは続く。CEDU、そして類似する施設は、上流階級の問題児に対する解決策のトレンドになっていた。プログラムは8歳の子どもでも預かれるように事業を拡大して、実社会で生きていくにはあまりにもダメージを被ってしまった忠実な「卒業生」らをスタッフとして雇った。

長文がうざい人への要約：メル・ワッサーマンのスパゲッティ・ディナーが、年間500億ドルの「10代の問題児」ビジネスへ成長したということ。

こうやって新しい事業を始めるのだ。問題を見つけ——あるいは勝手に作りだし——解決策としての商品を提供する。

なるほどね。

ニッキーと私が子どもの頃、ニッキーが誕生日に１００ドルをもらうと、私は小さなお店を自分の部屋にオープンさせて、彼女をショッピングに招待したものだった。

「この素晴らしいデザイナーズのテディ・ベアには愛が詰まってるの」と私は言った。「まるで魔法の雲を抱っこしてるみたいなんだよ。**愛の**雲だよ。私のことを幸せにしてくれるから、売るのはやっぱりやめようかな。でも、**あなたにも**幸せになってほしいから、１００ドルでさよならしてもいいかもしれない」

ニッキーは喜んで１００ドル札を渡し、数時間以内に私はペットショップに行き、ハムスターのお城やチンチラを親友に買ってあげたのだった。

私がこれを誇りに思ってるかって？　まさか。全然。大切なのは、お互い様ということ。私はメル・ワッサーマンの正体を知っている。彼は他人の不幸で金を儲ける人間だ。家具のセールスマンの魂を持った伝道者だ。

新しいコーヒーテーブルに50ドルを支払うことが出来る人たちは、なんでもやると知っていた――いくらでも払う――壊れた家族を元に戻せるのなら。彼はセラピストたちに奨励金を支払い、子どもを自分の元に送るように仕向けた。彼らは両親にロイヤルブルー色のパンフレットを手渡した。そこには美しいロッジ、雄大な景色、そして幸せそうな生徒たちがテニスや乗馬をする姿が印刷されていた。

１９９０年代、実際にＣＥＤＵが配布したパンフレットから引用する。

１９６７年に設立されたＣＥＤＵ高校は、全米初の情動発達寄宿学校です。生徒たちは、豊富で充実したカリキュラムを通じて、学問、演劇、視覚芸術、屋外学習、回復、情動発達など、専門的技術を身につけることができます。行動や情緒に問題を抱える生徒たちが、感情的、芸術的、そして知的に自己表現する方法を身につけることで、素晴らしい未来を切り拓くことができるのです。芸術を導入したＣＥＤＵ高校独自のアプローチは、生徒たちにやる気を与え、思考や感情の探索を促します。大学への進学を意識した学び、冒険的な教育、そしてＣＥＤＵ独自の情動発達カリキュラムに芸術が組み込まれています。その結果ですか？　若者たちは夢を見つけ、家族は再びひとつになるのです。

コピーライターに拍手を。最高のペテン師だ。

親たちは藁《わら》にもすがる思いで、芸術的で知的なこの場所で与えられる「愛のムチ」が、彼らの愛に気づかない、壊れてしまった子どもを治療してくれるという考えに飛びついた。精神科医がＣＥＤＵのキャンパスを定期的に訪れ、処方された薬を渡して、両親に子どもの成長を報告した。

あの場所にいた子どもの多くが、私とそっくりだった。保守的な家庭に生まれた反抗的なレイヴァーで、退学処分を受けたＡＤＨＤの子どもたち。一部はマリファナやモリー（訳注：ＭＤＭＡの一種）を試したことがあったけれど、自分たちが思っていたほど世慣れていたわけではなかった。子どもたちの多くがゲイだった――あるいは、**ゲイのような雰囲気**があった――それが宗教的な両親を怒らせた。里親制度の犠牲者とも言える子どもたちは劣悪な環境で育っていたが、それは彼らの責任ではなかった。それでも、書類上ではもっともらしく見える場所に留まらなければならなかった。それ以外の子どもは、より暗い世界に住んでいた。依存症、暴力的で捕食者的行動パターン、そして自殺願望の強いうつ病など。

私をこの学校に送り込むという決断については、両親にとってはつらい話題だ。ふたりは私に記録を見せてはくれないので、正確に、いつこれが起きたのかさえわからない。私自身の見解はあるけれど、両親がどうやってＣＥＤＵを見つけたのか、誰かがふたりにこれが唯一の選択肢だと吹き込んだのかどうか、それもわからない。

母は「子どもが学校をサボったり、口答えをしたりなんてレベルの問題ではなかった」と言う。「あなたの命を救うためにやったこと」

父はストレートに「お前はあそこに行かなければならなかった。制御不能な状態だった」と言う。会話終了。

私からしたら、責められているように感じてしまう――**お前が私たちにそうさせたのだ！**

――でも、私は両親を愛しているから、ふたりから、起きてしまったことと折り合いをつけるメカニズムを取り上げたくない。

私たちは誰だって、この残酷な遺産と共に生きている。最善の方法で生きようとしている。そしてふたりはふたりの方法で、後悔を示してくれた。

「つらい思いをさせてごめんね」

「そんなことを経験させてしまってごめんね」

長い間、ふたりが「取りかえしのつかない失敗をしてしまい、申し訳なかった」と言うのを聞きたいと願ってきた。でも、ふたりはまだその状況になっていない。決してそうはならないのかもしれない。それでもいいと思っている。

公平を期すために、私は一度も「自暴自棄になるまで追いつめてしまってごめんなさい」とは言っていない。

さあ、言うよ。

ママ、そしてパパ。謝罪するわ。ごめんなさい。

子どもの居場所がわからない――それは精神的拷問のようなものだろう。それがどれだけ残酷なのかについて、無頓着だったことを謝ります。私自身の選択が、ふたりを身動きできないような状況に追い込んでしまったことを謝罪します。ママ、そしてパパ。愛しています。そして私は、頼まれなくても、ふたりを許します。どうか、私たち全員が、怒りをポジティブな方向――問題児のティーンエイジャーを利用する詐欺師たちを蹴散らかし、将来、別の家族を破壊することがないようにするための州法や連邦法を制定すること――に向けていけますように。

前に進もう。

警告：ここから先の記述はかなりきついです。無理しないで。いい？　ジャン・ガンバイナー博士は雑誌『Psychology Today』（ジェームス・ティッパーによる小説『The Discarded Ones』（2012年11月出版）の書評）の中で、私が生き延びたプログラムを「南米ガイアナのジム・ジョーンズ（訳注：カルト教団「人民寺院」の教祖。教団が設立したジョーンズタウンで信者と共に集団自殺した）」、「パティ・ハーストの誘拐事件（訳注：1974年、当時19歳だったパティがシンバイオニーズ解放軍（SLA）に誘拐される。誘拐から1年半後、SLAと行動を共にし、強盗を行ったパティをFBI

が逮捕した)」、「スタンフォード監獄実験（訳注：1971年、スタンフォード大学で行われた心理学実験)」と比較している。多くの人が気分を害するだろう。そして、そうすべきだ。泣きたくなって、この本を部屋の隅に投げつけて、「こんなの間違ってる！　こんなこと、変えていかなくちゃ！」って言うと思う。私だって最悪な気分になったけれど、もう泣きはしない。

恐ろしい真実。感覚が麻痺してしまった。連日にわたって、何か月間も恐怖に満ちた時間を耐え抜くと、それが普通になってしまう。私は自分の心の周辺に高い石の壁を築いた——誰も壊すことができない、あるいは乗り越えることができない壁を、20年以上にわたって築き続けた。

私のやり方は、考えないこと、話さないこと。獣に餌を与えないこと。酸素を与えないこと。いつか過ぎ去る。長い間、それでなんとかやり過ごしてきたけれど、ふとした瞬間、何かがきっかけとなって記憶と不安の洪水が流れ出し、私の魂を再び粉々に砕いてしまう。

私のなかの情報操作の魔女は、「だめ！　こんなのだめ！　そこに行かないで！」と言う。前にすでに書いているけれど、私は、プライベートな部分や身体機能について話をするのが苦手だ。私が必死に努力して作り上げたブランドイメージに——美しさ、笑い、完璧なまでのファッション、高級なフレグランス、ハイテクイノベーション、贅沢な暮らし、そして自分のことを真剣に考えすぎないという洗練された芸術のことだ——インパクトを与えるのではないかと考えるからだ。

しかし、「共同生活施設」、「問題児産業」といった無益な用語を使う際には、一体それが何を指しているのか、私たちが語っているものの正体は何か、知る必要がある。言葉の意味を考えてみてほしい――産業――子どもをまるで原材料のように扱っている。これでも控え目に表現しているつもり。あなたも私も（そして私の両親も）、つらい思いをせずに済むから。このようにして彼らは、一切の規制も監視もなしに、継続的に子どもを虐待し、何十年にもわたって家族を引き裂いてきた。私はこれ以上、彼らが隠れることを許さない。そんなことはできない。

2021年、私はスーパープラスチック（訳注：ビニール製のフィギュア）を通じてDayzeeとコラボし、NFTをリリースした。そこには**「THE TRUTH WILL SET YOU FREE（真実はあなたを自由にする）」**というシンプルなメッセージを込めた。この作品は、私自身が、自分の言葉で語ることを恐れていたために、私の物語がメディアによって形作られてきたあり方を示している。

その状況は変化した。**私も変わった。**

私の物語が沈黙と恥の壁をぶち壊すハンマーだと気づいたとき――自分を自由にする力を私自身が持っていて、もしかしたら誰かの人生を救うことができる――私が恐れていたすべてが、取るに足らないことに思えた。自分があの地獄で暮らしていたときに必要だった、ヒーローになる準備がようやく整ったのだ。

本書で語られる名前はすべて実名ではない。その理由は明白だ。そして私はすべての会話を一字一句間違うことなく記憶しているわけではない。私が閉じ込められていた時間のほとんどは、正気を失わせるため、従属させるために強制的に薬物を飲まされていた。私たちの記憶を曖昧なものにすることで、自分たちの行動を隠そうとしていたのだろう。割れてしまった鏡を直そうとするアリスになった気持ちだ。何が起きたのかを、すべて、できる限り、ありのままに伝えたいと思う。私の記憶に鮮明に焼きついている出来事はいろいろとある。霧がかかっている記憶もあるけれど、調査とサバイバー仲間が私の証言を裏付けてくれている。

これが私の真実。

別の記憶を持つ人もいるかもしれないけれど、これは私が体験したことへの認識であり、実際に私が体験した通りだ。どうかもう少し我慢してほしい。私は今、両目を閉じて座っている。心臓は激しく鼓動している。忘れようと努力した記憶をよみがえらせるために。

第7章 移送と検査

黒いSUVの後部座席は、特別な仕掛けが施されていて、内側からドアを開けたり、窓を開けたりすることはできなかった。男ふたりはステロイドまみれの巨漢のマヌケで、力の限り蹴って、もがいて抵抗しても、私を車内に閉じ込めるぐらい朝飯前のことだった。ウォルドルフが見えなくなると、奇妙でコントロールできない震えを感じて、私は体を丸めた。ガタガタ体が震え、歯が口から飛び出すのではと思うほどだった。いま思い返してみると、私はショック状態にあったに違いない。泣いていたのは間違いない。だって、男たちが私に、ひっきりなしに「黙れ」と怒鳴っていたからだ。

最初は、母の言う通りだったと考えた。誰かがタブロイドに掲載された私を見て、身代金を要求するために私を誘拐したのだと。だから私は男たちに懇願した。「お願いします。何が欲しいのかわからないけれど――両親が必ず払いますから」

男たちは笑った。ひとりが、「お前が悪いんだよ。両親にはこれしか方法がなかった。お前のためにやったんだよ」

両親が――待って――両親がなんですって？

「お前も考えを改めることになる」と、誘拐犯のひとりは言った。「訓練を受けるんだ」

はぁ？　はぁ？　はぁ？（一般的に、対象となる子どもの移動はセラピストによって行われるべきとされる。それが誰にとっても快適だから。数千ドルの価値はある）

空港に向かう道中で、カリフォルニアにある「特別な全寮制の学校」に私を運ぶために両親が二人を雇ったということを教えられた。その証拠も見せてくれた。母が、靴下、下着、洗面道具、家族写真数枚、そしてカジュアルな学校用衣類を数枚準備していた。ふたりが私を連れて行く場所は人里離れた高い山の上にあり、カウンセラーたちは「愛のムチ」で私の悪いところを直すという。

「私に悪いところなんてない」と私は答えた。「私は行かない。あんたたちと飛行機になんて乗らないから」

誘拐犯たちは私に再び手錠を見せた。「お前次第だ。飛行機に静かに乗るか、手錠をかけられて運び込まれるか、どっちがいい？」

「ファック・ユー！」

私は座席の背もたれを蹴った。ふたりは笑った。

「もう一度やったら拘束だ」と彼は言った。「もちろん、お前の安全のためにな」

空港で、ふたりは母が荷造りしたバッグの中から、ベロアのトラックスーツとスニーカーを私に手渡した。私は着慣れた柔らかい服に触れて、家を懐かしんだ。9・11以前のことだったので、空港に行き、飛行機に乗ること自体、今とは状況が違っていた。空港に行き、ゲートに行く。それだけ。ターミナルを歩きながら、私は視線を下げていた。誰もが私をじっと見ているように思えたからだ。当時、私はそこまで有名ではなかったけれど、ニューヨークでは、気づかれることが多々あった——ヒルトン・ガール。『ページ・シックス』に掲載されている社交界のおてんば娘——だから、JFK空港を、手錠をかけられた姿で歩くなんて、絶対に嫌だった。

「逆らわない」と、赤ちゃんのような声で言い、冷静に、聞き分けのよい子になることを約束した。私の両側から、冷蔵庫サイズの男たちは私の両腕をつかみながら、コンコースを進んでいった。私はふたりに挟まれ、早足で歩きながら、どうにかして逃げる方法はないかと探していた。

そんなものはなかった。これは現実だった。

ふたりはプロで、ありとあらゆる状況に対応できるよう、訓練されていた。逃げ出す方法が見つかるまで、彼らに従うしかなかった。ふたりの男に挟まれ座席に座ると、新しい学校に行くことが楽しみだと取り繕《つくろ》った。**え、なんですって？　山の中にあるの？　それってかっこいい！**　私は笑顔を見せた。寝たふりをしながら、彼らが私をその全寮制の学校に引っ張って行けたとしても、そこに留まらせることはできないと考えていた。

自信があった。家から抜け出す経験は山ほど積んできていたし、ダンスフロアで絡んでくる男たちから逃げる技も磨いていた。日が沈んだら、さっさと抜け出してやる。

そんな私の自信も、ロサンゼルス空港から80マイルも進んでカリフォルニア州ランニング・スプリングスに到着する頃には、無残にも潰されていた。道はサンバーナディーノ山脈まで蛇行して伸びていた。車両の数はまばらになり、やがて一台も見えなくなった。木々は高く、密集していた。標高が上がり、耳が痛くなった。あまりの疲労で両目が痛かった。冷たくて、固い何かがおなかのなかにあるようだった。

鉄製の門に到着した。門が開いた。

車が門を通過した。ガチャンと門は閉ざされた。

ウォルター・ヒューストン・ロッジは、アカデミー賞女優アンジェリカ・ヒューストンの祖父によって1930年代に建設された。彼はエンジニアであり、俳優だった。歴史的建造物は豪華で、大きな石造りの暖炉、吹き抜けの天井、そしてハリウッドの同僚たちが宿泊するための13室のゲストルームがあった。そこはハリウッドの喧噪から離れるための素敵な場所だった。詮索好きな視線から遠く離れた場所だった。

ヒューストンは1950年に他界し、この場所はCEDUが1967年に購入するまでは空き家だったはずだ。学校は、建築規制を訴える近隣住民によって、そもそもあった場所から追い出されていた。地域は、学校の建設は許可していたが、CEDUの存在を許してはいなかった。なぜならCEDUは――ワッサーマンがどう主張しようと――学校ではなかったからだ。恐ろしい話や、不穏な噂は常にあった。そこでは奇妙なことが行われていた。乱交パーティーやドラッグの噂があった。チャント（かけ声）や、叫び声が聞こえてきた。大きな叫び声が常に漏れ聞こえていた。地域住民がそんな環境を拒絶したために、CEDUは山奥にあるヒューストンの邸宅に移転したというわけだ。

すべてを隠すには完璧な場所だった。

私はロッジのなかに連れて行かれた。ふたりのスタッフがいた部屋を記憶している。だらしのない格好をした小汚いヒッピーみたいな男と、イタチみたいに意地悪な顔をした嫌な女だった（本物のイタチちゃん、ごめんね。大好きだよ）。

4人か、5人程度、生徒がいた。男子も女子もそこに立って、私を見ていた。イタチ女がドアを閉め、「持ち込みが禁止されている物を検査する。服を脱ぎなさい」と言った。

私は「いや。絶対に……何も持ち込んでいないから。どうやって持ち込むって言うの？　私は家にいたの。寝てたの」

「ジャケットを脱ぎなさい」

私が脱がないでいると、イタチ女は例のせりふを言った。

「楽な方がいいか、それともハードな方がいいか」

そして、両親が医療行為に関する同意書を提出済みなので、抵抗しても無駄だ、と言った。イタチ女が必要と判断すれば、私に鎮静剤を投与することもできる。

私はジャケットを脱いで彼女に手渡した。

そこから先の時間は、私のなかでホワイトノイズのようにしか残っていない。それでも、女の声は未だに聞こえてくる。平坦で、何度も繰り返される声。壊れたシャッターが風に煽られ音を出しているような感じだ。

靴を脱ぎなさい。
靴下を脱ぎなさい。
シャツを脱ぎなさい
ブラを外しなさい。
ズボンを脱ぎなさい。
下着を脱ぎなさい。

彼女は一つひとつを手にすると、男に渡していった。男は私が脱いだ衣類の縫い目をなぞるようにして触り、そして袋に詰めた。裸で人々の前に立たされ、コントロールできないほど激しく震えていたのをぼんやりと記憶している。両膝をぴったり合わせ、両腕で上半身をきつく抱いて、胸を隠していた。

女が**体腔捜査**（訳注：cavity search。麻薬などを隠していないか検査するため、体内まで調べること）と言った時、私は歯を検査するのだと考えた。Cavity（虫歯）という言葉を聞いたことがあったのは、歯科検診の時だけだったからだ。

私が理解していない様子を見て、イタチ女は「ドラッグとか武器を、あそこに入れていないか検査するんだよ」と言った。

「え……どこ？」

彼女の言っている意味が私には理解できなかった。なぜなら、そんなことはありえないと思っていたから。まさか。無理。だってそこにはみんながいて、その子たちの表情ったら——ああもう、わからない。

わからない。ただ、最低だった。

私をじっと見ていた。ニヤニヤしていた。足を動かしていた。私と同じぐらいの年齢の男子たちだ。

女はゴム手袋を嵌《は》めると、「協力する？ それとも男子に押さえてもらって、両足を開かせようか？」

私は自分の口から出た、めそめそとした泣き声がとても嫌だった。それは私の賢い赤ちゃんの声ではなく、本物のパニックから出た声だった。

「さあ、早く」と女は言った。「スクワットして、咳をしな」

私はスクワットして、咳をしようとしたけれど、できたのは嗚咽《おえつ》すること、そして息を吐き出すことだった。

「協力するのか、それとも……」

私は強く咳をした。

女は私の股間を触ると私を立たせ、前屈みにすると、お尻をつかんで左右に開き、ゴム手袋をした指で私のなかを検査した。検査が終わると、シミのついた赤紫色のスエットを手渡した。

汚くて気持ちが悪かったけど、そんなことどうでもよかった。とにかく体を隠したかったのだ。私は素早くスエットを着ると、袖で鼻を拭った。

「この子はピンク」とイタチ女は宣言した。「男たちによると、足が速いだろうってことだった」

彼女は私に靴下を手渡した。靴はもらえなかった。

「靴は特権なんだよ」

女が赤紫色のスエットで私を辱めようとしていたことはわかっていたけれど、ピンクは私のパワーカラーだ。私の歩き方と服装はなんの関係もない。モデルが着させられる服をすべて気に入っていると思う？　16歳の私は、ランウェイで素晴らしい衣装を着ていたけど、悪夢のような衣装を身につけたことだってある。歩く姿は内面を表現することを私は知っていたのだ。あなたが服を着るのであって、服があなたを着るわけではないってこと。

2021年、リアリティ・ショー『パリス・イン・ラブ』のセットで、ミニのブライダル・ドレスにピンクの手袋、天使の羽、プロデューサーが不安になるほど高いプラットフォームヒールを身につけた私が電動スクーターに乗り、教会に向かうという愉快な夢のシーンを撮影した。

「パリス」と彼女は言った。「そんなに高いヒールを履いてスクーターに乗るって、どんな気分なの？　大丈夫なわけ？」

「ヒールでできないことなんてないんだよ！」と私は言った。

「その答えは最高だけど、でも……」

「私、ヒールを履いて生まれてきたの」

彼女はクリップボードに何か書いて、そして「一語一句記録しておくよ。忘れないでね」と言った。

私はそれを「私はルブタンを履いて生まれてきたの」に直して、Instagramに投稿しようとしていた。そこにレベッカ・メリンジャーからFaceTimeで連絡が入った。彼女は、私が創立者の財団法人、現在は「11:11 Impact」、以前は「impact at 11:11 Media」のトップだ。問題児産業に対する私の怒りと悲しみのすべてを、意味のある行動に変えるために設立した。インパクト（impact）は、今日のビジネスモデルにおいて重要な意味がある。お金を生み出すことはないけれど、一番大切なことだ。それは人を助け、大きな満足感を与えてくれる。

レベッカは熱烈な経営戦士で、私の法的取り組み、メディアの開拓、そして組織のイベントの指揮を執っている。集合施設の透明性と安全性の確立を強制する法律の立案に向けて、議会の支持を得る過程にある。結婚式の準備と過密な撮影スケジュールの最中だったけれど、私は必要であればすぐに話し合いに参加した。

「マークリー議員が、質問があるそうですよ」とレベッカは言った。そしてオレゴン州上院議員ジェフ・マークリーからの電話を渡した。彼はロー・カンナ（下院選挙区ＣＡ－17）、バディ・カーター（下院選挙区ＧＡ－01）、ローザ・デラウロ（下院選挙区ＣＴ－03）、アダム・シフ（下院選挙区ＧＡ－28）、そしてテキサス州上院議員ジョン・コーニンと共に、この法案を支持していた。

私は電話を右のこめかみの真上のあたりに、腕を伸ばして構えた（もうひとつの基本的権利：完璧なアングル）。背中のきらきらした天使の羽について説明する必要はないと思った。だって、何を身に着けていようと——**私は私だから**。なんでも素敵に着こなして、やらなくちゃいけないことを、しっかりやればいいだけ。

「マークリー上院議員」と私は言った。「ご支援に感謝いたします。個人的な紹介の部分は少し磨きをかけないといけないですね。今の状態ですと、児童養護施設と少年司法制度のパイプラインを経由する子どもたちに焦点が当てられます」

私は背筋を伸ばして、天使の羽を広げて見せた。

「児童養護施設にいる子どもたちを守る必要は理解しています」と私は言った。「でも、個人的な経験から申し上げているんです。多くの子どもが愛情のある家庭からこの制度に取り込まれています。裕福な家庭なんですよ。騙された親たちは、家庭を壊されているのです。透明性が唯一の希望です。子どもたちを見捨てられません」

レベッカは電話を切り、私はスクーターで教会へと向かった。ヒールでできないことなんて、ない。

第８章
地獄のラップ会

愛想の良い、灰色がかった茶色い髪の女の子が、二段ベッドが４台設置された部屋へと案内してくれた。彼女の名前は覚えていないので、ブランダ（訳注：bland（愛想の良い））と呼ぶ。黄色い枕と毛布が置いてある二段ベッドの上の段を指して、「ここがあなたの場所」とブランダは明るく言った。「私は向こうのベッド。４人になるときもあるわ。でも今は、私とあなただけ。私はあなたのお姉さんね！」

「まさか」と私は言った。「あんたは私の姉じゃない。私には妹がいる。あんたじゃなくて」

私は二段ベッドによじ登って、体を丸くしながら、このビッチのうえに天井が落ちればいいのにと考えていた。

「そうだよね」と彼女は言った。「あなたのプロフィールは読んだよ。妹がいるって。それから弟たちも。私はひとりっ子なの。でも、今はあなたがいるね、妹ちゃん！」

「話しかけるの、やめてもらっていいですか」

「あなたのためを思って言ってるの。あなたがどんな子だったか知ってる。どの学校に行っても追い出されたってね。ドラッグやって、男と寝て」

「そんなの嘘」と私は言った。「本当のことじゃない」

「今は怒りに身を任せるべきじゃないよ、パリス。今日、ラップ会があるから。自分の気持ちを大切にするんだよ」

私は腕で頭を抱えた。**は？　それってどういう意味？**

「ママと話をしなくちゃ」と私は言った。「今すぐママに電話しないと」

「2週間ぐらいあとになるかも。それって特権なんだよ。自分で勝ち取らないと」とブランダは言った。そして私に分厚いバインダーを手渡した。「ここに、やるべきこと、やるべきではないことがすべて書かれているから。それから暗記しなくちゃいけない用語集、予言者の言葉で学ばなければいけないことなんかも」

「勝手に言ってな」

「そこに寝てちゃだめだよ。あなたを案内して、ルールを教えなくちゃならないんだから」

「そんなことどうでもいい」と私は言った。「私、こんなところにいるつもりないから」

「そんなこと言っちゃだめ！」とブランダは囁いた。目を見開いて、焦った様子だった。「連帯責任だからね。あなたが逃げても連れ戻される。後悔することになるよ。プログラムをやらずに約束を守らないなら、アセントに行くことになる。もしかしたら、プロボかもしれない。プロボだけは絶対に無理。私を信じて。私たちはあなたを助けたいだけなんだよ、パリス。あなた自身を理解して、あなたの中の小さなあなたを育ててあげるのよ。とても小さなあなたをね。そうしたら、2年なんてあっという間に過ぎて行くから」

「2年？」私は二段ベッドから飛び降りて、彼女の顔をのぞき込めるようにして、私をからかっているのかどうか確かめた。**「今、2年って言った？」**

「18になったら卒業。その時までには、卒業したいなんて思わないはずよ。チームリーダーとカウンセラーの多くが卒業生なの。私たちに寄り添ってプログラムに参加してくれる」

「あんた、ここに何年いるの？」私は聞いた。

「2年とちょっと。**あっという間**」彼女は指をパチンと鳴らした。「もっと長くいたかったなあ。18になるのがちょっと怖いなって思ってる。さあ、がんばろうよ。伝えることがたくさんあるんだから。まずは基本から。これがあなたの引き出し」

そう彼女は言って、木製の引き出しを開けた。そこには下着と靴下が入っていたけれど、私のものではなかった。

「朝食の前に、引き出し、ベッド、床、その他、部屋にあるすべてのものの検査がある。合意の範囲内の状態じゃない場合、記録に残されるか、罰が与えられることとなるよ。罰っていうのは、誰とも話してはいけない、誰もあなたに話しかけてはいけない、男の子に関して罰を受ける場合、男の子を見たり、話しかけたりしたらだめだし、彼らもあなたを見たり、話しかけたりしてはいけないことになる」

私は靴下だけはいて山の斜面を歩き周り、ぬかるみになった水たまりや雪だまりを飛び越えようと必死だった。子どもが岩を運んだり、地面に穴を掘ったり、コンクリートブロックを積み上げて擁壁を作っている姿を目撃した。ネットの貼られていないテニスコートがあり、馬のいない馬小屋があり、棚に清掃用品が並べられた物置もあった。ブランダは、子どもたちが缶詰の蓋を開けているキッチン、誰かがタオルを畳んでいるランドリーを案内してくれた。セメントでできたシャワールームも見せてくれた。シャワーヘッドが壁に設置されていて、床には排水溝があったが、シャワーを仕切る壁やカーテンはなかった。女の子ふたりが手と膝をついて、床を磨いていた。

「見ちゃだめよ。あの子たち、罰を受けているから」

見学中、彼女はしゃべり続けていた。そして奇妙なルールをよどみなく言った。

悪態をつかない。歌わない。鼻歌を歌わない。咳払いをしない。

ダンスしない。スキップしない、くるくる回らない。

触らない。ハグしない。キスしない。手を繋がない。

足を組まない。

足をぶらぶらさせない。

口笛を吹かない。

大きな呼吸をしない。食べているときクチャクチャ音をさせない。

音楽の話をしない。スポーツの話をしない。テレビ番組の話をしない。映画の話をしない。

ニュースの話をしない。親の話をしない。親戚の話をしない。友だちの話をしない。服の話をしない。部屋の話をしない。学校の話をしない。家に関する話を一切しない。マリリン・マンソンの話をしない。キャンディ、ピザ、ホットドッグ、チーズバーガー、ラザニア、マクドナルド、バーガーキング、ウェンディーズの話をしない。バイク、スケートボード、ローラースケートの話をしない。許可なしに窓の外を見ない。許可なしにドアを開けない。許可なしにトイレに行かない。トイレに行くために、ドアを開け、窓の外を見る許可を求めない。食べ物や水を求めない。食事の時間以外に食べ物を食べない。皿に食べ物を残さない。**なぜ？　どうして？**　は禁止。

目を回さない。

ため息をつかない。

いびきをかかない。

猫背にならない。

肩をすくめない。

そわそわしない、爪を噛まない、皮を剥かない、引っ掻いたりしない。泣き言を言わない。

泣かない。

叫ばない。

「ラップ会のときは大丈夫」と彼女は付け加えた。「ラップ会は、参加しないとだめだよ。本気で、大声を出してね。心構えをして参加しないと、ふらふらになっちゃうよ。プログラムをちゃんとやっていない子、同意を無視する子を見たら、ラップ会でそれを大声で叫ばないといけないの。そしてカウンセラーに報告する。報告をしないと、ルールを破る人間と同罪ってこと。わかるよね？　報告しないということは、その人物に**危険を及ぼす**ことなの。だって、感情の訓練をさせないという意味だから」

用語集の重要性を理解しはじめていた。罰、ラップ、予言者、同意、同意を無視、プログラムに取り組む、怒りを放出する、気持ちを吐き出す——山のように用語はあった。そしてすべてがデタラメだった。ルールブックは罰を回避することが不可能な設定のラビリンスだった。すべてが、子どもたちが苦しみ、失敗するように作られていた。

その日の夜、二段ベッドの上段で気持ちの悪いピンク色のスエットを着ながら、私は何時間も泣き続けた。最終的には頭痛を感じながらウトウトと眠りについたけれど、悪夢で何度も目が覚めた——足首をつかむ誰かの手、私の口をふさぐ汚れた手のひら——そして私は再び眠りにつくまで泣き続けた。ブランダが5時半に私を突いて起こすまで、それは続いた。「パリス。5時半だよ。部屋の掃除をしなくちゃ」

私たちはベッドを整え、引き出しを整頓し、床を含めてすべての場所を磨き上げた。鏡はなかったけれど、窓に映った自分の顔はちらりと見た。私はくたびれていた。

「窓の外を見ちゃだめだってば！」ブランダは囁くような声で言ったけれど、窓の外を見て欲しくないのであれば、なぜカーテンがないのだろう？　顔を窓から背ける前に、少しだけでも朝日を浴びようとした。

誰かが部屋の検査に来て、私たちは朝食を許された。灰色の生ぬるいシリアルだった。そして仕事が割り当てられた。ほか数名の女子と、男子といっしょに、丘のふもとに置かれた材木を丘の中腹まで運ぶグループだったはずだ。仕事が終わると、昼食のためにテーブルに集まるように言われた。パン2枚とボロニアソーセージ1枚だ。昼食の後に数時間働き、そこでイタチ女がシャワーの時間だと大声で言った。

私たちはシャワーのある場所に行き、女の子たちは服を脱ぎ始めた。私はそこに突っ立っていた。壁に沿って並んでいたのは、数名のスタッフだった——男も女もいた——10代の女の子がシャワーのために脱衣する様子を監視していたのだ。男も女も、無駄口を叩きながら笑い転げ、卑猥な言葉を口にしていた。

私はドアのすぐそばに立っていた。

身動きできなかった。

なんなの。どういうことなの。ファック。

一番つらかったのは、裸になりぬるいお湯を浴びる女の子たちが無表情だったことだ。その状況に慣れていたのだ。それが彼女たちの暮らしだった。それを受け入れていた。

イタチ女が私の後頭部を手の甲でコツンと叩いた。「何を待ってるの？　招待状か？」

中年の警備員の男が「パンツを脱ぐお手伝いでもしましょうか？」と言い、残りのスタッフは笑い転げた。

床を見つめながら、壁の方向に顔を背け、衣類を脱ぎ、急いでシャワーを浴びた。スタッフは牛の鳴き真似をし、犬の鳴き真似をし、私の体を見て、カーペットの色がカーテンに合っていないという、面白くもないジョークを言った。肌触りの悪いタオルを体に巻き、部屋に戻ることを許されるまで、震えながら立っていた。

ランドリーで働いている誰かが、きれいな靴下とピンクのスウェットを私のベッドの上に置いてくれていた。

「私の服はいつ返してくれるの?」と私はブランダに訊いた。

「ラベルをつけてからだと思うけど。でも、必要ないでしょ」と彼女は言った。

「彼らが与えるのは、彼らがあなたに着てほしい服だけだよ」

3日間で数時間しか眠ることができていなかった私は、横になりたいから夕食はいらない、と言った。

「夕食は選択が許されてないの」とブランダは言った。「それから、夕食のあとはラップ会だから」

その日、夕食に何を食べたのか記憶はない。でも、斜め前に座った子が「全部食べなかったら、無理矢理食べさせられるよ」と囁いたために、すべてを口に詰め込んだことは覚えている。

「ラップ会」と呼ばれる集会に行ったのは——たしか、5時か6時——早い時間だった。あの夜を他の夜と切り離すことはできない。なぜなら、この奇妙な集まりは1週間に数回も、実際に3時間から4時間も続いたからだ。内容を説明しようと思うけれど、あなた自身の目の前で起きなければ、理解は不可能かもしれない。

丸く配置された椅子に座る。

スピーカーから大音量の音楽が流れている。けたたましい音楽が鳴っているという意味ではなく、音楽が大音量で流されていた、という意味だ。

音楽はいつも面白みのないソフトロックとか、イージーリスニングな感じの曲だった――ジョン・デンバーとかケニー・ロジャースといった感じ――女性の歌を聴いた記憶はない。具体的に、これという曲を思い出そうとしているのだけれど、あの場所で聞いた曲は封印されている。サバイバー仲間はランディ・ヴァンウォーマーの『Just When I Needed You Most』という曲だと言っていた。確かに、あの曲はＣＥＤＵや、後に私が滞在したＣＥＤＵの姉妹校で頻繁に流れていた。エレベーターの中で流れているのを聞いたことがあるかもしれない。コーラスが「**Youuuuuuuu left me just when I needed you most**（私があなたを必要としたとき、あなたはいなくなった）」と歌う。

この曲が何度も繰り返し流されるなか、生徒たちは輪になって座り、チームリーダーが――イタチ女、小汚いヒッピー、ストックホルム症候群的キャリアパスで戻ってきた卒業生たち――ペーパータオルを引き出して、小さな山にして、輪の周辺のあちらこちらに配置していった。

「なんなのこれ……」と私は小声で言った。

私の隣に座っていた男子が軽く笑って、「お前の想像とは全然違うもの」と答えた。

輪の周辺で、子どもたちはヘビの穴に迷い込んだハムスターのようにおびえて小さくなっていた。あるいは目を輝かせて椅子の端に腰掛けて、ゲームが始まるのを待ち構えていた。

「ブランダ、始めてくれる？」とイタチ女が言った。

ブランダは私の横に置かれた箱の前に立つと、「ジェイソン、あなた、たった今、パリスと話をしたよね。女子との会話は禁止されているはず。先週ディアドラにウィンクしたからだよね？　あんた、どちらかとファックできるとか、両方とファックできるとか、そんな夢みたいなこと考えてるんだろ。だって、自分を大事にしない女は、太って醜いお前みたいな男とファックするからな。そんなことねえから。お前、バレバレなんだよ。自分がどれだけクソ人間かも知らねえくせに。お前、本当はゲイだろ。お前の叔父さんは子どもにいたずらする変態なんだってな。お前のファイルに書いてあったわ。その叔父さんでさえ、お前なんていらないってさ。その意味、わかるか？」

私は彼がブランダに対して黙れとか、くたばっちまえとか言うのを期待していたのに、彼はただそこに座ったままで、うなだれて床を見つめ、何も言わなかった。

「自分勝手な欲望はどこから来るんだ、ジェイソン？」と小汚いヒッピーが聞いた。

「パリスとディアドラを、自分勝手で卑猥で下品な性的妄想を浮かべながら見つめていたのは、『私』なのかそれとも『俺』なのか？　『私』という嘘つきなのか、それとも『俺』という感情優先の人間なのか？」

「『私』です」と、彼はぶつぶつ言った。

「正解！　注目しなさい！　今やっていることに」とイタチ女は言った。『私』が『俺』の唇を噛んでいる！」

「自分勝手なクソ野郎が」と別の女の子が言った。「いつも罰を受けている。バカすぎてプログラムさえできない。自分勝手でバカで怠け者すぎて、感情の訓練だってできない。家族が出て行け、このクソ野郎って言ったのも納得だよ。誰もあんたに耐えられない。法的な義務がある人たちでさえ、うんざりしてんのよ」

まるで水門が開くかのように、人々が一気に押し寄せて、一斉に話しはじめ、その声が奇妙で騒がしい音楽のように絡まり始めた。**なんて下品な男だ！　なんで生きているんだ、このクソが？　家族だってYOUUUUUUUUUU LEFT ME我慢できないんだ、だってお前は何をやってもだめだから。作家気取りで、いつか本を書いてみんなを裏切るんだろYOUUUUUUUUUU LEFT MEでもお前はバカ過ぎて自分の名前も書けないんだよな、無能だからYOUUUUUUUUUU LEFT ME死んだら？　みんな助かるからさ。ちょっと待って――忘れてた――死のうとしたんだけど、失敗したんだったね、そういえば。**

彼が顔をクシャクシャにして、涙を流すまでこういった攻撃は延々と続いた。子どもたちは次々と言葉を重ねていき、彼は両手で顔を覆って前屈みになって、傷ついた動物のような悲鳴を上げた。

小汚いヒッピーが「怒りを解放するんだ、ジェイソン」と言った。「感情を大切にするんだよ」

ジェイソンは激しく、しぼり出すような声で泣き、ようやく言葉を口にした。「俺は……俺は最低な人間だ。あの子を見ないようにしたけれど、どうしても彼女を……そうさ、変態だからマスターベーションをしたくなったんだ！　俺は弱くて、変態で、バカな人間なんだ！」

涙と鼻水が彼の目の前の床にぼたぼた落ちた。イタチ女は足でペーパータオルの束を押しつけた。

「パリスが何も言わないのはなぜか知りたいです」とひとりの女の子が言った。「こいつ、生意気で神経質で金持ちのビッチみたいな顔をして、座ってるだけじゃないですか」

「えーっと、あんた、あたしのことなんて知らないでしょ」と私は答え、「それに、汚い言葉は禁止じゃなかったの？」と付け足した。

小汚いヒッピーが私にウィンクして、「汚い言葉で話し、美しく生きればいい」

「ピンクを着せてよかったと思います」とブランダは言った。「こいつ、逃げるつもりだって言ってました。プログラムはクソだって、女の子たちは全員デブでバカで豚だって言ってました。もしここを出ることができなかったら、放火するらしいです」

私は歯を食いしばって言った。「ファック・ユー、ブランダ。そんなこと言ってない」

「あんた、仕事をサボってるらしいね」とイタチ女が言った。

「サボってました！　サボってました！」と、ジェイソンがしゃっくりをしながら言った。

「僕が丘を８００回ぐらい登っている間、こいつはこんな仕事できないわって気取った顔で、ダラダラやってました」
「あたしは靴を履いてないんだよ、バーカ」
そう口にした直後、自分を擁護したのは間違いだと気づいた。輪になっていた人間が全員私に照準を合わせて、ブラックホールのような口と、皿のような目を持つモンスターに姿を変えた。

仕事をしなくていいと思ってる、今日も仕事をサボっていた、この怠け者のビッチ、甘やかされた売春婦YOUUUUUUUUUUU LEFT ME おっぱいをチラつかせて仕事もせずにプログラムもやらずに JUST WHEN I NEEDED YOU MOST 男を惑わし体中にヨダレを垂らされ仕事をサボることができるとでも？

とげとげしい言葉が押し寄せてきた。まるで洪水になった川の映像を見るようだった。大量の瓦礫と共に流れる真っ黒い水。それは棒や石よりも酷かった。まるでレンガと割れたガラスだ。一切容赦なく、いつまでも、いつまでも。

自分を誰だと思ってんだ YOUUUUUUUUUUU 何度も退学処分になった甘やかされたバカ女 YOUUUUUUUU LEFT ME JUST WHEN I NEEDED YOU 怠け者のクソ女、家族全員が

YOUUUUUUUUU お前を憎んでいるんだ、知ってるか、お前は毒、悪影響、妹と弟に迷惑、どうでもいい人間、甘やかされたバカで怠惰な売春婦YOUUUUUUUUU LEFT ME JUST WHEN 認めろ認めろ認めろ甘やかされた嘘つき野郎プロボに行くまでせいぜいサボれボコボコに殴られろ殴られろ殴られろ。

……言葉と唾と残酷さの嵐から自分を守るために、私は両腕で頭をかばってうずくまった。息を吸うことができなかった。強い吐き気に襲われた。頭のなかで脈がどくどくと鳴っていた。自分の魂が頭蓋骨のてっぺんから吸い出されてしまったかのようだった。誰かの叫び声を耳にした。私の声だった。

これがラップ会の目的だ。崖っぷちまで追いつめ、そして無理矢理、突き落とす。そこで座って耐えるとか、叫び返すとか、立ち去るとか、そんなの簡単だと思うかもしれない。でも、がっしりとした海兵隊みたいな男たちが、誰も逃げ出さないように警備している。

「さあ、パリス。怒りを吐き出しなさい」とイタチ女が、ペーパータオルの束を私の顔に突きつけて、汗ばんだぶよぶよの腕を私の肩に回した。

ブランダは、今度は私の前に座っていた女の子を攻撃し始めた。

「ケイティ？　あんた何やってんの。なぜパリスを助けないの？　感情を大切にする時でしょ。あんたがちゃんと参加しないから、この部屋の全員に迷惑がかかってんだよ！」

攻撃が突然私に向けられたように、輪になった獣たちは、今度は女の子に牙をむき、大声でわめきちらし、彼女がその残酷さとクソの激流に溺れて、あえぎ、むせび泣くまで続けた。そして次は別の誰かに集中し、めちゃくちゃに破壊して、次から次へと標的への攻撃を続けていった。

最も強烈に攻撃した人間をイタチ女は称賛し、ためらったり、残忍さが足りない人間を嘲《あざけ》ったりした。参加することを拒んだら、「合意から逸脱した」ことになり、壊滅が待っている。子どもたちは互いの弱みを把握していた。互いをよく知っていたのだ。心の最も深い部分を抉《えぐ》るのが何であったとしても、彼らはその脆弱な場所を嗅ぎつけ、深く入り込み、まるでハイエナの群れのように切り裂く。

いつまでも続いた。何時間も。大げさではない。

何時間も。

ずっとずっとずっと。

Youuuuuuuu left me.

この曲は、誰かに捨てられた経験を歌ったものだ。そのメッセージは、この終わりのないセッションで私たちに深く浸透していった。

あんたが誰を頼っていたのかは知らないけれど――家族、友人、あなたのことが大事だと言ってくれた人たち――忘れてしまえ。やつらは嘘つきだ。見捨てたんだ。お前が最もやつらを

必要としたときに。お前を愛していると言った人間は——お前を愛してなどいない。お前は愛に値しないからで、自分自身を愛しているというのなら、それはただの妄想だ。役立たず。価値のない人間。愛されることのない人間。家族はお前を拒絶した。私たちがお前の家族で、生き延びる唯一の方法は、私たちのようになることだ。

子どもたちは体を揺らし、大声で嘆き、鼻水やよだれを垂れ流し、自分を呪う言葉を吐き、目を赤くして泣いていた。激しく嘔吐したときに顔に浮かび上がる赤い斑点。毛細血管が肌の下で切れるまで叫び続けた子どももいた。これを終わらせるには、告白をするしかなかった。暗い秘密を打ち明けるのだ。最低な考えを公表し、自分の気持ちの悪い秘密を白状する。

誰もが恐ろしい考えや行動を告白していた——従姉妹をレイプする、犬を殺す、両親を刺す、ガールフレンドの首を絞める——私にとっては本物の恐怖だった。なぜなら、私はこういった告白をすべて真実だと捉えていたからだ。**この人たちって、一体なんなの？**　虐待を止めるために、口からでまかせを言っているだけなんて、思いもしなかった。

輪のなかにいた全員が疲れ切って、汗だくになるまで儀式は何時間も続いた。すでに深夜だった——夜中の12時を過ぎていた——その日、私たちは朝っぱらから叩き起こされていた。私はヒッピーのカウンセラーにこう言った。「寝かせて。もう気絶しそう。吐きそう。お願い。もう寝たいの」

「もう少し」と彼は言い、再び気持ちの悪いウィンクをした。

「みんなで『ぎゅっ』として終わりだ」

はぁ？　はぁ？　はぁ？　これ以上最悪な状況になるとは想像できなかった。でも、そうなった。

そうなったのだ。

暖炉の前の、会話の輪に誰もが引き寄せられていった――パンフレットには、ふわふわとしたクッション性の高いU字型のカウチと書かれていた――5秒前には徹底的に互いをけなし合っていた子どもたちは、床に寝転がり、頭を誰かのおなかの上に乗せて、手足を絡ませていた。イタチ女は足を大きく開いてそこに座った。ブランダは彼女の前に座った。もう一人の女の子がブランダの両足の間に座り、彼女の胸元に寄りかかった。まるでボブスレーだ。イタチ女はにやりと笑って、ブランダの脂ぎったベタベタの髪を撫でた。

ブランダは「パリス！　あなたもぎゅっとしなくちゃ」。

ヤダヤダヤダ、絶対に嫌だ……

3人の女の子たちは小汚いヒッピーと抱き合って、鼻を鳴らして、クスクス笑いあっていた。私が服を脱がされて全身検査をされたときに同じ部屋にいた男が、私を引っ張って、膝の上に座らせようとした。男は両足を開いて、私と一緒にボブスレーをしようとした！　私は「離してよ！」と叫んで身をよじらせて逃げようとしたが、ブランダが私の手首をつかんで首を振った。

「ぎゅっとするのは、任意じゃないよ」と彼女は言った。「プログラムの一部だから」

「お前にも説明しておけばよかったな」と小汚いヒッピーは笑いながら言い、女の子たちを自分に引き寄せた。「ぎゅっとすることは、感情がすべてなんだ。『**私**』は思考で、『**わたし**』は感情だ。そのふたつの間には常に衝突が起きている」

「『**私**』は良くないわ」とブランダは言った。「思考を止めなさい。『**私**』ではプログラムをやることはできない。『**わたし**』にやらせるの」ブランダは同意を得ようとイタチ女を見上げ、イタチ女は汗まみれのブランダの頭にキスをした。

私に寄りかかろうとする人、膝に私を寝かせようとする人が大勢いた。私は部屋の隅にどうにかして辿りつき、膝を折り曲げ胸にぴったりとつけ、両腕で脛《すね》を抱いて、硬い殻のなかのクルミみたいに体を小さくした。とうとう解放され、寝てもいいと言われたとき、私は二段ベッドに登って毛布で頭を覆った。どうにかして落ち着こうと思ったけれど、本当に心の底から衝撃を受け——これは真実——いつまでも泣き続けた。そして、再びあの深くひどい震えに体を揺さぶられた。体の中心にある筋肉が、あまりの疲労のために痛んだ。

冷たい暗闇のなかで、ブランダが囁いた。「ぎゅっとしないと、最悪の仕事が割り当てられるよ。トイレ掃除、ゲロ掃除。ラップ会のたびに、めちゃくちゃになるよ」

私は「頼むから黙って」と言った。

ベッドに横たわりながら、月明かりに照らされた山を見た。この場所はロックダウンされているわけではないけれど、高いフェンスで囲われている。それにおびえるような私ではなかった。ブルックローンの高いフェンスを何度も登ってフリスビーを取りに行ったり、ただ楽しいから登ったりすることだってあった。街のレイヴ会場の金網や友人宅の錬鉄製の門さえよじ登ったことがある。

フェンスなんて乗り越えられる。

もし私の言うことが信用できないのなら、「Paris Hilton climbs fence」でGoogle検索をしてみてほしい。驚くほど多くの写真や動画が公開されていて、私がどれだけ優秀かがわかる。

2007年9月発行の『デイリー・メール』紙を確認して。私はフレンチ・コネクションのスパンコールドレスを着ている——白、金、銀、そして明るい黄色でデザインされた、幾何学模様のドレス——銀色のパンプス、そしてフェンディ・フォーエバーのミラーバッグを持っていた。パンプスと同じ銀色だったけれど、独特な生地なので、「合わせすぎ」には見えなかった。

このスタイルはプライムタイム・エミー賞のアフターパーティーには完璧だったけれど、一緒にいた男が何かを期待していたのか理解不能な行動をしていたので、私は彼を見捨てることに決めて、ハリウッドの都市公園近くに住んでいる友だちの家で一夜を過ごすことにした。パーティーが開かれていたのだ。

真夜中過ぎになっていて、友だちが電話に出ないので、パパラッチのひとりに靴を持ってくれるよう頼んだ。彼は喜んでそうしてくれた。なぜなら彼らは、パーティーが終わった私を追いかけ、フェンスをよじ登る写真を撮影することを待ち望んでいたからだ。全員が股間を狙って写真を撮るでしょうけれど――残念！　――私は足を閉じてフェンスをよじ登る方法を知っている。サイドサドル（訳注：横鞍。横乗り）みたいにね。

フェンスをよじ登るのは、想像以上に便利なスキルだ。

話をＣＥＤＵに戻すと、私的には、脱走は簡単だと考えていた。あのフェンスは楽勝だって。でも、それでどうするつもり？　人気のない山の中だ。夜になれば真っ暗で、凍えるように寒かった。靴も無い状態では、速くも、遠くへも、走ることはできなかった。私は必死に考え、計画を練ろうとしたけれど、ラップ会の大声が頭のなかで渦巻いていた。

「そのうち慣れるから」とブランダは囁いた。

絶対に慣れないと、私は誓った。**慣れるもんか**。

第９章 犠牲者の眠る森

この先数週間の記憶は、ショックと疲労で曖昧だ。私はピンクのスウェットと運動用靴下で、なんとか毎日を過ごし、会話を避けて、屈辱と恐怖を飲み込もうと努力し、ラップ会で私を非難して唾を吐いた男子たちと視線を交わすことを避けていた。もし彼らが私を見たとしたら、責められるのは私だった。両親に電話をかけ、靴をもう一度履かせてもらうようになるための2週間を、私は指折り数えるようにして待っていた。

「2週間だよね」と、赤ちゃんみたいな声を使って、小汚いヒッピーに念を押した。「両親に電話していいって言ったよね。ここがどれだけ素晴らしい場所か、ふたりに教えるのが楽しみ」

彼は笑顔を見せて、そして「素晴らしい。ブランダと僕が君の横にぴったりとくっついてサポートするから」と言った。最悪だ。

ＣＥＤＵの実際のパンフレットから引用する楽しい時間の始まり。

ＣＥＤＵは、人を操るのが上手で、やる気がなく、将来の方向性を持たない生徒たちの教育に大きな成功を収めてきました。このような青少年の多くが緊張した家族関係を持ち、コミュニケーションスキルに欠け、反抗的、あるいは社会と交わろうとしない行動パターンを持っています。そして多くのケースで、ドラッグやアルコールの問題を抱えています。

私の両親は、毎週学校にやってくる精神科医からカウンセリングを受けていた。私が両親に嘘をつき、彼らを操って家に戻ろうとするだろうと伝えられていたのだ。精神科医は両親に、私の命を救う唯一の方法は、精神的に強くなり、私の懇願や嘆願を無視することだと言ったそうだ。

15分の電話のために私が席に座ると、小汚いヒッピーとブランダが私の真横に座って、聞き耳を立てていた。ふたりが遮る前に、できるだけ素早くすべてをぶちまけてやろうと考えていたけれど、ママの声を聞いた瞬間、喉が詰まり、私は泣き出した。

「ママ……ママ……」

私には靴が必要だった。カウンセラーが私にピンクのスエットを着続けさせる理由を与えることが怖くて何も言えなかったから、ママに秘密のメッセージを送ろうとした。私は赤ちゃんのような声を使った。ママはそれが嘘っぱちだと知っていた（誰に教えてもらったと思ってんの？）。

「ママ……あのね……ここって……本当に……本当に……」もう限界だった。言葉が突然溢れてきた。「ママ、お願い！　ここから出して！　ここって最悪だわ！　全然わかってない！」

「ねえパリス、そこが大変なのはわかってるわ。我慢してプログラムを学ぶしかないの」

プログラムを学ぶ、ですって？

自分の母親の口からCEDUの専門用語を聞くのは恐怖の体験だった。私はてっきり、両親はCEDUで行われていることなど、一切知らないと思っていたからだ。もう、何を言ったらいいのかわからなくなった。

「ママ、聞いて。彼らは——ここはね、——シャワー室で——」

優しく、でも強引に、小汚いヒッピーが受話器を私から取り上げて、「今日はここまでだ、パリス」と言った。

「パリス、電話の権利を失いたくないだろ？」

「悪いことは言いません。話しません。誓います」

彼は電話を切り、繋がりを絶ち切った——母の声のなかにあった愛の細い糸。指を切り落とされるほうが、痛みはマシだっただろう。

「2週間後にもう一度、電話をしたいだろ？」

「はい」

「よし。それならプログラムを学ぶんだ」

1週間が過ぎた。そしてもう1週間が過ぎた。私は本当に疲れ切っていた。どうにかして睡眠時間を確保しようと必死だった――数を数えたり、頭のなかで音楽を流したり、自分がストロボライトの下で踊っている様子を想像したり――でも、毛布が足に触れた瞬間、心臓が胸から飛び出しそうになって目が覚めてしまう。男たちが私の足首をつかんだあの状況に引き戻されるからだった。

朝になるとベッドから飛び起きて、部屋の掃除をした。枕カバーに毛がついていたら、毛布にしわが寄っていたら、チームリーダーが私の二段ベッドや引き出しをめちゃくちゃにして、一からやり直せと言うからだ。そしてブランダの持ち物までめちゃくちゃにして、彼女が私を憎むように仕向けるのだ。

靴下しか履いていない状態で、屋外での作業をするのは大変だったけれど、屋内の作業はそれよりも酷かった。屋内の作業とは、気持ちの悪いスタッフがタバコを吸いながらうろついて、膝と手をついてトイレや床を掃除をしている女の子たちに威圧的な言葉をかけるというものだ。屋外は、冷たい新鮮な空気を吸うことができ、岩や丸太を丘の上まで運べば、周辺の環境を見渡すことができた。何マイルも森林が続くような地域に見えたけれど、ところどころで、砂利道からの砂埃や煙突からの煙が見え、その様子で町がどのあたりにあるか想像することはできた。

私は、自分の犬には与えないタイプの食べ物を無理矢理口に入れた。健康な状態を保つ必要があったからだ。何時間もの肉体労働のあとに与えられるわずかな水分を補うため、頭を上に向けてシャワーの水を飲んだ。

水分補給は絶対。美しくあれ。窓から抜け出す準備を整えろ。

「授業」の時間では、自分がやってしまった間違いを認めるために、「不祥事リスト」と「秘密」を書くことを強要されていた——犯した罪、邪悪な思想、やったことのある悪いこと、そしてその影響などを書くのだ。こういった告白はラップ会での攻撃材料として使われた。私はそれを拒否したし、他人を攻撃することも拒否したため、常に罰を与えられる側だったけれど、自分のリストには汚点など決して書かなかったため、彼らが私を攻撃できる情報は限られていた。

ＣＥＤＵのいかれた人たちは、残虐性をまるで武道のように実践していた。大部分は護身のため、しかし必要であれば致死的な力を発揮する。攻撃対象となった人間は、そこに座り、傷つき、涙を浮かべた両目を見開いているしかない。そしてその瞬間は、自分も攻撃する側に回る誘惑と戦わなくてはならない。自分は安全だと感じたいし、いじめっ子になることで、壊れやすいけれど、力の殻が備わるからだ。でも、その安全をもたらすはずの殻は弱く、不安定で、因果は巡ってくる。いじめっ子たちは、最も恐怖を感じている子どもたちだ。他者を傷つけた彼らは、被害者となった子どもたちと同じぐらい、傷ついていた。

毎晩の抱きしめ合いは、本当に——**気持ちが悪い**。想像以上に。それから逃げる方法はなかった。考えるだけで、海塩と消毒薬のたっぷり入ったお風呂に飛び込みたくなってしまう。私たちは生き延びるために、やらなければならなかったことをやったまで。そしてそれは私たちに深い傷を残した。あの子たちが誰だったのかは知らない。これを読むかどうかもわからない。でも、彼らの責任ではなかった。そして私の責任でもなかった。私たちの責任ではなかった。あの場所から私たちが持ち出した恥のコンクリートブロックは、私たちが背負うべきものではなかった。あの場所を作った人たちが責任を持つべきものだ。

1か月後、私は初めて「プロフィート」行きを告げられた。各プロフィートにはテーマがある。例えば「『私』と『わたし』プロフィート」とか「セルフプロフィートの旅」とか、「どうしようもなくファックなプロフィート」とか、そんな感じだ——私にとってはどれも大差なかった。家具のセールスマンの神であるワッサーマン自身が執筆したという膨大な資料を読み上げるチームリーダーとカウンセラーによる、数時間の説教をじっと座って聞かなければならない。

床に寝ている子どもの口に「訓練士」がタオルを突っ込み、訓練士がそのタオルを引っ張る間、子どもたちは必死に頭を床につけておくという奇妙なエクササイズもあった（もちろん、とても暴力的な行為だ。歯が折れたとか、顎の骨がめちゃくちゃになって手術が必要になった女の子がいたという話がある）。

その後は、マラソンのようなメガラップ会が待ち構えている。夜に始まり、朝まで続けられる。目を覚ましていなければならないし、翌朝の朝食の時間まで、途切れることないこの儀式に身を置かなければならない――そして翌朝の朝食が、このどうかしているイベントで与えられる最初の食べ物、あるいは水分となる。

これは大規模なグループ活動なので、外で行われることがほとんどで、体を動かすことも多かった――神様、ありがとう！　――彼らは私に靴を与えた。私は境界線の近くに座るようにした。説教が始まって2時間か3時間経過して、全員が立ち上がって声を出す場面で、私は近くにいた見張り役たちに近づいて、「ハイ、ボーイズ！」と、パパラッチが好きだった、気のあるそぶりで声をかけた。

中のひとりが「ハイ」と答えた。

別のひとりは「ヒルトン、グループに戻れ」と言った。

「どうしても、どうしてもトイレに行きたいの」と、私はクスクス笑いながら言った。

最初の見張り役が微笑んで、グループの先頭を確認した。みんなは手を振っていて、説教中の人間に私たちの姿は見えなかった。見張り役がトイレの方に顔向けてうなずくと、「急げ」と言った。

「ちょっとだけ行かせて？　**おねがーい**」

私はそのトイレを何度か掃除したことがあり、心のなかで窓のサイズは確認していた。窓は小さくて、壁の高い位置にあったけれど、私は背が高いし、1か月間のきつい仕事と栄養不足で痩せていた。トイレの上に乗り、窓枠に手をかけて抜けだし、建物の反対側の地面に降り立った。庭を横切り、身を潜め、フェンスをよじ登り、全速力で走った。後ろを一度も振り返らず、急な堤防を駆け下り、生い茂る藪を抜けて、苔の生えた森に入っていった。

誰もが「絶対に森の中には入ってはいけない。死んだ子どもがいる。逃げようとすれば、彼らが殺しに来て、死体を森に埋める」と言っていた。

私はそれを信じていなかったし、信じていたとしても何も変わらなかった。大切だったのは、あの場所から逃げることだった。**走れ、走れ、走れ**。それ以外、何を考えていたのか、記憶していない。私は本能に従って、下りの方向に向かった。下の方に舗装されていない道路が見えたから、その道路に並行に走り、小川を渡った。靴を濡らしたくなかったから、未舗装の道路を渡って舗装された道路に行き当たるまで、山を下った。

車の音がするたびに、私はガードレールを乗り越えて、道路脇の溝や茂みに身を隠した。

夕方近くになっていた。太陽が尾根の向こうに消えていった。寒くて、怖かったけれど、アドレナリンは十分だった。まるで映画に出演しているような気分。これってジェームズ・ボンドっぽい！　道路の近くに身を寄せて、近づく車両から身を隠し、長時間にわたって走り続けた。どれぐらい走ったのかはわからない。ようやく、木々の間から眩しい外灯が見え、その明かりを辿って、サービスエリアの小さな駐車場に辿りついた――レストランとガソリンスタンドが一緒になったような場所だ。建物の横には、公衆電話があった。

ああ神様。**本当にありがとう**。

ねえ、公衆電話って覚えてる？　そもそも公衆電話ってまだ存在してる？　あの鉄柱に設置された汚い公衆電話を見つけたときの私が、どれだけうれしかったか、想像してみてほしい

――一台買って、玄関に飾りたいわ。

クラブに入り浸るキッズだったら全員知っているトリックを使って、受話器を持ち上げ、オペレーターが出るのを待った。

「はい、オペレーターです」と彼女は言った。「おつなぎしましょうか?」

「ええ! コレクト・コールをお願いします……」**ファック**。誰に電話をしていいのかわからなかった。両親は話を聞いてくれないかもしれない。グラム・クラッカーは、助けてくれるには遠すぎた。「カイル・リチャーズをお願いします」

私は叔母の電話番号を告げた。オペレーターは「あなたのお名前は?」と聞いた。

「スターです」と私は言った。

カイルはコレクト・コールを受け入れてくれた。「パリス、あなた――」

「カイル、お願い助けて。ママには言わないで。とにかく迎えに来てほしいの、カイル。**お願い**。お願いです。急いで。あの学校は最悪よ。ひどい虐待なの、それにママは――」

「虐待ってどういうことなの? 他の子どもに殴られたの?」

「違うわ、そうじゃない。**お願い**。こちらに来てくれたら説明するから。今すぐに来て。**お願い**。ここから連れ出して」

「どこなの?」と彼女は聞いた。私はタクシーの広告の横のカードに記載されていた住所を伝えた。

「わかった。そこで待ってて」とカイルは言った。「どこにも行っちゃだめだよ」

私は建物の後ろに行き、雑草のなかに身を隠した。少しすると、パトカーが駐車場にやってきた。

「ブロンドの女の子を見ました？」と警官がレストランから出てきた誰かに聞いた。

くそっ。くっそ。考えろ。考えろ。隠れるんだ。

崩れかけの建物の裏のドアは、たぶんキッチンからの熱を逃がすために、開け放たれていた。ドアのすぐ近くには狭い階段があり、警官が立ち去るやいなや、私は階段を登って屋根の垂木《たるき》の真下にある狭いスペースに行き、クリスマスの飾りが入った箱の裏に身を潜めた。私は陰になった場所に行って身を小さくして、下のレストランを観察し、フライドチキンとポテトの匂いを吸い込みながら、音楽を聴いてじっと待った。その瞬間まで、体が音楽と食べ物を同時に求めることが可能だなんて知らなかった。でも私はその状態だった。

何時間も経過した。警官は、行ったり来たりしていた。CEDUの責任者も、行ったり来たりした。バーテンダーは肩をすくめていた。「いや、見てないね」

幅の狭い板の上に座り、私は必死に眠らないようにしていた。そうしなければ落ちてしまうからだ。そこが最も難しかった。とても疲れていた。カイルはロスから駆けつけているはずだ。しばらく時間はかかるけれど、彼女は来ているし、このクソみたいな場所から車を飛ばして街にあるマクドナルドまで行くのだ。ウェイトレスは行ったり来たりして、ハンバーガーや「本日のスープ」を運んでいた。ああもう、本当におなかが空いていたのだ。店の閉店時間が近づくと、彼女はバーにいた酔っ払いを追い払って、テーブルの上に椅子を上げ、フロアにモップをかけ、キッチンを掃除している料理人と話をしていた。

そしてふたりは店の電気を消して、去っていった。

最悪だ。

これでカイルは店に入ることができなくなった。今、外にいるのかもしれない。私は窮屈に折り曲げた足を伸ばして、そっと階段を降りた。ドアに耳を近づけてみた。何も聞こえなかった。少しだけドアを開けて、静まり返った駐車場を盗み見た。電話ボックスの上の電球の周りを蛾が飛んでいた。私は公衆電話からカイルにもう一度電話をした。彼女はコレクト・コールを受けてくれ、私は「カイル、どこにいるの？　警察に電話した？」と聞いた。

「いいえ」と彼女は答えた。「もちろんするわけないじゃない」

分厚い手が私の首を締め付けた。私は電話にすがりついたけれど、責任者が私を担ぎ上げて、SUVの後部座席に押し込んだ。学校に連れ戻された。実際のところ、たった2、3マイルの距離だった。私はきっと、同じ場所をぐるぐると走っていたのだろう。

生徒たちはその時点でもまだプロフィートに参加していて、まるで赤い目をしたゾンビの集団みたいになっていた。イタチ女は、まるで人生で最高の瞬間を体験しているような顔をしていた。彼女は私を生徒たちの前に引きずり出して、「さあ見て、誰だと思う？」と言った。

彼女の手の甲が私の方向に飛んで来たのを、見ることもなかった。気づいたとき、私は地面に倒れていた。責任者が私を無理矢理立たせて、殴り、首を絞め、生徒たちにそれを**見ろと迫った**。生徒たち全員が見ていた。目はサッカーボールみたいに大きく見開かれていた。多くの生徒が泣いていた。それも当然だ。衝撃的なことを目撃しているのだから。そしてそこが重要な点だった。彼らに有刺鉄線や鉄格子や鉄の扉が必要なかったのは、それが理由だった。人々を中に閉じ込めるための、より強力なものがそこには存在していたのだ。

森のなかで子どもが死んだという怖い話。

そしてその話を生徒たちの間で広めるように仕向けた。

彼らは、子どもを愛する人たちを騙していた。カイル叔母さんは当時20代だった。私より少し年上なだけだった。私たちはこのことについて一度も話し合ったことはないけれど、当時の彼女の立場になって物事を考えてみれば、彼女がママに電話をしたのは当然のことでしょう? だってお姉さんなのだから。子どもが行方不明になったときに、親であれば当然することを、私の両親もしたまでのことなのだ。そう、警察に通報した。若い頃はこのことに怒っていたけれど、CEDUの営業戦術が恐ろしいほど巧みだったことを知ってからは、家族に対しては同情する気持ちの方が強い。ひとつひとつ段階を踏みながら、家族は私に正しいことをしていると心から信じていたのだから。

だって……考えてみてほしい。メンタル・ヘルスのプロからのアドバイスによって、問題を抱えた子どもを、この美しい外観の全寮制学校に、大金を投じて通わせていたのだ。子どもが脱走を試みたとして、常にあなたを怒らせ続けた子どもの言うことを信じるだろうか? それとも、子どもがどうしようもない嘘つきでクレイジーだという精神科医の言葉を信じる?

クレイジーなのは私じゃない、あんたのほうだ！　――クレイジーな人の１００％がそう言う。

地元警察はこういった場所と金銭的な取り決めをしていることが多い。脱走した人間を連れ戻し、虐待の訴えを無視するのだ。冗談じゃない。森の中に死んだ子どもですって？　それってまるでB級映画のプロットじゃない。

あなただってそう思うでしょ？

そんなの真実であるはずがない。そうでしょ？

２０１２年、サン・クエンティン州立刑務所で縊死《いし》した児童性的虐待者であり連続殺人鬼ジェームス・リー・クラメルという名のモンスターが、１９９３年と１９９４年にＣＥＤＵのランニング・スプリングスのキャンパスから行方不明になったふたりの男子生徒の殺害を含む、背筋も凍るような一連の犯罪に関係していたなんて、信じたくもないよね。司法省の行方不明者捜査官ビル・グリーソンは、クラメルについて、精神科医であるフォーギー医師に同伴して、ＣＥＤＵを定期的に訪問していたと報告している。私の両親をコンサルティングした医師がフォーギー医師と同一人物だったかどうかはわからないけれど、私がＣＥＤＵにいた時期、彼もＣＥＤＵに出入りしていて、親たちに「２年間はプログラムに取り組まなければならない」と強く推奨していた。

２０１２年7月7日に発行された『オレンジ・カウンティー・レジスター』紙の記事によれば（ロリ・バシェーダ記者による『Mom vs. Child Killer: Guess Who Won?（ママvs子どもの殺

人鬼：どちらが勝者か？）』）、クラメルは「1人目でも、2人目でもなく、数年にわたってフォーギー医師と生活を共にしていた3人目の性犯罪者だった」そうだ。私がCEDUを去って1年後、フォーギー医師は逮捕された。過去に起きた複数の性犯罪について起訴されたのだ。『ロサンゼルス・タイムズ』紙（1998年5月6日、タオ・フーとスコット・マーテル記者による『Other Possible Molest Victims of Psychiatrist Are Being Sought（精神科医による新たな性犯罪の犠牲者を捜索中）』）には、「オレンジ郡検事局によると、フォーギーは10代の患者にクラメルがアナルセックスをする間に、患者に対してオーラルセックスをした疑いがある——」

なんてこと。

絶対に許せない。

最悪だ。

Googleで検索してみて。

ファック。

あんな場所、最悪だ。

一体なんだっていうの？

こんな怪物たちが私の物語に登場するってどういうこと？　**本当に最低**。こんな話は書きたくもなかった。考えたくもない。考えることなんて不可能だ。

考えなくちゃいけない――考えろ――**とにかく考えろ**――。

私の心が強くなれるもの。プラットフォーム・ブーツ。

バーニングマン・ブーツ。結婚式のネオンカーニバルで着たホットピンクの花嫁衣装に合わせたシックなプラットフォーム・ブーツ。そのブーツは白だったけれど、アリス・アンド・オリビアのハイローガウン（チュールをたっぷり使った素晴らしいビスチェ）に合わせてスタイリストが完璧にスプレーして色を変えてくれた。完璧だった。完璧。

考えろ。

私の心を安心させてくれるもの。

犬たち。

私のかわいい毛皮の天使たち。

・ダラー
・プラダ
・スリヴィントン
・ハラジュク・ビッチ
・マリリン・モンロー
・プリンセス・パリス・ジュニア

・トーキョー・ブルー
・ピーターパン
・ダイヤモンド・ベイビー
・OGヒルトンの子犬、ティンカーベル

考えろ。クソッ。
幸せな気持ちになれるもの。
友だち。

デミ・ロヴァートと買い物をしていたとき、タコベルの話題になった。私たちはタコベルが大好き。デミは映写室にタコベルの枕を置いているらしい。私はデミが大好きだ。
２００６年、ブリトニー・スピアーズと私は、ビバリーヒルズ・ホテルのバンガローで開かれていたパーティーに参加していた。私たちはパーティーに飽きてしまい、私の家に戻りたいと思ったのだけれど、他の人たちが私とブリトニーにパーティーに残ってほしいと言った。だって――よくよく考えてみてほしい――こんなこと言ったら嫌われるかもしれないけれど、ブリトニー・スピアーズとパリス・ヒルトンがパーティーに来たとしたら、ずっといてほしいって思うよね？　みんな「だめ！　まだ帰っちゃだめ！」と言うし、失礼なことはしたくなかったから、私はブリトニーをトイレの中に引っ張り込んで、「トリックを使っちゃおう」と言った。私は窓を開けて、網戸を外したのだ。

ブリトニーは「窓からは出られないよ」と言った。彼女はミニのカクテルドレスを着ていたからだ。

私は、大丈夫だから、と彼女に言って、窓から脱出するのを助けた。私たちは大喜びした。大笑いしていた。それでも抜け出した。路地を走り抜け、通りの角まで来たところで、パパラッチに囲まれた。私はブリトニーを物陰まで引っ張ると、お互いをチェックした。友だちがそうするようにね。私はブリトニーの髪を整えた。リップグロスを塗った。

最高の女の子。

いつでも撮影OKなビッチたち。

私たちは通りまで戻ると、車まで進んだ。パパラッチは写真を撮りながら、こっちを向いてと声をかけてきた。

「パリス、左の方を見て！　左だよ、ブリトニー！」

「ブリトニー！　パリス！　こっちを向いて！」

「パリス、ゆうべ、リンジー（ローハン）と喧嘩になったって本当？」

私はそれには答えなかった。だって、車に戻るところだったんだから。

「パリス！　ブリトニー！　もう一枚、もう一枚、もう一枚！」

「パリス、リンジーが君に叩かれたって言ってるよ！」

「君とリンジーとの確執は？」

パパラッチ全員が本気を出してきた。**彼女を叩いたの？　叩いたの？　叩いたの？**

雨が少し降っていて、ブリトニーが寒がっていたので、私は車へと急いだ。ジーンズを穿いていたので、ブリトニーのためにドアを開けて、助手席に乗る彼女が下品な写真を撮影されないようにブロックした。そして運転席へと回り込んだ。

パパラッチは質問し続けた――**リンジーを殴ったの？　彼女を叩いたの？　叩いたの？**

――数日前に、私が彼女の肘を殴り、ドリンクを浴びせかけたと彼女が証言する妙な動画が公開されていた。今でも一体なにが起きたのかはわからない。

「いいえ」と私は答えた。「彼女に聞いて。あの子、そこにいるから」と、私はリンジー・ローハンを指さした。彼女も私たちがパーティーを抜け出したすぐあとに、会場から出てきていた。「リンジー、本当のことを言いなさいよ」

彼女はコンサルタントのエリオット・ミンツと歩いていた。エリオットは私の広報と呼ばれることが多いけれど、彼自身は以前、「私の役割は広報というよりは危機管理ですね」と言っていた。私たちの関係は『ゲーム・オブ・スローンズ』に出てくるドラゴンの女王と小さな男のようなものだった。

リンジーは「パリスはそんなこと絶対にしない」と言った。「彼女は私の友だち。みんな嘘つき。彼女はいい人。おねがいだから私たちをほっといて。私たちは友だちなんだから」

「友だちなの？」とパパラッチは言った。「リンジー、君たちは友だちなの？」

エリオットが彼女を車まで連れて行き、ドアを開けた。雨に濡れちゃうから？　それとも飛び交う奇妙な噂を払拭するため？

「パリスはそんなことしてない」とリンジーは言った。「とても素敵な女の子。いい人。15歳の時から知ってるの。いいかげんにして」

そしてリンジーは車に乗り込んだ。なんだか少しおかしかった。なぜなら私はメルセデス・ベンツのSLRマクラーレンに乗っていて、座席はふたつしかなかったから。ブリトニーは、普通だったら小さなバッグを置く場所に移動した。この瞬間を撮影したビデオには、誰もが息を飲んだあと、ひとりのパパラッチが「これは最高に絵になるぞ！」と言った声が残っている。そして彼らは車のボンネットにカメラをかざして写真を撮りまくった。フロントガラスについた雨が、まるでビダズラーのようだった。

「パリス！　パリス！　ワイパー！　ワイパーだよ！」

私はワイパーを動かした。恐ろしいほどシャッターが切られた。

「ありがとう、パリス。リンジー？　こっちを見てくれない？」

車のギアを入れたけれど、雨が降るフロントガラスの向こうから、切れ間なしに浴びせられるフラッシュで前が見えず、タイヤの下に誰かの足があって、私に轢かれたとクレームを入れられるのではと常に恐れていた。というのも、それがロスでは普通だから。エリオットが通りまで出て、駐車スペースから私の車を誘導してくれた。まるで、プライベートジェットを滑走路に導くライトセーバーを持った男の人みたいに。

「行かせてやってくれ。雨が降っているんだ」と彼は言った。パパラッチたちは車から離れ、私たちは車を発進させることができた。どこに行ったのかは記憶にない。そんなの、どうでもいいでしょ？　あの瞬間がすべてだった。翌日、ブリトニー、リンジー、そして私が写ったアイコニックな一枚が『ニューヨーク・ポスト』紙の一面を飾った。私たちの顔の下には、大きな文字で「おバカサミット」と書かれていた。その言葉自体は好きではなかったけれど、私の前髪がとってもかわいかった。前髪がすごくかわいいって、めったにないよ？　前髪は難しいから。

パパラッチは正しかった。最高の瞬間だった。

何年も経過した今でも、この写真がTシャツ、ポスター、誕生日のカード、コーヒーカップ、ボクサーショーツ、きらきらしたクラッチバッグに印刷されているのを見る機会がある——いろいろな商品になっているのだ。私のお気に入りは折りたたみ式のラミネートのサンシェードだ。暑い日にフロントガラスに貼り付ける。

この写真が撮影されてから15年後、私とカーターはモルディブのプライベート・アイランドでハネムーンを満喫していた。自分たち以外の世界を無視するのに忙しかったので、ようやくデバイスをチェックしたときには、メッセージアプリはパンク状態。「Holy Trinity（訳注：三位一体。パリス、ブリトニー、リンジーの3人）」の15周年を祝うメッセージで溢れていた。私は3人そろった写真を見て、笑った。まるでチャーリーズ・エンジェルみたいだ。

『ナイロン』誌に掲載されたサーシャの記事が大好きだ。『Paris, Britney, & Lindsay: The

Triumph of the Bimbo Summit(パリス、ブリトニー、リンジー。おバカなサミットの大勝利)』――この記事は意地悪なポスト紙のヘッドラインが時代に合わせて変化を遂げない理由と、イット・ガールズ(有名な若い女性たち)が、どのようにして物語を取り戻しつつあるのかを書いていた。私は結婚したばかりで、巨大なメディアとライフスタイルのコングロマリットの経営に携わっていた。ブリトニーは、彼女の私財と私生活を管理していた13年にもわたる後見人制度に終止符を打ったばかりだった。リンジーは婚約をして、プロフェッショナルとして復帰を果たしていた。それについて、本当によかったと思っている。私たちは親密ではないけれど、彼女が幸せでいてくれることをいつも願っているから。

メディアが私たちを対立させたがっていた理由はわかっている。そうすれば、売れるから。クリック数を稼ぐから。あの猛吹雪のようなフラッシュが、数十枚にわたる傑作写真を生み出した。それぞれが異なる視点を持つ一連の写真は、ライセンス料とロイヤリティーで数百万ドルを稼いだ。

もちろん、私たちが稼いだわけではない。

ブリトニー、リンジー、そして私はあの一連の写真で、一切稼いでいない。でも、あの写真で家を購入した人がいる。子どもを大学に通わせた人がいる。彼らが撮影しようと思う気持ちはわかる。あの、いじめという行為によって得られる壊れやすい満足感以外は何ももたらさないヘッドラインに群がった人を理解するには、努力が必要だ。

ジョイ・サーシャはこう書いている。「2006年、社会は『共感する』という概念を完全には理解しておらず、絶え間なく続く搾取によって繁栄する壊れたシステムの存在を許していた」

そう、その通り。

タブロイドが煽る「確執」からは常に距離を置くようにしてきたつもりだ。彼らは継続的に、何の問題もない友人との間の「冷酷な確執」や、レッドカーペットで3フィート離れたところに立っていた見ず知らずの人との問題など、大嘘を書き続けた。あまりにもひどい記事もあり、その度にラップ会の叫び声の記憶に引き戻された。

戦わせることで、イタチ女は私たちのエネルギーを奪い、アイデンティティを盗んだのだ。あの騒音は私たちを、身の毛もよだつような現実から引き離した——あのふたりの男の子たちを、苦しめ、殺した原因となったクソみたいな現実だ。彼らがどのようにして行方不明になったのか、噂は聞いたことは確かにあったけれど、それは主に「**森には絶対に行くな**」という注意を促す物語で、私たちの脱走を防ぐためのものだった。私たちは考えることさえ諦めていた。考えることが、怖かったのだ。ランニング・スプリングスでの争いで気を取られているから、考えないほうが楽だった。

ＣＥＤＵでの体験後の数年間は、ラップ会の騒音が私から遠ざかることはなかった。必死にかき消そうとしたけれど、どれだけパーティーに行っても、どれだけ車を飛ばしても、音楽を爆音で鳴らしても、愛をたっぷり吸い込んでも、あの騒音を払拭することはできなかった。時々、あの時代の、殺るか殺られるかのメンタリティーに戻ってしまうときがあるし、私はそれを恥ずかしいことだと思っている。私は壊れていたの。わかる？　私は大量に酒を飲んだ。**本当に、大量に。**

ラップ会の目的は、人格を破壊することだ。最も弱い人を狙い、汚い言葉で罵った。Nワード。Cワード。そしてFワードだ（あなたの考えているFワードじゃなくて、もっと悪いFワード）。PTSDに苦しみながらプロボを去って数年、当時私が口にしていた言葉を思い出して、愕然《がくぜん》とした。怖かった。気分が悪くなった。それは、あの気味の悪い人たちが私の頭のなかに入り込んだという意味だったから。あの人たちから完全に離れられたわけではないのだ。

痛みを和らげるためにアルコールに頼ったということ――これは説明であり、言い訳ではない。ただの酔っ払いの役立たずで、大バカ野郎だった時期もある。何もかもわからなくなった時の自分の発言内容なんて、半分も記憶していない。でも、私はそれを否定しない。だって、CEDUのシステムから抜け出した私のフィルターは、めちゃくちゃなダメージを受けていたからだ――泥酔して、フィルターが一切なしの場合は除いて。誰かを信頼するという私の能力は系統的に破壊され、誰かと親密になるたびに、傷つき、ヒリヒリとした痛みに苦しむようになった。結果として、最も愛する人たちに、ひどい言葉を投げつけることになった。

私は生まれつきの善い人間だ。可能な限り、誰かを助けようとする。友人たち、クリエイターの仲間たちを応援するのが大好きだ。

去年の夏、バーニングマン（訳注：年に一度、ネバダ州の砂漠で開催される大規模な音楽やアートのイベント）のキャンプをパフィと歩いていた時、彼がこう言った。

「僕らは本物さ。これまでで最高の状態だよ」

パフィはパーティーに明け暮れていた時代から、私のことを常に受け入れてくれていた良き友人たちと一緒に、ずっと私の側にいてくれた。パフィ、ニコール、キム、ブリット、スヌープ、ニッキー、ファラー、ブルック、ホイットニー――アリソンと、ジェン。あなたたちも――みんな私の家族で、私はそれに感謝している。あのパーティーに明け暮れた時代を後悔することができない理由は、友だち全員が一緒にいてくれたからだ。私たちはあのナイトライフに人生を捧げていた。

私のガールフレンドたちとは世界中で楽しい時間を過ごした。ロス、ロンドン、バーニングマン、イビサ、サントロペ、パリ、ベガス。お願いだから家に帰らせてと言われたこともある。

「パリス、お願い！　もう今夜は終わりにしよう？」

夜明けまで彼女たちを引っ張り回していた。暗闇のなかで一人になるのが怖かったから。はるか遠くへ旅をしても、夢の中ではスタート地点に戻ってしまう。山を駆け下り、苔の生えた岩で足を滑らせ、殺された男の子たちの亡骸《なきがら》と共に姿を消したあの場所に。

第10章 罰

脱走を試みたあと、私は多くを禁止された。誰も私に話しかけてはならないし、私を見ることもできないし、私自身も誰かに話しかけることや、誰かを見ることを禁止されていた。電話をかける権利も失った。ピンクのスウェットに逆戻りした。靴も取り上げられた。当然だよね。

警備員が夜通し監視するため、問題児はリビングルームの床で眠ることを強制された。シャワー室の装備はこれ以上ないほど不潔で、毎夜のラップ会では打ちのめされた。「バカで甘ったれのビッチ。プログラムに取り組もうともしない。アセントに送られるぞ。プロボで死ぬんだ」

CEDUの姉妹施設に滞在したことのある子どもたちの意見は、アセントは最悪だということで一致していた。モンタナにある軍隊スタイルのブートキャンプらしい。もしかしたらアイダホだったかもしれない。モンタンダホだったかも。どうでもいいわ。ハードコアで、荒野のど真ん中にあるらしい。テントで眠り、重労働があるらしい。そこにいる子どもたちは全員が犯罪者で、サイコパスで、スタッフはそれよりも悪いらしい。プロボについては、みんな目を見開きながら囁いた。「あそこでは悪いことが起きる」

数回のラップ会を、凍り付いた偽物の笑顔で乗り切った。心の中で100万回ぐらい死んだけれど、それに抗うことはしなかった。エネルギーを蓄える必要があったからだ。私は再び脱走しようと計画していた。学んだことを実践する予定だったが、それに挑戦する機会を得る前に、移送係が私のところにやって来た。最初に連れされられたときと同様、ふたりだった――今回は、男と女――夜中に突然やってきて、私を捕まえて、「楽な方がいいか？　それともハードなのがいいか？」と、再び聞かれた。

このシーンはこの時すでに私のあたまのなかで何百回も想定済みだった。私は服を着たまま眠り、どのようにしてこの状況を切り抜けるか考えていた。

「楽なほうがいいです」と私は微笑んだ。「行くのが楽しみ。だってアウトドア、大好き」

彼らは少し面食らったようだったが、そう簡単には騙されなかった。私に手錠をかけたとき、震えているのがわかったのだろう。女の方は小太りの中年で、あまり背は高くなく、ブロンドの髪の根元が白髪になっていた。男の腹は巨大だった。逃げ出すことができれば、ふたりが私を捕まえるのは不可能だと思った。

ふたりはママが準備したバッグのなかから、旅に必要な衣類を出して私に手渡した――ジーンズとTシャツだった。私はずいぶん痩せたので、ジーンズはブカブカで、みすぼらしかった。

空港への道すがら、私はふたりとお話をして、愛嬌を振りまいておこうと考えたものの、ミスター&ミセス・ミートヘッド夫妻はSUVのフロントシートに座ったまま、前方を見据えるだけだった。乗り継ぎのあるサンフランシスコまでのフライトの間中、ふたりは私に手錠をかけたままだった。その間、私はずっとふたりに愛嬌を振りまいていた。

「ああ、新しい学校が楽しみ。飛行機を乗り換える前に、手錠を外してくれないかな？ だってこんな姿で空港のなかを歩くなんて、恥ずかしいもん」

「だめだ」と、ミスター・ミートヘッドが無愛想に言った。「書類には、足が速いとあった」

でも、ミセス・ミートヘッドがため息をつき、ミスター・ミートヘッドに合図すると、彼が手錠を外してくれた。サンフランシスコ国際空港のゲートに入ると、お手洗いに連れて行ってくださいと彼女に頼んだ。彼女はそれに同意した。私は個室に入った。彼女は腕を組んだ状態で、個室のドアの前に立っていた。

「ロックするんじゃないよ」と彼女は言った。

私は微笑んで、肩をすくめた。「ロックする理由がないよ」

私はドアを引いて閉め、ジーンズを下げずにトイレに座り、待ちながら、静かに深呼吸を続けた。次に何が起きるか考えようとしていたのだ。しばらくすると、ミセス・ミートヘッドがドアをノックして、「早くしな」と言った。

私はトイレのシートを握りしめ、息を吸い、彼女の目がトイレのドアの隙間から見えるまで待った。

「何をやってる？」と彼女は言った。

人で溢れかえったクラブでダンスするってこういうこと。何をやるにもそのスペースがない。

から、何時間もジャンプしているだけ。そうすることでカンガルーのように太腿が鍛えられる。何も考えずに、私は膝を胸につけて、両足でドアを思い切り蹴った。彼女はよろめいて、タイルの床に尻餅をついた。濡れたような、べちゃっとした音がした。

私は走った。ドアを飛び出した。コンコースをただひたすら真っすぐに。

背後で、彼女が夫に向かって叫ぶ声が聞こえたけれど、私はすでにスタートを切っていた。彼が私を追いかけるまでに、私はコンコースの半分まで到達していた。エスカレーターに突進したが、上りのエスカレーターだった。私は下りのエスカレーターに乗る必要があった。戻るには遅すぎる。私はエスカレーターの段を飛び越え、まるで水面を走る小石のように、よろめきながらも、思いつくことができる唯一の避難場所に向かって走り続けた。

ヒルトンだ。

コンラッド・ヒルトンは時代を先取りした男だった。1959年、空の旅は最先端で、最新のファッションと芸術のクロス・プロモーションが展開されていた。サルバドール・ダリやアンディ・ウォーホルが、プッチの制服を身につけたスチュワーデスたちとコマーシャルに出演していた。私の曽祖父は旅行の概念をひっくり返し、サンフランシスコ国際空港の真ん前に高級ホテルを建設したのだ。空港から一歩も出ることなく、飛行機から降り、人生を楽しみ、そして次の飛行機で目的地に行くことができる。パパは当時若く、そのホテルを心から愛していた。だって、ホテルは常に世界中から集まったパイロットやキャビンアテンダント、ジェット機で豪遊する人たちで溢れかえっていたから。

「ホテルのラウンジはタイガー・ア・ゴー・ゴーだった」と彼は言った。「ダンスチームの女の子たちは、『タイガー・キトゥンズ』と呼ばれていてね。バズ・アンド・バッキーがそれを歌にした。大ヒットしたんだよ」

確かに、『タイガー・ア・ゴー・ゴー』はビルボードのチャートで最高で104位になったけれど、私の頭の中では映画のワンシーンを作り上げていた。私はコンコースを走る自分自身を見ていた。私の後を追うミスター・ミートヘッド。バズ・アンド・バッキーの歌うサーフ・ロックのアンセムと共に、私はコンコースを疾走する。**「タイガー！　タイガー！　タイガー・ア・ゴー・ゴー！」**

フロントデスクを通り過ぎながら、「彼が私を殺そうとしているの！　タクシーをお願い！」と叫ぶ私を、コンシェルジュは見た。

優秀なコンシェルジュは質問などしない。彼は私を急いで縁石まで連れて行き、待たせていたタクシーに乗せてくれた。困惑した運転手が「どこまで……」と聞くやいなや、「出して！　いいから車を出して！」と答えた。

運転手は車を急発進させた。

タイガー！　タイガー！　タイガー・ア・ゴー・ゴー！

ホテルからスピードを上げて走り去る車の後部座席から、ミスター・ミートヘッドが縁石まで辿りつき、今にも心臓麻痺を起こしそうになっている姿を見た。運転手はバックミラーで私をちらりと見ていた。私はクスクス笑いながら、泣いていた。アドレナリンでハイになっていたし、自由になれたことがうれしかった。

「ダウンタウンにあるヒルトンまで行ってください」家に限りなく近くに移動することができる気がした。ホテルの前に運転手が車を停めると、私は「すぐに戻ります。中に入って、彼氏からお金をもらわないと」

運転手は、「ああ、そうですか」と不機嫌そうに言った。

私はホテルの中に入り、早足でロビーを横切って、逃走中だと見えないようにした（ユニコーンみたいな小走りで！）私は角を曲がって、再び全力で走り、裏口から通りに出た。再び走り、歩き、もう一度走った。Tシャツの脇腹のあたりにある縫い目に手を押しつけながら走り続けた。

しばらく走って、私はベンチに座った。どこにいるのかわからず、一文無しだったけれど、私は自由で、喜びの涙を我慢していた。少しすると電話ボックスへ向かい、受話器の下にあるスイッチを動かした。オペレーターが出たので、両親の電話番号を告げた。

「ママ！　ママ……」母がコレクト・コールを受ける前に、私は泣き出していた。連れ去られてから、母の声を聞くのは2回目だった。

「パリス、あなた、どこにいるの？　一体何をしたの？」

「ママ、お願い」私はすすり泣いた。「ママはなんにも知らない。あそこって——私、殴られたの――本当にどうかしてる――私、新しい場所には行きたくない。お願いだから家に帰らせて」命乞いをしながらも、母が私を信じていないことに気づいた。

「パリス、落ち着きなさい。大丈夫だから」

「絶対に出かけません。嘘はつかない。クラブにも行かない。クラブなんて大っ嫌い！　ママ、私は家に帰りたいだけなの。学校も真面目に行く。ママが言う通り、なんでもする。いい子にする、ママ。本当だよ、いい子にするから」

「パリス、落ちついて。大丈夫だから」とママは言った。「もちろん、家に帰ってきていいんだよ」

「ありがとう」私は目を閉じて、電話ボックスの壁に倒れ込むようにしてもたれた。疲れ切って、心から感謝して。「ありがとう、ママ。私、いい子になるわ。約束する」

「電話を切らないで。そこにいて」

私は喜んでそうした。聞こえてくるママの声だけを求めていた。

「何も心配することはないよ、パリス。問題を解決する間、電話を切らないでいて」

ママが私よりもずっと賢いことをすぐに忘れちゃう私って、本当にかわいい。

私が初めて脱走したあと、両親は電話に盗聴器をとりつけ、私が万が一脱走して電話をしてきたら、逆探知できるようにしていたようだ。

肩に力強い手が置かれ、見上げると、そこには警察官が立っていた。

「ミス、私と一緒に来てください」彼は受話器を私から取り上げて、言った。「ミセス・ヒルトン？　こちらは警察——ええ。確保しました。了解しました。そうします」

パトカーの後部座席に乗せてくれると思っていたのに、そんなものはなかった。彼は自転車に乗った警察だった。彼は私に手錠をかけると、自転車に乗り、警察署まで私を走らせた。数ブロックのことだったけど、本気？　ファック・ユー、自転車警察官。ファック・ユー、かっこ悪い短パンを穿いて、ダサいジェルシートのサドルに乗ってたくせに。

ミートヘッド夫妻が来るまで、私は警察署のベンチに座っていた。ふたりは本気で怒っていた。ミセス・ミートヘッドは顔に氷の入った袋を当てていた。Tシャツには血が飛び散っていた。ミスター・ミートヘッドが警察官とフロントデスクで話をしている間、ミセス・ミートヘッドは身をかがめて、腫れ上がった唇で、「ファッグ・ユー、このバガヤロウ。後悔ざぜでやるがらな」と言った。

警察官がやってきて手錠を外したとき、私は彼に「おねがいです、彼らと一緒に行きたくありません。誘拐されたんです。私を殴る気です」と頼んだ。

ミスター・ミートヘッドは「私たちは彼女の法定監護者なんです」と言った。そして警察官に書類を見せた。「ここにある通り、彼女は暴力的な犯罪者です」

その意味を理解するのに、少し時間が必要だった——そしてそれは真実だった。ミセス・ミートヘッドはひどい怪我をしていた。確かに私がそれをやったけれど、申し訳ない気持ちなんて1ミリもなかった。そんな風になってしまった自分を目撃することで、本当の人生からさらに遠ざかったように思えた。ミートヘッド夫妻は手錠をかけて私を空港まで連れて行き、私は飛行機の座席に座り、汗まみれのふたりの体に挟まれて肉体的にも精神的にも押しつぶされた。アセントに到着すると、戦争帰りのような太った女が、スタッフと見物している生徒たちの前で私を裸にして体を検査した。この場所には、軍隊的で、白人至上主義的空気が流れていた。警備員のいる小屋、木製のベンチがある集合スペース、円を描くように設置されたテント、丸太のテーブルが置かれた食事用テント。衛生設備は、ポータブルトイレが2か所だけ。シャワーの代わりに、冷たい水が入ったバケツとコップと石鹸が渡される。子どもたちはスタッフが監視するなか、裸になって体を洗わなくてはならなかった。

朝は、60秒で靴下と靴を履いて、寝袋をバックパックのなかに詰め込まなければならない。もし誰かが失敗すれば、全員が罰を受けた。初日、バックパックに私の髪の毛がついていたのが理由で、全員の荷物がめちゃくちゃにされた——誰もが私を憎むように仕向けたのだ。朝食はザラザラしたシリアルと、明らかに腐った牛乳だった。酸っぱいミルクをどこかに流そうとしたけれど、チームリーダーが「食え。喉に流し込むぞ」と言った。

太った女が私の両腕を、頭の後ろに回して手錠をかけた。「こいつから目を離すな」

プログラムはＣＥＤＵのものと似ていたが、違っていたのは、女子はラッコ、男子はタタンカ（訳注：アメリカンバイソンを意味する言葉）と呼ばれていたことだ。男子と女子は互いに見ることを禁止されていた。近くに別のキャンプが設営されていて、日中はその場所までハイキングに行き、戻り、丸太を運び、穴を掘った。毎晩、靴下を洗わされた。靴下が乾かなければ、靴下を履かずに作業をしなければならない。ちょうどよい方法を見つけるまでに数日かかったので、踵《かかと》には水ぶくれができてひどい状態だった。

気絶した子どもは、残りの子どもたちでキャンプに担いで戻らなければならなかった。倒れた子を二度と目にしないこともあったけれど、病院に連れて行かれ、戻った女子は「ずっと手錠をされたままだった。救急治療室では誰も私に話しかけてくれなかったの」と言っていた。質問をしたり不満を口にしたりすると、スタッフはそれを誰もが目撃するよう仕向けていた。子どもたちは殴打され、顔を平手打ちされ、首を絞められ、地面に顔をこすりつけられ、首はスタッフの膝で押さえつけられていた。スタッフは私たちをおびえさせ、飢えさせていた。牛乳が腐っているのでシリアルを食べることができない場合、それを食べるまで一日中、持ち運ばされた。


数週間が経過した。心を痛め、惨めで、緊張して、ぼんやりとした時間だった。私は常に、どこからか脱走できないものかと場所を探していた。そこに居続ければ死ぬことはわかっていたけれど、自分ひとりで広大な自然のなかを移動する——それが可能だとは思えなかった。生徒の多くが恐ろしい子だったけれど、私のテント仲間はいい子で、私と同じぐらい惨めだったので、私たちの絆は強くなった。

ある日の夜、「あなたを残したくはないけれど、ここから出るね」と言った。

彼女は賛成し、私たちは計画を練った。眠りにつく前、彼女は簡易トイレに行き、数分後、太った女が「ヒルトン、出てこい」と私を呼んだ。

私がテントを出ると、彼女は「いったい何をやってるんだい？　ふたりでコソコソ、何を話していた？」と言った。

「何も」と私は答えた。

「嘘をつけ」と彼女は吠えた。「本当のことを言え」

「なんにもしてない。私たちはただ――」

太った女は私をたき火の近くまで引っ張って行って、丸太の上に座らせ、私の周りを歩きながら大声で叱りつけた。

アセントの特徴がこれだ。丸太に何時間も座らされ、スタッフが交代で何時間も怒鳴り続け、小突かれ、後頭部を叩かれる。何かを白状するまでそれが続けられるのだ。

普段は、あまり悪くないことを適当に作り上げて白状していた。例えば「藪のなかにシリアルを捨てた」といったことだ。でも、今回はそうもいかなかった。太った女は一晩中、私を丸太の上に座らせた。寒さで震え、丸太運びの労働で疲れ切っていたけれど、私はそこに座り続け、何も言わなかった。だって、テント仲間に迷惑をかけたくなかったから。テント仲間が私を密告したことを理解したのは、翌朝になってからだ。

生徒たちが目を覚まし、私たちがにらみ合いを続けていたことに気づくと、太った女はキレた。生徒たちに私を壊すことができると証明しなければならなかったからだ。テントの入り口に生徒たちは座り込み、彼女が私を平手打ちにして、首を絞め、熱い息を私の顔に吹きかけながら怒鳴り散らす様子を、おびえた目を大きく見開いて見ていた。

「逃げやがったら――脱走の話をしたら――他の子どもに悪影響を与えたら――お前の人生を地獄にしてやる、わかったな？　ここで一生暮らすんだ。**ここにお前を埋めてやる**。誰もそんなこと気にもしない。お前の親はお前が大嫌いだ。その間抜けな頭に叩き込んでやる。**お前はあたしのものだ！**」

笑うこともできないし、私がタフだと取り繕うこともできない。あの女は私を、恐怖のどん底に陥れた。私は泣いて、懇願して、止めてくれと頼み、その日以降は、女がやれと言ったことにはすべて従った。必死に労働し、私の前に出されたクソみたいな食事を食べ、脱走なんてことは一切口にしなかった。私はお馴染みのキャラクターを演じきった。バカでリッチな女の子だ。彼らが私に期待した、ブロンドの尻軽女。ヘラジカを見て興奮し、常軌を逸した儀式に参加を強制された時以外は、誰にも、一言も話しかけなかった。

数年後、勇気を振り絞ってGoogle検索してみた。その施設はすでに閉鎖されていて、私は喜んだ。そこでは子どもが死に、数え切れない訴訟を抱えたようだ。でも、同じような施設は、別の場所にも出現した。このタイプの施設が多く設立されてきたこと、そして人々がそれを長期間にわたって認知していたことに、本当に腹が立つ。

２００７年10月、行政活動検査院の犯罪課監査最高業務責任者であるグレゴリー・D・クッツと、補佐役のアンディー・オコーネルが、下院教育および労働委員会の前で証言をした。『居住型治療プログラム：問題児のためのプログラムにおける虐待と死亡事例』という報告書を提出した。

『行政活動検査院の調査結果』という見出しの下にはこうある。

行政活動検査院は、1990年から2007年に、全米および米国人が所有する米国人によって運営された海外の居住型施設において、死亡例を含む数千件に及ぶ虐待事例を確認した。行政活動検査院がより具体的な申立件数を把握できなかった理由は、包括的な全国データを収集しているウェブサイト、連邦政府関連機関、その他団体を確認することができなかったからである。

あの太った女は嘘をついていなかった。彼女は本当に私をあの場所に埋めることができたし、警察も、誰もそれを知らなかっただろうし、気にすることもなかっただろう。

報告書は、目を覆いたくなるような事例を次々と示している。

・1990年3月、女性、15歳。2日間脱水症状を訴えていたが、ハイキング中に死亡。未舗装の道路に18時間放置。

・2000年9月、男性、15歳。地面に45分間にわたってうつ伏せにされる。首の動脈が切断され、死亡。

・2001年2月、男性、14歳。キャンプで配布されたポケットナイフで動脈を切り自殺を図る（ナイフは取り上げられなかった）。翌日、テント内で縊死。

・2002年7月、男性、14歳。ハイキング中に熱中症で死亡。死んだふりをしているのではと考え、スタッフは木陰に隠れて観察していた。倒れてから10分以上動きがない時点でようやく脈拍のチェックをした。

・2004年11月、男性、15歳。「虚弱体質過ぎる」罰として首に9kgの砂袋をかけられた。昏倒し、死亡。検死報告には、体中に内出血の跡があったと記されている。

このリストはまるでビートボックスのループみたいに延々と続いているが、このような恐ろしい状況に耐え、生き延びた数千人の子どもたちについては、一切触れられていない。

私は下院教育および労働委員会の前で証言をしたから、このような情報を空気の冷え切った会議場で証言することの意味を知っている。スーツに身を包んだ大勢の男性たちを前にして発言するのだ。そこにいる人たちの大多数は、心から状況を変えたいと考えている人たちだけれど、しばらくすると、彼らも麻痺しているように見える。**子どもの視点**でこの統計を見ることが不可能だからだ——でも私には、この子どもたちをただの統計値として見ることは不可能だ。私には子どもが見える。その子を知っている。

私自身が、その子だった。

アセントで数か月を過ごすと、私はまるで斧の刃のようにストイックに鍛え上げられた。観察され続けるという肌に張りつくような現実が、正常化された。ビッチによる平手をどのようにして受ければいいのか学んだ。かわすのではなく、その勢いに身を任せるのだ。両親が私を嫌っているとか、私が売春婦だとか、側溝で野垂れ死ぬとか、未来がないと言われても、全く心に刺さらなくなった。それってどういう意味？　私が考えることができた未来なんて、あの山のなかでただ一日を生き延びることだけだ。

丸太運びの毎日。

穴を掘る。体の震えを抑えきれずに過ごす夜。そしてある日、彼らは「トラック」に行くべき時が来たと私に言った——もしかしたら、「トレック」だったかもしれない——モンタナにある山脈をハイキングするらしい。彼らは私たちに形だけのサバイバル訓練を行った——36キロの荷物の入るバックパックを詰める方法、雪の中でテントを張る方法、火をおこす方法、水の探し方——リアリティー・ショーの『身も心も裸になる！　男女ふたりのサバイバル The Naked（訳注：男女2名が21日間にわたって裸でサバイバルをする）』的な訓練で、**やりたい**と希望していても難しく、そもそも私たちの誰一人としてやりたいとは思っていなかった。太った女は、トラックあるいはトレックが、人生を変えるほど素晴らしいものだと言い続け、私はそれを喜ぶふりをしていたけれど、内心、**は？**　と思っていた。

月が昇り、そして消えて行く様子を観察していた。真っ暗闇になる夜もあったし、月がとても明るくて、簡易トイレに行く自分の影を見ることができる日もあった。朝、山間《やまあい》から濃い霧が立ちこめるので、少し先の木さえ見えなくなった。身を隠す機会と、より遠くまで行く能力を天秤《てんびん》にかけ、長所と短所を分析していた。カウンセラーは野生動物に気をつけろと言っていたけれど、クマもマウンテン・ライオンも、どうにかしているスタッフに比べれば、全然怖くはなかった。ひとりで行く勇気を持ちたいと思ったが、最後に諦めてしまった。誰かを信じる方が勇気が必要な時があるのだ。

来たばかりの女の子がいて、とてもつらい思いをしていたようだった。彼女は口答えばかりして、頻繁に平手打ちをされていた（この子をテスと呼ぼう）。ある夜、私は彼女に「逃げようよ。その時が来たら言うから」と話しかけた。

テスはおびえながらも、毅然とした表情でうなずいた。

早朝2時。木々の間を縫うようにして進み、山を下り、未舗装の道路に辿りついた。彼女は私のスピードに合わせるのに必死だったし、私は彼女をフットボールのコーチみたいに追い込んだ。

「止まっちゃだめ！　あなたならできる！　スローダウンなんてするもんか！」

しばらくすると、古い移動住宅やボロボロの車、錆びた機械類が平原に点在する狭いエリアに辿りついた。私たちはそのがらくたの間をすり抜け、窓から移動住宅の中をのぞいた。トレーラーの中にひとりで座る女性が見えた。ランプの明かりの下でぶ厚い本を読んでいた。長くて太い、漆黒と鉄灰色の三つ編みの髪が肩にかかっていた。大きな犬が足元で体を丸くしていた。犬が好きな人だ。信頼できるかもと考えた。

私がドアをノックすると、彼女はドアを開けた。特に驚いたようにも、好奇心があるようにも見えなかった。私は赤ちゃんのような声で、でたらめな作り話を披露した。

「お邪魔だったらごめんなさい。私と友だちで男の子たちとキャンプをしていたんです。男の子たちが、酔っ払って私たちをレイプしようとしたんです。他に逃げ場がなくて」それから、それから。彼女が私たちを信用したかどうかはわからないけれど、彼女は質問をしなかったので、額面通りに話を受け入れたのか、真実は口にするのも恐ろしいほどひどいものだと知っていたか、どちらかだと思う。

「寒いでしょう。さあ、入りなさい」

彼女は私たちを招き入れてくれ、毛布を貸して、水をくれ、グリルチーズサンドイッチとホットチョコレートを振る舞ってくれた。彼女は私たちに小さいけれど、素敵なバスルームを使わせてくれた。本物のトイレとシンクが備え付けられていた。天国のような熱いシャワーを浴びた私が見たのは、彼女がベッドの上に用意してくれたきれいな衣類だった。

バスルームのカウンタートップにはプラスチックの小さなバスケットが置いてあり、保湿クリームと基本的なメイク道具が並べられていた。ひび割れた唇にバームを塗りたくって、まつげに黒いマスカラを塗った。数か月ぶりに見た鏡に映る自分の顔は、自分の顔だとは思えなかった。ぎこちなさ。悲しみ。この数か月のビフォーアフターは、写真ではっきり見て取ることができるだろう。

テスがシャワーから出てきたときに、夜が明けた。

「いなくなったことに気づいたはずだよ」と私は囁いた。「行かなくちゃ」

女性が電話を貸してくれたので、ロスにいる友だちのところまで長距離電話をかけることができた。男友だちの一人が電車の切符を手配した。私たちの妖精みたいなゴッドマザーが駅まで送り届けてくれた。

「元気でね」彼女は私をハグすると、車で走り去った。

なぜ彼女が私たちを助けてくれたのか、いまになっても理解できない。それでも、私は彼女に対して永遠に感謝している。ジャッジすることなく救いの手を差し伸べてくれる人なんてめったにいない。落ち込んでいる人を見ると、疑念を抱くものだ。**彼氏に殴られるなんて、一体、何をしたのかしら？　あのジャンキーはなぜ無職なんだろう？**

自分が同じ立場にならないように、私たちはそうやって自分を安心させるのだろう。思い返してみると、彼女は本能のままに行動してくれたのだと思う。一切ためらわない人だった。純粋な優しさだ。それがどれほどの意味を私にもたらしたのか、うまく説明できる言葉を私は持たない。

誰かを信頼することができなくなったとき——愛が不可能だと感じられるとき、私から利益を得ている人以外が私を見捨てようとしているとき——私はこの女性のことを考える。世界には善意だってある。

テスと私は身を低くして、電車を待っていた。ロンドン駅やパリ駅のように人混みに紛れ込むことはできなかった。干し草の束が山積みにされた場所にある、小さな駅だったのだ。私たちの他には、5、6人の客しかいなかった。切符売り場にいた人が、私たちのほうを何度も見ていた。ようやく電車が到着し、私たちは急いで乗り込もうとしたが、ふたりのクルーカットのアセントのならず者がホームで私たちの前に立ちはだかった。

ということで、世界にある善意のことなんて忘れちまえ。この世はクソだ。

私はテスの手を握りしめた。私たちはふたりとも震えていた。

キャンプに連れ戻された。全員が丸太の上に座らされていた。裸にされて、検査された。体腔検査をされた。石鹸とバケツの時間に私のことをいつも見ていた男が、「脱走したら何が起きるか、よく見ておけ」と言った。

男が奇妙な笑みを浮かべていたことから、全員の前でレイプされるのかと思った。

ありがたいことに、男は私を徹底的に殴っただけだった。

第11章 脱走

テスに何が起きたのかは知らないけれど、それから数週間は、脱走したことを、本当に、本当に、**ほんとうに**、申し訳ないというふりをして過ごした。迷彩服を着たアホ男に対しては、彼が殴ってくれたおかげで自分自身のことを考え、今となっては他の何よりも、トラックまたはトレックの、人生を変えるような素晴らしい体験を楽しみにしていると伝えた。逃げるチャンスがまだあるからそう言ったのではない。トラックまたはトレックが終わったら家に帰ることができる、と彼らが私に言い続けたからだ。アセントから「卒業」するにはそれが必要だと彼らは言ったし、私はそれを信じた。なぜなら、テスと私が逃げたトラックまたはトレックに行った子どもたちの姿は消えていたからだ。

「美しい瞬間だよ」と太った女は言った。「最後の数メートルを走ってゴールに辿りつけば、そこで両親が出迎えてお祝いをしてくれるから」

私はそのイメージ——母と父に再会する瞬間のイメージにしがみついた。CEDUでは家やニッキーや弟たちのこと、そしてウォルドルフでの生活がどれだけ素晴らしかったのかを考え続けていた。今となっては、それらはすべてブラックアウトしていた。あまりにも悲しかったからだ。トラックあるいはトレックに再挑戦するために努力を重ねた。

とうとうそのチャンスが来たとき、私は3週間にわたるハイキングマラソンをやり遂げた。雪に覆われた山々を、36kg（大げさではない。彼らは毎日「36kgの荷物だから、持ち上げるときは両足を使え」と言い続けたのだから）のバックパックを背負い、登ったり下ったりした。野営地に到着して、スウェット・ロッジ（訳注：ネイティブ・アメリカンの儀式のために建てられる円形の小屋。瞑想するために建てられる高温の部屋。発汗小屋。）のようなものを建てた――大きな枝を組んで、丸いテントを作り、キャンバス地で覆った――そして戦闘服を着た集団が、ネイティブ・アメリカンの儀式をごちゃ混ぜにしたようなものに私たちを迎え入れた。

このビジョン・クエストは何日にもわたって続けられた。たき火の周りに丸くなって座り、トイレに行くときだけスウェット・ロッジを出ることが許された――実際のところ、トイレに行く必要はなかった。私たちは食事も水も一切与えられず、汗だくになっていたから。72時間、眠ることが許されなかった。気絶する子がいれば、ほかの子どもたちがその子を雪のなかに連れ出して目を覚まさせて、そして中に戻した。その時が唯一、冷たい空気を吸うことができる瞬間だったので、ロッジのなかに座りながら、どうか誰かが倒れますように、私が倒れてもいいからと祈っていた。

誰もが泣いていた。咳き込んでいた。わけのわからないことを言い続けていた。私の目と鼻の穴は煙と睡眠不足で真っ赤だった。オペレーターの声が聞こえてきた。

スターさんからコレクト・コールです。受けられますか？
スターさんからコレクト・コールです。受けられますか？

そこで頭がぐっと揺れて、半分眠った状態の私は目を覚ました。彼らは私たちに奇妙なことを言わせたり、やらせたりした——何かを唱えさえ、うめき声を上げさせ、吠えさせ、太鼓を叩き、石を延々と手渡しすることを強要し——意味がわからない。全然わからなかった。想像のレベルを超えている。本物のネイティブ・アメリカンの儀式で、このようなことに意味があるのかどうか教えてほしい。怒らないで。儀式を見下しているわけじゃない。全くそうではない。ただ、私たちはそのようなことを理解したり、感謝したりする状態ではなかったし、迷彩服のアホたちは、その儀式を監督する権限もなかったということだ。

とにかく私は耐え抜いて、ママとパパの待つゴール前の「ラストスパート」に集中した。

そこに到着したとき、私は、**ハッピーでハッピーで、うれしくてうれしくてたまらない！**という状態だった。太った女は大喜びしていた。「やったわね、パリス！　卒業よ！」

「家に帰るわ」と私は言った。「両親はどこ？」

「ふたりはレディングであなたを待っているわ。そこからカスケードに行くんだよ」

「カスケードって……なんの話……」

「プログラムに取り組むための、次の1年が待っているんだよ」

は？——嘘でしょ。言葉が見つからなかった。

その時、私が必要としていたのは母と父に会うことだけだった。ふたりには、私よりも騙すことが上手な誰かに操られているのだと理解してもらわなければならなかった。太った女が私に服を手渡し、私はできるだけきれいに身だしなみを整えたけれど、レディングでママとパパと一緒に車に乗り込んだときは、とても気持ちが悪かった。

父はいつものように、きちんとして上品な姿だった。ママは神様の裏庭に咲くラベンダーのような香りがしていた。私は母の膝の上に頭を乗せて、彼女が私の髪を撫でて、私にとても会いたかったと伝えている間に、死んでしまいたかった。彼女が別のＣＥＤＵのプログラムについて語り始めたとき、私は彼女に懇願しながら泣いた。

「ママ、お願い、お願い、**お願いだから**家に連れて帰って」

「気に入るはずよ」と彼女は言った。「とても素敵な場所なんだから」

彼女は幸せそうな生徒、緑の芝生、上空に虹がかかる、堂々としたロッジの写真が印刷されたパンフレットを見せた。**カスケード学園**と書かれていた。

実際のコピーを再び紹介する。

共同体として、私たちは人類の真の可能性と、分別、思いやり、悟りを開く世界を実現するための取り組みの気高さに感謝しています。

は？　いいかげんにしろ。

「ママ、無理だよ」と私は言った。「本気で地獄なんだってば。この学校はどうかしてるの。みんな嘘をついているのよ！」

「言い合いに時間を費やすのはやめにしましょう」と母は言った。「誰にとってもつらいことなの。強くならなくてはいけないのよ。18歳になるまで、あと1年。あなたを救う最後のチャンスなの。やり遂げなくちゃ」

母は準備万端整えて、この発言をしていた。親が疑いや恐れを抱くと、カウンセラーはCEDUの台本を突きつけるのだ。**子どもが言うことは一切信用してはいけません。子どもは物語を作り上げ、虐待されたと訴えるでしょう。子どもは元の生活に戻るためなら、なんでも言います——それは死ぬか、監獄に行きつく生活です。厳しい愛情しかありません。子どもを救うために、強くならなければ。**

彼らは2年という誓約を強く主張した。保険が切れる、あるいは支払えるほど裕福ではなくなった途端、子どもたちは「治る」のだ。彼らは私の両親を金づるだと思い、私の脱走を利用した——特に私がカンガルーキックをドア越しにお見舞いした時のことを盾にした——両親に対して、私が危険な下向きのスパイラルに向かっていると信じさせた。私は幸運だったと両親に吹き込んだ。誰も私を告発しなかったし、少年拘置所に行く代わりに、山奥の静養所に行けるのだから。

何をしたらいいのかわからなかった。ただただ、泣いていた。ママは私の髪を撫でて、温かくて、優しい言葉をかけてくれた。ママは私の頭のてっぺんにキスをした。

「髪の毛が汚れてる」と私は言った。「根元が10センチも伸びちゃったから」

「カットしたほうがいいね」とママは言った。「枝毛があるから」

私は背筋を伸ばして座りなおし、涙を堪えて、いい子に見えるように努力した。

私は「お願いだから、どこかに停まってくれない？　学校に行く前に。どこか行けるところがあるはず。1年間もその学校に行くんだったら、根元を脱色したい。そうすれば見た目が最悪にならずに髪を伸ばすことができるもん」

ママはそれに納得し、私たちは行く場所を見つけた。レディングの町外れに、ヘアスタイリストの家とサロンがあったのだ。中に入る前に、私は父を抱きしめて、「愛してる」と言った。

「愛しているよ、スターリー」と彼は言い、私をぎゅっと抱きしめた。

「お前にとって最善のことをしているだけだと理解してほしい」

私は父を見上げて笑顔を見せて、「わかってる、パパ」と答えた。

母と私はサロンに入店した。私の順番が来るまで母の近くに座り、スモックを着て、スタイリストが私の髪の根元にホイルをつけている間、笑顔でおしゃべりをしていた。

「トイレを借りていい？」と私は言った。「すぐに戻るね」トイレのなかで、私はスモックを切り裂いて、ドアノブの下にマガジンラックを置いて、窓から外に出た。

私は猛スピードで走った。髪からホイルを引き剝がし、ポケットに突っ込みながら走った。グレイハウンド社のバス停を見つけて、トイレに飛び込んだ。頭についたブリーチの匂いがかなりきつくて、ヒリヒリしはじめていたので、小さなシンクに頭を突っ込んで、手ですくって焼け付くようにヒリヒリしている頭皮に水をかけた。できるだけ水で洗い流して、手で整えて、頭のてっぺんで小さなお団子にまとめた。

母の財布から抜き取っておいた現金を数え、バスの時刻表を見て、ロスに到着するまで何時間かかるか計算した。直行のルートではなかったものの、そこから出発する始発のバスに乗って後部座席近くの席に座り、バスが町を出発するまで窓枠の下まで体を引っ込めていた。

最初に停まったのは、チコだったと思う。警察官が乗ってきて、ドライバーと言葉を交わした。ドライバーは笑って頭を振った。警察官はバスを降りて、私たちは先へと進んでいたが、そのスピードは期待よりはゆっくりだった。私は心臓をどきどきさせながら、うずくまっていた。両膝を胸につけ、両腕で頭を隠したまま、眠ってしまったようだった。しっかりとした手が私の肩に乗せられるまで、バスが再び停まったことに気づかなかった。私は目を開けて、警察官が立っていることに気づいた。

「ミス・ヒルトン。一緒に来て下さい」と彼は言った。

「母はどこですか？　母と話がしたいんです」

「とても怒っていらっしゃいますよ」と彼は言った。「学校のカウンセラーが迎えに来ています。キャンパスに戻るために」

懇願する気にもなれなかった。イタチ女にそっくりな女に連れて行かれた。ボサボサの髪と、大げさな表情がそっくりだ。1時間程度、松の木が立ち並ぶ薄暗い森を進んだ。曲がりくねった道を進み、凍《い》てついた湖を通り過ぎ、ぎざぎざとした山中に入っていった。大きな岩に金色の文字が刻まれていた。**『カスケード学園』**

メインの建物は、またもや巨大なログキャビンのようなロッジのような雰囲気だった。ルールブックを手渡された。ランニング・スプリングスと同じ、CEDUの取り決めだった。作業、モニタリングされる通話、ラップ会、プロフィート。男のカウンセラーが服を脱げと言ったときも、何も感じなかった。私はスクワットし、咳をして、泣くことなく体腔検査にも耐えた。ピンクのジャージを着て、新しい「お姉さん」と一緒に部屋に向かった。

彼女は電気を消した。私は彼女が寝息を立て始めるまで待った。その時初めて、頭のお団子の中に巻き込んだ現金に触れることができた。現金はきっちり折り畳んでおいた。鍵ぐらいの薄さに。

私は、体腔検査は検査ではなく、侵略だと学んでいた。それはあなたの体の一部に彼らの力が及ぶ行為だ。だからやつらはプライベートな部分ばかりを狙う——あなたが本能的に守ろうとする部分を。

明らかに楽しんでいるやつもいた。それを隠そうともしなかった。体腔検査——これ以外の性的暴行と同じで――悪いのは、やっている人間であって、対象となった人間ではない。一度それを理解できたら、やつらを騙すのは簡単だった。

逃走する次のチャンスを待つ間に、現金を隠し続ける戦略を立てた。金額は多くはなかった。数百ドルだ。現金があると考えることで、幸せな気分になれた。お金は希望。お金は自由への切符。

いつの日か、命がけで働いて、大金を稼いでやる。私はそう決めた。100万ドルぐらい。そしたら、私は安心できるし、誰のことも二度と信頼するものか。

カスケードでは建築現場で働いた。目立たないようにした。数週間が過ぎた。もしかしたら1か月かもしれない。ある日、石を拾う仕事をしていたら、痩せた小柄な女の子が近寄ってきた。彼女の名前は記憶していない。心のなかで、彼女のことをいつもマウスと呼んでいた。

「ねえ、逃げるんでしょ？」と彼女は囁いた。

私は何も言わなかった。彼女を見ることさえなかった。

「私も一緒に連れてって」と、マウスは言った。

「ここにいたら死んじゃうから」

ファック。

痩せ細っていて、小柄な子――身長は私の肩までしかない。14歳ぐらいだった――そしていつも泣いていた。ラップ会では、常にボロボロにされていた。叔父さんを「誘惑」して彼女に悪いことをさせたと言われていた。彼女はまだわかっていなかった。攻撃をかわすには、彼らの気を逸《そ》らさなくてはいけないのだ。例えば、「私は自分が大嫌い。だって家族は全員ベジタリアンなのに、時々ひとりでバーガーキングに行っていたから」なんてことを言ってみる。そうやって全員が飛びつくようなネタを与えればいい。「ビッチ！　動物を食べる最低女！　牛を殺すな！」真実でないことでこき下ろされたとして、そんなこと誰が気にするわけ？　とにかく、腹が立つ。今も心が痛む。でも、実際に殴られるよりはずっといい。もしやつらが現実に爪を立て、恥に内面から支配されたなら、自分が最悪の敵になるんだよ（必要だったらネットの荒らし行為やゴシップブログに使ってね）。

「おねがい、私も一緒に連れてって」とマウスは言った。

「おねがい」

ああ、最悪。この厄介者。でも彼女を放置することはできなかった。だって取り残される気持ちを私は知っているから、あの黒くて長い三つ編みの女性だったら、「もちろん」と言って、迷うことなく彼女を助けただろうから。私は三つ編みの女性のようになりたかった。私から顔を背けた人たちのようにはなりたくなかった。

月が高く昇り、とても明るい夜、マウスと私は走り出した。彼女に山を下らせながら、細い手首をしっかりと握っていた。情けは無用。決して足を止めない。グレイハウンド駅まで戻らなくちゃ。そこが唯一の出口なんだ。

とうとう、セブンイレブンが見えた。

セブンイレブン、愛してる。夜通し営業中。そろそろ朝になっていた。

「変装しなくちゃ」と私はマウスに言った。

現金は気をつけて使うつもりだったけれど、安い茶色のマスカラを買って、眉毛を太い一本眉毛にした。口ひげを描いて、自分には薄いヤギ髭も描いた。髪をオールバックにして、安売りの棚から野球帽とパーカーを選び、グレイハウンドのバス停にBボーイのようにして歩いて行った（今になって考えると、爆笑してしまう）。12時間後ぐらいに、私たちはロサンゼルスに到着して、街の雑踏に身を隠した。

私が子どもの頃住んでいたジャクリーン・スミスの自宅近く、ベル・エアに住む友人が私たちを宿泊させてくれた。最初の数日は、何もせずにただ眠って、食べて、音楽を聴いた。マウスと私は、テレビの前に何時間も座り続け、私たちが見ることができなかった興味深い様々な物事を吸収していった。冒険しても安全だろうと感じたときに、ロックスターが宿泊している、サンセット・マーキス・ホテルのウィスキー・バーに行った。店の隅に座ってカーディガンズの『ラヴフール』を聞きながら、頭を揺らしていた。私は大声で、楽しみながら歌っていた。人々に紛れ込んでいれば、安全だし、生きていると実感できた。

Love me, love me, say that you love me
Fool me, fool me ......

私はアンバー・ヴァレッタとニッキー・テイラーにちなんで、アンバー・テイラーという名の架空のキャラクターを作り上げた。スーパーモデルのヴァイヴスだ。それにふさわしい見た目になるため、古着屋に行って服を物色し、ファッション・ディストリクトで5ドルの衣類を何枚か買い求めた。アンバーは黒い服を好んで着ていた。スケーター風のぶかぶかの服がお気に入り。ホット・トピック・スタイルだ。長髪の赤毛のウィッグに、フェイクのノーズリングをつけて、タトゥーシールを手首まで。アンバーは変装ではなかった。アンバーは完全に私とは別の人間だった。私のスタイルからの、ちょっとしたバケーションだ。アンバーは睡眠薬を飲まされたり、体腔検査をされたり、叩かれたりしたこともない。彼女は生意気で賢くて、彼女になりきるのはとても楽しかった。

お金は長続きしなかったし、一か所に居続けるのも怖かったので、ニューヨーク在住の友だちに電話をした――彼の名をビフとしよう――彼がコネチカットまでの飛行機のチケットを買ってくれた。彼が両親と住んでいた場所だった。

問題はマウスだった。

「君のフライトは保証するよ」とビフは言った。「でも、その女の子は連れてきちゃだめだ。ほとんど誘拐だよ。未成年だろ。刑務所行きになっちまうよ」

私はできるだけ長い間、自分の計画を秘密にし、先延ばしにしていた。私が去る日の前日の朝、マウスをデニーズに連れて行き、朝食を食べさせた。レシートが来たとき、私は彼女に持っていたお金をすべて渡して、「これを使って。トイレに行かなくちゃ」と言った。

振り返ることなく、私は短い廊下を歩き、トイレには行かず、「従業員専用」と書かれたドアを抜けた。箱やゴミ箱が山ほど置かれていたキッチンの裏にある部屋を抜け出して、停留所に市バスが停まるのを確認するまで、ラ・シエネガ大通りを思い切り走った。バスの後ろにあるドアが開き、多くの人がバスを降りるとき、バスのなかに忍び込むことができる。

私は座席の間に座り込み、泣かないように必死に我慢して、空港を通過するための作戦に集中するよう努力した。でも、罪悪感が襲ってきた。

今もそのことに苦しんでいる。もう何十年も前のことなのに。

何十年もの間、私はあの痩せた女の子がいた、巨大で過酷な街のことを考えないようにして生きてきた。彼女のような子が背負う運命について考えると、吐きたくなる。私は彼女を助けようとし、結局、彼女を狼の群れのなかに残してしまった。私よりも力のある人に出会い、助けてもらえたことを祈っている。彼女が無事大人になり、私を許してくれていたらいいと思う。

マウス、もし生きていてくれるのなら、伝えたい。あなたを見捨ててごめんなさい。私はどうにもならなくて、他に何をしたらいいのかわからなかった。

コネチカットに到着するまで、食べることも、眠ることもしなかった。

詳細は書かないけれど、恐ろしい旅だった。ビフの両親は、家にしばらく私が滞在することについては何も言わなかったし、それはとても優しいことだと思った。

ビフの母親はアンバー・テイラーについては少し戸惑っているようだったけれど、私にはとても優しくしてくれた。たぶん、彼らのゲストルームに10日間ぐらいは滞在したと思う。2週間だったかもしれない。たっぷり眠って、『X-ファイル』『ER 緊急救命室』『サウス・パーク』『バフィー～恋する十字架～』といったテレビ番組を見るには十分な時間があった。

ある日、ビフが街に行ってランチを食べようと言い出した。夜中にクラブから出てくる私を見つけるパパラッチのことを考えると、あまり気乗りはしなかった。アンバー・テイラーがパパラッチを騙すことができるかわからなかったけれど、ビフは、大丈夫に決まっていると、私を説得した。アッパー・イースト・サイドのダイナーに連れて行ってくれた。父が数人のアホ男たちを引き連れて店に入ってくるまで、ニューヨークってなんて素敵なんだろうと考えながら座っていた。

ファック。

私は何も言わなかった。動きもしなかった。ビフはテーブルに視線を落としていた。

「俺のことを恨まないでくれ」と彼は囁いた。

「そんなことしない」と私は答えた。マウスを捨てた業（カルマ）に違いない。

私が学んだもうひとつの教訓：そこから何が起きようと、常に単独行動をすること。常に。

父はボックス席の横に立ち、私が逃げないようにブロックしていた。ドライクリーニングされたスーツの匂いを嗅いで、父を抱きしめて、どれだけ会いたかったか、どれだけ母とニッキーと弟たちが恋しかったか伝えたかった。私はただ父に抱きしめてもらい、家に連れ帰ってほしかった。何よりもそれを望んでいた。

「行くぞ、パリス」と、父は静かな声で言った。彼は、派手な立ち回りはしたくなかったのだ。

喉が苦しく、熱くなった。「私の名前はアンバー。誰かと勘違いしているんじゃないかしら」と私は言った。

「バカなことを言うな」と彼は言った。「君が誰なのかは知っている」

「いいえ、あなたが考えている人間ではないわ」

今となっては、それが真実なのがとても悲しかった。

「あなたは私を知らないし、私もあなたを知らない」と私は答えた。

座席の端をつかんで抵抗したけれど、搬送係が私の腕をつかんで、ボックス席から引きずり出した。私は足を蹴って、大声で叫んだ。搬送係のアホ男たちが例の「楽な方がいいか？　それともハードなのがいいか？」のせりふを言ったけれど、私が楽な方を選ぶはずもなかった。だって、彼らが私を連れて行く先がプロボだとわかっていたから。私はめちゃくちゃに抵抗して、爪を立てて、大暴れした。逃げられるとは思っていなかったけれど、やつらに負担をかけてやりたかった。

そうそう——話題は逸れるけれど、全く別の話というわけではない——『REPO! レポ』というミュージカルを観たことがある？

２００６年、私はそれまでと全く違うことに挑戦しようとしていた。ツイステッド・ピクチャーズのプロデューサーであるマーク・バーグが私のところに、聞いたこともないような変なアイデアを持って来た。『四重人格』（訳注：1973年に発表されたザ・フーの6作目のアルバム）と『ザ・ブラック・パレード』（訳注：2006年に発表された、マイ・ケミカル・ロマンスの3枚目のアルバム）を混ぜ合わせたような、壮大で、血みどろで、豪華なロックオペラを作るというのだ。『ソウ』と『ムーラン・ルージュ』が出会ったと考えてくれればいい。

『REPO! レポ』は、人類が遺伝的な臓器不全に苦しむディストピア世界で展開される物語。人々は移植のために臓器を購入しなければならず、支払ができない場合は、その臓器は極悪非道の殺人者であるレポ・マンによって奪われてしまう。実際のところ、この男は娘のシャイロを守ろうとする父親だった。一方、冷徹で超金持ちなロティッシモはこの悪夢のような世界を牛耳っており、自分の死期が近いことを悟ると、自分のイカれた子どもたちの誰に巨額の遺産と権力を継がせるのか、決めなければならなくなる。サディストのルイジ、常軌を逸したパヴィ、そして美に取り憑かれているアンバー・スイートだ。

私は数週間かけて脚本を暗記して、ボーカル・コーチのロジャー・ラブと共に曲を学んだ。彼は私に、緊張することによって、（どうにも止められない）ベビーボイスが強調されると教えてくれた。プロデューサーのマークと、『ソウ』シリーズを3作監督しているダレン・リン・バウズマンの前でオーディションが行われ、彼らは私にアンバー・スイートを演じてほしいと希望してくれた。ロティッシモを演じるポール・ソルヴィノ（ミラ・ソルヴィノのお父さん。代表作『グッドフェローズ』など）、そして自ら目をえぐり出して、フェンスに突き刺さるブラインド・マグ役のサラ・ブライトマン（『オペラ座の怪人』）と共演できたことは光栄だった。そういうシーンがあるのだ。

脚本によると、アンバー・スイートは歌うことで顔が剥がれるので——頭から顔が剥がれ落ちるまで、実際に歌うのだ——ボーカル・コーチとともに連日にわたって、何時間も練習し、椅子に座って特殊メイクをしてもらわなければならなかった。ロティッシモの生意気な娘から、手術と引き換えにセックスをする、怒りに満ちた移植中毒者に私を変身させるために、アレックス・カヴァナーは数種類のルックスをデザインした。

限定された劇場公開のあと、作品はＤＶＤ化された。２０１０年、コミコンで特別上映が行われ、奇妙なことに、この作品はチェコ共和国で大ヒットした。製作会社のライオンズゲートが配給をし、『ロッキー・ホラー・ショー』を愛する人たちに支持される、カルト・クラッシックとしての居場所を見つけたのだ。ハロウィンではゴスの女の子たちがアンバー・スイートの仮装をした。私は新しいファンたちと繋がった。歌うことができたて誇りに思っている。サウンドトラックは最高だった——ロブ・ゾンビ、ガンズ・アンド・ローゼズ、スキップノットのショーン・クラウン・クラハンが製作に参加した。撮影現場はとても楽しかった。いい思い出がたくさんある。

『REPO! レポ』は、実際のところ、父と娘の物語だ。

愛情深い男がひどい選択をしてしまう物語だ。不安定な娘を守ろうとして、暗い屋敷に彼女を閉じ込めてしまう（「**彼女はまるでモンスターのように、威圧的な父によって幽閉されてし**

まう」とナレーターが歌う)。そしてもう一つの物語は、思いやりに溢れた選択をする男が描かれる。傷ついた娘を励まし、彼女に人生のビジョンを与えるために犠牲を払う。記憶と理解のスピログラフのなかで、私と父がこのふたつの物語を具体化していると考えている。

父と娘。難しい力関係だ。父と娘、どちらかを100%理解できた人などいるだろうか。結局、私たち娘は、父親が選んだ困難な選択のすべてを超える存在だと受け入れなければならないのだ。私は父の愛を疑わない。私がどれだけ父を愛しているか、父が与えてくれた助言と導きに私がどれだけ感謝しているか、私たち一家の遺伝子オペラのなかで父が果たした役割に、私がどれだけ敬意を払っているか、父に知ってほしいと思っている。

『REPO! レポ』の最後のシーンでレポ・マンの娘は逃げ出すことができたけれど、すべては悲惨な結果に結びつく。苦悩しながら、彼は歌う。「**出て行くなと、あれほど言っただろう?**」

「言った、言っ**たわ**」と彼女は答える。惨めな状態だけれど、後悔はしていない。

「**世界は残酷だって言っただろ?**」

「**言ったわ!　言ったわよ!**」と娘は歌う。

でも彼女は真実を知っている。自由になること、そしてモンスターばかりの世界と対峙することは、安全でいるよりも、自分の人生を生きようとしないことよりも、マシだということを。

最後の場面で、気が荒く美しい娘たちを管理することはできないと父親たちが悟るシーンは美しい。彼らは手本を示すことでしか、娘たちを変えることができない。愛して、手放すことだ。だからこそ、彼らは娘を手放した。

そしてそれは間違いではない。

確かに、最悪なことだよ。怖いしね。血みどろだし。オペラみたいに悲劇的だよね。でも、愛は消えないでしょ。父親は、娘のなかに生き続けるから。そして最後に、アンバー・スイートが世界を牛耳るのだ。

第12章 独房

母の証言によると、両親は見学もせずに私をプロボに送り込んだわけではないと言う。彼女曰く、ふたりはプロボに行き、ツアーをし、セラピストと面談をしたけれど、薬物や体の拘束、独房監禁などについては、一切話がなかったということだ――ひとつも。ゴルフコース近くの高級住宅街に位置するプロボ・キャニオン学園は伝統ある全寮制の学校で、気持ちの良い敷地、手入れの行き届いた設備が売りだった。拘束衣を着た子どもたちが叫んだり、床に寝たり、独房に閉じ込められたりしていた場所は、ツアーには含まれていなかった。

この施設は、学校というよりも刑務所や精神科病院に似ていることは、私からしたら明らかだった。教室は後付けのようなものだったはずだ。でも、閉じられたドアの向こうで何が行われていたか、両親が知っていたのなら、私をあの学校に送ることは決してなかったのは確かだ。

忘れないで。これが起きていたのは1997年のこと。あなたが最先端の子だったとしても、インターネットはダイヤルアップで56Kモデムを使用していた時代。Googleを開発した人たちは、友だちの家のガレージで遊んでいた時代。問題を抱えた10代の子どもたちのための施設は、巧みなマーケティングと昼のテレビ番組の支持の影に隠れていたのだ。子どもの命がかかっていると考えていた親たちは、親権と医療行為のための委任状に署名し、児童虐待が疑われるケースに関して通報しないことに同意した。トラウマを植え付けられた「卒業生」たちは、脅迫され、恥のなかで口を閉ざした。真実を語る勇気を持っていたわずかな人たちも、その証言と、自分以外の被害者との繋がりを得るまでに数十年もかかった。

現在でも生存者の物語はインターネット上に溢れているけれど、ダメージを受けた家族の声を聞くことはない。自己防衛ばかりしている親は、自分たちが間違っていた可能性を認めることを拒絶している。恥と罪悪感に圧倒されてしまっている親もいる——特に、自殺で子どもを失った親はそうだ。

母と父は地獄を経験していた。私は、それがニッキーと弟たちにどのような影響を与えたのか、どのような暮らしだったのか、全く知らない。友だち、親戚、そして同僚たちへの説明は、私がロンドンにある全寮制の学校に通っているというものだった。誰もそれを疑う理由はなかった。母と父にとって、それがどれだけ孤立した環境だったのかを考えると、心が痛む。ふたりの秘密を知っていた人——もしそんな人がいたとしたら——はいるのだろうか。私を再び捕まえるまでに、ふたりは取り乱し、疲れ果てていた。だから、危ない橋を渡ろうとはしなかった。ふたりの心の中では、プロボは私にとって最も安全な場所だった。一旦子どもが入学すれば、18歳になるまでそこから出ることができないから。

移送係が手錠をかけられた私をプロボに連れて行った。私たちはエレベーターで医務室のある階まで行った。廊下の先で、誰かが叫んでいた。ホールに敷かれた剝き出しのマットレスに、女の子が体を丸くして座っていた。案内役と歩調を合わせた病院スタッフが、私をコンクリートブロックでできた部屋に連れて行き、私はそこで不気味な表情をしたピッグ・フェイスの寮母と対面した。強欲。飢え。フェレットみたいに小さくておびえた顔の看護師が、「鏡に顔を向けて服を脱ぎなさい」と言った。

プロボの面接は、CEDU、アセント、そしてカスケードで私が体験したものとは桁違いだった。骨盤内診察があったのだ。抵抗しようとすると、ピッグ・フェイスが「看護師に向かって両足を開きな。嫌なら、誰かに押さえつけてもらうよ」と言った。

フェレット看護師は検鏡を使って私を開き、手袋をした指を私のなかに突っ込んだ。動かないように、フェレットの顔を蹴らないように我慢するのに必死だった。127という番号が書かれた色褪せたスエットシャツを、誰かが私に手渡した。その瞬間から、私を名前で呼ぶスタッフはいなくなった。私は彼らにとって127番で、それは組み立てラインのユニット番号だ。いつものように意味不明のルールブックを手渡され、それを学ぶために隔離室に閉じ込められた。

プロボ・キャニオン学園のルールブックには、様々なレベルに到達できるポイントシステムの詳細が書かれていた。到達することで毎週の電話の権利を得て、授業に参加することができるようになるが、ルールブックは、とにかくすべてに関する異様に長い規則のリストだった。ドアの開け方、トイレの使い方、どのように立つか、座るか、どのように話すか、どのように動くか、動かないか、兵隊のような歩き方をしてカフェテリアに行き、ロボットのように一列に並んで薬をもらう方法。従うのに不可能なルールを守らなければ、科学的、あるいは肉体的拘束を伴う体罰が与えられる。「オブス」（observation（観察）の省略）での隔離、面会や電話をかける権利を失う。

すべてはマイナスから始まるのだ。例えば最初から500IP（invest point（投資ポイント））があり、それをゼロになるまで減らさなければならない。でも、猫背になったり、呟き込んだり、足をぶらぶらさせたり、ウトウトしたりしたら、誰かが後頭部を叩いて「クラス10！」と叫ぶのだ。10ポイント加算される。何時間も動かず座っていることで得られるポイントは数点だけど、彼らはそれをほんの一瞬で奪いさることができる。

数千IPを持ってそこに座っていたのは私だけではなかった。レベルアップに失敗するとは、インベストメントに留まるという意味だ。私は常にその位置にいた。外出を許可された記憶はない。空を見たり、新鮮な空気を吸ったりすることなく11か月過ごした。体育館でぐるぐると走り、他の女の子たちを先導していたのを覚えている。だって、私たちのうち一人でも転んだり、速度を落としたりすれば、全員が罰を受けたからだ。私は床を磨き、トイレを掃除し、レベルアップに必要なIPを稼いで両親に電話をし、集団訪問に参加できるよう努力した。集団訪問では男子が女子のエリアに通され、テーブルに座って会話することが許される。

反抗的なタイプの子はホールに設置されたマットレスの上で寝ていた。ホールは常にライトがつけられていて、ドアが開いていた。スタッフが時折見回りにやってきては、私たちが呼吸しているかどうかを確かめるために、指で突いた——呼吸しているからこそ——ほとんど眠ることができなかった。私はウトウトして、ピクピクと動きつつ半分意識があるような奇妙な状態だった。私の体は常に警戒状態にあって、誰かに触られたら、その瞬間に目を覚ますようになっていた。居眠りをすると悪夢を見るようになり、監視されているというどろどろとした認知に悩まされた。

そこで働いていた人たちは、子どもを辱めたり、彼らが裸になるのを大いに楽しんでいた。叩いたり、突き飛ばしたり、恐れさせたり、辱めたりすることに、気味の悪い喜びを感じているようだった。良識を持とうと努力した数少ないスタッフは、長く続かなかった。あるいは、その良識が長持ちしなかった。きっとそれ以外選択肢はないと納得したんだろう（私が知る限り）。全員がモルモン教徒で、その多くがブリガムヤング大学に進学していた。その大学は——彼らの心のなかでは——とても大事な場所のようで、嘘みたいに神々しい人になってしまうらしい。

バカじゃないの？　人々は宗教——聖なる何か——を利用して人を操り、虐待する。カータ——と私は（公式には）カトリック教徒だし、私は神の存在を信じているけれど、教会に行くと不安になる。自分ひとりで神様について考えている方がいい。

カオスなラップ会の代わりに、プロボでは「集団セラピー」が行われていた。円座を組み——ドライアイで無感覚になって——ぎこちない無関心さで互いを打ちのめし合うのだ。私たちには鎮静剤が与えられていたため、叫ぶこと、泣くことは最低限に抑えられていたけれど、目的は同じだった。私たちは互いを裏切り、告げ口をするように仕向けられていた。信頼に繋がるものはすべて破壊された。自尊心はすべて剝ぎ取られた。それが真実か嘘かなんて関係ない。残酷になれば報酬が与えられた。互いにぶつかり合うことで、孤立し、脆弱な存在になった。誰かが平手打ちされ、首を絞められ、床に倒されたりするのを見るのは怖かったけれど、自分以外の誰かという理由で、ショックのあとには安堵の震えが起きる。その時だけは、の話だけれど。

プロボにやってきて最初の数週間はよく泣いていたけれど、少し時間が経つと、エネルギーがなくなった。シャワーで監視され、腐った食べ物を与えられ、強制労働をさせられ、継続的に廊下で怒鳴られ――それが私の人生だった。それと戦う理由は? 私は錠剤を飲み込み、ランウェイモデルみたいに完璧な仮面をつけて、壁を見つめていた。彼らから与えられた薬で、体と頭が切り離されたように感じた。私は怖くなり、薬を飲み込むふりをするようになった。口を開けて錠剤を飲んだかどうか確認されるとき、下唇の裏側にカプセルを隠し、バレないようにクリネックスに吐き出すチャンスを待った。

女子の誰かが密告するまで、それは成功していた。ピッグ・フェイスと話をしているのを見た。ピッグ・フェイスは私のいる方向を見た。女子は薬漬けの顔に後ろめたさを浮かべて、部屋の隅まで移動した。やられたと思った。

「127番」とピッグ・フェイスが言った。「自分が賢いとでも思ってるのか?」

「あの錠剤が何なのか知りたい」と私は言った。「誰があの錠剤を処方しているのか、そしてその理由も」

「オブス。12時間」

「私に強制は――」

「24時間」

「ファック・ユー！」

歩き去ろうと私が背を向けると、彼女は受話器を手にして「9をダイヤルしてインベストメントに繋いで」と言った。数秒以内に、重い足音が階段を登ってきた。私はパニックになった。なぜなら実際に、カウンセラーが9をダイヤルすれば、あっという間に職員がやって来るからだ。この赤いシャツを着た職員たちは、ブリガムヤング大学のフットボールチームから採用されていると聞いていた。110キロのランニング・バックは怪我をして試合に参加できなくなったものの、それでも45キロの子どもを軽々と制圧できたし、奨学金に代わる現金が必要だったらしい。抵抗すれば職員の誰かがパンツを下ろし、ピッグ・フェイスがお尻にシリンジでブーティー・ジュースを注射するのだ。何が入っていたのかはわからないけれど、打たれた子どもがあっという間にぐったりするのを見たことがある。注射が打たれてすぐに、雨に濡れた綿菓子みたいに溶けてしまうのだ。

私は後ずさりしようとした。「嫌、嫌だよ！　結構です。申し訳ありませんでした！　すいませんでした！　結構です。ちゃんとやります。オブスは必要ありません」

「127番をオブスへ」とピッグ・フェイスが職員らに言った。

「いい子にします！　いい子にしますから！　オブスはいりません！」

「観念しな」と彼女は言った。私は手を上げて職員たちに抵抗しないと示した。

「こんなことする必要はありません。誓います。いい子になります」

「服を脱がせろ」とピッグ・フェイスが言った。

「嫌だ、**嫌だ、嫌だ、嫌だ、嫌だ！**」


オブスは奇妙な形をしたコンクリートブロックの個室で、四角い部屋でもなく、丸くもない──六角形だったかも──公衆トイレの個室程度の広さだ。中にはバケツとトイレットペーパーしかなく、排水口の近くに置かれていた。セメントの床だった。開かれたドアから漏れる明かりで、壁に飛び散った血液と便が見えた。ドアが勢いよく閉められると、明かりはガラスの中に金網が設置された小さな窓から差し込む光だけになった。

寒さで震えていた。温度は摂氏12度から15度に設定されていると聞いていたけれど、まるで食肉冷凍庫みたいにヒリヒリと寒かった。オブスに行くときは、下着やブラを取られてしまう。自殺するために使えないようにするためだ。女子には肌触りの悪いモスリンでできたショーツとタンクトップが与えられるときもあった。それ以外は、何も渡されない。最初にオブスに行ったときに、何かを渡された記憶はない。

私は歩き回り、腕を擦って、体温を上げようとした。窓から漏れるわずかな光の側にいた。

別の部屋にいる女子が、長い間叫び続けていたように思う。彼女は思い切り叫んだかと思ったら、リズミカルなうめき声を出した。それはまるで海の音のように、大きくなったり、小さくなったりした。床には座りたくなかった。足の下はまるで氷みたいに冷たくて、排水口からは悪臭が漂っていた。

それ以上歩き回ることができなくなったとき、私は部屋の隅にしゃがみ込んで、折りたたんだ膝を抱え、足をさすった。手と足の感覚はなかった。体の芯から震えがきていた。泣くこともできなかった。私はまるで巣から落ちてしまった雛のように声を出すしかなかった。唖然とした。飛び立つ羽根もなかった。

これがブラで自殺しようと思わせる行為だ。

独房に子どもを閉じ込めることは虐待行為だ。ＡＤＨＤのある子どもにとっては、完全なる拷問だ。そしてこのような場所に閉じ込められる子の多くが、ＡＤＨＤが原因の問題行動を抱えている。

とうとう胎児のような姿勢で床に倒れてしまい、歯がカチカチと音を出し、筋肉は悲鳴をあげ、心は終わりのないループに嵌まってしまった。**これは絶対に間違っている**。**これは絶対に間違っている**。このままだったら低体温症で死ぬし、私の魂はこのクソまみれのコンクリートブロックの墓の中に永遠に閉じ込められると確信した。

まるで肩が外れてしまったかのように、時間軸がおかしくなった。静寂。

暗闇はすべてを吸収し、生き残る方法は自分の中に光源を見つけることだけだった。それ以外、どのようにして説明していいのかわからない。

私は自分が内側にもぐり込んでいくのを感じていた。そして美しい世界を見つけた。私は美しい家を建てた。美しい人生を創りだした。

ぼんやりとした夢ではなかった。機械的に明確な構想だった。私は物流を計画し、仲間になってくれる可能性のある人たちの名簿を作り、資産をリストにし、負債を計算した。プレイリスト、子犬の世話、コルセット作り、お花の匂いのするシトラスノートを意識的に決めていった。細部が私を集中させた。詳細が私をなぐさめてくれた。この愛と音楽と薔薇と、すべての素敵なものが集まった建築は、ウォルドロフ・アストリアが曽祖父にとってリアルだったように、私にとってもそうだった。

私は現実をしっかりと握りしめていた――それを見つけたのだ。プロボ・キャニオン学園での悪夢のような生活は、嘘とマインドゲームが土台となっていた。私の美しい世界はオーガニックでサステナブル。だってそれは本物の私から流れ出たものだから。私の本当の人生は他人が作りだした歪んだ存在とは何の関係もなかった。

私が信じるのはこれ：あなたのリアリティは簡単に手に入るものだってこと。自分自身の人生を作り上げなかったら、誰かによって課題が作り出されて、あなたに投影されてしまうから。そんなことさせちゃだめだよ、私の大好きな人たち。彼らの何かが、あなたのすべてより大きいなんて、絶対に言わせちゃいけない。

ルネ・マグリットの有名な絵画を思い出して。パイプと「Ceci n'est pas une pipe」（これはパイプではありません）という文字が描かれている。１９２９年、人々はそれを見て、「ええっと、パイプが何かは知ってますよ。これってパイプだよね」と言った。

でも、それはパイプじゃない。それは、パイプの絵なのだ。

マグリットは絵画を見る私たちに、絵画は本物のパイプだと見せかけることを求めていなかった。彼は私たちに熱い煙のようなアートのリアルを受け入れさせたのだ。

ちなみにこの絵画のタイトルは『**イメージの裏切り**』。ソーシャル・メディアを表現するのに完璧なタイトルでしょ？　私はコンテンツを作るのも消費するのも大好きだけど、**人生と人生のイメージは全く違うもの**だということを忘れると、自分を見失っちゃうかもしれないよ。

２０１７年、私は優秀な人たちと『The American Meme』というドキュメンタリーでコラボレーションした。これはＶｉｎｅで得る15分間の名声と、サステナブルで意味のあるパフォーマンス・アーティストとしてのキャリアの違いを明確にしようとした作品だ。

楽しい事実！　ディレクターのバート・マーカスは、第2章で紹介した6年生のときの「スピンザボトル」で、ニコール・リッチーにキスをした男の子だ。スピログラフが繋がっているのがわかる？　過去、現在、そして未来はいつだって繋がっている。

それでも『The American Meme』に話を戻すね。インフルエンサー文化の扉を開いたのは私だと言う人たちがいる。まるでパンドラが禁断の箱を開けたように。「ＯＧ（オリジナル）インフルエンサー」の称号はほしいし、それにまつわるすべてが最高だとは言わないけれど、芸術と経済の領域において民主化をもたらしたと言える。古い門番的な人たちからすり抜けることができなかった多くの人たちを解放した。
想像力に乏しい人たちにとって分裂は**恐ろしいこと**だし、保守的な権力構造にしがみつく人たちにとっては身のすくむようなものだ。少し暴走気味である私たちみたいな人間に未来が委ねられているという考えを、嫌う人たち。

17歳の私はこれを言葉にできなかったけれど、今では現実というものが何かについて座ってしっかり考える時間がないくらい忙しいのだけれど、私は常に、同じレベルで、マグリットの**現実の意味**の拡大定義に共感してきた。父と祖父が不動産にまつわる巨額なビジネスの話をしているのを聞いたとき、彼らがトラック一杯の実際の現金について話しているのではないことを理解していた。私は知的財産もホテルと同じように、有形資産であることを理解しながら育った。唯一の違いは、不動産は境界によって定義されるということ。クリエイティブな心は限界のない帝国だ。

VRが登場したとき――クリプト、NFT、そしてメタバース――私は躊躇することなく飛びついた。反発した人たちが多かった理由がわからなかった。結婚する数か月前、私は『ザ・トゥナイト・ショー』に出演した。司会のジミー・ファロンが「君がNFTにハマっていることを知らなかったよ。みんな、知ってる?」と聴衆に聞いた。まばらな拍手は、わずかな人しか知らなかったことを示していた。
「12人ぐらいは知ってるみたいだね」とジミーは言った。「僕もほとんどわからないんだ。NFTを説明してくれない?」

「非代替性トークンよ」と私は答えた。「ブロックチェーン上のデジタル契約。芸術、音楽、体験、物理的な物まで、なんでも販売することができる……」彼には、ジョークを売ったらどうかしらと勧めた。

「本気？」と彼は言った。「今夜のお客さんにだってそんなことできないよ」

彼は面白い人なので、それを例にして考えてみよう。ジミー・ファロンがジョークを提供して、その見返りとして笑いを受け取る。それは取引で、あるものが別のものと交換されるというわけ。聴衆は笑うことで得られる感情を体験した。ジミーは聴衆の反応を得て、コメディアンとしての株を上げたい。ということで、ジョークと笑いは両方とも本物の価値があるのだ。私はキャッシュが大好きだけど、**価値が常にお金を意味するとは限らない**。ダイヤモンドは高価だけれど、時間はそれよりはるかに貴重。

時間は私たちにとって、最も貴重な天然資源だ。

プロボ・キャニオン学園は、その最も貴重な資源――私の時間――を私から奪った。特に、オブスでの悲惨な時間は許すことができない。彼らは私からすべてを奪った。光、空間、快適さ、私の服、私の名前。私たちは踊ること、歌うこと、ハミングすることさえ禁止されていた。絵を描くためのキャンバスも与えられず、彫刻をする粘土もなければ、書く道具もないし、スケッチ、縫いもの、コラージュすることもできなかった――一切、何も。

でも、私が誰であるかを奪うことはできなかった。

創造力のある私。

私の心は伝達手段だった。私のなかに、限界のないリズム、色、そしてスタイルを持っていた。ルールはない。リミットもない。重力や物理の法則もない。

私は未来の世界、未来自身、境界のない未来の人生を創造した。

こうやって私は他の子どもたちがどこかへ消えるなか、生き残った。チェックアウトだ。拘束着を着せられ、常に誰かが悲鳴を上げていたし、自殺の恐れがあるため監視され、監禁されている子もいた。元フットボール選手の職員たちは、常に私を精気のない目でじっと見ていた。オブスに行くことになるたびに、私はゾンビみたいな子どもになるのではないかと恐れた――頭のなかが空っぽの子――あるいは無感覚になり魂が死んでいるスタッフのようになるのが怖かった。

家族のことは考えないようにしていた。ニッキーの声、そして彼女の常識的な考え方が懐かしかった。弟たちが私を覚えていないのではと心配だった。両親のことについて考えると、自分自身がなくなってしまったかのように、深い怒りがこみ上げてきた。あのセメントの床にうずくまり、凍え、おなかを空かせ、排水口に自分の魂が吸い込まれていくような感覚に陥っていたときに感じた、両親に対する強い愛情と憎しみと同じぐらい、誰かを同時に愛して憎むことが可能だとは知らなかった。

私は自分の中の帝国に集中した。

何を創造するのか。誰になるのか。

プロボの後の自分の人生がすべてになるはずだった。デザイナーのワードローブを集めて、同じ衣装を二度着るなんて絶対にしない。血走った目と痣《あざ》のある顔ではなく、ふさふさのつけまつげをつけて、スプレータンで肌を小麦色にして、頬骨にグリッターを少し。恥ではなくて、大胆さを身につける。そして大金を稼いで、成功して、誰も二度と私をコントロールすることなんてできない。信頼はクソ。権利はクソ。遺産もクソ。両親からは10セントですら受け取らない。私の持ち物、私の幸せ、そして私の体は私のもので、私だけのものだ。私はその小さな光の鍵穴から目を離さなかった。1999年2月17日。私の18歳の誕生日。法的に、私は成人になる。それより大事なこと。私は自由になる。

母は、私がプロボ・キャニオン学園に滞在していたのは、1998年の春から1999年1月までの11か月のことだったと言う。私が1999年のクリスマスをそこで過ごしたことを知っているのは、家族が訪問を許され、父が妙な雰囲気のホームビデオを撮影していたからだ。「ここがスターリーの部屋です」と父は粒子の大きい映像のなかで言う。すべて問題なしとい う雰囲気を必死に醸し出している。私の弟がカメラの前を走って横切り、退屈そうにしている姿で早く帰りたいと言う彼は、その場で唯一正直な人間だ。

ニッキーは居心地が悪そうにして二段ベッドの間に立っていて、底の厚いヒールを履いて私をスーパーモデルみたいに見下ろしている。私たち二人が横に並ぶ姿は衝撃だ。

彼女は活気があり、愛されている10代。健康的な笑顔を持つ、カリフォルニアの女の子。ニューヨーク生まれの、健康的で自信に溢れたその姿。私は金魚鉢から飛び出しちゃった金魚みたいだ。疲れ果て、衰弱して、引っ込み思案で、汚水で洗った茶色い髪に、強制された偽物の笑顔を作っている。ブカブカのジーンズとアバクロンビーのシャツが体にぶら下がっている。私の家族がかつて知っていた人のために購入された服だ。

ママはやつれて、悲しそうに見える。復活祭の休暇に私に送ってくれたうさぎのぬいぐるみを触りながら、それを私が見たのが初めてだという事実に困惑している。彼女が腰をかけているベッドは、二段ベッドの横に慌てて設置されたもので、それは私が普段は廊下に置かれたマットレスの上で寝ている事実を両親から隠蔽するためのものだった。

ピッグ・フェイスは、開け放たれたドアの向こうに隠れて立っている。

これは私の18歳の誕生日からわずか数か月前の映像で、それでも私はそこからどうしても抜け出したいと考えていて、数週間が永遠に感じられた。両親が帰るとき、私は父に腕を回して、囁いた。

「パパ、**お願い**。ここから出して。ここがどんな場所か――」

「スターリー。一度始めたことは終わらせなくてはいけないよ」

ピッグ・フェイスに聞こえないように、私は前屈みになって父に近づいた。「いいから**ここから出して**。この場所がどうかしてるって言っても信じてくれないんだったら、18歳の誕生日の直後にここから出て、ウォール・ストリート・ジャーナルにすべてをぶちまけるから。**ぜ・ん・ぶ**。嘘じゃないからね」

父は私から体を離し、そして驚いていたように見えた。でもその直後に顎を引き締めると、「メリー・クリスマス、スターー」と答えた。

父は母に追いつこうと廊下を急いで移動した。母はバロンとコンラッドと手を繋いでいた。ニッキーは肩越しに私を見た。彼女が何を考えているのかわからないのが気になった。その数週間後だったと思う。ピッグ・フェイスが私に、家に帰れと言った。彼女は私の目を見ずに、「グッド・ラック」とも「死ね」とも言わなかった。ただ、その場から立ち去った。いじめっ子が砂の城を蹴って壊して、何ごともなかったかのように立ち去るときの、あの拍子抜けする瞬間と同じだ。

「あなたを残して帰るのは本当につらかった」と、今になって母は言う。「でも、私たちは――お互いにそう言い合っていたのだけれど――あともう少しで18歳になるのだからと考え続けたのよ。あの子を救うためには、今はそれしかないってね」

父も母も、他の感情的な成長を促すとされる全寮制の学校職員について、噂を耳にしたことがあったと母は言っている。でも、そんなホラー・ショーは学費が安い学校の話だと考えたらしい。ふたりは大金を払っていたから、大丈夫に違いないと考えていたのだ。

「もし私たちが知っていたら」と母は言う。「パパと一緒にすぐにあなたに会いに行った」もちろん、彼女を信じている。だからと言って、起きてしまったことは変えられないけれど、それでも私は確かに母を信じているし、そのことがふたりに安らぎをもたらしてくれたらと思っている。

20年後、プロボとCEDUの姉妹校にまつわる真実がインターネット上に流出し始めた。勇気あるサバイバーたちが体験談を語り出したのだ。私自身の体験について語る勇気を持つには長い時間がかかったし、成長していくサバイバーのコミュニティに私が参加したときは、両親は苦悩していた。私をCEDUとプロボに送るという決断をした両親に非難が集中した。業界のゴシップ。Twitter。ソーシャル・メディア。一部は残酷だった。それに圧倒されてしまった母は、寝込んでしまった。だから、両親だって私のサバイバルに貢献したということを、ここではっきりさせておくことは重要だ。

リックとキャシー・ヒルトンは、壊れやすいファベルジェの卵のようなリッチな娘を育ててはいなかった。ふたりが育てていたのは、常に喧嘩し、どこかに登り、走り回っているバッドアスなガキばかり。私たちは実際に、私のサバイバルについては笑いながら話をしたこともあるのだ。

「あなたはまるでフーディーニ（訳注：「脱出奇術王」と呼ばれたアメリカの奇術師）だったのよ！」と母は言う。「あなたをどこに入れたって、『いなくなりました！』って電話がかかってきて、また駆けつけるって感じだったんだから」

私の頑固な気質と、持続力と、強迫観念的な労働倫理、そしてクリエイティブなビジョン——そういったすべてが私の骨髄に流れている。私の強い決意と人生に対する愛は、父と母から受け継がれたものだ。ふたりは、私が良いものを手に入れる資格がある人間だと教えてくれた。私の倍ぐらいの大柄の男に首を絞められ、気管を締め付けられ、顔にむかって**「お前は役立たずのゴミ人間だ！」**と怒鳴りつけられたときでさえ、ゴミのような人間だと認めることを拒絶した。

それが真実でないと知っていたから。
私はヒルトン家の人間だから。

III

スタートアップ

私は良家の子女で、
丁寧に育てられた。
ある日、
私はそんなすべてに背を向け、
自由奔放になった。

——ブリジット・バルドー

第13章 Y2Kが来る！

基本的に、1998年は、私の人生の中の巨大な穴のようなものだ――音楽なし、テレビなし、コミュニケーションやテクノロジー、あるいは世界で起きている物事の大きな変化についてなんの情報もなかった時期。1999年1月、私はプロボ・キャニオン学園から釈放され、ブリトニー・スピアーズはデビューアルバムを発表した……『ベイビー・ワン・モア・タイム』。最高だった。反抗的なエネルギー。最新のミキシングと編集。彼女はあのアルバムで音楽をキャットスーツのように身につけている。私はどうしても知りたくなった。**どうやってやったわけ？** テクノロジーの移り変わりに気づかない人も多いかもしれないけれど、私は過去2年間、音楽に恵まれない日々を過ごしていたのだ。

アルバムのタイトル『ベイビー・ワン・モア・タイム』がつけられたビデオは、ブリトニーが教室内に座っているシーンから始まる。鉛筆を指で弾きながら、足を揺らして、退屈そうにしている様子が映される。その時、授業の終わりを告げるベルが鳴る。彼女は自由だ。

これって本当に私みたいだった。

自由になることを待ち焦がれて、我慢できなくなっている女の子。その時の彼女はそうだった。そして彼女は変身し、自分自身になる。その少女が官能的な自分を手に入れ、恥や恐れを抱かずに楽しむというアイデアに夢中になった。でもここで、あの歌詞が繰り返される。「**寂しさに耐えられない（My loneliness is killing me）**」周囲に順応しない女の子、服従しない大胆な女の子、強さとセクシュアリティを表現できる女の子――彼女のチャーム・ブレスレットに何人の男の子がぶら下がろうとも、彼女は孤独なのだ。

2年間にわたって、私は音楽、芸術、そして食べ物に飢えた日々を送っていた――すべて私の人生を美しくするもの、あるいは人生に忍耐できるようにしてくれるものだった――でも、私が最も飢えていたのは愛だった。小児性愛者にキスするために窓から抜け出した夜から、家族から見捨てられたように感じていた。それが、私が切り抜けてきたすべてのなかで、最も残酷なパートだ。私たちを切り離してきたのは身体的距離ではなかった。それは恥と嘘と否定の層が重ねられたことによる距離だった。

優秀な「卒業生」であれば、CEDUとプロボが人生を救ってくれたと言うだろう。学校について悪口を言ったら、学校は、より強烈な悪態をつくと私たちはプログラムされていた――家族に、将来の雇用者に、そして私のケースでは、タブロイド紙に対してだ。それは最強の口輪だった。サバイバーのほとんどは――私を含め――人生を先に進めて、あのような場所のことを一刻も早く忘れたいと思っていた。

最近、とあるサバイバーに「プロボの翌年、どうやって過ごしてたの？」と聞いてみた。彼女は「わけがわからなくなるまで飲んでたよ」と答えた。

自己催眠はサバイバーに共通した行為だ。自傷行為も同じく。それは完全に理にかなっている。もうすでに認識できない世界で自分を偽るには多くの努力が必要で、先進の画像法では幼少期のトラウマは脳に影響を与えることがわかっている。影響が出るのは、側坐核で、喜びの中心であり、依存がスタートする神経核となる。そして衝動を制御する場所——あるいはそれができなくなる場所が、前頭葉前皮質。扁桃体は恐怖が生まれる場所だ。

自由になってから数か月の間、私を溺れないように浮かべてくれていたのは明るい黄色のプール・ヌードル（訳注：プールで使う麺のような形状の発泡ポリエチレン。浮き輪の役割をする）のニッキーだった。私が不在の時期、彼女は背の高い中学生の女の子が経験するごつごつした足のポニーの状態から、進化を遂げていた。

彼女は15歳で、有名なファッション雑誌で素敵なインターンシップを勝ち取り、自分のデザイン帝国を作ることを夢見ていた。彼女の肌、手、足、顎の形、彼女のすべてからエレガンスが漂っていた。彼女は父に似て、痩身で背が高く、母に似て華やかで社交的だった。ニッキーは常に正しい行いを知っていて、彼女は実際にそうしていたけれど、それは神経質で偽物のやり方ではなかった。彼女はそれを成功させる術を知っていた。彼女はワイルドでクリエイティブな一面を持っていたけれど、全体的な雰囲気は聡明であり、クールな知性のエッジが備わった美徳といった感じだった——たとえれば、『パリの恋人』のオードリー・ヘップバーンだ。

ニッキーは安定と親の愛に恵まれて育った。聖心女学院の健全な環境で育ち、ニューヨークの高尚な社会的雰囲気を体験して学び、愛され、守られている雰囲気を感じながら、静かな部屋で眠ることができた。妹に嫉妬したことはないけれど、羨ましいと思っていた。私が閉じ込められていたとき、ニッキーと私はある意味、立場を入れ換えられていた。私が立ち止まっていたとき、彼女は前進し続けていた——私は後ろに引っ張っていかれたとも言える。プロボから出たとき、ニッキーは私を守ろうと必死になってくれた。私は、まるで彼女がお姉さんで私が妹にでもなったように彼女を見上げて、彼女に追いつこうとしていた。今でもその気持ちでいる。

ニッキー、弟たち、叔母、叔父、祖父母、そして一家の友人たち——すべてを知っていたウェンディ・ホワイトでさえ——私が1997年の夏から1999年1月までどこに行っていたのか知らなかったと聞いても驚かなかった。すべてのことは、母、父、そして私が共有していた醜い秘密だった。それはまるで存在しなかった17か月だったのだ。

友だち、美容師、私が完全に姿を消して、突然戻って来た理由を知りたいと思った人たちに対して、母は凝った筋立てを作り上げていた。雑誌の記事で誰かが母にインタビューし、母の曖昧な回答に満足しなかったとき、母はいたずら電話モードになったのだ。

「パリスもニッキーも聖心女学院の面接を受けたんです。ニッキーはもうすぐ卒業します。彼女にとっては素晴らしい体験だったでしょう。でもパリスは、『ママ、私は女子校なんかに行かないよ』と言ったのです。だから、彼女はパフォーミング・アートの高校に行きました。GPA(訳注:グレード・ポイント・アベレージ。成績平均点)は3・8でした。あの子は賢いんですよ。

でも真面目なバレリーナにはそんなことは……ええと、とにかく、パリスはドワイトに行ったのですが、そこでは誰とも繋がることができなかったんですよね。教師。生徒。そこはなんというか……」

母は顔をしかめ、ケータイを握りしめた。

「脱走？ **もちろん脱走なんてしてませんよ**。それは……それはいわゆる……いいえ。ストーカーがいたんです。彼女をストーキングしている人物です」（ストーカーの部分は嘘じゃない。そいつは実在）

「本当に恐ろしい体験ですわ。魅力的な子が追いかけまわされている。ストーキングされている。変な郵便物が届きました。私たちは必死になってあの子を守りました。最終学年でしたから、ホームスクーリングで卒業したんですよ。ええ、ロンドンで。ということで、ウォルドルフの警備に加えて、民間の警備会社にふたりの随行を依頼して、ふたりの行動はすべて見ています。すべて、です。誰が、何を、どこで、いつ」

私は母からヒントを得て、その作り話に合わせた。母と父に対して、用心深くて、常に子育てに全力を注ぐ親の役柄を与えることに幸せを感じていた。ふたりの望んだ姿がそれだった。それが彼らなのだ。子どものためなら地球の果てまで行く親だ。ただし、私のケースでは、ふたりは間違った場所に行ってしまったのだ。

私はもう、ふたりのいる場所でどのように振る舞っていいのかわからずにいた。卵の殻のうえを歩くように慎重になり、ふたりが聞きたいと願うことを言葉にするようになっていた。

ピッグ・フェイスはプロボを卒業後も、両親が希望すればいつでも私を精神科病院に入院させることができると警告していた。当時はそれを本当に信じてはいなかったけれど、数年後に、ブリトニーに何が起きたのかを目撃した——父親が彼女の私生活とプロフェッショナルとしての人生を、法的に管理した——恐ろしくなった。私の両親は最善を尽くして私を家族の輪に戻してくれようとしたけれど、教訓から学べないときもある。どれだけ愛しているか示すため、両親が私に対してやってくれたことを明確にするとき、CEDU、アセント、そしてプロボの職員が私の頭に植え付けたアイデアが浮かび上がる。**両親はお前を手放した**。**お前にはうんざりだ**。**愛する家族にとってお前は恥ずかしい存在だ**。このメッセージは、電気ノコギリの刃の動きのように一定の速度で繰り返し再生され、心に深い溝を刻んでいった。

私にとって、愛は条件付きで信頼のできないものだった。愛は私にふさわしくないものだけれど、安全な距離を保つことができれば操ることは可能だった。

弟たちは、とても面白くて愛らしかった。バロンは10歳になり、私が戻って来たことを喜んでくれた。彼はただ、私と一緒に公園に行きたがった。喜んでブランコに乗ってくれたり、すべり台で遊んでくれたり、一緒にシーソーに乗ってくれる大人（っぽい人間）を知らなかったから。コンラッドは5歳で、虫、動物、空間、そして科学に関する質問ばかりしてきた。ふたりはとても聡明で、そして愛らしかった。私の彼らへの愛は、月に到達して地球まで戻ってくるほど強かったけれど、その関係性にも空白のスペースがあり、それを埋めるには長い時間がかかることになった。

一番年上と、年下の子どもの間に大きな年齢差がある家庭は、まるでふたつの別々の家族のようだ。でも、私のケースではそれ以上だった。コンラッドは、私がグラム・クラッカーの家で暮らし始める前の時代を記憶していない。パームス・スプリングスからCEDUに行くまでの間、私の人生はカオスで、両親とは毎日衝突していた。そしてようやく家に戻ったものの、緊張感はしつこい耳鳴りのようだった。家族から二度と引き離されたくはなかったけれど、ウォルドルフにある家族が住むアパートに足を踏み入れた瞬間に、私はもうそこには住むことができないと悟った。

連れ去られた部屋で眠ることはできなかった。ベッドに座って落書きをしたり、スケッチをしたり、音楽を聴いたり、リストを作ったり、お金を稼ぐ方法や、誰も私から奪うことができない資産の活用方法を考えたりした。誰も奪うことができない資産とは、私の顔、私の名前、私の足、モデルの人脈、そしてランウェイでの経験だった——必死に努力を重ねなければ、すべて意味がない。そして私は、必死で努力しようと考えていた。私は、タフな仕事ができるとわかっていた。

コネチカット州ニュー・ミルフォードにあるカトリック系全寮制カンタベリ高校で、高校を卒業しようとした時期もある。彼らは子どもを拷問したりはしない——支持する、カンタベリ！　——でもカトリック系の学校は、私には無理だった。ひとつだけ良かったのは、アイスホッケーをプレイできたこと。子どもの頃、ロックフェラーセンターにあるスケートリンクは大好きな場所だった。氷上の私は猛烈だった。怒りに向き合う必要があった時期なので、アイスホッケーは最高だったというわけ。大きなスティックを振り回しながら、自由自在に滑った。アリーナのフレッシュでクールな空気が大好きで、チームのフレッシュでクールな女の子たちだって大好きだった。

私と喜んで抜け出してクラブに行ってくれる楽しい友人を何人か作った。街には地下鉄で行くことが多かったけれど、ある夜、私がリムジンを調達した。キャンパスの外で待つよう運転手に頼んだのだけれど、彼は車を停めると「パリス・ヒルトンをお迎えに参りました」と言った。これは歓迎されなかった。そしてそこが我慢の限界だった。私は授業をサボり始め、すべてに失敗して、学校を追い出された。

2007年、カンタベリの財務部長が、ダンベリー・ニュースタイムズ紙に「彼女のゴールと優先順位が、学校のそれとは合わなかった」とコメントしている。

そうね、その通り。

その後、金持ちのどうかしている子どもたちには最高のストーム・キングに行ったけれど、いつもの理由とベッドの下でフェレットを飼っていたことが理由で追い出された。私の最後の頼みの綱だったビークマンはウォルドルフから数ブロックしか離れていない場所にあった小さな学校で、とにかく退屈で、「冗談でしょ」という感じだった。

こういった学校には問題はなかったものの、私はパーム・スプリングスの9年生以降の単位を全く取得していなかった。これは私の両親にとっては青天の霹靂《へきれき》だった。というのも、CEDUの「総合芸術と学問」という売り込みを信じていたからだ。CEDUは大げさな「卒業式典」を行い、偽物の卒業証書を授与していた。プロボ・キャニオンは、それすらしなかった。ということで、18歳の私は、公立、あるいは私立の認可された高校の10年生として入学をしなければならなくなったのだ。

無理。

このクソの嵐が私の人生から2年を盗んでいった。それって——いや、これって何？ 当時の私の人生における10％なんじゃないの？ 違う！ 20％以上だよね？ だって、20歳だったとしたら、2年っていうのは人生の5分の1で、私は18歳だったんだから——**無理。もういい。算数大嫌い。**算数は、地理、代数、社会性、健全な恋愛、自分の体をどのように導くのか、そして魂の価値と共に私から奪われた。子ども全員が高校という場所から得るべき物事——ホームカミング、プロム、生意気な高校生の短編プロモーションビデオ——そんなものをすべて奪われてしまった。私の教育とは、どのようにしてトイレを磨くか、どのようにして岩を運ぶのか、正気を保つためにどのようにすればいいのか、自分が傷つけられる前に、どのようにして他者を傷つけるのかを学ぶことに費やされた。私はすべてにおいて優秀だった。代数は、そうでもない。考えるのだって嫌。腹が立つ。

結論。私は学校に向いていない。学業に打ち込んだって、時間がかかるだけだし、自分のことなんて十分嫌いなのに、もっと嫌いになってしまう。必要になったらＧＥＤ（訳注：高校卒業認定資格のこと）を受ければいいと思っていた。子どもの頃に仲のよかった友だちと、もう一度繋がろうと努力したけれど、なぜだか彼らと一緒にいるとシャイになってしまうのだった。子どもの頃は、そのようなはにかみが愚かさや大げさな振る舞いに繋がっていた――いつまでも人を笑わせようとしたり、自分がどれだけ勇敢でクールなのかを見せようとした。生まれつきのシャイといくつものトラウマ、不名誉、そして怒りを背負ってプロボから出た。私はロンドンの全寮制の学校に行ったというストーリーのなかに捕らわれ、それについて詳しく話すことを避けた。正直でないとき、どうなるかわかるよね。すべてについて疑ってしまう。他の人が自分をどう思っているのか疑うのだ。なぜなら自分自身についてどう考えていいのかわからなくなるからだ。そして被害妄想にとらわれ、そのまま走り去って、隠れていたくなってしまう。

その年の夏、アダム・サンドラー主演のロマンチック・コメディ映画『ビッグ・ダディ』を観た。アダム・サンドラー主演のロマンチック・コメディでしか起きないような出来事ばかりが起きるのだけれど、5歳の男の子のその場しのぎの父親になる男性の話だ。一緒に通りを歩きながら、アダムが小さな男の子に、彼の人生で大きな存在になる人物（と、アダムは望んでいる）に慣れることが大切だと言う。

すると小さな男の子が、「怖いよ。その女の人が怖い人だったらどうしよう」と答える。

アダムはポケットからサングラスを出して、「このサングラスは魔法のサングラスなんだ、いいかい？　怖くなっちゃったら、これをかける。そうすると君は透明人間になる。これをかければ、君が大丈夫だと思うまで、誰も君を見ることができないんだ」

私はすぐに、**最高って思った。すごいよ！**　ということで、日中でも夜でも私にはサングラスが必要になったというわけ。そしてこれは、女性が主導するY2K（訳注：2000年代初頭のファッション）にインスパイアされたサングラスブランド「キー」と共にサングラスを作った時に、私の心にあったことだ。非営利団体プロジェクト・グリマーは、忘れ去られた女の子たちに自信を取り戻すために大金を動かした。里子に出されている女の子、施設にいる女の子たち。特別な支援が必要な女の子たちのことだ。怖くても、誰かに目にしてもらう必要のある女の子たち。彼女たちに知ってほしい。私はあなたを見ているということ——**もちろん、あなたが嫌じゃなかったらということだけど。**愚かなことのように聞こえるかもしれないけれど、あの問題を解決してくれる魔法のサングラスが私を立ち直らせ、本当の人生を歩むきっかけになった。

　私の人生で最善の、そして初めての収入源がモデリングだった。私は歩き方を知っていたし、業界には知り合いもいたので、私が最初にしたのは、デザイナー、そしてアメリカ国内やヨーロッパのモデルエージェントとの関係を取り戻すことだった。当時の残念なトレンドは「ヘロイン・シック」だった（訳注：ヘロインを打った直後のような、青白い顔や目の下のクマ、痩せ細った体などを強調するスタイルのこと）——棒きれのように痩せた体、こけた頬、大きく、何かを切望するような目。17か月間、栄養を十分に摂ることができていなかったため、私は草のように薄っぺらだった。サイズゼロを目指していたわけではない。私はまるで飢餓状態の子どものようだった。数か月も経過すると、食事は後回しになった。栄養が必要になったときは、レッドブルを飲んで、ただ踊り続けた。

　ある意味、１９９９年——プロボを出た後の1年——はスカイダイビングに似ていた。長期間に及ぶ恐怖、自分自身を疑うこと、そして混乱を経験し、私は空に打ち上げられて、そして真っ逆さまにハイスピードで落下しながら、その重力の激しさに完全に支配されてしまっていた。

世界全体がスピードを加速させていた。

ユーロが誕生した。iMacは「Hello」と表示し、イースターエッグみたいにカラフルになった。誰もがメールを使い始めた。それからケータイ！　パーム・スプリングスに住んでいたとき、グラム・クラッカーはサブマリン・サンドイッチみたいに大きな「携帯電話」を持っていて、それにはアンテナが立っていた。誰もが小さくてかわいいノキアのケータイを持っていた。私もすぐに手に入れたいと思った。

新しい自分になろうと、私は映画、音楽、そしてテレビからたくさんの情報を得た。『シックス・センス』、『マトリックス』、『ノッティングヒルの恋人』、『オースティン・パワーズ』。グー・グー・ドールズとイーグル・アイ・チェリーは当時流行っていたけれど、グランジは人気を失いつつあった。コンピューターによるミキシングと編集技術の向上によって、ハウス・ミュージックが急成長を遂げた。ポップ・ミュージックはテクニカルな面ではクリーンで、歌詞の部分ではダーティーさを増した。

リッキー・マーティンの『リヴィン・ラ・ヴィダ・ロカ』を思い出してみてよ。

あの子は君の服を脱がせて雨の中で踊らせる
彼女のクレイジーな人生に付き合わせる

まるで脳に撃ちこむ弾丸のように、痛みを取り去ってくれる

すごく自由で、恐ろしくて、私は夢中になった。

まず私がやったのは、バービーみたいなプラチナカラーに髪を戻すことだった（私はそもそもブロンド）。ピカピカの気分になって、ニッキーのクローゼットを物色して、クラブに行った。もし誰かがどこに行くのかと聞けば、私は「外」だと答えた。私は18歳になったのだ。誰も私に指図なんてできない。何を着ようが、どのように感じようが、私の勝手。私が求めていたのは幸せのかけらと、独立した生活の基礎を築くことだった。夜に出かけて、魔法のサングラスをかければ、私は喜びを感じることができた。

ユーフォリア——感情の話。ドラマ（訳注：2019年放送のドラマ『ユーフォリア／EUPHORIA』。ゼンデイヤが主演した）の方ではなくて。

でも、ドラマのユーフォリアの話をしてもいい？　まず、ゼンデイヤは最高。ドラマはダンス、美しさ、フラストレーション、官能、愚かさ、楽しさ、クレイジー、セクシー、危険、光り輝く解き放たれた若者たちをゴージャスに描いている。みんなに観てほしい。そして「ああよかった。娘は私が思っていたほど、とんでもない子じゃなかったのね。私が観てきた家族向けの映画の世界よりは、多少複雑な世界で成長しているんだわ」って思ってほしい。

とにかく。ユーフォリア。多幸感。私はあの地獄から抜け出して、幸せだった。休息を取るだとか、回復しようとする時間はなかった。誰かに時間を奪われるまえに、今すぐ、すべてをやらなくてはならなかった。私には信頼できる人たちが必要だった。誰かを信頼する能力が完全に殺された私にとって、これは難しいことだった。誠実な経理と後方支援で、父の秘書のウェンディ・ホワイトは頼りになった。私は両親に腹を立てていたけれど、お金については率直で専門的なアドバイスをしてくれるふたりを信頼することはできた。お金のことは私たちにとって無難なトピックでもあった。

MBAのプログラムの教授陣よりもビジネスについて理解している、パパの存在も頼もしかった。パパは補償金やデラウェア法人と合同会社の違いについての質問に、喜んで答えてくれた。損益計算書の話になると、パパは「ようやくその話題になったか!」というような顔をして、1時間も話しまくった。当時はそれを完全には理解していなかったけれど、私のビジネスライフの最初のフェーズを築くためのしっかりとした基礎になった。

パパに1億ドルを稼ぎたいと言うと、彼は笑うことも、頭を撫でることもしなかった。彼は「何のために?」と聞いた。

「まあ、いろいろと」と私は答えた。その金額についてスプレッドシートで計算するみたいな気持ちは持っていなかったけれど、そのゴールにこだわっていた。1億ドルを稼いだら、安心できると思っていた。

「可能だ」とパパは言った。「他人に、それができないなんて言わせたらだめだ。私がお前の年齢だったころは、第二次世界大戦中で、軍のカメラマンとして働いていた。飛行機で飛ぶことを学んだ。19歳で双発機の免許を取得した。戦争から戻って、飛行機をリースする会社を立ち上げた」

パパは2万5千ドルを準備し、投資した――それは父親のアドバイスに反する投資だった――フットボールのフランチャイズ・チームを作り、数年後には1千万ドルで現金化することに成功した。そしてアメリカン・フットボール・リーグを設立し、ロサンゼルス・チャージャーズを買収した。このすべては、1969年から1976年の間に、ザ・フラミンゴ・ラスベガスとラスベガス・ヒルトンにおいてエルビス・プレスリーが837回にも及ぶ、完全ソールドアウトのコンサートを開き、ヒルトン・コーポレーションをベガスにおいてネクストレベルにまで有名にさせる前の話だ。私と同じで、パパはテクノロジーのオタクだった。彼はカジノのビジネスを永遠に変えた人だ。「アイ・イン・ザ・スカイ」ビジョン（天井から監視すること）のパイオニアで、カジノを訪問者にとってより安全な場所にし、詐欺師、痴漢、問題のある人物から守った。

ビジョン。私がコンラッド・ヒルトンから受け継いだのはそれだったのかもしれない。

変化をもたらす中心人物になろうと思ったら、そこに最初に行かねばならない。**そこが見える？**　自分の直感を信じる？

1999年にロサンゼルスに戻ったとき、私は多くを失ったと感じていた。楽しいこと、音楽、笑い、服、人々、場所、そしてありとあらゆるものに対して飢えていた。

ウルトラ・ナテの『フリー』。

プロボを離れた私にとって、この曲がアンセムだった。今すぐ聴くんだよ。今すぐに。そしてダンスして。本気だよ。魂が変わるから。

現在でも、この曲をショーでプレイすると、象徴的なオープニングのコード進行で泣きそうになる。私はその瞬間にニューヨークに戻り、壁に映し出されたビデオを観ながら、クラブで踊る。銀色のジャケットを着たこの素晴らしい女性の、実物よりもずっと大きな姿。彼女は寒くて、病院のような場所の真ん中で立っている。その光景は私にとって、恐ろしいほど見覚えがある。

そして止まることのないリズムが刻まれる。最初は、歌詞に悲しみが表現されている。

どこで私たちは間違えたの？
どこで私たちは信念を失ったの？

絶望は明らかだけど、曲が進むにつれて、喜びがそれを上回る。

欲しいのなら、それをつかむ

ユーロフォリア。

野望。

可能性。

この曲を聴くと目眩《めまい》がして、幸せな気分になった。私にもできる——すべて。私がやらなければならないこと、すべて——やってみせる。

やりたいことをすべてやる…… (Do what you want to do ……)

ベースラインがあの曲の強さを表現したように、何か月もかけてビジュアル化して、計画したことが、私に力を与える猛烈な野心になった。私は外の世界に飛び出した。父には「ネットワーク作り」だと伝えていた——それは本当のことだった——でも、主な理由は、楽しい思いをして、幸せを感じたかったから。

睡眠との、愛と憎しみの関係は続いていた。いくら疲れ切っていても——午前3時にタクシーの中でウトウトしていても——ベッドに入れば目が冴えてしまう。

明かりを点けたままでは眠ることができないし、明かりを消すこともできなかった。暗闇の中にいたら、彼らがやって来るからだ。

暗闇のなかで、私は階段を昇ってくる彼らの静かな声を聴いた。

金属製のシンクに滴る水滴の音。足音。廊下の先。遠くの雷鳴のよう。近づいてくる。もっともっと近づいてくる。私の部屋のドアの向こう。そして……

手。

私の首の後ろをつかむ。

私の口を塞ぐ。

そして私はあのじめじめとしたセメントの部屋に戻ってしまう。あるいは、死んだ子どもが埋められている森のなかを走り抜けている。あるいは壁を見つめながら、恐怖で体を麻痺させ、目覚めようともがき、どうにかして叫び声を上げようとし、実際に叫んだ瞬間、はっと目を覚ますのだ。心臓は激しく鼓動を打つ。冷たい汗が首の後ろを流れる。ベッドに座り、そこから逃げ出すことはできないと知りつつ、膝を胸に当てていた。トイレに行きたくてもそうしていた理由は、もし私が床に足をついたら、誰かの手が私の足首をつかむかもしれないからだ。

これは現実じゃない
これは現実じゃない
バカなことは考えるな
これは現実じゃない

自分に起きた悪いことを思い出さないように、私は自分自身を叱りつけ、非難し、そして訓練した。それ以外にも起きた、すべてのことを思い出さないように。

彼らはそれを「診察」と呼んだ。「デジタル・レイプ」と呼ぶ心構えはできていなかったから、私もそれを「診察」と呼んでいた。CEDUとプロボに行く前、私は一度も産婦人科に行ったことはなかった。その意味さえ曖昧にしか理解していなかった、子どもだったのだ。

プロボの職員にはお気に入りがいた。いつも美しい子が選ばれた。でも、美しいことが大切だったわけではないと思う。外の世界では弱い人間のくせに、私たちを支配することにはわくわくしていたようだ。彼らは私たちを診察室に連れて行き、テーブルの上に寝かせた。足を開かせ、太い指を入れられた。抵抗すれば、ブーティー・ジュースをかけられる。トレイに載せられた注射器が常に用意されていた。

私と同じで、診察室に定期的に連れて行かれる女の子がいた——この子のことはニードルズと呼ぶ——その子が、別の子とトイレ掃除をやっている私のところにやってきて、囁いた。

「もし今夜また診察室に連れて行かれるなら、私はここを出るわ」

私はすぐに興味を持った。「どうやって？」

「あいつの鍵を手に入れる。キャビネットの近くに寝ている人が、注射器を奪って、刺すんだよ」

「量が多すぎたらどうするの?」

「もし、あいつが死んじゃったら?」

「私たちが死んでもいいの?」とニードルズは返した。

「ねえパリス、やろうよ」私は背が高いから、あいつの首を刺すことができるとニードルズは付け加えた。

「私が鍵を奪うけど、でも刺すことは無理だよ。本当に、無理」

そう言いながらも、考えていた。**刺せるかな?** そこまで考えていた。でも、そんなことでは何も変わらなかった。

もう一人の女の子がこの会話をピッグ・フェイスにたれ込んだのだ。そしてニードルズまで私をハメて、注射器を刺すというアイデアは私が考えたと言った。私は彼女を責めなかった。ピッグ・フェイスと対峙したときに、彼女が感じた絶望は理解できるから。ピッグ・フェイスはうれしそうに私をオブスに連れて行き、私がオブスから出るやいなや――なんという偶然か――婦人科検診が始まったのだった。

プロボを出てから、成人女性として、男性と大人の関係になりたいと思っても、検査のため、避妊のために婦人科に行くことを考えると怖くなった。その言葉とプロボの人たちが私にやったことを切り離して考えることができなかった。あの変態野郎たちの手袋を嵌めた親指と、落ちくぼんだ目と、独特な気味の悪い笑い方。鳥の雛から羽を抜く子どもとか、手作りの罠でリスを拷問する子どもの笑いと一緒だ。

私はあの笑いの記憶をアルコールとモリーと音楽で消し去ろうとしたが、踊り疲れて、明け方まで飲んで、ベッドに倒れ込んだとしても、1時間から2時間で、汗をかいた状態で、叫びながら目を覚ましてしまった。車、飛行機、メイクのための椅子、あるいはパーティーの居心地のよいカオスの隅のほうが、有意義な休息を取ることができた。

私が自分のベッドのなかで眠ることができた唯一の方法は——一匹、あるいはそれ以上の——犬と一緒にいることだった。当時、私は二匹のティーカップ・ポメラニアンを飼っていた。セバスチャン（『クルーエル・インテンションズ』に出演していたライアン・フィリップの役名）と、ドルチェ（説明の必要なし）だった。あまり訓練をしていなかったけれど、二匹は完全なるセラピードッグだった。ＣＥＤＵの「情緒の成長」のせいで、人間のセラピストに対する恐怖を抱いてしまい、私に実際何か起きたのか、友人やいとこたちに知られたら死んでしまうと考えた。犬たちは私のサポート・ネットワークだった。

ドルチェとセバスチャンは私の選択に疑問を持つことがなかったし、自分の感情を口にするよう促したりはしなかった。私を知ろうだとか、理解しようと努力することはなかった。彼らはそこにいて、ぐるぐると歩き回っている私を追いかけたり、クローゼットの床の隅で体を丸めている私の上に乗ってきたりした。

犬の愛は、常に私の聖域だった。

私のいま現在のかわいいチームのメンバーを紹介するよ——ダイヤモンド・ベイビー、ハラジュク・ビッチ、スリヴィントン、イーサー、そしてクリプト——裏庭にあるドリーム・ハウスに住んでいる。彼らが私を必要とすれば、そこにもぐり込むことができるほどの大きさの家。もしくは、私が彼らを必要としたとき。あの子たちが愛の要塞で私を守っていることを思えば、小さなドリーム・ハウスは贅沢でもなんでもない。

朝は、私にとって難しい時間だ。夢を見ないで眠ることが1時間か2時間あったらありがたいけれど、車のドアに頭を叩きつけたような気持ちで起きるのが普通だ。胃は痛いし、空っぽで緊張している。顎は歯を食いしばって痛んでいる。眉間にしわを作りたくないので、必死に額の力を抜く。

昼過ぎ、なんでもいいのでファーストフードを食べた。マクドナルドとタコベルで生きていたし、脂肪分とカロリーは山ほど食べても大丈夫だった。というのも、私は常に動きまわっていたからだ。私は常に小走りで移動していたし、スキップしていたし、急いでいたし、ぴょんぴょん飛んでいたし、踊っていた。メッセージをチェックするときも、電話をかけ直すときも、新聞を読むときも、ゴシップを聞いて、夜の予定を立てるときも座らなかったし。夜になると、私はようやく命を吹き返す。

当時のロサンゼルスのナイトライフはもう存在していない。人々を夢中にさせる露出や混乱を気にする必要はなかった。Twitter も Facebook も開発されてはいなかった。Netflix は、赤い封筒に入ったディスクを郵便で受け取って、DVDプレイヤーで再生して、同じ封筒で Netflix に送り返すというものだった。人に会いたい、会話をしたい、音楽を聴きたい、ネットワークを作りたいと思ったら、外出することがその手段だった。バカなことをしている姿を誰かに撮影されるなんてことで、悩む必要はなかった。もし撮影されたとしても、だから？だって当時はYouTubeだってなかったんだから。

私には、スタイリストも、エージェントも、マネージャーも、広報もいなかった。私の友だちと私は、毎晩出歩いて、自分の好きな服を着て、自分たちのスタイルを見つけて、髪とメイクで楽しんでいた。当時の私のルックスはやり過ぎな一面も確かにあったけど、私がドレスアップを楽しむ前に子ども時代は奪われていたのだから、少し大げさになったとしても仕方がない。

母とニッキーはヘンリ・ベンデルで有名なブランド物のショッピングをしていたけれど、私はダウンタウンが好きな子だった。私の大好きなブティックは、『セックス・アンド・ザ・シティ』の衣装デザイナーであるパトリシア・フィールドの経営する『ホテル・ヴィーナス』だった。母のクレジットカードを握りしめて店に行き、プラットフォーム・ブーツ、マイクロミニ、そして母が大嫌いなシックな洋服を山ほど買った。請求書が来た時に母は、私が本物のホテルでお金を使ったと思い、店に電話して、娘がそこで何をやっていたのか教えるように要求した。

ニッキーも私もヘザレットの服が大好きで、ショーにも何度も出演した。このとってもかわいいブランドは、1999年にクラブ・キッズ（訳注：ニューヨークのダンスクラブで有名になったグループ）のパフォーミング・アーティスト、リッチー・リッチと、モンタナの農場で育ったけれどなぜだかニューヨークのファッション界に飛び込んだトレヴァー・レインズによって立ち上げられた。ふたりがつけたブランド名は、彼らの友人でオペラ歌手で片足しかないヘザーからとったとどこかで読んだことがある。明らかに、突出した偉大さを持つ運命にあったのだ。

私はヘザレットのレイヴ・タンクトップが大好きだった――きらきらしてて、グラマラスで、魅惑的なタンクトップ。ブリトニー、マドンナ、そしてグウェン・ステファニが着ていた。『セックス・アンド・ザ・シティ』にも、あの小さなトップスが採用されていたはずだ。当時はあの番組がスタイルのバロメーターだった。あのトップスにジーンズや短いスカートを合わせた。とにかくどんなスタイルにもよく合った。ダンサーによってデザインされていたからだ。一晩中騒ぎまくることができたし、かっこいいし、快適だった。ふたりは、最高にキラキラしたドレスも作っていた。

ねえ、復活してよ、ヘザレット！　あなたたちのクレイジーな魅力が懐かしい。

様々なクラブ、誰かの家、そしてハリウッド大通りとヴァイン通りの交差点にある古いビル内の巨大なイベントスペース「アヴァロン」でのイベントで、私のスケジュールはいっぱいだった。私の古くからの友人で私の16歳の誕生パーティーを計画してくれたブレント・ボルトハウスが開催するイベントには必ず行った。そして彼が計画するパーティーからは多くを学んだ。名声と金ではなく、才能と経験の適切な組み合わせだ。誰でもいいわけではなく、退屈な人でもなく、ならず者もいなかった。知っている人、あるいは知り合いになりたい人が来ていた

——芸術、音楽、そして映画に関して興味深い会話を展開する、興味深い人たちのことだ。

誰もが互いを信頼していた。酔っ払っていたとしても、そこでは安全な気持ちでいることができた。本当に、すべてが楽しかった（**楽しかったこと**、覚えてる？）。イベントには貼り紙が出されていた。『カメラはお断り』スマホの時代以前に私たちが愛用していた使い捨てのカメラを持ち込んでいないかどうか、入り口でポケットとバッグの中身がチェックされた。今は誰もケータイを手放さないので、カメラを追い出しておくことなんてできない。ドアで腎臓の提供をお願いした方が抵抗されないだろう。

ジャッジしているわけじゃない。私ならすぐに腎臓を差し出すよ。私のケータイはジェットパック（訳注：背中に背負ってジェット噴射で飛ぶ機械）のようなものだ。私はケータイを5台持っていて、仕事用、プライベート用、ヨーロッパ用、いたずら電話用、そしてケータイ番号を聞かれたときに教える用（本当に番号を教えたくないとき用）を使い分けている。お人好しだから、失礼なことをしたくないのだ。カーターだって、5台のうち2台以上を私から取り上げることはできない。彼は必死だったけれど。

スマートフォン、Facebook、そしてInstagramと共に育った子どもは、常に警戒することなく完全に自由を感じられるクラブやハウスパーティーを経験することはない。

私の友だちで、『ダラス・バイヤーズ・クラブ』をプロデュースしたホーリー・ヴィールスマは、『ゲスト・リスト・オンリー』というドキュメンタリーを撮影した——ベルベットのロープ（訳注：クラブの中と外の境界となっているロープ）の両側にいる人々の人物研究だ——クラブのプロモーターで、誰もが「パンテラ・サラ」と呼んでいたサラ・アップホフと私、そしてロスで私がお気に入りのたまり場のオピウム・デン、ダブリン、そしてビニールの常連だった人たちを出演させた。サラがドアのところで、誰がクラブに入るのか、そして入らないのかを決めていたのを記憶している。誰もが私と一緒に外出したがった理由は、私がいつもクールな人たちと一緒にいて、常にクラブに入ることができたからだ。私は素晴らしい友人の輪を作っていた――すでに知っている有名な人だけではない。私が言っているのは、ロサンゼルスを奇妙でクリエイティブな場所にしているのに、名前を知られていないクリエイティブな人たちのことだ。アーティスト、詩人、ミュージシャン、映画製作者、作家、テクノロジーのオタクと一緒にいるのが大好きだった。

『スウィーティー・パイ』という題名のインディーズ・フィルムに出演してくれないかと誘われたことがある。それはものすごくダサい映画だったけれど、私にとっては大きなことだった。私は映画に出たの! これは真剣な話だけれど、プロセスを学ぶには最高の機会だった。このような教育が、私にはぴったりなのだ。自分の足で歩いて、質問をして、アクションの一部になる必要がある。

レコーディング・スタジオでどのように過ごせばいいのか学び始めたのも、同じ方法だった。ジェシカ・シンプソン、そしてケリー・ローランドと仕事をした経験のあるプロデューサーと出会い、最終的に私のファーストアルバムとなるレコーディングでコラボレーションした。スタジオは私にとっては天国のような場所で、ありのままの自分と同じぐらい愛しているふたつのものが集まっていた。それは、音楽とテクノロジー。音楽がコンピューターの世界に移行し——今では当然のことのように思えるかもしれないけれど、当時は自由とエンパワメントが溢れるような感覚だった。クリエイターは許可を取る必要がなくなった。ガレージバンド、ロジックプロが登場する前の時代は、古き良き時代のロジックというソフトウェアがあるだけだった。それがガレージのドアを開けて、多くの人を音楽の世界に招き入れた。

パパラッチはデジタルカメラと軽量のビデオ機器で進化し、歩きながら会話をする動画を撮影することが可能になったし、どんな照明であっても高精細な写真を撮影できるようになった。ロサンゼルスとニューヨークで毎晩出かける私は多くの注目を浴び、私はそれが大好きだった。まるでスターになったような気分だった。鏡を見ることさえ許されない時間を長く経験した後の私は、美しいと思われることがうれしかった。

他の人たちがするようにパパラッチたちに暴言を吐いたり追い払ったりする代わりに、私は彼らに手を振って、「ハイ、ボーイズ!」と声をかけ、ショッピング・バッグをたくさん持つ私だとか、フローズン・ヨーグルトを買い求める私だとか、地下鉄の通気口でマリリン・モンローの真似をする私をベストなアングルで撮影できるよう気をつけていた。隠し撮りをすることで、彼らはより多くのお金を儲けることができた。何十人ものカメラマンが同じ写真を撮影するレッドカーペットとは違って、隠し撮りは唯一無二の写真だ。タブロイドはセレブが無防備になっている瞬間を捉えた写真を求めている。ハンバーガーを食べているとか、犬の散歩をしているとか、普通の人の姿を求めるのだ。クラブの中に入って誰かの邪魔をすることは禁止されていたので、パパラッチは外で私たちが出てくるのを待っていた。

メルローズの小さな店でかわいいスニーカーを買った。横についているボタンを押すと、靴底からローラースケートが飛び出してくるのだ。この靴が、私のクラブでのお気に入りだ。私はクラブ中を走り回った。強引な男に迫られたら、ダンスフロアを横切って逃げた。それは最高の映像になった――私は通りを行ったり来たりしながら、パーティーやナイトスポットに出入りした。人々が私を「ローラーガール」と呼ぶようになって、私はそれが気に入っていた。『ブギーナイツ』に出てくるポルノスターのローラーガールを意味していたのかもしれないが、アセントにいるときに公開された映画なので、私は数年後まで映画のことについては何も知らなかった。

ザ・ペンフィフティーン・クラブが『ミズ・ヒルトン』という曲を作ったが、それが説明になると思う。

ミズ・ヒルトン。君には1兆ドルの価値があるに違いない。
だって、君は本当に何にも気にしてないから。
ミズ・ヒルトン、君が滑る姿が好きだよ。
ローラースケートに乗った、社交的な女の子。フー!

数年後、この曲はリアリティ番組『シンプル・ライフ』のサウンドトラックになったけれど、私がまだそこまで有名ではなく、みんなに知られ始めたくらいに書かれたものだった。当時も、自分が普通のキャリアを築こうとしていないことはわかっていた。将来的に複数の収入源になるようなブランドを立ち上げようとしていたからだ。今になって考えてみると、その仕組みはうまく収まっているのだけれど、私は当時、普通の10代で、お構いなしに人生を楽しんでいた。その姿勢が楽しい人たちを私に引き寄せ、私と一緒に出かけたいと思わせ、モデルや俳優、社交界の人たちとパーティーに繰り出すと、パパラッチが常に追いかけてきて、結局のところ、『ページ・シックス』だとか『ピープル』誌、初期のゴシップサイトに写真が掲載されることになった。イベントのプランナーたちでさえ、**本気で**私をパーティーに呼びたがっていた。

私が言っているのは、退屈な家族の結婚式だとか、いとこのジルのリビングで開かれるパーティーみたいな規模の話ではない。ギャラリーのオープニング、映画のプレミア、そして製品のローンチといった——ビジネスのイベント、非営利団体の催し——目的のあるパーティーのことだ。レッドカーペットのイベントの利害関係は複雑だ。スポンサーは多額の資金を使う。ロゴがたくさん貼り付けられた壁の前に、レッドカーペットが敷かれるの、知ってるよね？その目の前に立ってくれる人がいなかったら、とんでもない損失だ。パパラッチの興味を引く、美しい人がレッドカーペットには必要なのだ。私の写真が『ページ・シックス』、『WWD』、そしてタブロイド紙や芸能欄に掲載されると——どこに掲載されてもいいのだけれど——スポンサーが望むとおり彼らは露出する機会を得て、パパラッチは画像の使用許諾でお金を儲けることができる。ということで、私はこのように考え始めた。それって私にとって何が得なの？

もちろん楽しんではいたけれど、それ以上のものを生み出していた。パーティーに出たり、ブランドを拡大したりしたら、それに対して支払いがあってもいいんじゃないの？

私が落ち着かない子犬のように注目を集めたいからパーティーに行くと考えていた人たちがいるのは、ちょっと面白いことだ。特別な気持ちになるのが大好き――当然のことだよ――でも私自身に何かを広める力があり、注目が力を持つと気づいたときに、私は稼ぐようになった。私は注目を市場価値のある商品に変えた。自分のブランドを含め、私が信じるブランドに利益をもたらすために。私は常に、ある程度のレベルで、あのタイプの注目と愛には違いがあると知っていた。でも愛が伴わないときは、継続的なクリック数が代わりになることもあった。

カーターと私が一緒になる前、彼と彼の弟のコートニーは『Shortcut Your Startup: Speed Up Success with Unconventional Advice from the Trenches』という本を執筆した。私自身のビジネスを立ち上げるときに、この本があったとしたら――あ、ちょっと待って。やっぱりいいや。読んでいなかったと思う。本を読むモードってわけじゃなかったから。今となってはビジネス書に夢中だけど。カーターに余分な荷物を持たせて、空港の書店でフライト前にたくさん本を買おう。当時、その時々を生きていた私だったけれど、それまでこの世に存在していなかったことをやっていた――例えば、セルフィーを撮るなんてこと。どのようにして呼ぶか、それが戦略になるかなんて、考えもしなかった。

とにかく、**スタートアップを省略しよう**。

共著でカーターとコートニーは「何かをスタートさせる前に考える3つのこと」を提案している。

1. あなたにとって成功とは何か？
2. なぜあなた以外の人がやっていないのか？
3. なぜあなたであって、今、なのか？

スタートアップの時代、私は自分がスタートアップしていることも知らなかった。

1. 私にとって成功とは、セキュリティー、尊敬、そして他者を助けるための壮大なバレエのようなものに思えた。自分の独立を最強のものにしたかったし、世界に自分が何ができるのかを見せたかったし、自分が信じるブランドやアーティストの支援をしたいと考えた。今現在でも、それが成功だと考えている。私の根本的なビジョンに変わりはなく、それはできる限り多くの現金を稼ぎ出すことだけど、決して、お金のためだけのお金ではない。私がどう感じたいかであって、私が何をほしいかではない。

2. 私以外の誰もがやってこなかった理由は、誰も私ではないから。私という女の子は、水瓶座の時代の幕開けと共に生まれた。自分を鼓舞してくれる長所と、成長させた短所を併せ持つ、ユニークな子だ。パーティーの方程式を初めて計算した社交家ではないものの、私の経験と決意は質問をする度胸を与えてくれた。質問をすることで、多くの起業家たちの努力が水の泡となる。プライドが邪魔をする。「今までと違う」という、どうでもいいアイデアがすべてをだめにする。私のプライドは奪われ、過去に自分が何をされたのか、なぜそのようにされたのか、気にもしなかった。だから私は尋ねた。すると「求めよ、さらば与えられん」との答えが出た。

3．なぜ私かって？　だって、自分以外は信頼していなかったから。なぜ今なのかって？だって今しか私にはないから。今が一番重要だから。ADHD的なトークになっちゃうかもしれないけれど、生きる価値のある唯一の宇宙が、今だから。

1999年のニューイヤーズ・イブ、私はパーティーをしていた――どんな感じかわかるよね。

人々は奇妙なほどY2Kにおびえていたけれど、私は喜んでページをめくった。新しい年、新しい10年、新しい世紀。これが私にとって最高のミレニアムになるという考えを受け入れて、私は仕事と旅行を繰り返すライフスタイルを確立していった。

第14章

セックステープの流出

自己改革への第一歩は棚卸しだ。

自分ができていることについては、自分を褒めてあげよう。うまくいっていないことについては、自分にプラスになるような使い方を考えてみよう。

2000年2月、私は19歳になった。自分ができていることはわかっていたし、すべてはうまくいっていた。私は強かった。私は美しかった。人を笑わせることができた。どこに行くべきか、どのように見られるべきか、理解していた。大きなモデルのエージェントと契約を結び、サイドビジネス——パーティーに行き、稼ぐこと——を成長させた。そして私は、不動産と投資についての会話に細心の注意を払うようになった。ヒルトン・インターナショナルについては興味深い瞬間だった。月にホテルを建てるという話もあったが、パパはその時も取締役会長で、地にしっかりと足をつけていた。ヒルトンは、ダブルツリー、ハンプトン、ホームウッド、そしてエンバシー・スイーツを買収した。すでにラスベガスにあるバリーズとシーザーズも手に入れていた。

私はパパに「いつか自分のホテルを持ちたい」と言った。

たいていの人は私が月にホテルを建てるとでも言ったような表情をしただろうけれど、私の祖父は「もちろんだ。絶対にそうすべきだ」と言ってくれた。私を助けてくれるとは言わなかったけれど、祖父と父は質問に答えてくれたし、初期の取引について教えてくれた。マネージャーが必要なのはわかっていたけれど、祖父と父以外、誰を信頼していいのかわからなかった。自分の稼ぎの一部を分けるという考えがどうしても受け入れられなかったので、メールアドレスを作り、ぶっきらぼうで擦れた声で電話する偽物のマネージャーを作り上げた。

「ええ、あなたのオファーは頂きましたし、ミス・ヒルトンの状況も確認いたしました。バックエンド収益（後払いの報酬）のパーセンテージで合意できたら、前金1万ドルで成立ということで。ええ、彼女のサインをファックスしますね」

偽物のマネージャーの名前は忘れたけれど、彼女はアンバー・テイラーの大人版のような感じだった。私のためにピット・ブルのように交渉してくれた。大きなモデルのエージェントと契約した後でも、雑用のために彼女には働いてもらった。

2000年3月、初めてカンヌ映画祭に行った。1日に最低でも3回から4回は着替える必要があったので、荷物が多くなってしまった。突然の映画スターとの出会いに備えた、爽やかな街歩きスタイル、マリリン・モンローみたいにプールサイドでくつろぐスタイル、アート映画を観るために夜に出かける用の素敵なスタイル、などなど。ハリウッドで最も力を持つ男性とのランチをするためのスタイルには、気合いを入れた。ハーヴェイ・ワインスタインに、この業界にいるべき女性と出会ってほしかったからだ。上品で、美しく、役柄を与えられるべき人で、映画スターを夢見る他の19歳の女の子たちとはひと味違う女の子だ。プロジェクトの売り込みをしようとしているプロデューサーと一緒にいた。これは私たちふたりにとっては素晴らしいチャンスだったから、良い印象を与えようとしていた。

ランチは失敗に終わった。ハーヴェイが、彼の世界で私が将来的にどれだけ成功する可能性があるか、私についてどう思うか、奇妙で変態みたいなコメントをする間、プロデューサーは緊張して、何も言わなかった。ハーヴェイは客で混み合っているレストランにいるにしては、気味が悪くて、攻撃的だった。友人のプロジェクトについては何の希望も持てないまま、私たちはレストランを後にした。

翌日の夜、私はamfAR（訳注：アメリカン・ファンデーション・オブ・エイズ・リサーチ。エイズ研究財団）のイベントに参加した。ハーヴェイは部屋の向かい側にいた私を見つけ、私を呼んだ。私は彼を見ていないふりをして、立ち去ろうとした。彼は私についてきた。

私は早足になった。

彼も早足になった。

私は女性用トイレにユニコーンの小走りで急ぎ、彼が入ってくる前に個室に入って鍵をかけた。彼は個室のドアを叩き、ハンドルをガチャガチャして、気持ちの悪い酔っ払いのたわごとを叫んでいた。「スターになりたいんだろ?」**私は個室に閉じ込められた状態で、トイレの窓ってどこ? と考えていた。**フランス人警備員が入って来て、女性用トイレから彼を追い出してくれた。彼は「これは俺のイベントだぞ! 俺はハーヴェイ・ワインスタインだ!」と叫んでいたけれど、フランス人の警備員たちは理解しなかった――あるいはそんなことどうでもよかった――そして、文字通り彼を引きずり出した。私がこれを誰にも言わなかったのは、時代がそうだったからだ。それは結局、バケツシャワーのようなもので、生き残りたければ受け入れるしかない。何年も後になって、ワインスタインの帝国が崩壊し始めた時、雑誌記者たちが「ハーヴェイ・ワインスタインとは何かあった?」と私に質問し続けた。

私は「いいえ」と答え続けた。

私はそれを恥ずかしいことだと思っていたし、恥ずかしさを感じることに病的な恐怖を抱いていた。もしその話をしたら、次の質問はたぶん、「なぜ当時それを言わなかったの?」になるわけで、それには答えがないのだ。それは責任を負う必要のない人に対して、責任を転嫁することだ。

「なぜ叫ばなかったのですか?」という質問。

「なぜ股間を蹴らなかったのですか?」も同じ。このような質問には、「お前はすっこんでろ」以外の答えは見つからない。立ち上がって彼を糾弾した女性の勇気は称賛するけれど、彼のような男と関係してしまった女性には――そして彼のような男なら誰でも――その人に合っいのだ。

た方法で処理する権利があると思う。自分自身を守ることで、辱められる女性がいてはならないのだ。

その年のカンヌ映画祭では、ビョーク主演の『ダンサー・イン・ザ・ダーク』がパルムドールを受賞した。悲しい場面で彼女は、「本当につらい時には、こんなゲームをするの……夢を見るのよ。そしてすべては音楽になる」当時の私の物事への対処法をよく表現している。そして現在もそうだ。

レッドカーペットには何度も参加して、足がすらっと長くなったような気分になったし、自分が強くなったようだったし、自分のスタイルを確立したように感じた。ポップカルチャーとスタイルの影響を受ける重要な時期を逃した私は、自分自身でそれを作る以外、手段がなかった。それは私を不安定にさせた。自分のスタイルを作り上げるのは解放なのだから、不安になることではない。人の後を追いかけるだけでは出遅れる。道を切り拓く人が先に進むのなら、あなたも、あなたに合った道を切り拓くべきだ。たとえ周囲の人がそれを理解しなくても。

ファッション専門記者たちは、ランウェイでの私の「独特な歩き方」を頻繁に話題にした——大好きな人もいたし、大嫌いな人もいた——でも私には、その意味がわからなかった。プロボを離れてから2年の間に撮影された写真を見ると、肩がずっしりと重くなる。私はあまりにも多くの怒り、傷、恥を抱えていた。それが無関心に繋がったのかもしれない。冷静。どうでもいいわよって顔。でもそれは実際には、時間を奪われた女の子が、常に急いで周囲に追いつこうとしている歩き方だった。

『ザ・リアル・スリム・シェイディ』が当時流行の曲で、私たちはそれに合わせて踊り、片手を大きく振った。ストロボライトの点滅に合わせて、フラットなリフレインが続く。

Please stand up
Please stand up

私の心の中で、その曲は詐欺師を称える曲だった――誰もがタフなふりをする、そのポーズの仕方――それが人類の共通点なのだ。

ある日の夜、ニッキーと私はクラブにいて、カラオケをやっていたのだけれど、私たちを見つめている男性がいることに気づいた。彼はホットだった――もしかしたら、自己肯定感の高さが周囲にホットだと思わせるのかもしれないけれど。心の中で自分のことがホットだとわかっていれば、あなたはホットなのだ……ホットな物理学の法則によれば。

この男性は私よりも年上だった。粗野。傲慢。型にはまったような「バッド・ボーイ」で、自信過剰なタイプ。人生で自滅的な瞬間を経験している女の子には完璧なタイプ。私は優等生を探していたわけではなかった。私は悪い男を捜していた。彼のニックネームは――彼はそのニックネームを気に入っていた――「クズ」。なんだかすごくかっこいいと思った。

私たちは付き合い始めた。褒めなければいけない部分は褒めなければいけない。彼はミスター・アバクロンビーみたいにチャーミングな人だった。スリルがあって、いたずらで――私にとっては新しいアドレナリンだった。夢中になった。

彼が愛し合っている最中のビデオを撮影したいと言い出した夜のことを、あまり記憶していない。別の女性ともやっていることだと何度か言っていたけれど、私はそれをおかしなことだと考えたし、あまりいい気はしなかった。私はそう言われるたびに、「私はできない。恥ずかし過ぎる」と彼には伝えた。

彼はどうしてもと言い続けた。私は言い訳を作り続けた。ほろ酔い気分で、長時間に及んだパーティーのあとで疲れていた。照明は明るくはなかった。髪とメイクは最悪だった。彼は私が、いつでもゴージャスだと言い、とにかくこれはパフォーマンスではないのだから、問題はないだろうと言った。ふたりだけの秘密だ。ふたり以外は誰も見ないから。そして彼は、もし私がやらないのなら、やってくれる他の女性は簡単に見つかると言った。それは私にとっては最悪のことだった――この大人の男性に捨てられるのは、私が愚かな子どもで、大人のゲームを知らないからなのだ。

官能的な人生を送りたかった。それが真実だ。自分自身でいることが快適だと感じられる女性になりたかった。自分のセクシュアリティを理解するのに苦労していた。それを誰かに説明する方法も知らなかった。私にはそれを表す言葉がなかったのだ。**アセクシャル**という言葉なんて、聞いたことがなかったから。

そうでしょ？

この世界は私をセックス・シンボルだと考えていて、私は当然そうだと思っている。なぜならシンボルとはまさに**アイコン**という意味だからだ。でもあのセックステープを見た人は、**アイコン**とは言わずに、**ふしだらな女**だと言った。**売春婦**だと言った。そして遠慮なしだった。皮肉なことに、10代で虐待と不名誉を経験し、それを乗り越えた私は——もしかしたら私の育てられ方によるのかもしれない——セックスを恐れていた。私はセックスというものが大嫌いだった。完全に拒絶できなくなるまで、私はセックスから逃げていた。

タブロイドが作り上げた、私がゴージャスな男性たちと寝ているという物語は、完全に嘘だから！　私は誰かと親密な関係になりたかった。優しくて、時間をかけてくれればキスができたし、永遠に抱き合うことができた。**今度こそは**という気持ちになれた。**今度はできるかもしれない**。私は怖くなって、変になって、気まずい感じになり、ふたつの最悪の選択肢だけが残る。

A　彼を捨てるか、振られるかして、周囲の人間に「不感症」、「思わせぶり」、あるいは「レズ」だと言いふらされる。

B　演技をする。私は演技をするのが上手だったけれど、ミニバイクに100回ぐらい轢かれた気分になる。

友だちは「もう最高」だと、常にオーガズムを感じているようなことを言った。そして私は、**「嘘つきめ」**と考えていた。**そんなもの、存在すらしない**。そんなことは映画のなかでしか起きないと思っていた。私はそれが本物だとも考えていなかった。なぜなら、私のなかの遊び好きで自由な部分のスイッチが、完全に切れていたからだ。オーガズムはセックスを終わらせるための演技だと考えていた。だからいつもそうしていた。プリンセス・ブランドの一部はプリンスでしょ？ でも、イチャイチャする段階を超えられる男性はほんのわずかだった。数か月待つ人もいれば、1年待つ人もいた。

私は自分をキス泥棒と呼んだ。

彼らは私を「その気にさせるプリンセス」と呼んだ。

ママはいつも「結婚するまでしないこと。しなければ男性はあなたに夢中になるから」と言っていた。ドラマ『ハッピーデイズ』（訳注：1976年から放映されたテレビドラマ。1950年代のミルウォーキーの高校生たちの青春を描いた）では通用したかもしれないけれど、私が付き合った男はそうもいかなかった。**彼らは「は？」という感じ**――そして結局、浮気して、私がそれに気づいて、そこからドラマ、ドラマ、ドラマの展開を経て、別れがやってくる。完全なる悪循環だ。それはウッドチャックのいないグラウンドホッグデー（訳注：2月2日のペンシルバニア州の祝日。フィルと名付けたウッドチャックを穴から出して、春の訪れを占う日）みたいに。

情報が多すぎてごめんね。変な話だよね、でもこんなことを感じているのって、私だけではないはずって思うから。セクシュアルアイデンティティ界隈の会話が、すべてを受け入れて、セクシュアリティが流動的であることが認識され、進化したことに感謝している。人々は成長し、そして変わる。癒やしもあるけれど、与えられたダメージは深くなるものだ。私が完全に癒やされる日、あるいは私が完全な私になれる日が来るかどうかはわからない。

カーターが心理学の学位を持っているって知ってた？
持っているの。それが役に立っている。

セックスは私にとっては思考のプロセスだ。私の頭の中で始まらなければならない。そうでなければ成り立たないから。カーターはそれを理解して、私がその努力に値する人間だと教えてくれる。私がこんな話をしていることに、彼は恥ずかしさを感じるだろうけれど――**そして私だってすごく恥ずかしい**。これって本当に恥ずかしい！　でも、私は正直になると約束したし、私と同じような人がいるはずで、そんなあなたは変わってもいなければ、不感症でもなく、心が死んでいるわけでもないことを伝えたい。この瞬間、あなたは自分に正直になれている――過剰なまでにセクシーな世界に生きる、アセクシャルな人間ということ。

ということで、母は正しかった。

（ママ、聞こえた？　言ったよ。ママは完全に正しかった）

男性を待たせることは、私を守ってくれたし、すぐに与えないことは、長期的に見れば、私にとってはいいことだった。タブロイドが書いていた通りに、もし私が男と寝てばかりいたとしたら、私のなかのわずかな自尊心も木っ端微塵になっていただろう。手に入れられないものを欲しがるというのは、真実だ。そして当時、私が手に入れられないものはそれだった。セクシーな服、音楽、そしてビデオ――カールスジュニアのハンバーガーを洗車しながら食べるという例のコマーシャル――それが、私から奪われた健康的なセクシュアリティを取り戻す方法だった。大切な人とベッドにいる時になりたかった私だった。生きている実感、遊び心を私に感じさせてくれた。その気持ちを夫との間に感じていて、私はそれを大事にしている。19歳の時、私にできたのは演技をすることだけだった。

あのようなビデオテープを撮影するのに必要なレベルの信頼関係を構築することは、私にはできなかった。愚かになるまで飲むしかなかった。メタカロン（訳注：鎮静催眠薬）も役に立っただろう。

でも、私はそれを撮影してしまった。それは認めなければならない。彼が求めていることは知っていたし、それに従った。

彼に対して、そして自分に対して何かを証明する必要があった。だから完全に酔っ払って、やってしまったのだ。

年齢の差、私の多忙なスケジュールにもかかわらず、この男性との関係は数年に渡って続いた——10代の女の子にしては長い期間だと思う。最終的に私が飽きてしまい、彼を怒らせた。ある晩、女友だちたちと一緒にカラオケに行き、ニコラス・ケイジにばったり会った。彼はアフターパーティーに私たちを招待してくれた。私たちはニコラス・ケイジだからといって、彼の家には行かなかった。ビリー・ボブ・誰かさんの家だったら、すぐに行ったはず。だって**アフターパーティー**でしょ！　まさか。ということで、車とバイクがリビングルームに置いてあって、干し首のコレクションが2階に並べられている家に行き、楽しい時間は過ぎたというわけ。

家に戻ると、くっついたり離れたりしていたボーイフレンドが待っていて、私が彼の電話に出ないと怒っていた。少しのドラマがあって、それきりになった。私の男性との関係は、何年もこのようにして終わりを迎えてきた。彼に向き合うことが大嫌いだから、いつも相手を幽霊にしようとした。そのメッセージを理解する男性もいた。怒る男性もいた。最悪に醜いシーンというわけでは決してなかった。長い間、誰かが嫉妬をすれば、頭に向かって電話を投げつけたり、つかまれて首の骨がガタガタ鳴るまで揺さぶられるのだと考えていた——それは彼らが本当に、**ほんとーーーーーに、**私を愛してるってことでしょ？

最悪。

干し首パーティーに関する奇妙な補足。パーティーの数日後、女性がクラブにいた私のところにやってきて、私の顔に赤ワインをかけた。意味がわからなかった。私はすでに先に進んでいた。

あのビデオテープが頭をよぎることもなかった。

だってそうでしょ？

当時はYouTubeもなかったし、普通の人が何かをインターネットにアップロードする手段がなかった。あのレベルで誰かを侮辱するテクノロジーは、当時まだ開発されていなかった。

２０００年のニューイヤーズ・イブ。私はベガスに旅行をしてお祝いをした。ペットショップに行き、2時間後に2匹のフェレットと子ヤギを購入して店を出た。ペット用のクレートや必要な道具を持って空港に行くと、ゲートの係の人に「移動動物園じゃないんですよ」と言われた。リムジンを借りて、ニューイヤーズ・イブの渋滞を抜けて、10時間かけて、ロサンゼルスまで戻った。新しい動物のお友だちが座席にうんちをしまくったので、２００１年最初の数時間はシャンパンを飲みながら、座席を掃除する運転手の手伝いをした。

このようにして、ゼロ年代は、**特別な10年**になった。

第15章 運命の一枚

2000年代初頭のパーティーの雰囲気は、1990年代後半よりもずっと良かった。誰もがそこに参加して、最高の気持ちになれた。『What not to wear』のようなリアリティー番組は2003年まで登場しなかったし、『ファッション・ポリス』は2010年まで放映されていなかったし、Twitter は誰もが自分の考えを発言する能力を抑え込むのに成功していた時代だった。唯一無二で、とても個性的なスタイルを祝福するような番組が一度も登場しなかった理由はわからないけれど、でも、知ってる？ アイコニックな存在になるために誰かの許可は要らないってこと。

マドンナのチュールスカートと、バイカーブーツ。サラ・ジェシカ・パーカーのサークルスカートと大きな髪飾り。ガガのエレベーター・ブーツとミート・ドレス。誰かが最初にやらなければいけないってことでしょ？ 周囲の人たちが、今、理解しないと言ったって、そんなことどうでもいい。インターネットの素晴らしさのひとつは、大切な瞬間が常に生き続けるというところ。

デザイナーのマラヤン・ペジョスキーによるビョークのスワンドレスは、2001年のオスカーでは笑いものにされた。今となってはアイコニック。もちろん、その逆だってある。失敗した瞬間も常に生き続けるし、より多くリツイートされるだろう。でも、大切なのは、**自分が素晴らしい気持ちになれる服を着るということ。**私がインフルエンサーとして、ルックス、アイデア、そして製品を紹介するときの目標は、周囲を喜ばせる方法を伝えることではない。私はみんなに、自分自身を応援してほしい。自分が決めたルックスがその時代に認められなかったとしても、それを身につけたときの快適さの記憶は残る。それに、何が起きるかなんて誰がわかる？　そのルックスは、正しい時期が来れば脚光を浴びるかもしれない。パパは昔、「壊れた時計でさえ、一日に二度は正しい時間を示す」と言っていた。スタイルは、繰り返される。スピログラフだ。エッチ・ア・スケッチ（訳注：お絵かきをするためのおもちゃ。ダイヤルを回して線を描く）とは違う。

私はふたりの女友だちと一緒に、大きな家に移り住んだ――プレイボーイ誌で人気だったジェニファー・ロベロとニコール・レンツだ。ふたりはいつでもパーティーに行けるよう準備していて、プレイボーイ・マンション（訳注：実業家で『プレイボーイ』誌の発行人だったヒュー・ヘフナーが住んでいた邸宅）で行われるイベントには毎回招待されているような人たちだった。私たちはそれぞれがワンフロアを持ち、大きなベッドルーム、バスルーム、そして広いウォークインクローゼットを使っていた。ミッドセンチュリー・モダンスタイルの壁紙と調度品は――ブーメラン・コーヒーテーブルやパパサンチェア、ガラスのレンガ――『オースティン・パワーズ：デラックス』のような雰囲気。私たちは家主をミスター・ファーリーと呼んでいた。俳優ドン・ノッツがシットコム『スリーズ・カンパニー』で演じた不気味な家主の名前がそれだったから。

静かな環境で、花が咲き乱れていたこの地域は、私にとっては完璧なホームベースだった。ロサンゼルスでは、私たちが支払うことができた家賃では到底、このような家を見つけることはできないので、最初は自分たちの幸運が信じられなかった。「こんなに大きな家を、あの家賃でどうやって借りることができたわけ？」と驚いていたのだけれど、ミスター・ファーリーが出て行かないことがわかった。私たちは引っ越してきたが、彼は最上階の自分の部屋に住んだままだった。それが秘密だったというわけ。彼は私たちを監視しないと誓ったし、その形跡を見つけたわけではないけれど、のぞき穴を作ることは簡単だと考えていた。

でも、本当に、本当に、最高の家だった！

もちろん、現代の19歳の女の子たちにとってこれがOKだとは言わないけれど、ジェンとニコールは私より何歳か年上だったし、一緒にいて楽しい人たちだった。怪しいシチュエーションに対処する経験もたくさん積んでいた。ミスター・ファーリーが住みついていることについて納得していなかったけれど、それが決定打とはならなかった。彼が何か行動を起こすまで、ミスター・ファーリーを監視下に置けばいいだろうと私たちは考えていた。美しい女の子たちが暮らす家で、ヒュー・ヘフナーのミニー・ミーの気持ちにさせてやればいいと思った。そして彼は、一度も何もしようとはしなかった。

正直なところ、私は特に気にもしていなかった。悲しいことだけれど、私は裸を見られることに鈍感になっていた。私は自分の体に対して、自由であり、完全な所有権を持っていたからだと言いたいところだけれど、慎み深ささえも奪われていたというのが真実。

慎み深さとは、私が放棄した贅沢だ。それでなければ、連日、あの監視下に置かれたシャワー室での出来事をどうやって乗り越えることができたというのだろう？ ゆっくりと心を死なせていった女の子たちがいた。私は違う。私はただ、無感覚になっただけ。しばらくしたら、あの気味の悪い言葉は壁に跳ね返るだけになった。気持ちの悪い、黒い目で私の体を見られたら、私は相手をにらみ返して「高嶺の花だよ、バカ」と心の中で思っていた。

気持ちの悪い行動は、気持ちの悪い人の責任であり、気持ちの悪いことをされている人間が悪いわけではない。

人間の精神には、とても強力な対処メカニズムが備わっている。残された選択肢が、完全に精神を崩壊させられるという場合、ほとんどすべてのことを正常化、あるいは区分化することができる。それが素晴らしいことだとは思わないけれど、私を強くしてくれて、周囲の自分に対する評価をある意味、強制的に乗り越える手助けをしてくれた。それを経験してからは、インターネットのヘイターたちが何を言おうと、耐えられるようになった。

ヘイトや批判、堕落したツイートを内面化してはいけない。あなたを麻痺させ、匿名の人たちに力を与える、毒のあるベリーのカクテルみたいなものだ。

最近になって、私は自分の体が自由であり、自分の体を完全に所有する力が備わっていると感じているけれど、これは私が自分のなかに育てたものだ。自分がパフォーマンス・アーティストであると気づくまで時間がかかったし、私の体はその媒体——私の体は何も描かれていないキャンバスだとか、誰もいないステージのようなもの——だから、恥や臆病さに溢れた場所から作品が生み出されるのなら、意味のあるものを創造することはできない。それは、自分がどれだけ肌を露出するかという意味ではない。その瞬間を誰が所有しているのかという問題だ。モデルの仕事と演技の仕事は、見られるということに冷静でいなければならない——もの扱いされることだってある——でも、それを克服する。あなたは誰かのアートのための小道具じゃない。あなたはコラボレーターで、ビジョンに命を吹き込み、創造的インプットによってアイデアをより高次元に持って行くのだから。あなたが行きたくない場所に、それを持っていく権利を持つ人なんていない。それを理解しているのが、偉大なる写真家だ。あなたをビジョンのなかに導き入れることによって、上へ上へと引き上げてくれる。

iPhoneが登場する前の時代、私は常にポケベルを持ち歩いてチャンスを逃さないようにしていた。ある日、アイスバーグ・ジーンズ社の広告キャンペーンに参加しないかとの連絡を受けた。大金だったが、それよりも重要だったのは、デビッド・ラシャペルが写真家として参加することだった。これはすごい。

10代の私にとって、デビッドはアンディ・ウォーホルの生徒のような存在だった。彼の初めての写真集『LaChapelle Land』は1996年に出版され、『ニューヨーク・マガジン』誌は彼を「写真界のフェリーニ」と呼んだ。彼は**美しさ**、**芸術**、そして**奇妙さ**といった概念を、根本からすべてぶち壊して大論争を巻き起こしたからだ。プレキシグラスの箱の中に詰め込まれた裸の人々。晩餐会を破壊する子どもたち。背景はカラフルでアイコニックだ。ハーブ・リッツやアニー・リーボウィッツ、リチャード・アヴェドンのように、デビッドには彼自身のスタイルがある。見ればすぐに彼の作品だとわかる。当時、ラシャペルの撮影するような写真を見たことはなかった。顔は息を飲むほどに美しい。恐れ、戸惑い、抑制がない。被写体が感じたままに、私も感じたかった。あのような芸術作品になりたかった。

デビッドにとっては、どこの誰でもよかったようだ。その日の朝、アイスバーグ社が撮影をセットアップしたが、彼が選んだモデルのサイズがデザイナーのサンプルのサイズに合わないことがわかったらしい。だから、彼らは私を呼んだ。その週は毎日パーティー三昧だったから、どうしようかと思った——パーティーやレイヴをはしごして一晩中ダンスして、うたた寝してからフライドポテトで生きていたから——でも、このチャンスを逃すことはできなかった。ロサンゼルスの家で母の目を盗んでシャワーを浴び、着替え、そして記録的な速度で身支度を調えた。呼ばれてからちょうど45分後には撮影現場に到着した。私は大興奮していた。

撮影は無事終了した。大きな事件は起きていない。当時彼は多くのコマーシャルを担当していたし、この撮影はその中のひとつでしかない。それでもちろんいいのだけれど、大衆向けの撮影だった。

私はデビッド・ラシャペルらしい、彼の頭のなかだけに存在する、NC-17指定（訳注：18歳未満、17歳以下鑑賞禁止の映画）的映画の奇妙なセットで撮影される写真の被写体になりたかった。

そんな撮影への参加はモデルよりも大きなことだった。それはパファーマンス・アートだから。私は彼に自分の情熱を見せたかったし、それが何かに繋がればいいと思っていた。

彼の2冊目の写真集『Hotel LaChapelle』（1999年）では、マドンナをクリシュナに、レオナルド・ディカプリオをマーロン・ブランドに、そしてマリリン・マンソンを学校の安全管理者に見立てた。バービーに小さな銃を持たせ、ドリーム・ハウスに侵入してきたユアン・マクレガーの顔を撃つポーズをさせた。この写真集は、私がプロボを出た直後に出版された。私がニューヨークの街を学び直している最中、どの書店のウィンドウにもこの写真集が飾られていた。私がもしニューヨークから消えなければ、あの写真集に載っていたかもしれないという考えに捕らわれないように努力した。ロンドンの全寮制の学校の作り話を聞いただろうか、私が姿を消したことを知っていたのだろうかと考えた。

床に開いた隙間から簡単に滑り落ちてしまったことを考えないようにした。例えば、友だちと街を歩いていたときに、そのうちの一人がマンホールに落ちてしまったら、気づくでしょ？私だったら絶対に気づく！　だって……気づくはずだから。気づくといいな。それとも私たちは皆、前に進むことばかりに気を取られているのだから、誰かが消えたとしても、目撃していなければわからないのかも。クソ。みんな、周囲の人を確認する時間を持ってほしい。誰もマンホールに落ちてしまわないように。もしあなたがマンホールに落ちてしまったことに気づかなかったとしたら、ごめんね。私がマンホールに落ちたことにあなたが気づかなかったとしても、私はあなたに怒ってないことを知っていてほしい。

とにかく、私はパーティーでデビッドと再会して、もう一度仕事をしたいと彼に伝えた（人脈作り、とにかく大事なのは人脈）。彼には、失われた年月で私に何が起きたのかについては詳しく伝えなかったけれど、彼はそれが大変なことだったと理解してくれた。彼の天才としての重要な側面が、この理解だ。彼はそれを見る。もしかしたら私たちに共通点があると気づいたのかもしれない。私たちはふたりとも、10代で継続的なダメージを負っている。

私たちはアンディ・ウォーホルの女神であるイーディ・セジウィックや「イット・ガール」の魅力的アイデアについて、そしてセレブリティへの崇拝と宗教的恍惚は似ているといった点を語り合った。「歴史を通じて考えてみると」とデビッドは言った。「この世には祝福されている人たちがいる──王妃、王、貴族、エンターテイナー──彼らを崇拝する人たちにとっては、神のような存在だ。ビートルズのコンサートで観客は泣き叫び、マリア様のビジョンにも同じことが起きる。それは同じ涙なんだ」

私と同じように、デビッドはカトリック教徒の家庭で育てられ、彼自身、敬虔な信者だった。彼の作品は精神的な影響に満ちている──超越、許し、そして啓蒙──それから、宗教図像だ。

１９７０年代後半、９年生で彼は学校を辞め、家出して、ウェイターとしてスタジオ54で働き始めた。グレース・ジョーンズ、フレディ・マーキュリー、デビッド・ボウイのようなイノベーター、そしてアンディ・ウォーホル、ダイアン・フォン・ファステンバーグ、そしてサルバドール・ダリといった伝説的な人々に囲まれていた。そのような経験をした若者が、他人とは異なるビジョンを持つようになるのは当然のことだろう。私自身の世界観は音楽とハードなクラブ通いに影響を受けているし、私は母の素晴らしい友人たちに囲まれて育ってきた。その中には伝説的な歌手のポーラ・アブドゥル、マイケル・ジャクソン、ウルフギャング・パック（訳注：オーストラリア生まれの料理人、実業家）といった人たちも含まれている。アンディ・ウォーホルの弟子として『インタビュー・マガジン』誌で働き出したのは1980年のことで、1987年にウォーホルが亡くなるまで、全ての刊行物を担当した。ウォーホルは「好きなことをやりなさい。ただし、全員が美しく見えるように」と言ったそうだ。デビッド・ラシャペルは、クリエイティブな子どもに大まかな指示を与えて、そこから導き出される結果を信じる誰かが存在したとき、実力を発揮する若者の典型だ。

さあ、やるんだ。君の信じる通り。信頼しているから。

この言葉はきっと、親にとっては口にすることすら難しいのだろう。まずは名付け親から聞かせるべきなのかもしれない。妖精のゴッドマザーの私の役割として、かわいらしいヒルトン家の子どもたちに対して、私はそのメッセージがとても大事だと思うから、ずっと伝え続けたいと思う。女の子たち、自分のジェンダーやセクシュアリティに疑問を持っている子どもたち、アーティスト、冒険家、周りと違う大人になりたいと考えている子どもたちには、与えられない言葉かもしれない。周囲と異なる人になるということは、あなたを愛する人たちを恐れさせる。本能的な恐怖に支配され、彼らはあなたを守ろうとする。私の両親が、必死に私を守ろうとしたように。それは愛からの行動だと断言できる。どうか怒らないで。もし誰かがあなたにそれを伝える必要があるのなら、もしあなたの周囲の人たちがあなたに伝えることができないのなら、私がいる。

さあ、やるんだ。君の信じる通り。信頼しているから。

2000年春、デビッドと私は撮影を開始した。実験し、時間を見つけては会い、奇妙なアイデアやオブジェクトの並列を思いついた。彼のエッジの利いた考えに対して、私は常に納得だった。彼は常にビジョンを持っていたけれど、そのビジョンの中から私に多くの自由を与えてくれた。ニッキーや母から借りたブランド物の服や、自分のクローゼットから引っ張り出してきたあまり高価でない服まで、ワードローブの多くはランダムだった。写真集としての出版に期待してはいなかったので、縛りもなかった。デビッドが創造した写真はコントラストがすべて——ギラギラして、ザラザラして——ロサンゼルスの魂だ。ピコ大通り近くのラ・シエネガにある、「迷惑なモーテル」として悪名高いグランド・モーテルの前で、私とニッキーを撮影した。この場所ではドラッグと売春の容疑で常に誰かが逮捕されていた。警察官がグランド・モーテルに頻繁に呼び出されていたため、連邦検事事務所から「警察に損害をもたらした」としてオーナーが訴えられたほどだ。

私とニッキーは、錆び付いた電話ボックスの横に停められたピンクのロールスロイスの前に立ち、汚れた歩道に腕を組んで立った。ニッキーは、黒と白のミッソーニのカクテルドレスを着ており、とても優しく洗練されて見えた。唯一身につけていたアクセサリーはドルチェ&ガッバーナの水玉模様のバッグだけ。私はロベルト・カヴァリのショートパンツに、シャツを身につけずジャケットだけを羽織り、足を開き、唇を開けている。肩にかかるゴダイヴァ夫人風の長いウィッグ。**RICH**という文字のネックレスを含む、たくさんのアクセサリーをつけている。

それはグッドガールvsバッドガールという単純な構図ではない。写真の中心には白と黒のストライプがあって、光がさざ波のように外に向かって広がっている。交通量が少なく、外灯が灯り始める寒い夜に撮影された。ニッキーと私は若く、とても清潔に見える。**朝帰りの印象なんてなし**。パーティーが終わってヨロヨロしながら家路につくふたりの女の子の写真には見えない。あなたの様子を見るために立ち寄る、ふたりの妖精の光のようなものだ。足元の芝生はアブサン色の緑。「女の子。この場所。モーメント。想像を超える一枚だ」と彼は言っていた。

私は今ここで写真を見つめているけれど、何年経っても、この写真は説得力を持ち、最高の形で存在している。それどころか、このふたりの女の子たちにこの先何が襲いかかるかを知っているからこそ、より力強くなる。こちらに向かって来る車列のなかには、祝福と野獣が隠れている。最高のアートだ。

私たちはズマ・ビーチでも撮影を行った。私は焼けるように熱いビーチに大の字に横たわっている。マーメイドみたいなカーリーヘアだ。デビッドは香水のボトルと現金を砂の上に、まるで海藻と宝物のようにして配置した。サーファーたちが私の周りに立ち、サーフボードを抱えながら、「ファルス（訳注：陰茎のような形をしたオブジェのこと）か何か？」みたいな雰囲気だけれど、私は当時大笑いしていたので、気づいてもいなかった。目尻から耳までマスカラが流れていた。とにかく忙しい現場だった。人々が動きまわり、撮影道具を調整し、髪を整え、砂をいじり、ライトを調整し、メイクを直す。だから、スタイリストがシルキーなトップスを少しずらして乳首を露出したことさえ気づかなかった。気づいていなくて良かったと思う。だって、気づいていたら不安になっていたと思うから。あの写真の魔法は、この上なく満足した無意識の状態と、完全に無頓着になっている私を表現しているところにあるから。

デビッドはより激しく、そして興奮していった。何かとってもクールな作品が出来上がったという気持ちになった。スリリングだった。ワクワクした。必死に働いていたにもかかわらず、疲労とは正反対の気持ちだった。多くの写真撮影では、この終わりなきロボットのようなマントラが唱えられている――**イエス、イエス、ビューティフルビューティフル、ゴージャスゴージャス、イエス、イエス、イエス**――でもデビッドは決してそんなことは言わない。「すべてを断ちきって」と彼は言った。「友人、男友だち、女友だち、両親。手に入れたいものではなく、与えたいものを想像して」

「君の祖父母の邸宅で撮影しないと」と彼が言い出したのは夜中過ぎてのことだった。

「行こう」と私は答えた。「フェンスを乗り越えないといけないけど」

私のＡＤＨＤの脳には躊躇という発想のためのスペースはないので、フェンスをよじ登ることは数え切れないほど経験してきた。たいしたことではなかった。私はデビッドと彼のクルーのために門を開け、パパとナナのリビングに忍び込んだ。すべてがクリーム色で威厳があった。

グランドピアノ。ガラスのコーヒーテーブル。壊れやすい宝物がたくさん入った陶磁器の飾り戸棚。ブロケード・チェアと美しいカーテン。汚れ一つないアイボリー色のカーペット。暖炉の上のギリシャ小像。壁に飾られた威厳ある油絵の肖像画。それはとても堂々としていた、とても……ヒルトンらしかった。まるで高級ホテルのロビーだ。侵入がとても簡単だったことは皮肉だった。

パパとナナは上階で寝ていたので、静かにしなければならず、それが余計にエネルギーを高めた。デビッドは撮影を始めると、いくつかの物を配置していった。床に立つ私の足の間に、ふわふわした白いバスローブ、ヘアブラシ、電話を置いた。彼は私にパンクな子になりきってほしいと言った。私はエッジの利いたコートニー・ラブになりきった。ピンクのマイクロミニとフィッシュネットのタンクトップの下は何も身に着けなかった。アクセサリーはサングラスとシルクの手袋、そして火のついていないタバコだけ。スタイリストが私の髪をくしゃくしゃにして、ルーズな印象を出し、つやつやのグロスを唇に塗った。ストラップのついたプラットフォーム・ヒールを履いた私の身長は180cmを超えていた。

スリヴィング。

私は戻ってきた。この家に。私の家族が二度のクリスマスと数え切れないほどの誕生会を私抜きで開いていたこの場所に。この部屋でいとこや親戚はナナと一緒にソファに座って、彼女に怖かった夢の話をしたはずだ。もしかしたらデビッドは、私の機嫌が悪くなったのを感じたのかもしれない。彼は私をからかったりし始めた。とうとう撮影が終わりに近づくと、彼は中指を立てて「ファック・ユー」と言った。私は足を開き、顎を上げて、中指を立ててヒルトン家のすべてに言ってやりたいことを言った。デビッドは私の唇がFと発音する瞬間を捉えている。

やってみて！　下唇をかんで、Fの爆弾を落としてやろう。きれいな言葉ではないけれど、気持ちがいい。特に、ずっと我慢してきたときとか、自分が隠されてバラバラにされてしまった気持ちになったとき、言ってみて。『シャイニング』でジャック・ニコルソンが浴室のドアをぶちのめしたときの気分になれるから。この時の私はそんな気分だったけれど、このアイコニックな写真を今見てみると、私はそこに私の秘密の独立宣言を感じるのだ。

この一連の写真は、私の内面をすべて象徴していた。自由への賛歌、そして爆発しそうな怒りが底辺に流れるセクシーなエネルギー。あまりにも奇妙な写真だったから、あまり広めてほしくはなかった。私はただ、楽しんでいただけだと考えていた。まさか彼が『**ヴァニティ・フェア**』に見せるとは。彼が連絡をしてきて、編集部の全員が気に入り、そのうち何枚かを印刷したいと言っていると告げたとき、私は「**ええっ……**」としか言えなかった。

母があの写真を見たら、怒り狂うことはわかっていた。そして父が見たら——無理。ふたりには「良いニュースがあるの。**なんと『ヴァニティ・フェア』に載っちゃいます！**」とは言えるけど、乳首、中指、パパとナナのリビングについては——**殺される**。

母はビジネスに長けている。彼女は、ファッション、芸術、そしてセレブリティに関しては勘が働くので、この写真がどのように影響するか瞬時に理解する。そのイメージは彼女がニッキーや私に世界発信してほしいものとは違っていた。母は、ニッキーと私が幼い頃から、ピーコック・アレーでハイティーを教え、上流社会について叩き込んできた。その物語に、一連の写真は合わなかった。

母はデビッド・ラシャペルに電話をして、彼を怒鳴りつけた。『ヴァニティ・フェア』の編集長に電話をして、写真を掲載しないように要求したが、すでに発送済みだった。そしてデビッドはこの作品の芸術的な完璧さを守るために、一歩も引かなかった。

しばらくは戦いの日々だった。最終的に、母も父も認めざるを得なかった。マスコミに対する情報操作としてふたりにできたことは、ナンシー・ジョー・セイルズが書いた記事に登場することだけだった。

ふたりが悩んでいる姿を見て喜びはしなかった、と嘘をつきたい気持ちはあるけれど、自動的な代替策として長年嘘をつき続けてきたので、そろそろ認めたい。確かに、スリルは感じていた。

ナンシー・ジョーは、タイムズスクエアにあるナイトクラブ「サチ」で私とニッキーを観察していたようだ。私たちが到着したのは夜中過ぎだった。というのも、CFDAファッション・アワードのアフターパーティーだったからだ。ナンシー・ジョーはニッキーを「背の高い、ブロンドの、幽霊みたいな女の子」と書き、彼女のキラキラしたユニオンジャックのミニスカートを「オースティン・パワーズの映画の衣装の高級版」と書いた。ニッキーがそれを読んだときの反応は、「私に何を求めているの？　あれはドルチェよ！」だった。

記事の一部がほとんどニッキーについてだった理由は、私があの夜、クラブでやっていたのはオフサイドで人脈を広げていたからだと思う。ベン・スティラーもいて、映画に出演する男性モデルを探しており、小さなハンディカメラでテスト撮影を行い、カメオ出演にぴったりなクールな人々をスカウトしていた。

ナンシー・ジョーが私たちの家族をインタビューするという企画が誰のものだったかはわからないし、当時リアリティ番組がなかったことを神に感謝したい気持ちだ。なぜなら、「最も居心地の悪い家族の夕食」というカテゴリーでエミー賞を受賞したこと間違いなしだったからだ。母は事前に、何を言っていいのか、何を言ってはいけないかについて私たちに教え込んだ。『ヴァニティ・フェア』であって『ページ・シックス』ではないこと。毎週発行されるゴミみたいなタブロイド紙でもない。私たちはおびえ、神経質になっていた。それぞれが、違う理由で。私にとっては、大きなチャンスだったが、母は私が有名になることには反対だった。母は私たちの家族とヒルトン家の名前を守ることに必死だった。

ヒルトン家はゴシップ経済に慣れていないわけではなかった。電球が発明された頃からゴシップ誌には書かれていた。コンラッド・ヒルトンはカサ・エンカンターダと呼ばれるベル・エアの豪邸に住んでいた。55歳のとき、25歳のザ・ザ・ガボールと結婚した。大叔父は一時期エリザベス・テイラーと結婚していた。当時、ゴシップ経済は盛り上がりを見せ始めた時期だったが、パパはそういった露出はすべきではないと瞬時に悟った。父は人前に出ることが嫌いな人間だ。父は写真が公開されること、10代の娘たちの派手な夜の生活が記事になることには強く反対していた。

サウサンプトンにある両親の自宅のパティオでランチを取るという計画だった。とってもカジュアルなランチ。カサ・エンカンターダでの、普通の一日だ。

父は石みたいに静かだった。母はおしゃべりな感じで全てを仕切っていた。私はとても緊張して、恥ずかしがり屋になり、早く全てが終わってほしいと思っていた。ナンシー・ジョーは、私の友だちとか、私のボーイフレンドについて、普通の質問をいくつかした。エディ・ファーロングと一緒にいる私の写真をパパラッチが撮影しており、レオナルド・ディカプリオとの噂を耳にしたらしい。誰と付き合っているかで女性を定義するような記事は大嫌いだ。まるでそれが履歴書みたいに。嫌な感じ。

私は会話を、映画と自分が取り組んでいる音楽の方向に誘導しようとしたのだけれど、ナンシー・ジョーはレオナルド・ディカプリオとの噂に必死だった。

「パーティーで……時々会うだけ。彼は素敵だけど……」と私は言った。

「記事を見たの?」と母が割り込んだ。『『エンクワイアラー』でフルページだった。彼らはでっちあげるから」。そして居心地の悪い静寂。母は、友人が母を「ミセス・イット」だと呼ぶなんてことを話した。なぜなら、私がイット・ガールだから。でも私の家でのニックネームはスターなのだと。ナンシー・ジョーはまるで数学の問題を解いているみたいな顔をして私を見た。

「パリス、あなたの目ってとっても青いね」と彼女は言った。「コンタクトですよね」と彼女は付け加え、私は「失礼ね」と言いそうになったのだが、彼女が私をうわべだけの人間だと考え、罠に嵌めようとしているのではと思った（これは私に人生のルールを思い出させる。もっと早くに気づいていればよかった。**うわべだけを飾ることはやめるべき。**疲れるし、被害妄想になるから）。

「私の目は本物だよ」とニッキーが言った。

ドルチェとセバスチャンが私の足首にまとわりつき、グリル・チキンを欲しがった。

「あなたたちは仲がいいの？」とナンシー・ジョーが聞いた。

「とっても」と、ニッキーと私は答えた。

私たちがクラブで何をしていたのか見ているというのに、ふたりで何をするのが好きかと聞かれた。何を言えばいいのかわからなかった——なわとび？　母は、ショッピング、ゴルフ、アイススケート、スキーだと答えた。母は私たちがタホ湖が好きだと言った。父は私たちがヴェイルが好きだと言った。

ベビーボイスが私の口から出て、「ペットショップに父と行くのが好きです。ふたりで行って子犬を買うの」と言った。

「大学には行くの？」とナンシー・ジョーが聞いた。「1年は休むことにしました」と答えると、母の目線が私の頭の横をドリルみたいに突き刺して、父も母も私が大学に進学することを望んでいると付け加えた。普通の10代の子どもたちに対して投げかけられる質問に対するスムーズな答えがわからなかった――大学進学適性試験だとか、プロム、卒業式なんてことだ。そういった質問に対するあらかじめ用意された答えはあったけれど（それは両親も準備していた）、でも、デビッドの写真はすべて真実なのに。嘘をつくことで、私は悲しくなった。

母は「彼女は働いて、自立しなくちゃいけないってわかっているんです」と言った。「ようやくそれがわかったんです」

ニッキーが皿にとまったハエを手で追い払って、「本当に皮肉よね」と言った（ね？ うわべだけを飾ってもだめ。こういうことが起きるんだから！）。

「聞きたがっているんですよ」と母は続けた。「人間は話をしたり、おしゃべりがしたいんです。パーティーでそんな人たちを見るにつけ、『**何をやってるの？**』なんて思うんですよね」

母が誰について語っているのかはわからなかったけれど、自分を守る必要性を感じた。勇気を出すためにドルチェを膝に置き、私は「私はただのパーティーガールじゃありません。人がどう思っていようとも。私には自分のビジネスがあります。音楽をやっています。そして祖母が病気に苦しんでいますから、乳がんのための寄付金集めをしています。みんなに知ってもらいたいです」

母は、「そう思うのなら、しっかり話しなさい！」

「そうしようとしてるわ」と、私は強い口調で返した。「でもママが私の邪魔ばかりするじゃない」

私たちは机を挟んで、睨み合った。まるで二人三脚のように、互いを縛り合いながら。恥が私たちを暗黙の協定で結びつけていた。**例の話は、誰にも言うな**。

でも、目撃したいと思う人がいるのなら、デビッド・ラシャペルの写真を見てもらえれば、10代の私が言葉に出来なかったことがすべて語られている。**私はここよ！　私は自由！　私は若く、怒りに満ちていて、官能的で、私なのだ！**

母と父は緊張しながら、『ヴァニティ・フェア』が発売されるのを待っていた。「こういうことはコントロールできない」と父は苦言を呈した。「どのように書くかは、彼ら次第なんだから」。結局、記事は父のことを「怒れるヘミングウェイ的人物」と書いた。母は「派手な花柄の帽子をかぶり」、「頬骨が高く」、「リリー・ピューリッツァーのスカートを穿いていた」と書いた。それは不公平な書き方だった。もちろん、私だって母のあの帽子のファンではないけれども、いつも通り、母はとても上品で美しかった。私の靴に関する記述も好きにはなれなかった。「ルーサイト（訳注：アクリル樹脂）のサンダルはまるで、ゾーグ星の売春婦が履いているような代物」——でも、「1930年代の映画に出てくる男を魅了する危険な女のようだった」とも書いていたので、私は満足した。写真は『ヴァニティ・フェア』の2000年9月号に掲載された。表紙のグウィネス・パルトロウには、スティールブルーの見出しが重ねられている。『イット・パレード』。350ページにニッキーと私がグランド・モーテルの歩道で撮影した写真が掲載された——明らかに、視覚的な語呂合わせ（しゃれ）だったけれど——そこにはリードが重ねられていた。

ホテル建設の第一人者コンラッド・ヒルトンは両腕にショーガールを従え気取って歩き、2番目の妻としてザ・ザ・ガボールと結婚した。息子ニッキーはエリザベス・テイラーと結婚し、離婚したことで知られている。現在、ヒルトン家の第4世代——19歳のパリスと16歳のニッキー——が社会を旋風に巻き込んでいる。コスメティック・ラインの開発を計画し、自分自身のドキュメンタリーの撮影に挑み、タブロイド紙に書かれたレオナルド・ディカプリオとの恋愛を否定するパリスは、まさに若者文化の象徴と言える。

3世代にわたって、ヒルトン家の男たちは実力者として名を馳せてきた。ヒルトン家の女は飾り、あるいは「良い男の陰に良い女あり」タイプの女性の役割を担ってきた。それぞれに野心や感受性豊かな心はあったけれど、それよりなによりヒルトン夫人だった。ニッキーと私も、良き男性と結婚し、古い伝統を受け継いでいくことになっていた。私の弟たちも良き女性と結婚して、ヒルトンという名前を受け継いでいくことになっていた。

でもね。私がいたわけ。

亡くなる前、パパはよくこんなジョークを言った。「人生のほとんどを、コンラッド・ヒルトンの息子として生きてきた。今となってはパリス・ヒルトンのおじいちゃんだよ」

あのデビッド・ラシャペルの写真は、全ての歴史が未来へと舵を切った転換点だ。私の名前を、タブロイド紙のゴシップ経済を超えて、Aリストの名声へと引っぱり上げるための門を開く機会を与えてくれたと言える。私はモデルからスーパーモデルとなり、ニューヨーク・ファッション・ウィークでは主要なランウェイを歩くことになった。パーティーに行くことで利益を得るというサイドビジネスも起動に乗り始めた。大金を稼ぐようになったのだ。より多くの人が私を目撃することで、私は収入を得るようになった——自分のためだけではなく、私の周囲の人たち全員のために。

こういったすべてのことはドットコム・ルネッサンスの最中に起きていた。ペレス・ヒルトン（訳注：セレブのゴシップを集めたブログの著者）は2000年初頭にブログを始めた理由を「簡単だと思ったから」と発言している。そしてそれは真実だった。インターネットはありとあらゆるコンテンツを吸い上げる巨大なブラックホール。突然、多くの人の目の前に、ルールも決められていないまま、すべての情報がばらまかれる時代に突入した。セレブのゴシップは新たな情報時代のチキンナゲット。つまり、体にいいわけじゃないけど、美味しいもの。そして、抗いがたいもの。私はその完璧な嵐の目のなかにいた。

デビッドは「この世には祝福されている人たちがいる」と言った。でも、これはそれとは違っていた。2015年になるまで、インフルエンサーという言葉は存在していなかったので、どのように呼べばいいのか、それが起き始めたときにどのようになるのかはわからなかった。

良くも悪くも、自分の人生を生きること以外わからなかったから、私はそれをやり続け、そして私の人生をはるかに超えて大きくなっていった。

次に何が起きたかはわかるよね。

パリス・ヒルトン現象が起きた。

第16章 最高の喜劇

結局、私はベン・スティラーの男性モデル映画『ズーランダー』に、デビッド・ボウイ、キューバ・グッディング・ジュニア、ナタリー・ポートマン、ファビオ、レニー・クラヴィッツ、スティング、グウェン・ステファニー、ウィノナ・ライダー、リル・キム、ランス・バスと共にカメオ出演することになった。あ、ベン・スティラーも！　短いシーンだったけれど、彼らの仲間になれたことがうれしかった。それに、ベンとの掛け合いもあったから！

私　「ヘイ、デレック、あなたってかっこいい」
ベン「ありがとう、パリス。感謝するよ」

『ズーランダー』の楽しいカメオ出演者についてマスコミが報道したとき、彼らは私のことを「スタイル・アイコンのパリス・ヒルトン」と紹介した。それはつまり、それ以外、私をどう呼んだらいいのかわかっていなかったからだと思う。そして私はそれを気に入った。

第 16 章

最高の喜劇

2001年2月、私は20歳となり、大喜びで大惨事の10代を捨てて大人になった。ニッキーは聖心女学院を卒業。ブライアン・パーク・ホテルで派手なパーティーをしてそれを祝った。母と父は、ニッキーが素晴らしい女性に育ったことを誇りに思っていた。私はニッキーが自由を得て、冒険を始められることを喜んでいた。ニューヨークからロサンゼルスへの行き来もできるようになる――そしてロンドン、パリ、東京――ランウェイを歩き、パーティーに行き、プレミアに参加して、私と私の友人たちと遊ぶことができるようになる。

私は完璧なボーイフレンド、ジェイソン・ショウと付き合いはじめていた。もし私が完璧なガールフレンドになれていたとしたら、今でも一緒にいたかもしれない。彼を初めて見たのはロサンゼルスのフォーシーズンズの前の縁石だった。駐車サービスを待っている彼は、タイムズスクエアの巨大なトミー・フィルフィガーの広告に下着姿で登場している男性その人だった。マーク・ヴァンダールー（訳注：オランダ出身のモデルで俳優）と一緒にいて、ふたりはまるで散策に出るギリシャ神話の神のように見えた。

ジェイソンは下着モデルを目指していたわけではない。ズーランダーに出てくるようなステレオタイプのモデルではない。独特な雰囲気を持つ彼の外観は、類いまれな美術品のようだ。とても優しく、分別のあるシカゴ生まれの男性で、歴史学の学位を持っていた。伝説によると、スカウトが彼を目にして、その10秒後には巨大エージェントとの契約を取り付け、トミー・フィルフィガーは、モデルだったら誰もが夢見るような複数年契約を彼と取り交わした。スケジュールが合えば、アムステルダム、ミラノ、そしてヒルフィガーが彼を派遣する先の撮影に、私も同行した。

ジェイソンはキングス・ロードにふたりで暮らす家を買ってくれたけれど、私たちがその家に長く滞在することはなかった。２０００年前後、私は年間１５０日から２００日は飛行機や車で移動していた（２０１０年から２０２０年にはその日数は年間２５０日に増えた）。

２００２年春、私は初めてのスカイダイビングと地球規模の誕生パーティーで21歳の誕生日を祝った。ジェイソンは私にシルバーのポルシェをプレゼントしてくれた――夢のような車、そして夢のような男性。私が愛している人たち、そして何千人もの私を愛してくれている人たちに会うことができた。そして私はとても美しかった。

グラム・クラッカーは私の誕生日の数週間後にこの世を去った。そうなることはずいぶん前から知っていたけれど、それでもショックは大きかった。母、キム叔母さん、そしてカイル叔母さんは、全員で彼女を看取った。祖母の手を握り、彼女が旅立ったときには泣いたそうだ。突然、食器棚の扉が開いて、バタンと閉じる音がした。３人はキッチンに急いで行ってみたが、誰もいなかった。

ホスピス看護師が言った。「お別れされたのですよ」

その言葉を聞いて、私は慰められた。グラム・クラッカーの魂が――そしていつか、私の魂もそうありたい――嵐のように部屋を通り抜け、そして天国へと向かったのだ。私は神を信じているし、天国は私たちが最高の自分でいられる場所であることを祈っている。でも、私は死を恐れている。本物の恐怖はそれだけ。

母は打ちひしがれていた。どうやって彼女を救っていいのかわからなかった。誰かが亡くなったときにやらなければならないことのすべてを、母はやっていた。すべての仕事と、細かな気遣いだ。母は驚くほど強い女性だけれど、物事をとても深く受け止める人だ。自分の母を失うこと――そして義母であるナナを2年後に失うこと――は母にとっては衝撃だった。母は生きる喜びを表現できる人だ。彼女は喜びに溢れる人だから――本当に、溢れるよう――悲しみに暮れる姿を見るのが怖かった。認めるのはつらいけれど、自分の感情と同じように、彼女の気持ちに対して敏感になったのは、この時が初めてだったのかもしれない。私にとって、グラム・クラッカーがこの世にいないなんて不自然だったけれど、それでも、これまで以上に近くに感じていた。彼女は私のそばにいた。ハチドリが飛び回っていた。彼女はハチドリとなって戻ってくると言っていたから。

常にそこにあるエネルギーと光が、大嫌いな演技のクラスとオーディションの時も、私を導いてくれた。とても不安だし、ジャッジされた気持ちになるのは嫌い。私はただ仕事をしたかった。

夏が来て、良いことばかりが起きていた。そう、ティンカーベルを飼ったんだ！ 私の人生に彼女がやってきてくれたことはまるで贈り物のようだった。そして、『ナイン・ライブス』というホラー映画に出演し、芸術的短編映画の『QIK2JDG』にも出演した。ヴァル・キルマー、リサ・クドロー、キャリー・フィッシャー、そしてクリスティーナ・アップルゲイト出演の映画『ワンダーランド』にも、小さな役で登場した。映画『ハットしてキャット』では、マイク・マイヤーズとレイヴシーンで共演した。

フォックスのプロデューサーに会い、フィクションとリアリティが交差する番組製作を提案された。台本のあるシーンと、コメディードラマ『グリーン・エーカーズ』（父方の祖父であるパパの元義理の叔母であるエヴァ・カボールが出演している）のような雰囲気のあるシーン、そしてドキュメンタリースタイルのリアリティ番組のマッシュアップで、そこにいくつかのエピソードでひねりを加えるというものだった。このような番組はそれまで存在しておらず、これ以降も存在していない。『シンプル・ライフ』はリアリティ番組の先駆けで、誰も――私を含めて――同じ物を作ることができないほど画期的だった。

私はすぐに乗り気になった。プロデューサーたちは、ヒルトン姉妹に出演してほしいと考えていたので、私と一緒に出演してくれとニッキーに頼みこんだけれど、母と父はそれに反対した。わからないことが多すぎる。関係者が多すぎる。家から近すぎる。

「どうかしちゃってるよ」とニッキーは言った。「恥をかくだけにきまってる」

「面白かったらそうでもないはずだよ」

「私は面白いものなんてやりたくない」と彼女は言った。「私は上品なものがいいし、番組が私たちを上品に見せてくれることを意図しているのだとしたら、ニューヨークのファッション・ウィークでランウェイを歩く私たちの人生を紹介するはず。この番組はそうじゃない」

確かに。テーマソングがそれを説明している。

とんでもないお金持ちの女の子たちを、明るい光のなかから田舎に連れて行こう。
ふたりは甘やかされたお嬢様。どん底の生活で涙を見せるのか？

「どん底の生活で」という点に注目して。「**もし**、どん底の生活になったら」ではない。ふたりのリッチなビッチたちが、「リアルな」人たちの立場に置かれる状況を想定しているのだ。屈辱を受ける可能性が多いにあった。**バカだと思われても平気な誰か**――バカになりきれる誰か――ずうずうしくて、いたずら好きで、パーティー好きで、滑稽な物事に身を乗り出すことができる誰かが必要とされていた。この番組では、ニコール・リッチーと組む以外は考えられなかった。

頼む必要もなかった。彼女は、何の迷いもなく、1万％準備完了だった。

番組のタイトな撮影スケジュールがスタートしたのは２００３年３月で、私たちはアーカンソーの酷暑のなか、16時間の肉体労働をこなした。私たちが役作りに与えられた指示は大まかなものだった――ニコールは生意気なトラブルメーカーで、私は美人なおバカさん――テレビドラマ『アイ・ラブ・ルーシー』２・０だ。私たちには、どんなシナリオが待ち構えているのか、一切わからなかった。私たちがわかっていたことは、何が起きたとしても、それを面白くしなくてはならないということだけだった。

ニコールと私が田舎に住む家族を見下して、まるで行儀の悪いプリンセスのような行いをし、そこに居座ると考えていた人たちが多かったと思う。繰り返すけれど、私は美しいおバカさんで、ニコールはトラブルメーカーという役割だった。まるで昔話だ。でも私たちは輝ける新しいミレニアムに生きていて、古い物語なんて必要なかった。私たちは様々なチャレンジをしつつ世界に飛び出して行き、次々とやってくるハードルを、クリエイティブで肝の据わったやり方で乗り越える女の子を表現したかった。私たちはとても微妙なラインで演じることを求められていた。不遜だけれど礼儀正しく、セクシーだけれど親しみやすく、大胆不敵だけれどビッチではない女の子。私たちは面白い方法で台本を変更しながら、日々の挑戦を克服しなければならなかった。そしてそこから多くの結果を導き出す。当時はあまり考えてはいなかったけれど、思い返してみれば、教訓はこんな感じ：**未来は、言われた通りにやることを拒絶した女の子たちのもの**。リッチで美しいからガール・パワーを得られるわけではない。それは勇気、優しさ、そして笑いのコンビネーション。

第1シーズンは、アーカンソー州の小さな町アルタスで撮影された。製作費はハリウッドの基準からすれば巨額というわけではなかったけれど、この地域の人たちにとっては大きな意味があった。彼らは私たちを大歓迎してくれ、悪ふざけに付き合ってくれた。いたずらと言っても意地悪の気持ちでやったとか、無礼な気持ちでやったものではない。町の人全員が私たちを知っていたし、参加しようとしてくれていた。

私たちはレディング家のみんなが大好きだった。彼らはコンラッド・ヒルトンが生涯にわたって熱望しながらも、手に入れることができなかったような家族だ——私の両親が必死になって作り上げようとして、失敗した家族とも言える。レディング家は、夫が育ったカーター家の善良な中西部の家族を思い出させる。それは私とカーターが築きあげたい家族でもある。複数の世代が暮らす家は、実用的な愛情と支援に満ちている。私は特に、祖母のカーリーと仲がよくなった。彼女は強く、恐れを知らない女性だった――まさにグラム・クラッカーだ――それからティンカーベルを大好きになった赤ちゃんのブラクストン。プロデューサーたちが、ふたりの10代の男性が住む家に私たちを滞在させたのは、偶然ではないと思う。ジャスティンとケイン。私たちの使命はふたりをからかい、いじめることだったが、その代わりに私たちはふたりを弟のように可愛がった。

ディレクターはニコールと私に、地元のアンソニーとチョップスとイチャイチャするように仕向けた。私たちは、付き合っているという設定だった（とはいえ、ニコールも私も当時つきあっている男性がいた）。数年前、Netflix社でチョップスと偶然にも再会した。財務を担当しているらしい。私たちが牛の人工授精を学ぶよりも上手に、彼はショービジネスを学んだようだ。

レディング家の囲いのあるポーチで、ニコールと私はパジャマパーティースタイルで夜を過ごした。笑いあったり、翌日の衣装を決めたりした。毎朝、私たちはまるで13歳の子どものように遊んだ。私たちは涙が出るまで笑い転げ、楽しんだ。でも、正直な話……撮影終了間際のスケジュールで――18週にわたる、18時間の撮影――私たちはクタクタになっていた。アルタスは本当に暑い地域だった。8月の暑い盛りに私は母に電話をして、泣きながら、誰にも聞かれないように受話器を手で覆いながら、「こんなところ、大嫌いだよ」と言った。

「あと3日じゃないの」と母は言った。「大丈夫、がんばりなさい」

そして母はプライベートジェットを飛ばしてミスター・チャウの料理をたくさん届けてくれた。特権による愛と、愛による特権を鮮やかに示したというわけ。

その年の夏のヒット映画は『ファインディング・ニモ』と『マトリックス リローデッド』だった。『シンプル・ライフ』が公開される半年前に、最もヒットしていたテレビ番組は『CSI：科学捜査班』と『フレンズ』、そして『ジョー・ミリオネア〜LOVE or Money〜』。私たちは、どの番組と対決することになるのか、どの番組を追いかけることになるのか、全くわからないでいた。明らかに、『ジョー・ミリオネア〜LOVE or Money〜』に続く時間帯で放映できれば完璧だったので、私たちはそれを望んでいた。

『シンプル・ライフ』の第1シーズンが編集作業に入っている間に、フレンドスター（訳注：2015年にサービスを終了したソーシャルゲームサイト）とMyspace（訳注：2003年にサービスをスタートさせたソーシャル・ネットワーキング・サービス）がスタートした。ソーシャル・メディアは当時巨大な存在ではなかったけれど、注目を集め始めた時期であり、私も興味を持っていた。ルパート・マードック（ユーザーネーム：ダーティー・ディガー）（訳注：アメリカの実業家）や、1年生からの友人と繋がることができる空間だ。ナイン・インチ・ネイルズが新アルバムを発表した場所で、自分自身が作った音楽を発表できる。自分自身を再発見し、自分の夢を広げることができる。『シンプル・ライフ』の展開が具体化するにつれ、私たちを信じられないほど興奮させた。

番組は多くの素晴らしい取材を受けた。ニコールも私も取材を受け、テレビ番組に顔を出し、インタビューに勤《いそ》しんだ。ほぼ毎晩クラブに出没し、パパラッチに対してポーズを取って、このハチャメチャで素晴らしい番組の放映について多くの人に伝え、絶対に驚くはずだと宣伝をした。ニューヨークとロサンゼルスを頻繁に行き来し、プレミアや映画祭のレッドカーペットに登場した。私が行く先々には、大勢のパパラッチがついてくるようになった。私はワイルドな若者の時期を過ごしていて、それはある意味、輝かしい日々だった。

ジェイソンを愛していたし、残りの人生を添い遂げる話をしたこともあるけれど、私自身がそんな約束をできる立場にないと考えていた。彼には何の問題もない。本当に、本当に素晴らしい男性だった。当時も理解できなかったし、今でも説明することができない。私はただ、どうしても誰かに完全に正直で、忠実で、全てを捧げることができなかった。私は彼には伝えることのできない形でダメージを受けており、自分の過去を一切打ち明けることができなかったという事実が、すべてを物語っているでしょう？　秘密は人を蝕むもの。秘密はその上に重ねようとするもの全体を破壊する。目の下のくまをコンシーラーで隠すようなこと。隠すことはできるけれども、治癒ではない。

妊娠したと気づいたときの衝撃は、40階の窓の外に立たされたようなものだった。恐怖で、悲しみに震えた。ホルモンがＡＤＨＤの症状を加速させた。体のなかにツタのように根付いた不安で体が麻痺した。妊娠中絶について叩き込まれてきた考えのすべてと自分自身が戦闘状況にあった。この不可能な選択については、実際に直面してみなければ理解はできない。説明することが不可能な、熾烈《しれつ》で個人的な苦悩だ。私が今それについてここに記している唯一の理由は、多くの女性がそれに直面し、孤独を感じ、批判され、捨てられたと感じているから。あなたはひとりじゃないと知ってほしいし、誰に対しても説明する義務はない。正しい方法がないとき――残されたものはひとつ。やらなければならないとわかっていること。心が壊れてしまうとわかっていても、それをやる。

何年もの間、正しい選択をしたとわかっていても、このことについては悲しい気持ちで思い返してきた。最も孤独な時期には、この事実を美化して、メロドラマを作り上げて自分を責めてきた――**私のパリスを殺してしまったの？　ジェイソンは逃げたの？**　なんて考えだ――しかし真実は、幸せな家族が危機に陥っていたわけではないということ。実現するはずもなかった。当時私が抱えていた身体的、そして精神的問題と共に妊娠を継続することは、関係するすべての人にとって大惨事となっただろう。当時の私には、母になる能力はなかった。それを否定することは、私が将来、健康で癒やされている自分が持ちたいと願う家族を台無しにしてしまう。

その現実に直面することで、ジェイソンとの関係を継続することが間違いだと考えずにはいられなくなった。ジェイソンを傷つけてしまった。私も傷ついた。でも、私たちが正しい選択をしたことはわかっている――正しい選択とは、決して簡単な選択ではない。私はこれからもジェイソンを愛し続けるし、2010年に短期間だけよりを戻したけれど、うまくはいかなかった。一年で8か月は移動をしていたし、彼は喜んで私についてくるような男性ではなかった。

私たちが永遠に結ばれる運命ではないと確信できたことは、奇妙だけれど、とても慰められる経験だった。カーターに出会うまで、永遠を確信したことはなかった。

私は数日泣いて暮らして、そして仕事に戻った。そうする以外、どうやって乗り越えればいいのかわからなかった。

私はジェイソン・ムーアという（本物の）マネージャーと契約をした。私が彼に自分の将来像を話すと、彼はたじろぐこともなかった。私は有名人になりたいし、ハイエンドの支持を得たいし、主役を獲得したいし、マリリン・モンローの名声がほしいと言ったのだ。彼が私のキャリアについて、芸術作品のように語るのがうれしかった。契約が進んでいる時には、彼は「絵は未完成」だとか、「今はスケッチの状態だ」と言った。「有名であることで有名」と人々が私を呼び始めた時、彼はCNNに対して「印象派の画家が作品を作り上げていた時、批評家はそれに名前をつけることもできずに、ただ『曲がりくねった絵』だとか『クレイジーな画家』と呼びました。『有名であることで有名』という言葉は、私にとってはそんな印象ですね。ムーブメントをどう定義していいのかわからないのでしょう」と答えた。

JMと私は、スタートこそは好調だったものの、Facebookが最初のセレブとしてプラットフォームを立ち上げたいとオファーしてきたというのに、**それを断ったことから最終的には戦争状態になった**。彼は「パリス・ヒルトンはビッグだから、私たちは独自のFacebookを作り上げる」と言った。困惑顔の絵文字が必要な理由はこれ。言葉がない。

37秒のセックステープがインターネット上に拡散されていると彼が電話をかけてきた時、私はオーストラリアにいた。最初のリアクションは「なんですって？　まさか！　そんな撮影なんてしてない」だった。

誰かがフェイクビデオを作ったのかと思った。そのビデオテープとの関係を思い出すまで、1分程度時間が必要だった。私は目を閉じて、息を吸い込んだ。吐くかと思った。想像を超えた出来事だった。バーで出会う男がそこまで腐っているなんて考えることはない。ましてや、そこまでずる賢いとは。

数時間のうちに、テープのニュースは広がり、より長いポルノ動画がリリースされるという噂も流れていった。私が一生懸命やってきたことすべてが——すべて完全に崩れ去るのを感じた。クソだ。

私はその男性に電話をして、懇願した。「お願い、お願い、お願い、本当にやめて」

彼の声は遠く、冷たかった。もう遅い、と彼は言った。もうすでに公開されている。彼は、自分には自分の物を販売するすべての権利があると言った——多くの金銭的価値のあるものを。私のプライバシーよりも価値のあるものと言いたいのか。私の尊厳。そして私の未来より。

恥、喪失、そして激しい恐怖に体を乗っ取られたようだった。私は電話を切り、次に何をすべきか考えようとした。番組のプロデューサーには伝えなければならない。それよりも最悪だったのは、両親に伝えなければならないということだった。考えただけで、混乱した。最初は、とにかく泣いて、泣いて、泣くことしかできなかった——苦痛で、生々しくて、胸の底から湧き上がるようなむせび泣きだった。人生が終わったと思ったし、多くの意味で、それはそうだった。私が夢見ていたキャリアについては、確実に潰されてしまった。自分のブランド、両親との間に再び築き上げようとしていた信頼と尊敬、取り戻しつつあった自尊心——そういったもののすべてが一瞬のうちに崩れ去った。『シンプル・ライフ』への出演と、新しいビジネスの成功で、私は自分の中に安心と強さという核を作り上げてきた。突然、それを感じることができなくなった。かつて感じていた重荷が戻ってきたように思えた。

私は飛行機でアメリカに戻り、サングラスで身を隠そうとしていたが、私が泣いていることを横の席に座っている女性が気づいたようだ。

「大丈夫?」と彼女は聞いてくれた。

私は首を振った。

14時間のフライトの間、彼女はとても優しく親身にしてくれ、私は彼女に心を開き、何が起きているのかを話した。翌日、『USウィークリー』の表紙に私の写真が掲載され、ヘッドラインには『パリス・ヒルトン独占インタビュー:私の言い分』とかなんとか、書かれていたと思う。

母は激怒していた。「なぜこの話をどうにかする前にインタビューを受けるのよ?」

「インタビューなんて受けていない!」と私は言い続け、そして飛行機で出会った女性のことを思い出した。彼女は会話をすべて録音していたに違いない。誰が私の横に彼女を座らせたのかはわからないが、その人の子どもは私のお金で素敵な大学に進学したのでしょう。

37秒の動画が、コンセプトの全てを証明しただろう。この映像がどれほど有名になるか、どれほど話題となるか、どれほどの人間がお金を払ってそれを見るのかを教えてくれる、広告のようなものだった。誰かが製作と配布のために資金を調達したことを想像してほしい。それが意図的なものだったとしたら、成功したと言える。間違いなく大きな取引だった。成功はすぐに明らかになった。バズり続けなかった理由は――**そこがまさに最高の喜劇なんだけど**――単純過ぎたからだ。ブロンドの女性へのからかい、独りよがりになるチャンス、質の高い暮らしをしている誰かを蔑むこと。成人指定の『アメリカズ・ファニエスト・ホームビデオ』（訳注：1989年に放映がスタートしたアメリカ国内のホームビデオの傑作選）のようなものだった。

フルバージョンがリリースされたときの価格は50ドル程度で、その利益率は大きなものだったに違いない。なぜなら、マーケティングには一銭の投資も必要なかったからだ。深夜のテレビ番組に出演するコメディアン、ブロガー、タブロイドの編集者が無料で公開していた。テープはどこまでも拡散され、誰もがそれを話題にし、頭を振り、私には慎みがないと言った。10代の少女の気味が悪いセックスビデオを見た人間の慎みについては誰も語らなかったのは、おかしなことだ。

ある朝、近所のサンセット大通りにあるニューススタンドに立ち寄った。普段からコーヒーと雑誌を買うために行く場所だ。そこに大きな広告が貼られていた。『パリス・ヒルトンのセックステープあります！』ポスターを破り、顔に投げつけてやったら、店主は困惑した表情で私を見ていた。私が泣いていた理由を理解できなかったようだ。

「なんてことしてくれるの？」と私は叫んだ。「ここはポルノショップじゃないじゃない！

あなたはニューススタンドを経営しているんでしょ！　弟たちがアイスクリームを買いに来るのに！」

あのテープが私のキャリアに与えた衝撃は計り知れないけれど、このホラーの最悪な側面は私の家族に与えられた衝撃の大きさだった。母はベッドに倒れ込み、起き上がらなかった。父は顔を赤くして激怒し、電話をかけ続けていた。弁護士に電話し、メディア担当アドバイザーに電話し、私のダメージコントロールに手を貸してくれようとした。獰猛《どうもう》な弁護団を組むことがお決まりのリアクションだろうが、訴訟を起こせば注目がより集まるだけだろうというのが一致した意見だった。母のお決まりのアドバイスは「酸素を与えないこと」で、それは私にも理解できた。崩すことが、築き上げるよりもずっと簡単なこの世界では、よくあることだ。

私の両親はまだウォルドルフに住んでいて、朝一番に各部屋の前に新聞が置かれるようになっていた。ニッキーは朝早くに起きて、廊下を走って新聞をひっくり返し、母と父、それから弟たちがヘッドラインを見てつらい気持ちにならないように配慮した。バロンとコンラッドはその意味を理解できるほど成長していたので、私をとても嫌って、見ようともしなかった。プロボから戻って3年の間、私は家族との関係を再構築し、両親との壊れた絆を修復しようと努力していた。それもこれも、すべてゼロに戻ってしまった。ゼロより悪い。最悪の状態だ。

フォックスが『シンプル・ライフ』を放映するかどうかもわからなかった。製作チームが必死に築きあげてきたポジティブなエネルギーとワクワクした気持ち――番組のすべてがセックステープのスキャンダルで矮小化《わいしょうか》されたのだ。カメラに顔を向けることができなかった。数週間にわたって身を隠し、すべてのオファーを断った――インタビュー、クラブからの招待、ランウェイ、雑誌の表紙――本来だったら手に入れられたはずの収入のすべてを犠牲にした。ニコールや他の人物が番組をスタートするために活動すると、セックステープの話題ばかりが出た。

2003年12月2日、『シンプル・ライフ』がフォックスチャンネルでデビューを飾り、1300万人の視聴者を獲得した。驚異的なことに、視聴者の79％が成人だった。レビューは期待できるもので、製作チームは私が陰から姿を出して、どのような形でもいいのでスキャンダルについて語るべき時が来たと判断した。選択肢はいくつもあった。どんなテレビ番組も私の出演を望んだし、インタビューをしたがったけれど、私にとって最も納得のいく番組は、ジミー・ファロンの『サタデー・ナイト・ライブ』の今週のニュースのコーナーで自分自身を演じるというオファーだった。それにはリスクもあったが、台本は完璧で、ジミーも最高で、この出演は『サタデー・ナイト・ライブ』史に残る名場面として今も語り継がれるほどだ。

ジミー「最近話題になっているスキャンダルについては、話をしないってことでいいんですよね？」

私「ありがとう、ジミー。お心遣いに感謝します」

ジミー「それでご家族は……みなさんご存じでしょうか、彼女の家族は世界中にホテルを持っているんですよ。そうですよね？」

私「はい。ニューヨーク、ロンドン、パリ……」
ジミー「ちょっと待って。ということは、**パリス・ヒルトン**ってホテルがあるってこと？」
私「はい、その通り」
ジミー「パリス・ヒルトンに入るのって難しい？」
私「あなたがどんな噂を聞いているかわからないけれど、実際のところ高級なホテルなんです」
ジミー「聞いたところによると、パリス・ヒルトンってとっても美しいそうですね」
私「うれしい」
ジミー「パリス・ヒルトンにふたりで泊まることって可能ですか？」
私「いいえ」
ジミー「パリス・ヒルトンって広いですか？」
私「そうね、あなたにとってはそうかもしれないけれど、ほとんどの人は快適だって言いますね」
ジミー「僕はＶＩＰだよ。裏口から入らなくちゃいけないかもしれないよ」
私「あなたが誰であろうと関係ありません。それはだめ」

ねえ、言ったよね。最高の喜劇。そして私は永遠の友人を作ることができた。ジミー・ファロンはとてもクールで、本当に優しい人。優しさはこの世に確かに存在する、と自分に言い聞かせる時にはこの瞬間を思い出すようにしているし、彼は喜んでその場にいてくれた。彼が番組に呼んでくれるときには、いつでも行く。

『シンプル・ライフ』の第2話は1330万人の視聴者を獲得し、シリーズの第1話を上回った。番組は大ヒットし、新しいリアリティ番組市場を作り上げ、コメディの傑作となった。今でも誰かがあの番組を見ているはずだし、あばら骨が痛くなるまで笑い転げているはず。レディング家の皆さんには心から感謝しているし、ニコールと私とスタッフ全員のことを誇りに思っている。私たちは本当にがんばって、あのファーストシーズンを作り上げたのだから。セックステープの影響でのヒットではないと心の中ではわかっている。皮肉屋がセックステープなしでは成功しなかったと主張し続けることも知っている。私たちの本当の力を証明できるチャンスがあったらよかったと思う。

インターネット上に公開された映像に私が関与していただとか、9・11（どういうこと？）の犠牲者の追悼のために捧げられた、本当に悪趣味な映像に関与していたとか言われると、吐き気がしてくる。

あのプライベートビデオの公開で、私は個人的にも、そしてプロとしても打ちのめされた。あのあと何年も、オーディションの機会やビジネスミーティングの席で、それは私についてまわった。今も、男性が支配的な立場にある実業界で、会議室に座る彼らを見回せば、そのほとんどが想像を絶する下品な方法で私の裸を見たことがあるのだ。何をやろうとも――過去に10

年において私が何を成し遂げようとも――私について書かれた記事の90％以上はその出来事について触れている。ファンタで動く高速電車を発明して気候変動を止めたとしても、ヘッドラインは『19歳の時にセックステープを撮影したパリス・ヒルトンにより地球が救われた』となる。

あのビデオの公開により、私は多額の資金を失い、そしてそれよりも重要なのは、私の家族が打ちのめされたということ。そしてあのビデオは決して消えることがない。私の子どもがいつか直面しなければならない場所に、あのビデオは存在し続ける。あのビデオの公開に私が関与したと信じたい人がいるようだけれど――あるいは私があのビデオから利益を得ていると考えている人がいるようだけれど――それは、自分たちのそのビデオに対する反応が、残酷であり、公開した人物に加担する行為だと考えたくないからだろう。

私は、決して、絶対に、どのような状況下であっても、アマチュアの10代の若者によるポルノビデオの製作には、絶対に関わることはない。もし私が関わっていたとしたら、

・照明をマシなものにしたはず。
・髪をきれいに整え、メイクをして、美しい衣装を身につけただろう。
・カメラのアングルと編集は、もっと素敵だったはずだ。
・下品で低俗で、クソみたいなパッケージにはしなかったはずだ。
・テロの犠牲者にポルノ動画を捧げるなんて悪趣味なことはしなかったはずだ（意味がわ

かんねえよ？）

一番大事なこと。私が自分の意思でしたことであれば、もっとうまくやっていた。ルブタンを履いて、背筋を伸ばして、「自分で選んだこと。文句のあるやつは勝手にしな」と言っただろう。それを支持し、強調して、すべてのコマの著作権を取り、それから誰に対しても遠慮せず、胸を張って銀行に行っただろう。こんなこと全てをすることを**選んだ**女性を批判しているわけではないのであしからず。

私からその選択肢が奪われたことを言いたいのだ。そしてそれは私を傷つけた。

リベンジポルノや個人画像の無断使用に対する役に立たない、どうしようもない法律のせいで、どれだけ多くの女性が搾取されてきたかを考えると、本当に腹が立つ。もし私が10代の青年の写真を撮って、空気で膨らませた穴あきクッションに貼り付けて、50ドルで売ったらどうなると思う？

違法。

法律は、私が「**スリヴィング**」という言葉の登録商標を取得することを許すのに、女性が自分の体のイメージを守る権利を守ることをしないわけ？

ワシントンD.C.にあるホテルのスイートに滞在していた時のことだ。問題のある10代の子どもたちを対象とした産業の監視と規制を約束する法律を、連邦政府規制下とするため、議員たちと会い、そして記者会見を開く準備を進めていた。私は鏡の中の自分を観て、黒いビジネススーツの光沢のあるラインをチェックし、控え目なスクープネックのほうが、ハイネックとシルクのリボンという別のスタイルよりいいのかと考えていた。快適かどうかが問題ではなくて、顎から下の肌を見せないほうがいいかどうかが問題なのだ。

「ねえカーター？　どう思う？」私はスクープネックを着て、もう一枚のシャツを首の前に下げて見せた。「こっち？　それともこっちかな？」

グロスを塗ったばかりだったから、彼は私の額にキスをした。

彼は「とても素敵だよ。さあ、行かなくちゃ」と言った。

「これ、持って行こうっと」私はハイネックのブラウスを自分のバッグに詰め込んだ。「誰かが『売春婦』って叫ぶといけないから。ね？」

あのセックステープが公開されてからずっと、こんなことを考えなければいけない日々だ。誰もが私を「売春婦」と呼ぶ——それが現実だ。私はそれを予期し、歯を食いしばって耐えなければならない。そしてこの問題が私の感情的側面から奪い去るエネルギーの粒子のすべてに対して腹立たしく感じている。私自身が壊れやすく、人生を元通りにしようと奮闘している時期に、あのバカな行為を拒絶していたら、自分の人生がどうなっていたか考えることすらつらいのだ。この事件は私のビジネスの大きなセクターを破壊してしまった。それも、私が築いていくチャンスすら得る前に。この事件以来、私がどこへ行こうとも、何をしようとも、私は傷を負ったままだ。

『シンプル・ライフ』のプレミアを祝うために、家族と友人たちがラ・シエネガにある素敵なレストラン『ブリス』でパーティーを開いてくれた。パパラッチが通りに群がるように待ち構えていた。リムジンが店の前に到着したとき、私は後部座席に座り、胸を躍らせていた。誰もが話していることは知っていたし、どう答えればいいのかもわかっていた。

私は父のほうを見て、「私、どう?」と聞いた。

父は私の手を握りながら「宝石みたいだ」と言った。

この大きな晴れ舞台のために用意された小さなドレスではなく、私は洗練されたピンクのタキシードを選び、このセレクションは伝説となった。このスタイルには多くの意味が込められていた。チェック・イット・アウト。上品で、セクシーで、誇り高く、強い私を。ピンクのサテンが表現するのは、「反省なんてしてないから」。

ドアが開いた。フラッシュがまたたき、大声が聞こえてきた。レストランに私を導いてくれた父の態度に、私を守ろうとする意図はなかった。彼の姿はとても誇りに満ちていて、顔には最高の笑みを浮かべていたのだ。

昔のカメラが出した音を覚えてる? シャッターの音に続いて、小さなドラムの中をフィルムが滑るような音がしたよね? **クリック**、**ウィーーン**、**クリック**、**ウィーーン**という繰り返しが、延々と鳴り続ける——私にとっては音楽のようで、今でもちょっと懐かしいと思ったりする。デジタルカメラは味気ない静寂のなかで画像を捉える。あの、内臓を震わせるような音はオマケなのだ。当時、その音はユビキタスだった（**ユビキタス**ってかっこよくない？　ユビキタス：オランデーズソースみたいに、どこにでもかかってるって意味）。遊び疲れた夜にベッドに横たわると、頭に向かう血流と共にあの音が聞こえてくる。

カシャッ　カシャッ

私がレッドカーペットに復活したのは２００４年のグラミー賞だった。

「パリス！　左だよ！　パリス！　こっちだ！　セックステープについてコメントは？　待って！　パリス、君と話がしたいんだ！　こっちだよ、パリス！」

カシャッ　カシャッ　カシャッ　カシャッ　カシャッ　カシャッ　カシャッ　カシャッ　カシャッ

この日の1週間前にスーパーボールのハーフタイムショーで「衣装の不具合」を起こしたことが大問題に発展していたジャネット・ジャクソンは、ルーサー・ヴァンドロスと共演する予定だった。しかしCBSとバイアコムは彼女を出禁とし、二度とショーには招待しないと告げた。グラミーの受賞スピーチのなかで、ジャスティン・ティンバーレイクがジャネットの胸の露出について謝罪していたことは、ここに記しておく。皮肉だとか、そういうことじゃないから。

いい？ 私は同情してほしいなんて思ってないから。私が公的にも、私的にも選んできたことについて、私はすべての責任を負っているし、謝罪する気持ちなんてさらさらない。私はただ、恥だと感じることはたくさんあるし、女性はずっと昔から、必要以上にこういった恥を負わされているのだと言いたいだけ。そして、私たちはもうそれにうんざりしているし、ブリトニーも、リンジーも、シャナンも、それ以外の女性も全員、私に賛同してくれると思う。女性に恥を感じさせる娯楽と産業は終わらせる必要がある。

私がセルフィーを発明したと言う人たちがいるけど、それは真実ではない。100年前、アナスタシア大公妃は自分の写真を撮影していたし、カメラが普及する何百年も前に、芸術家は自画像を描いていた。インフルエンサーとして私が行ったのは、許可なしに私の写真を撮影して利益を得る人たちよりも、写真に実際に登場する私の方が利益を得る資格があるという考えに、ジェットパックを背負わせることだった。

私やキムのような女性たちがInstagramをビッチにしてからというもの、ダイアナ妃の命を奪ったパパラッチの狂乱はすっかり消え失せた。二度と同じような状況にはならないだろう。セレブの隠し撮りの需要は今でもあるはずだ――特に、セレブが太っていたり、痩せていたり、醜かったり、酔っ払っていたり、評判を落とすような状況である場合――そんな理由で今でもパパラッチは存在するけれど、2003年当時のように、7桁で売れる写真を撮影するため、クラブの前の通りで殴り合いが起きるような状況ではない。

結局のところ、需要と供給の問題なのだ。需要に関しては、『トロイの王妃ヘレネー』にまで遡る（訳注：古代ギリシャ神話に登場する女性。絶世の美女であり、その美しさ故に彼女を巡って10年にも及ぶトロイ戦争が始まった）。でも今となっては、供給は私次第だ。

自撮り文化の開花は、自己満足の問題ではない。それは女性が自己イメージと共に、画像をどのように扱うかという力を取り戻すことなのだ。悪いことではないと思う。

みんなで話し合ってみてほしい。

第17章 私がイット・ガール

2004年2月にFacebookがスタートし、私も噂を耳にしていたのだけれど、大学生だけにターゲットを絞ったサービスだった。

ニッキーは「悪く思わないでよ」と言いつつ私に助言をしてくれたし、私も悪くは思わなかったけれど、かつて獣医師になることを夢見たスターと呼ばれる少女がいたことを思い出させるサービスだった。それでも、私は大学には行かなかった。給料をもらって私を教育した人たちは失敗したのだから、行動を起こし、夢を見ることで自分を教育し、読み、聞き、失敗をして、それをもう一度修復するという実験をした。人生という学びの多いブッフェから、自分自身のための教育を探し出さなければならなかった。私の自己教育とは、そびえ立つようなロールモデルに経験をべたべたと糊付けしたもの。

繰り返します。私は特権階級に生まれた。それを矮小化してはいない。脛をかじって生きていくこともできたけれど、私は絶対にそうしなかった。私は働いた。人生がバラバラになってしまったときは必ず、必死に働いた。曽祖父が祖父に与えた貴重な助言があり、それを祖父が私に与えてくれた。「成功は最終到達点ではない。失敗は致命的ではない」。私はその両方に直面したことがある。

とにかく。大学には行かなかった。だから、2004年、私にFacebookは必要なかった。それでよかったと思う。だって、私に関するゴミみたいなゴシップで溢れていたでしょうから。ネガティブなこと、余計なことは私には必要なかった。『シンプル・ライフ』は大ヒットしていて、事業も好調だった。パーラックス社とコラボし、自分のライフスタイルブランドを設立し、初めてのフレグランス——『パリス・ヒルトン』の男性用と女性用——を発売した。それは好評を得て、私は大きな家を買う決断をした。サンセット地区の北にあるキングス通りに面した家を、ウェンディ・ホワイトが探してくれた。私はその家を究極のアフター・パーティー会場「クラブ・パリス」に改装した。最高のサウンドシステム、大きなバー、そしてポールダンス用のポールを立てた。

私は音楽のキュレーションが大好きだったので、夜通し行われるイベントを、奇抜でマジカルなものにしてくれる人たちを集めた。ミュージシャン、モデル、アーティスト、俳優、そしてテクノロジーとメディアを使って興味深いことをしている人たちを大勢呼び寄せた。フレッシュな顔ぶれがわが家に集結した。アンナ・ファリスが最近、初めてわが家に来た夜のことを話してくれた。スターに憧れ、シャイで、素早く動く世界と初めて出会った日。私は彼女を2階に案内して、クローゼットの中に座り、話し、笑い転げた。再びトレンドになりつつあったスモーキーアイ（訳注：目の周辺に暗めのアイシャドウを施すパリスの特徴的なメイク）のやり方を教えた。

この時代がDJとしてのキャリアの本当のスタート地点だったかもしれない。というのも、私は決して音楽を止めようとはしなかったからだ。

宇宙船を操縦するようにすべてのパーティーをコントロールし、誰も置いてけぼりにはしなかった2004年を代表するサウンドトラックは、アウトキャストの『Speakerboxxx/The Love Below』と、スヌープ・ドッグの『Drop It Like It's Hot』だった。

この年には多くの素晴らしい映画も公開された。『ミーン・ガールズ』、『俺たちニュースキャスター』、『きみに読む物語』、『13 ラブ 30 サーティン・ラブ・サーティ』、『ナポレオン・ダイナマイト』、『ショーン・オブ・ザ・デッド』、『ハウルの動く城』、そして『50回目のファーストキス』だ。

ニコールと私は第2シーズンの撮影を開始した。第2シーズンでは旅の資金を稼ぐために、風変わりな仕事をしながら国内を車で移動した。そんな風変わりな仕事のひとつが牧場での仕事で、私はとても楽しみにしていた。だって私、馬が大好きだから。乗馬には自信があったのだけれど、しばらく馬には乗っていなかった。すべてが順調にスタートしたように見えたものの、私の馬は見慣れないカメラや機材や人間がいることで落ち着きを失っていた。彼は前のめりになってスピードを上げ始めた。私は自然のリズムを崩されて、サドルから飛び上がってしまい、馬が後ろ足を蹴り上げたときに、落馬した。

地面に強く叩きつけられた。めまいがしていたので、1分ほどそこに倒れ、息を吸うのもやっとの状態だった。スタッフがようやく助けに来て、私は体を起こして、「大丈夫、大丈夫」

と言っていた。しかしその直後に、体の横を溶岩が流れ落ちていくような奇妙な感覚に襲われた。私が落馬した場所にはイラクサが生えていたのだ。柔らかく、ふわふわに見える雑草だけれど、実際のところは、何百万本もの酸で満たされたまつげのような針で覆われている。槍で串刺しにされたような気分だった。キャラに徹してふざけようとしたけれど、苦痛だった。番組が提示したジョークは、チクチクとした痛みを取るためにカウボーイが私におしっこをかけるというもの。結構です（参考までに書くけれど、これは迷信。刺されるとすごく痛いので、おしっこを漏らしたカウボーイがいたことに由来しているはず）。

番組がどんどん有名になってくると、ニコールと私によるちょっとした演出が、はやりはじめた。ニューヨークの通りを歩いていると、女の子たちがクスクス笑いながら「サナサー！　サナサァ！」と歌い（訳注：番組内でニコールとパリスが、楽しそうに歌い、ふたりの代名詞のようになった）、『それはホット！』と言った。まるで小学生の頃みたいに流行っていたのだ。第2シーズンの撮影が終了したとき、私はこのフレーズを商標登録した。登録して何をしたいのか、当時は理解していなかった。ただ、誰にも先を越されたくなかっただけだ。ニッキーは19歳で、順風満帆だった。高級ブランド『ニコライ』を立ち上げ、ニューヨーク・ファッション・ウィークではドレスのコレクションと既製服のレーベル用のロンパースを発表した。日本の高級ハンドバッグブランド『サマンサ・タバサ』ともコラボした。ニッキーはデザイナーでバッグにサインをし、私たちはふたりで広告塔となり、ランウェイを歩き、キャンペーンに参加した。日本に行くたびに、ファンが熱狂的に迎えてくれた。まるでビートルズの来日みたいにね。プロモーターは私たちの7日間のスケジュールを、まるで1か月分のように一杯にした。

私たちはヒルトン姉妹として活動することが楽しくて仕方がなかった。キングス通りにある私の家でしばらく同居し、たくさん旅行をし、自分たちの製品を世界中に宣伝し、人生を謳歌した。

この年の夏、私の過去に起きた出来事に比べれば大事件ではないけれど、とても腹立たしい奇妙なことが起きた。この先キングス通りの家で何度も起きることになる盗難被害の、初めての被害が発生したのだ。派手な強盗事件ではない。ナイフを持ったストーカーによる被害でもない。それ以外の何者かによるものだ。あの家にあっさりと忍び込んだ人間がいたのだ。

家は徹底的に荒らされ、完全に犯罪現場のようになっていた。パパラッチから逃げるために家の中に入りたかったのに、警察がテープで封鎖していたため、通りを横切ってフェンスによじ登り隣人の敷地内に入ろうとしたのだが、偶然にもその家は元彼のジェイソン・ショウの持ち物で、門に絡まって身動きが取れなくなったために警報器が鳴ってしまった。警察が大集結するわ、パパラッチが来るわ、本当に大変。

ニッキーは「エリオットに電話するから」と言った。

1960年代〜70年代、エリオット・ミンツは、ヘッドショップ（訳注：喫煙関連器具の販売をする店）を経営し、ボブ・ディラン、ミック・ジャガー、ティモシー・リアリー、そしてサルバドール・ダリなどをゲストとして迎えるトークショーの司会をしていた。彼はジョン・レノンとヨーコ・オノと仲が良く、ジョンが殺害されたあとはヨーコに付き添った。現在でも、エリオットは私の両親の感謝祭の食卓には必ず招待されている。彼は名声とメディアについて深く理解し、彼を信頼する興味深い友人たちとの交友関係を持っている。ハリウッドでは珍しいことだ。人は彼を「ハリウッドのフィクサー」や「魔術師」と呼ぶ。エリオット・ミンツに職業を尋ねれば、彼は「さびついたものをきれいにし、輝きを倍にする」と答えるだろう。

ニッキーは彼に連絡を入れ、エリオットは1時間以内に駆けつけてくれた。

人々をかき分けるようにしてやってきた彼が、パパラッチを完璧に操っていることに気づいた。何かに近づく権利はエリオットのスーパーパワーで、彼らはそれに畏敬の念を抱いていたのだ。彼が現れると、パパラッチたちはまるで紅海のように左右に分かれた。彼は警察と交渉して私を家に戻らせると、メディアに対する声明を書き上げた。それは荒らされた家と私がフェンスによじ登ったという事実から、私の新しいブランドとフレグランスに魔法のように焦点を移す出来映えだった。

すべてが終わると、エリオットが食べ物を注文してくれ、私たちは食事を取りながら長い時間をかけて話しあった。私は彼のジミニー・クリケット（訳注：ディズニーの『ピノキオ』キャラクター。タキシードを着たコオロギ）のような、誠実で丁寧な話し方が大好きだった。何年も経ったけれど、私はエリオットのそんな人間性に今も感動している。彼は考えもせずに言葉を発しない。石橋を叩くようにして言葉を選ぶ。

「君の将来の計画は？」と彼は聞いた。「君の願いは？　野望は？　僕はすべてのクライアントにこう問いかけるんだよ。あなたの成し遂げたいことはなんですか？　ってね」

私は嘘をつかなかった。「私は有名になりたい。人々に私が誰かを知ってほしい――私に気づいてほしい――そして私の事を好きになってもらって、商品を売りたい。私のプロダクト。そしてニッキーのプロダクト。私が好きなデザイナーや製造者、その他いろいろなもの。私が美しいと言ったら、それが美しいと彼らに伝わってほしい。私がクラブとかスパとかリゾートに行ったら、彼らもそこに行きたくなる。流行を作る人間として、私の意見を参考にしてほしい。アイコンとして。そして、私はそれをマネタイズしたい。**大きなお金を**」

「君の存在は定着している」とエリオットは言った。「君が創造しようとしているキャリアの初期の段階はすでに終わっているよ」

私はうなずいて「うん、とても順調」と答えた。

「まるで暴走列車のようだ」と彼は言った。「過剰な露出は気になる？」

「過剰な露出？　そんなもの存在する？」

「限界も存在するよ。状況が逆転する要素だってある。君の露出が人々を不快にさせないように気をつける必要がある」

私は肩をすくめた。その時は彼の言うことに納得していなかった。その時は。メディアの状況の変化とセレブリティであることの意味について、私たちはその後も話し続けた。

エリオットは「僕の専門は、誰かの仕事をどれだけ宣伝できるかということ。人となりは二の次で、映画のなかでの演技の質だとか、創造した革新的な音楽だとか、人々の人生を変える物事が書かれた本。それをどのように宣伝できるか、なんだ。私にとって、それが偉大なるメディアであって、長続きするメディアだ。売り上げだけにこだわってはいけない。何にでも、限定版があるということを忘れないで」

「そうね」と私は言った。独占ってことだよね。私が大好きな言葉だ。

「わずかであっても本物の影響力と力を持った人たちにリーチできれば、彼らは君の永遠のファンになるだろう」とエリオットは言った。当時はそれが理解できなかったけれど、私の熱狂的ファンで私の家族のような存在となったリトル・ヒルトンズについて彼は言っていたのだ。

「君には立派なキャリアがすでにある」と彼は言った。「それを5年で終わらせなくてもいいじゃないか。芸術家は、アスリートみたいに限られた年月しか活躍できないわけではない。創造し、人々に影響を与え続け、素晴らしい作品を残しながら、2世代、3世代にわたってファンを獲得し続ける芸術家はいくらでもいる」この理論に当てはめることができる具体的戦略を示したいと思った私は、連日山のようにケータイに送られてくるメディアからの要求やメッセージを彼に披露した。

「君の人生は」と彼は言った。「まさに旋風のようだ。有名であり続けるために君がどれだけ人生を捧げているか、気づく人は少ないだろう。24時間続く、フルタイムの経験だ。夜中の1時にラルフに行けば、注目される。病気になれば、注目される。疲れていても、注目される」

「その通り」

「フェンスによじ登れば……」

「エリオット」と、私は言った。「あれはジョークだって」

私が言いたいことを、彼は理解していた。私が彼に理解してもらう必要がある理由もわかっていた。だから彼は数年にわたって私の仕事人としての人生に必要不可欠な人となり、今日まで私たちの一家になくてはならない存在となったのだ。

彼は要望をまとめ、いくつかのテーマについてどのように語るべきか、一緒に練習してくれたりもしたが、なにより彼は、私がスタートさせた旋風の真ん中で、地に足をつけ、哲学を見いだす手助けをしてくれた。危機管理という点において、エリオットはすべてのクライアントに与える助言を私にも与えてくれた。「嘘をつかないこと。クリントンとニクソンから学びなさい。すべてを認めて、前に進む方がずっといい」

互いに腹を立てていた時期、そして他のことで忙しかった時期も、彼の助けが必要なときは彼に電話することができた。

そして結果的に、私には彼の助けが頻繁に必要だった。

延々と続く仕事、パーティー、旅行、パーティー。ランウェイ、パーティー、その繰り返しで飛ぶように日々が過ぎて行った。エリオットは、婚約するたびに上品なお知らせを、別れるたびに繊細な声明を書き上げてくれた。私の私生活が脱線した時には、父の秘書ウェンディ・ホワイトの存在と同じような明瞭さと安心を私に与えてくれた。週に幾晩も、エリオットは私と友人たちと出かけてくれた。指定ドライバーとして、彼はシャルドネを飲みながら、私たちを批判することなく連れ歩いてくれた。ニコールと私は彼をチャーディーと呼んだ。ニッキーと私は彼に電話をして困らせることが大好きだった。

「エリオット、ニッキーがあなたのこと縛りたいって言ってるよ」

「エリオット、パリスがあなたといやらしいことをしたいって言ってるよ」

私たちは洗練された女性だから。エリオットは全く動じなかった。

私たちは夜の9時頃に出かけて、夕食を食べてから数軒のクラブに行き、その途中で仲間をピックアップした。ニコール、ブリトニー、キンバリー・スチュワート、ビジュー・フィリップス、そしてケイシー・ジョンソンがいつものメンバーだったけれど、私たちはいつ誰に出会うのかはわからなかったし、私のレンジ・ローバーには十分な広さがあった。クラブが閉店すると、閉店後の一騒ぎが用意されていた。

エリオットは、私たちが朝の4時まで飲んで踊りまくっている間に、アフター・パーティーに参加している人々を観察したり、ホストの家にある美術品を鑑賞したりして多くの時間を費やしていた。そしてライオンの調教師のような手腕で、待ち構えているパパラッチたちの間を私たちを連れて誘導し、全員を家まで送り届けてくれた。

『ニューヨーク・タイムズ』紙が2006年にエリオットに関する記事を書いた。内容を気に入らなかったにもかかわらずコメントを出したのは、彼がコメントを出そうが出すまいが、彼らは記事を発表するからだった。業界で伝説とされるこの男性が——ヨーコ・オノが「25年に渡り、共に嵐をくぐり抜けてくれた親友」とまで言う人物が——なぜ23歳のパーティーガールとその愚かな友人たちと行動を共にしているのか、その記事は推測していた。記事の書き手は、彼がより良い人たち——誰からも愛されているから、彼の助けを必要としない人たち——と行動を共にすべきと考えていたようだ。でもそれは、エリオットという人物の本質的な要素を捉えていない。自分自身が信じられないときは、彼を信じればいい。彼はそういう人だ。

YouTubeがサービスをスタートさせたのは2005年で、私の24歳の誕生日の3日前のことだった。それはセルフプロモーションと赤っ恥をかく可能性を新しいレベルに引き上げた。

新しい年になって6週間もたたないうちに、私は『サタデー・ナイト・ライブ』の司会をしてキーンをゲストに迎え入れ、婚約を発表して、破棄して、『シンプル・ライフ』の第3シーズンを終えた。2月のことだった。5月には、スーパーボウルの広告で、ビキニ姿でカールスジュニアのバーガーを食べながら洗車して、コンサバな人たちを仰天させた。後にこの広告はテレビでの放映を禁止された。セクシー過ぎるという理由だった。だから、私が『プレイボーイ』誌の表紙を飾ったときには、そこまで驚かれることはなかった。

でも、私は驚いた。それも、良くない意味で。

ロサンゼルスの家に住んでいたとき、ジェンとニコールは毎週水曜日の夜にヒュー・ヘフナーと一緒にハマーのリムジンに乗って遊びに出ていた。大勢の女の子たちも一緒だった。私も彼女たちと一緒に、水曜日の夜のクラブ通いをするようになり、ハロウィンや夏至の夜や、特別なイベントの日にはプレイボーイ・マンションに行くようになった。こういったパーティーがイケているとされていた時代の話だ。私はこんなイベントのために生きていた。

ヘフナーは私をプレイメイト（訳注：『プレイボーイ』誌に登場する女性モデル）にしたがり、私もそれは最高のアイデアだと考えたが、母にそれを言うと「あなた、どうかしてるわよ？　だめ！　絶対にプレイメイトはだめ。そんなの下品だわ」（愉快な事実：ヘフナーは10代の頃の母にプレイメイトになるよう頼んだらしい。グラム・クラッカーが同じ理由でそれを許さなかった）。

数年後になって、私がより有名になると、ヘフナーは本気で私に『プレイボーイ』誌の表紙を飾ってほしいと希望するようになった。彼はオファーの金額をつり上げて、完全に裸になる必要はなく、トップレスでいいと言い続けた。そして次は、トップレスでなくて透ける上着でいいと言い、次はどんなランジェリーでもいいと言った。7桁の数字をオファーされたときも、それを断ったのは、母が激怒するとわかっていたことと、セックステープの流出のあとは世の中から誰とでも寝る女の烙印を押されていたからだ。『プレイボーイ』誌に写真が掲載されれば、人々の心にそれを完全に定着させてしまうだけだと考えた。

ある日の朝、友人が電話をかけてきて、「**『プレイボーイ』の表紙**、最高だね」と言った。

私「**は？**」

ヘフナーが年間最高セックススター賞を私に与え、それを写真つき記事ではなくニュースとして掲載したのだ。とても優秀な女性カメラマンによる古いテスト撮影の写真が使われていた。保守的なピンナップガールといった雰囲気の写真だった。赤いビスチェにハイヒール、黒い網タイツで肌の露出は限りなく少ない——カールスジュニアの撮影に比べればセクシーでもなんでもなかった。雑誌の中では裸になっていると考えて買った人が多かったのではないかと思う。残念でした。裸の写真なんてないよ。私は私のまま。

両親は怒ったし、私は泣いたけれど、彼とは対立することはなかった。誰も彼に逆らうなんてことはしないからだ。

この年の夏、私は『蠟人形の館』（2005年）に出演した。ポスターには私の顔とキャッチフレーズ『パリスが死ぬのを見よう！』があった。そのマーケティングの手法に腹を立てていなかったし、その言葉が選ばれた理由を理解していなかったわけでもない。それに私は映画が好きだった。あの作品はキャンプ映画（訳注：大げさに演じられた映画）として語り継がれている。そして『プリティ・ライフ～パリス・ヒルトンの学園天国～』、そして『アメリカン・ドリームズ』では『かわいい魔女ジニー』のバーバラ・イーデン（訳注：アメリカの女優。代表作は『かわいい魔女ジニー』のジニー役）を演じた。

この時期、私は大金を稼いだし、お金を無駄遣いしたけれど、給与明細にどれだけゼロが並ぼうとも、20代は自分探しの10年になるべきなので、無駄に使ったお金なんてわずかだ。

パパは「君は若い。ハイリスクな投資にだって耐えられる」と言ってくれた。

パパが言っていたのは投資信託と不動産のことだったけれど、そのアドバイスは経済面、感情面、職業面、そしてファッションに対しても適用できると思う。

私は失敗をしてきたし、今だったら言わないようなことも口にしてきた。人々を傷つけてきたし、それについては申し訳ないと思っている。お酒はたくさん飲んだし、残念なこともたくさん起きた。笑い流せるものもあれば、そうでもないものもある。ここでその残念なことを考えるつもりはない。私は誰かに対して説明しようとしているわけではないし、誰かに説明してもらおうとも思っていない。だから、ここで恥をさらすことはしない。反省はしていない。失敗しない人間は、挑戦しない人間だから。

愛と憎しみという大きな波が私に向かってやってくることに、完全に準備ができていなかった。だから愛に集中して、憎しみをそのままに理解した。ピッグ・フェイスだ。

ハリウッドのピッグ・フェイスは人間ではない。それはメンタリティーだ。どうすることもできない深い井戸から湧き出るような権力の誇示だ。プロボのピッグ・フェイスが「禁止」すれば、誰も私に話しかけることができなくなった。ハリウッドのピッグ・フェイスは、仲間内のゲームに加わらない人を遠ざけ、辱め、排除することに長けている。

プロボのピッグ・フェイスは子どもたちを小バカにして虐め、そして互いを裏切るよう仕向けた。彼女のゴールはたったひとつ——私たちのコントロールだ——その権力は私たちが互いに敵対することで生み出されていた。それが理解できてからは、恐怖を感じなくなった。彼女を混乱させることが楽しかった。それが原因で殴られたし、独房に収容された。それでも私は生き抜いた。過去に起きたこと以上のことを、ハリウッドのピッグ・フェイスが私に与えることはできなかった。

23歳で、『シンプル・ライフ』の第3シーズンの撮影をしている時のことだった。『サウスパーク』が私に関するエピソードを放映したのだ。これが思い切り最低だった！『サウスパーク』は私が大好きなアニメだった。共同クリエイターのトレイ・パーカーとマット・ストーンにはパーティーで会ったことがあり、ふたりはとてもクールで興味深い人たちだと思った。ビッグ・フェイスに立ち向かうことができる誰かがいたとすれば、彼らだと思っていた。

うーん、残念……。

エピソードのタイトルは——トレイが監督、脚本はトレイ、マット、そしてブライアン・グレイデン——『バカでわがままゲス女』。私がそのキャラクターだけど、彼らはそのあだ名をブリトニー・スピアーズ、クリスティーナ・アギレラ、タラ・レイド、そして私のかわいいファンたち全員にあてはめた。私に対する悪口のなかでも、それには一番腹が立った。私のペットのティンカーベルが撃たれ、殺される様子が生々しく描かれていることにも腹が立った。そのアイデアには気分が悪くなってしまった。かなり先鋭的なメディアに携わってきたけれど、そんなアイデアが一体どこから湧いてくるのか理解ができない。

レッドカーペットで誰かに『バカでわがままゲス女』について聞かれたとき、私は「見ていない」と答え、そしてぶつぶつと、模倣はお世辞の極みであるとかなんとか言った。だって、なんて言えばよかった？　正直なところ、その作品に注目を集めたくなかった。私は常に母のアドバイスを頭のなかで繰り返していた。「酸素を供給するな」

ジャーナリストがマットに対して、私のレッドカーペットでの言葉少なな対応について伝えると、彼は「それだけバカってことさ」と答えた。

#MeeToo以前では、私たちはクールになって、超然として、そのような言動を受け入れるように教え込まれていた。私の犬が撃たれ、私が精子を吐き出す――それが私がバカだという証拠になるのだ。そして最悪なことに、私はそれを受け入れた。私は何もコメントをしなかった。十何年もの間。ここにこのようにして書くことさえ躊躇していた。なぜならとても嫌な気持ちになるし、私は対立が大、大、大嫌いだから。私が彼らをバッシングするよりも、彼らは私を上手にバッシングするだろう。これはラップ会と同じ構図だ。それを生き延びる方法は、黙り、そして床を見つめることだった。

でも、私にはもう、黙っていることはできない。支援運動が私に「沈黙は同意を意味する」と教えてくれた。何かが間違っているときに声をあげなければ、それは同意していることと同じなのだ。

マットとトレイがその方向に進んでしまったことは残念だ。若い女性に対する性的バッシングは、不適切である以上に危険な行為だ。そしてうんざりさせられる。想像力の欠如だ。なぜふたりが衝撃を与える手法に頼るのか、理由が理解できない。『サウスパーク』での別のエピソードでは、登場キャラクターのエリック・カートマンが学校からひとつの願いを問われ、セレーナ・ゴメスが殴られるのを見たいと答えた。

この脚本を考えてみよう。物語の主人公を満足させるために、10代の少女が暴行を受けるために連れてこられる。誰かが彼女を殴り、「よし、ここから出て行け」と言う。まるで殴った女の子がゴミであるかのように扱う。それが筋書きだ。

セレーナ・ゴメスは私が出会ってきた人たちのなかで、最も心の優しい人で、番組が放映された当時は命を脅かすような恐ろしいストーカー被害に遭っていた。でも、彼女が誰であろうとそれは問題ではない。私たちが誰なのかが問題なのだ。どうやったらこのようなものが――私たち全員によって――**面白い**って受け入れられるっていうの？

イット・ガールズへの扱いが、私たち文化の**すべての女の子たち**の扱いに繋がることを、なぜわからないの？

もう一度言う。私は『サウスパーク』が大好き。

私は『サウスパーク』がひどい番組だとか、放映中止になったほうがいいだとか、そんなことを言いたいのではない。でも、いつの日かトレイとマットが『バカでわがままゲス女』をストリーミングし続ける必要について、誰かの助言を受け容れてくれることを望んでいる。そしてセレーナ・ゴメスのエピソードについても。それから人々が写真を撮影している間に、ブリトニー・スピアーズとマイリー・サイラスが殺害されるというエピソードも……。

いい？　私は今までに自分が誇ることができない言葉を口にしてきたし、やってきた。フォン・ダッチのダサいキャップをかぶっていた時期もある。セクシーなポカホンタスの衣装を着てプレイボーイ・マンションのハロウィンパーティーに出席したことだってある。18歳で、酔っ払って完全に不適切なスヌープ・ドッグの『Gin and Juice』を披露したことだってあるし、もちろん、歌詞はぜーーーんぶ、理解していた。インタビューで窮地に立たされ、ドナルド・トランプに一票を投じたふりをしたことがある。なぜなら彼は古くからのわが一家の友人で、私が契約した最初のモデルエージェンシーのオーナーだったから。私が別のエージェントに移籍したら、激怒して電話をしてきて、私は震え上がった。でも真実はもっと最悪。私は投票すらしていなかった。

私はこのような選択を支持しているだろうか？　すべてを理解した今、同じ選択をするだろうか？　もちろん、答えはノー！　どれもこれも、今の私を反映する選択ではないのだ。人間は進化する。私たちは学ぶ。そして誰でも若いときには間違いをする。私たちはCEDUでの「不祥事リスト」のメンタリティーを手放し、原因究明と寛容の両方を同時に行わなければならない。

両者は一致しないけれど、一緒に行うことはできる。

ある朝目覚めて、「あれは間違いだった」と考えたとする。そしたら、それを正せばいい。謝罪して——必要であればプライベートで、それが役に立つのならば公の場で謝罪をする。そして前に進めばいい。私はルブタンを履いたダライ・ラマになろうと思っているわけじゃないからね。ただ単に、互いに手の届くものにしておけば、私たち全員が寛容さを受けとることができると言いたいだけ。

『シンプル・ライフ』は第5シーズンまで放映された。たくさんの笑い、そしてたくさんのドラマがあった。あの時期、ボーイフレンドができては去っていった。バックストリート・ボーイズのひとり、ギリシャの御曹司、多くの腹をすかせたトラ、そしてデミ・ロヴァートの言う「フォロワーを気にしている人」たちなどだ。

私の本『Confessions of an Heiress』が『ニューヨーク・タイムズ』紙のベストセラーリストの第7位でデビューを飾り、私はブックツアーであちこちに出かけて行き、多くのファンたちと交流した。私はリトル・ヒルトンズが大好きだ。モデルの仕事、映画への出演、テレビ番組への出演、フレグランスの発売、アイウェア、スキンケア、靴、バッグのコラボレーションを行った。ケータイのケースから枕カバーまで、なんでもやった。最終的に、私のブランドは小売りのスペース、スパ、そしてホテルを占拠した。

この期間──2007年夏から2008年春に起きていたことすべて──映画監督で撮影技師のエイドリア・ペティがハンディカムを片手に私を大量に撮影し、ドキュメンタリー『Paris, Not France』を制作していた。私が録音していたアルバムの舞台裏の撮影として始まったのだけれど、彼女が当時の私の忙しい生活とエッジの利いた時代をとても美しく撮影して切り取ってくれたため、「これはDVDのオマケじゃもったいない。映画にしよう」と決めたのだった。エイドリアは素晴らしい音楽と、斬新な編集で全体をまとめ、社会評論家のカミール・パーリアのコメントをつけることで、この映画をセレブリティとは何かという議論にまで発展させた。

エイドリアは映画を世界中の映画祭に出品した──カンヌ、トロント、それ以外の場所──それが私を怖がらせた理由は、中にはセックステープのことも紹介されていたからだ。その上、ある日私たちが撮影中にエリオットから、何者かが私の私物の保管された古い倉庫の中身を「手に入れた」ようだと連絡を受けていたのだ。なかには家族の写真、個人的な日記、そして医療記録が含まれていた。このような私物を買い戻すために多額の現金を要求され、もし支払わなければ極めて私的な書類を、購読料を支払うことで閲覧が可能となるウェブサイト上で販売すると告げられた。まるでセックスビデオの時と同じような状況だった。

返事をする機会もないまま、ウェブサイトは立ち上げられ、最初の40時間で120万ものアクセスを得た。私の個人的な医療記録が――数年前の妊娠時の請求書や明細を含む――批判し、噂話にしたい人々に公開されてしまった。流産だとか、人工妊娠中絶について正当化すべき場面だったのかもしれないけど、私からしたら冗談じゃないと思った。どんな女性も、有名か、そうでないかにかかわらず、リプロダクティブ・ヘルスに関して見ず知らずの他人に強制されて語る必要などない。プライバシーの権利を女性から奪うことは、肉体的、そして精神的暴力だ。このようなことをする人たちは、自分たちがレイピストだとは考えない。でも、彼らの正体はまさにそれだ。レイプはセックスだけに限らない。それは権力の問題だ。性暴力は、世界中の人が自分を批判し、非難していると女性に思わせる最も効果的な方法だ――そして、状況は常にそうなのだ。

私はこんな状況を、異なった形で何度も乗り越えて来た。私を騙した男、私に痴漢行為を行った職員たち、セックステープを公開した元彼、そしてそれを見たすべての人間。そして次は、この問題だった。このような人間は私に力を行使し、恥と屈辱で私を縛り付けた。理解するには長い時間がかかったし、今でも考えているけれど、恥をあるべき場所に置いたとき――私を傷つけた人たち――彼らは力を失い、私は自由になる。

エリオットは隠喩的な意味での「白馬」に乗り、悪いやつらを追いつめた。彼は私に詳細を話さなかったが、私の理解では、パメラ・アンダーソン（訳注：アメリカの女優でモデル）とトミー・リー（訳注：モートリー・クルーのドラマー）のセックステープ流出のような状況だったと考えている。誰かが私の私物を盗み、売ろうとした。だけどその人物がバカだったから、他の人が盗んで、金にした。

この状況は数年間続いたが、ある日、エリオットが長い時間をかけて、スキャンダルをネタにセレブを脅迫して暮らしている男と話をした。被害を受けていたのは、私を含め、トム・クルーズやその他数人のセレブだった。エリオットは、状況は進展したと感じ、気味の悪い仕事に疲れ果て、救いを求めようと考えていた様子のこの男と会う約束を取り交わした。しかし実際に会う前に、このスキャンダル男はシャワーで首を吊った。

因果応報だ。

第18章 PTSD

この本は、私と電話の物語にすればよかったのかもしれない。子どもの時、部屋に引いてもらった私専用の電話線の時代から話は始まる。カールしたコードもついていないコードレス電話を、最先端だと思っていた。家の中をうろうろして、裏庭に出ても通話が切れることがなかった。働き続けるモデルとして、1990年代にはポケベルを、2001年には折りたたみ式ケータイを手に入れた。大好きだった理由は、ごまかすのが楽だったから。誰かと話したくないときは、通話中のふりをすることができた。

2002年、私はかわいらしい折りたたみのケータイを持っていた。多くの人がダサいケータイケースを使っていたけれど、私は自分のケータイをローウェストでピンク色のトラックパンツにヘアクリップみたいに留めていて、ボンダッチのクロップトップの下の露出したおなかに光る素敵な宝石みたいだった。2003年、ラインストーンをちりばめたノキアを持ち、髪を生涯で最も長く伸ばしていた。2004年のフォーミュラ・ワンのフラッグガール。折りたたみ式のケータイに（当時にしては）ハイテクの液晶画面、髪をお下げにして、テニススカートを穿いた。とってもかわいい。

2004年のTモバイルのサイドキックⅡのスタートイベントはイット・ガールたちのアルマゲドンだった。私はニッキーと行き(当時、彼女は完璧に官能的なブルネット)、ニコール、ファーギー、ビジュー、リンジー、エリシャ・カスバートとパーティーをした。サイドキックは素晴らしかった——電話機能、カメラ、メッセージ機能、電子メール機能——そしてジューシークチュールによるホットピンクの限定版も販売された。スマートフォン時代の幕開けとなったのは、この時期かもしれない。スヌープ・ドッグと私がサイドキックの顔となり、世界中で新製品の発売を発表した。イベントは巨大で、コマーシャルの撮影は本当に楽しかった。

残念なことに、私のサイドキックは2005年にハッキングされ、私の連絡先と写真がインターネット上にばらまかれることになった。くだらないメッセージも——親指で打つ長ったらしいメッセージ——まるで絶対的真実みたいに様々なサイトで公開された。

ニューイヤーズイブのスペシャルは大きな$
ジェフリーが6日に来る
ミラマックスで人気映画
帰りたくなったらおしっこに行くから3分待って
裏口から入って
オリーブを右　アラメダを右　3分

ルミでパーティー

こんな感じで延々と続く。こんな文字列にニュースとしての価値があると思った人がいる理由がわからない。睡眠薬の代わりが必要なのだったら、そうだね、ＡＤＨＤの誰かのランダムなテキストメッセージをスクロールするのもいいかもしれないけど、そうじゃなければ……バカじゃないの。プライバシーへの侵害は腹立たしいものだったけれど、自分の番号よりも、番号をリークされた友人たちのことを考えると申し訳なかった。正直な話、その時点で私の感覚は麻痺していた。

その後数年の間に、最先端のスマートフォンが次々と発売された。私はブラックベリーとモトローラのレイザーを手に入れ、最先端の折りたたみ式ケータイを何台か所有していた。ロサンゼルスではサイドキック3の発表を、日本ではレイザーの発売イベントに参加した。このテクノロジーの波は、セクシーで、カラフルで、機能的だった。多くのユーザーを、社会的・商業的相互作用の新しい時代へとシームレスに移行させていった。

20代前半でＡＤＨＤと診断された。その時のことはあまりよく記憶していない。なぜなら、それほど重要なことだと考えていなかったからだ。医師がアデロールの処方箋を書いてくれて、私は飲んだ。効いていると思った時もあったけれど、その薬は多くの理由で大嫌いだった（2022年にハロウェル医師がビバンセを処方してくれ、私の人生は変わった）。

何年もかけて、私はＡＤＨＤがどのようにして脳を再配線するのかを学んできた。それは私のテクノロジーへの執着を完璧に説明できる。私は常に次のものを望み、その次、そして次、と追い求めてきた。そうすることでようやく、世界が追いつくように思えた。私の個人的なリズムにぴったり合うツールを見つけることに興奮した——必要な時にあっという間に手に入るツールだ。アプリは発展を遂げている。ＡＩは研究途上にあった。次の新しいことが待ちきれなかったし、それを手に入れる資金はあった。ラップトップと高速インターネットがあれば、夜、ベッドで孤独になることはなかった。世界のとこかで、誰かが起きていて、何か興味深いことをしていたからだ。

２００６年、Facebookが一般に公開された（この時のオファーを蹴ってくれた最初のマネージャー、ありがとう）。２００６年にTwitterは発表され、翌年のＳＸＳＷ（訳注：毎年３月にテキサス州オースティンで行われるイベント。サウス・バイ・サウスウエスト）で大成功を収めた。TwitterはＡＤＨＤにとっては夢のようなものだった——絶え間なく流れてくる新しいアイデア、画像、方向性、そして可能性だ。

25歳の時の私は、単にツイートすることを楽しんでいるだけだった。私を幸せにしてくれるほんの些細なことを書いていた。でも、その宣伝効果は否定できないほど大きかった——直接的利益をもたらす**インフルエンス**だ——ハッピーで、簡単なつぶやきなのに。私がバッグや靴やシャツについてツイートし、デザイナーや販売店のリンクをつければ、たちまち売り上げに繋がった。それは広告ではなかった——ほとんどのケースで私に支払があったわけではない。

それをコントロールしようとかマネタイズしようとか、全く考えていなかったから、うまくいったのだと思う。あくまで自然な形である必要があった。自分の人生を生きること、生き続けながらそれを理解していくこと、それが私のやったもっとも賢いことだった。

一方で、デザイナー、そしてマーケティングの世界でトレンドを追い求める人たちが、私の手法に気づき、多くの贈り物を届けてくれるようになった――服、アクセサリー、サングラス、犬のおもちゃ、最新のガジェット、そして車まで――私がそれをポストすることを願ってのことだった。毎日UPSがやってきて、山ほどの箱を届けてくれた。クローゼットや空き部屋まで箱で溢れかえるようになった。インテリア・デザイナーのフェイ・レズニックが家のリノベーションを手伝ってくれていて、キム・カーダシアンに荷物の整理のアドバイスをもらうように勧めてくれた。

キムは有名人のクローゼットをチェックし、必要としていないものを選び出し、eBayで販売するというビジネスをスタートさせていた。それは素晴らしいアイデアで、チャリティーや楽しいことをするためのお金を何万ドルも稼ぎ出していた。キムは素晴らしい仕事をしてくれて、私たちは楽しい気持ちで共同作業ができた。

私たちふたりはバランスをとりながら付き合っていた。私は整理整頓が苦手な夜型人間。キムは効率的な朝型人間だ。信じて、頼ることができる人がいると思えることはとても素敵だった。私たちはどこにでも一緒に行った。ニューヨーク、ラスベガス、マイアミ、オーストラリア、ドイツ、そしてイビサ。

その年の夏の曲は――少なくとも、私の夏の曲は――『Stars Are Blind』だ（訳注：2006年に発表されたパリスのデビューアルバム収録曲）。私にとって、この曲はいつまでも私のなかでビーチタオルのような一曲になるだろう。バケーションにぴったりのレゲエで、浜辺の散歩を連想させるスカ、そしてたっぷりの愛と太陽の光。作詞家のシェパード・ソロモンとレコード会社幹部のジミー・アイオヴィンが、グウェン・ステファニを連想しながら作った曲だそうだ。しかしワーナー・ブラザーズが、私がアルバム製作をする予定であることをふたりに伝えると、シェパードが「完璧な曲がある」と言ってくれた。シェパードは私の声とスタイルに合わせて曲をアレンジした。私はその曲が大好きだった。シェパードと、ビートを知り尽くしたフェルナンド・ガリベイが曲をプロデュースした。私はふたりの直感を信じ、ふたりは私の直感を信じてくれた。曲は私にすっかり馴染んだ。私を幸せな気分にしてくれた。

それは音の中からも聞こえてくる。

トリックも、特別なテクノロジーも使われていない。あの曲の中で、私はあの瞬間の、最高の私自身になれている。

私はブースに立ち、リラックスして、喜びに溢れていた。ほんのわずかな間、10代に経験した悲しい年月から距離を置くことができた。『シンプル・ライフ』で私が演じたキャラクターは――現実世界の私をどんどん支配した――この曲の中には存在しない。歌詞はすべて慎重に制作され、正確だった。瞬間、呼吸、そして言葉を――すべての細やかなニュアンス――打ち込むごとに、それは良くなっていった。世界中に配信されるのが待ち遠しかった。『Stars Are

Blind』は2006年6月5日に発売され、ビルボードのHot100の18位に躍り出て、そして独り歩きを始める。今になっても、あの曲が『ナチョ・リブレ　覆面の神様』、『タラデガ・ナイト オーバルの狼』そして『プラダを着た悪魔』といった映画と共に、あの特別な夏を象徴する曲だと言ってくれる人たちがいる。数年前、シンガーソングライターのチャーリー・XCXが、「『Stars Are Blind』はポップ・クラッシック」だとツイートし、大きな影響を受けた曲として紹介してくれた。レッドカーペットのインタビューでは、レディー・ガガが「『Stars Are Blind』は最高のポップ・レコードの一枚だと言える。あなたは笑うでしょうけど、アイコニックなブロンドの女性をスタジオに招いたら面白いことが起きるかも」と言った。私はあの曲をとても誇りに思ってる！　永遠に生き続けてほしい。テイラー・スウィフトがバックリストを管理していることに触発されて、最近、リマスターをした。

2019年、脚本家で監督のエメラルド・フェネルから手紙を受け取った。映画『プロミシング・ヤング・ウーマン』の重要なシーンで『Stars Are Blind』を使用したいということだった。映画は面白いけれど暗いシーンがあり、監督はこの曲について最高のアイデアがあると書き、それを「最高のバップ」だと綴っていた。彼女は「好きな男の子が歌詞をすべて知っていたら、感動するような曲が必要なんです」と書いていた。映画を観たことがある人だったら、監督が意味していることはわかると思う（もしまだ観ていないのだったら、今すぐ観て！）。

ドラッグストアでのシーン。キャシー（キャリー・マリガン）が、古くからの知人のライアン（ボー・バーナム）とダンスをする。ふたりの友情が私たちの目の前で発展を遂げる。この曲の、甘く、幸せな空間でふたりは恋に落ちる。『プロミシング・ヤング・ウーマン』は女性の潜在的な怒りに満ちたレイプへの復讐劇だが、この瞬間は、キャシーの中には生まれながらの純粋さが存在することを私たちに理解させる、光と空気が存在するのだ。

『プロミシング・ヤング・ウーマン』は2020年のクリスマスにストリーミング配信がスタートした。世界中が深刻な隔離状態にあったため、劇場公開はされなかった。何日もに渡って、オスカーのノミネートは続いた。最優秀作品賞、監督賞、主演女優賞、アカデミー編集賞、アカデミー脚本賞、そして脚本賞を見事受賞した——映画のプレミアには華麗に着飾って登場したかった。

プレミアに行くことができなかった代わりに、カーターと私はベッドで映画を鑑賞した。私たちはクリスマス休暇でヨットに乗っていた。曲の甘くて幸せな空間で、私は自分の根底にある純粋さを感じていた——自分のなかにある素直な喜びだ——それは誰も私から奪うことはできない。私はあの、とても、とても素敵な男性を愛していた。そして彼も私を愛していた。私には、愛して、愛される喜びがあった。何年間もそれを疑って生きてきた。自分自身について知ることができた喜びをどう表現したらいいのだろう。

2007年、Tumblrがサービスをスタートさせ、アップルがiPhoneを発表した。何か大きなことが始まる予感がしたけれど、同時に、私にとっては時代の終わりでもあった。『シンプル・ライフ』がファイナルシーズンを迎えていた——私とニコールがキャンプカウンセラーを務めたシーズンだ——パーティーの雰囲気に変化が見えるようだった。ソーシャル・メディアの窓が大きく開かれ、何かが爆発的に話題になったかと思えば、翌日には消え失せた。誰もがすぐに登場したと思ったら、あっという間に消えて行き、彼らが本当に誰だったのかを知ることさえできなかった。仲間と私も難しい時間を過ごしたし、誰もがそれを振り返りながら生きているわけではない。あっという間にスターになって、消えていく人を大勢見てきた。

私は誰からも愛されたかった――いつも準備万端で、いつも移動していた――人脈を作り、憧れの人と仕事ができる道を模索していた。ボーイフレンドやガールフレンドたちと毎夜出歩き、そのほとんどで、エリオットがお抱えの運転手として私たちに付き添ってくれた。でも、時々は、自分ひとりで行動したかった。私は車を運転するのが好きだから、通常は自分の車で職場まで通勤していた。

2006年9月7日、私は夜中の3時に起きて、椅子に座ってウトウトしながら『Nothing in This World』という曲のミュージックビデオの撮影2日目の準備を終えていた。物語は、学校でいじめられている子どもの家の隣に私が引っ越してきて、彼と一緒に学校に行くことで、学校内で堂々としていられるようになるという筋書きだった。とても優しくて、オタクだった子とプロムに行った日のことを思い出す感じ。彼の姉はニッキーに彼と行ってほしいようだったけれど、ニッキーにはボーイフレンドがいたので、彼女は行きたがらなかった。それなのに私は「やったー!」って感じだった。私は23歳で、プロムに一度も行ったことがないという事実を乗り越えられないでいた。私たちはすべてを整えた。コサージュ、リムジン、裏庭で母に写真撮影をしてもらった。ダンスに登場すると、誰もが大興奮した。「パリス・ファッキン・ヒルトンが来た？ それも**あの男と？**」あの夜は私の人生で最高の夜だったよ。

それで、このビデオはとっても素敵なのだけれど、動くシーンがとても多かった。16時間ぐらい作業をして、私は何も食べることができなくて、それなのに長い一日の終わりを祝ってマルガリータでスタッフと乾杯した。別に何も問題はなかったけれど、家に帰る途中にスピード違反で車を停められ、ブレサライザー（訳注：呼気中アルコール濃度測定器）で０・０８が出てしまった——カリフォルニアでは飲酒運転とされる最小値だ。私は車をインアンドアウトのドライブスルーに停め、ハンバーガーとフライドポテトを待っていたのだけれど、食べていれば問題解決だったかもしれない。

セレブの炎上の歴史の中では、もっとも地味な炎上事件だろう。

そしてマルガリータの歴史上、最も高額なマルガリータだろう。

もちろん、自分がバカだと思ったし、腹立たしかった——誰に対してでもない、もちろん自分に対してだ。夜中過ぎの出来事だった。両親に電話してふたりを起こすのがいいのか、朝、ニュースを見て事件を知るのがいいのか、どちらがいいのか決めかねた。私はエリオットに電話をし、彼が警察署まで迎えに来てくれた。私はただ家に帰りたいと思っていたけれど、パパラッチが外で待ち構えていることはわかっていた。友だちの家に行ったほうがいいかもしれないと言ったけれど、エリオットは「家に戻ったほうがいい。パパラッチに君が完全にしらふだという姿を見せたほうがいい」

門の前に駐車した時、いつものパパラッチの様子と違うと気づいた。別のエネルギーが充満していた。車の窓は閉まっていたけれど、パパラッチのひとりが高い声で私をからかっているのが聞こえた――「**ひひひひ、ここにいるぞ！**」――私はエリオットが車を降りて、ドアを開けてくれるのを待っていた。私は車を出ると、ケータイで誰かと話をしているふりをした。

「パリス！　パリス！　どんな気持ち？　パリス！　何があったんだい？」

「早朝ですから、彼女はコメントを出しませんよ」とエリオットが答えた。「10分程度で出てきますから」

「OK、じゃあね、愛してる」と、私は架空の通話の相手に言った。私は門のアラームにコードを入力して、中に入るまえにカメラに向かって笑顔を見せた。パパラッチは夜中まで起きていることで高額を稼いでいるに違いない。翌日のニュースで、その映像を何度も見た。エリオットの質疑応答も流された。

「先ほど、彼女を見たでしょう？」と、エリオットは門の外でパパラッチたちに声をかけた。「彼女は明らかに酔っ払ってはいません。泥酔状態ということではないんです。ただ、警察官はあのような状況で必要なことを行ったまでです。彼女を署に連れて行った。他の人と同じような手続きを踏んだということです。彼女に逃亡の危険性はないこと、酩酊状態ではないこと、自己誓約による保釈が行われたということです」

彼は私が一杯だけ飲んでいたこと、手続き中に特別な扱いを受けていないことを重ねて強調した。

「パリスはデトックスで過ごすんですか？」と彼らが聞いた。それを人々が望んでいるかのようだった。大げさな依存症あるいは贖罪《しょくざい》の涙の物語が必要だったみたいだけど、私はそんな状態じゃなかったし、エリオットに出会った日に彼がくれたアドバイスを記憶していた。「嘘をつかない。自信を持ちなさい」。私はライアン・シークレストに電話をした。そして翌日の朝のラジオ番組で、落ち着いた、率直なインタビューに答えた。自分の責任を受け入れ、言い訳はしなかった。裁判所に行き、3年の保護観察、1500ドルの罰金、4か月の免許停止、そして裁判所の命令によるアルコール教育を受けた。

公平だと思う。私はそれを受け入れた。警察が私を飲酒運転で起訴するために躍起になっていたとしても、私の方にも限度を超えていたのに、捕まらなかった時があったのだろうから。

大切なことだから、ここで言っておくよ。**飲酒運転、ダメ。ゼッタイ。**愚かな行為で、危険だし、あなたの人生をめちゃくちゃにするよ。酔ってはいないと思っていても、とにかく、ダメ、絶対。それから、**運転中のメール、ダメ。ゼッタイ。**理由は同じ。気が散っていたり、怒っていたり、眠かったり、そんな状態で**運転はしないこと。**陽性反応が出るか出ないかギリギリのほろ酔い状態だったとしても、運転するにはあまりにも疲労困憊《こんぱい》だったし、違法ではないとしても、疲れて運転するほうが最悪だと聞いたことがある。自分がした愚かな選択のために、ひどい目にあって当然なんだ。

でも、次に起きたことは、私に責任はない。

弁護士が、30日間、私は全く運転してはならず、そしてその後90日間は、通勤時のみ運転することができると伝えてきた。（彼によると）30日という免許停止が解除された日、私はスピード違反で捕まっていた。そしてライトもつけていなかった。市街通りは明るく照らされてはいたが、バカなミスを犯してしまった。今考えても頭が痛い。何が最も問題だったかというと、飲酒運転を一度も扱ったことがない私の弁護士が、職場まで車で行く権利があると勘違いしていたということ。彼はエリオットにもそう言い、エリオットは私に対して30日が過ぎれば運転をしてもいいと言ったのだけれど、書類にはそう記されていなかった。私の免許はあっさり停止された。

弁護士はエリオットを窮地に立たせ、エリオットは自分を責めていたが、私は50万ドルの車を運転していた成人女性だ。自分の問題を自分で解決する責任がある。自分が何をしていいか、何をしたらいけないのか誰かに聞くより、書類に印刷された小さな文字を自分で読んでおくべきだった。そして道路が明るく照らされていたとしても、ライトは点灯しておくべきだった。他の人がそうなるように、切符を切られて当然だ。免許停止についての誤解は別のレベルに達してしまった。なんと、刑務所に入ることになり、私はそれを恐れた。両親も悲嘆に暮れたが、私の側にいてくれた。

家族は私を囲み、そして愛してくれた。10代のころに母と父に求めていた優しさを与えてくれた――この瞬間に、私の側にいてくれた。母は私がどれだけ恐れているのかを感じ取り、小さなアマガエルのように彼女にしがみつくのを許してくれた。

エリオットは、通勤のために車を運転していいと私に伝えたことを証言しようとしたが、判事はそれをよく思わなかったようだ。判事は退官の数日前で、最後の大舞台を楽しんでいるようにも見えた。15分間の名声だ。彼は私に45日間の実刑判決を下した。そしてその間は郡の矯正施設——暴力的な犯罪者のための厳重警備施設——で過ごすこととした。暴力的ではない犯罪者のための「素敵なブタ箱」でも、同じような状況ではほとんどの人が経験する自宅軟禁でもなかった。危険なパーティーガールズの見本のようなものにされた。タブロイド紙はこれに飛びついた。エリオットは、その週の日曜日に判事が教会に現れると、信徒たちがスタンディングオベーションで彼を出迎えたと教えてくれた。

弁護士は判決について、常軌を逸しているとして控訴した。エリオットは、法廷では口にすることを許されなかったことを、公式の声明の中で口にした。タブロイドは、私が激怒して彼を解雇したかのように書き立てたが、彼はそれを我慢していた。実際のところ、私は、彼にも、弁護士にも、判事にも、タブロイドにも激怒していた——私は世界中の人々に腹を立てていた。まずは自分に対して。

私はエリオットに翌日の晩に電話をして、長い間、話しあった。この瞬間は、心から彼に私の味方であってほしいと思っていた。彼はもう一つ声明を発表し、彼が再び私の広報担当になったと発表し、記者が突然の方針転換について質問をすると、それまで聞いたなかで最もエリオットらしい答えを返した。

「私は対立を望みません。私が興味を持っているのは、癒やしです」

世界で一番の有名人になりたいと私が言った時、何が待ち構えているかは理解していた。間違いはすべて公になるとわかっていた。大目に見てくれるとは期待していなかった。数年前、刑務所に入ったマーサ・スチュワートに何が起きたのかは目撃していた。

最高の喜劇だ。わかったよ。それは大丈夫。私を苦しめたのは、すべての物事が鮮明に甦ったことだった。体腔検査。独房での監禁。セメントの壁と金属のドア。足音と廊下から聞こえてくる叫び声。

悪夢が治まることはなかった。私は目覚めていた。すべてが現実で、マーサ・スチュワートがやったように、最悪の状況から最善を導き出すことができないのはなぜか、誰にも話すことができなかった。当時は、誰も「トリガーになる」なんて話はしていなかった。PTSDは戦争と結びつける言葉だった。自分が感じていた腹の底からくる不安を説明する言葉がなかった。

いつ、どのようにして出頭するのか、話題は尽きなかった。あの時の移送係は正しかった。来るとわかっていたら、私は確実に逃げる。逃げ出したいという欲求で、押しつぶされそうになっていた。足の筋肉のなかに酸が満たされたような感覚だった。でも、どこに行けばいい？有名になりたいという願いは叶い、私は世界中どこに行っても気づかれる。

私のチームは、パパラッチたちは最終期限である6月5日に私が出頭すると考えるだろうから、6月3日にMTVアワードに出席したあとに出頭するのがいいと結論づけた。街の写真家はMTVのアフターパーティーに集結し、私がそこに現れることを期待しているはず。パパラッチに囲まれることなく、やらなければならないことをやる最善のチャンスだった。ドレスアップした。髪を整えた。メイクした。すべて完璧。レッドカーペットを歩き、カメラに笑顔を向け、サインを書き、囁くような赤ちゃん声で、次々とインタビューにも応じた。

怒った顔。

ハッピーな顔。

感情を消した顔。

その日の夜、オープニングのモノローグでサラ・シルバーマンは私に対するジョークを披露した。彼女は後にそれを「露骨だった」と回想していた。そのネタはコメディアンなら誰でも夢に見るほど笑いを取った。

「パリス・ヒルトンが刑務所行きです」と彼女は言った。すると歓声と笑い声が上がった。その声をあげた人たちの多くが、私の家のパーティーに常に参加していたのに、今となっては彼らは笑い転げ、私が屈辱を受けていることを楽しんでいる。ラップ会が始まったかのように感じた。私はそこに座って、マネキンのような無表情でいることに徹していた――ビッグ・フェイスも決して壊すことができなかった自分を守る殻だ――でも、セックステープへの遠回しの言及が始まったところで、私の内面は徐々に死んでいった。ここでそれを紹介することはしない。

私は対立を望みません。
私が興味を持っているのは、癒やしです。

若い頃、「克服する」とは、ネガティブな感情を飲み込んで、何も起きていないと自分を騙すことだと思っていた。それは両親のやり方だったけれど、今となってはそれがどれだけ自分の中に痛みと怒りを埋め込み、魂にダメージを与えるのかがわかる。それを変化させる唯一の方法は、心に空気と太陽の光を与えてあげることだ。

MTVアワードから14年後の2021年、私のポッドキャスト『This is Paris』にニッキーが出演してくれて、私たちは『ニューヨーク・タイムズ』のドキュメンタリー『Framing Britney Spears』について話をした。ブリトニーや私や、その他の若い女性のセレブたちが、2000年代にメディアによってどのような扱いを受けてきたか、私たちは大いに語り合った。

このことがきっかけで、話題にしないと約束していたにもかかわらず、デビッド・レターマンが刑務所の件を掘り下げた時の不快な記憶が呼び起こされた。私はあの番組には何度も出演しているし、彼は私を犠牲にして笑いを取ってきたけれど、あんなに積極的に残酷な態度を取ったことは初めてだった。舞台袖で待っていたニッキーは、セットを出る私が、泣いて、震えていたと記憶していた。

「若い女性をあのような場所に引っ張り出し、屈辱を与えるような質問をするというのは残酷なこと。そして、今では許されないことだと思う」と、ニッキーは言った。「全く別の世界になったよね」と私は賛同した。「今ではあり得ないことが、昔はたくさんあった」

「今だったらありえないこと、わかる?」とニッキーは言った。「あのサラ・シルバーマンのMTVアワードでの……」と、彼女は妹ならではの怒りをぶちまけた。**ちょっとやめて! あの話はなし! 酸素を与えてはだめ!** でもその時、時間の経過でも薄らぐことのない傷、そして今となっても本物で、生々しい傷であることを、妹の声によって改めて思い知らされ、ショックを受けた。克服しようとしていたすべてのこと――それは私を傷つけただけではなかった。それは私の妹も傷つけ、姪を傷つけ、将来、いつかは巡り会いたいと思っている私の娘を傷つけるのだ。私は初めて、若い女性の不名誉を大いに喜ぶ文化という観点で、レターマンのインタビューとMTVのモノローグを捉えることができた。そしてこれ以上、その事実を葬り去ることはできない。「酸素を与えるな」は理解できるけれど、それをやり過ぎれば自分自身に酸素を供給できなくなる。私はとうとうその考えを捨てて、あの本当につらかった瞬間について言葉にした。

思いがけない美しい筋書き。なんとサラは私の味方だった。翌日、彼女は自身のポッドキャストで「パリス・ヒルトンが最新のポッドキャストで、2007年にMTVの司会をしたときに私が口にしたジョークについて話題にしました。その話をしたいと思います」と述べた。

私は息を止め、辛辣《しんらつ》な反撃に備えた。

「彼女はポッドキャストで、現代であればありえないジョークだったと発言していました。彼女は正しいと思います。今、あんなジョークは絶対にだめです。ここのところ数年間、私は痛烈なジョークと実際の心を結びつけるようなコメディをやろうとしてきたんです。当時の共通理解では、それは不可能でした。私はそれを完全に受け入れています。多くのトークショーのホストやコメディアンたちが、ポップカルチャーをからかう時代に育ちました。セレブやポップカルチャーのアイコンをこき下ろしていましたし、パリス・ヒルトンなんて、まさにかっこうの標的でした。そして今、私たちは様々なことに目覚めた世界にいます。私もそうです。そうやって私たちは成長するんです。そうやって私たちは変わるんです。過去を振り返って、醜いことをやってきた自分を反省することは、大賛成。そして、過去について訴え続けることもできます。でも、過去において時代が成長してきたことも一緒に考えるべきだとも思います。コメディは不朽ではありません。過去を変えることはできないのだから、大切なのは時代と共に変化していくことだと思います」

MTVアワードで私が聴衆の中にいることを知らず、私の表情を見て心が沈んだと言い、謝罪の手紙を書こうと思ったそうだ。彼女は癒やしの道を選んだ。とても勇気のある選択だ。そしてとても正直な選択だ。酸素。いい意味で。私の目に涙がにじんだ。当時、彼女から手紙を受け取ることができていたら。とても大きな意味を持ったと思う。

あれから何年も経過しているんだから「ヘイ、謝ろうとしたんだよ。ビッチ、今さら何だよ」とも言えたと思う。でもサラはその代わりに、前に進もうと提案してくれた。それがとてもうれしい。

前に進むことに常に成功しているわけではないけれど、彼女に習い、私を傷つけた人たちの成長を許しているし、私が傷つけてきてしまった人たちが、私が成長し続けることを許してくれればいいと願っている。子どもたちが「いいえ。私たちはやりません」と言っていたなら、CEDUのラップ会で何が起きていただろうと考えることがある。私たちはそれを言おうと考えることもしなかった――互いを切り裂くのではなく、結束を強めるという考えが私たちにはなかった。私たちを対立させていた人間の力には及ばないと考えていた。優しさが唯一の希望だと、私たちは知らなかった。

#MeToo/#TimesUp後の視点から2000年代を振り返ると、胸が張り裂けそうになる。私は大いに楽しんでいた――本当に楽しんでいた――そしてそれ以外の方法であの時代を思い出すことはない。体を丸くして、落ち込むことは何度かあったけれど、私を嫌っている人たちに負けることはなかった。なぜなら、正直なところ、それが当然だと思っていなかった？　私のような女の子たちは、批判されて、見くびられて、それで当然だと思っていた。性的に消費され、セクシュアリティでひどく非難され、黙ること、あるいは声をあげることで罰を受け、自分たちの選択に責任を持つべきだと言われ、他人が決めたルールに従わなければ、クレイジーだとかバカだとかふしだらな女と呼ばれていた。そんなうんざりするような状況を拒絶する新時代の女の子たち――そして男の子たち――を見るのが大好きだ。

私たちはより良く生きられると思う。優しさと良識が最後に勝つと信じている。だってそれは良いビジネスだからだ。クソ野郎たちの市場は、単にサステナブルではない。私と仲良しのいかれた人たちにとっては、大きな慰めになるはずだ。贖罪は存在する。見つけるのが困難な時もある。突然どこからか現れて、泣かされることだってある。

ＭＴＶのあと、私はロサンゼルス郡刑務所に出頭し、すべての手続きを済ませた。マグショット、体腔検査、そしてオレンジ色の囚人服を身につけた。独房に向かう途中、大勢の人たちが叫んでいた——**金持ちのビッチ、クソ女、ファックしてやる**——吐きそうになった。息を吸うことができなかった。

まるで大きな拳が私の胸のなかまで入ってきて、心臓をわしづかみにするようだった。本気で死んでしまうのではないかと思った。医師が来た。看護師だったのかもしれない。彼女は私を診察して、私の顔の前に紙袋を置いた。夜が昼となり、そしてまた夜となった。泣きやむことができなかった。独房のなかで横たわり、体を折り曲げて吐き気と戦っていた。肋骨が折れてしまったかのようだった。私はひどいパニックとＰＴＳＤに苦しんでいたのだ。

弁護士が医療の必要性を示す証拠を提示し、別の判事から残りの刑期を自宅で過ごす許可を得たが、引退したはずのあの気難しい判事が邪魔をして、私を再逮捕し、手錠をかけ、体腔検査を再び行い、郡刑務所に戻すよう主張した。彼がなぜそこまでこだわったのかはわからない。このような極端な手段は、私が他の人たちと同じように扱われるためではなく、私が他の人たちよりもひどい扱いを受けるためのものだった。

郡刑務所の所長は一般の監房に私を収容することは問題が多すぎて危険だと判断し、私を独房に収容した。独房には狭い簡易ベッドと、小さなシンクがついたトイレ、小さな椅子が埋め込まれた、壁に備え付けの机があった。私はそこで、一日23時間過ごしていた。1時間は、シャワーを浴びたり公衆電話を使ったりすることができた。週に一度は、プレキシグラスの窓越しに両親と面会することができた。

オレンジ色の囚人服を着た私の写真に、メディアは最高で100万ドルを提示していた。ありとあらゆるトークショーが私と電話で話をしたがった。男の看守が私の独房に何度も来て、私の頭を撫で、スプライトを持って来た。夜中、目を覚ますとカメラを構えたその看守が立っていた。私は毛布を頭からかぶると、大声で叫びまくり、別の看守がかけつけて彼を独房から引きずり出し、私を所長のところまで連れて行った。彼は私を見て怒っていたようだったが、実際には私の味方だった。

「本当にバカげたことだ。社会に真の脅威をもたらす人間のためのベッドなんてないんだ。全く冗談じゃない。資源の無駄遣いだ」と、彼はオフィスを行ったり来たりしながら言っていた。なんと答えていいのかわからなかった。廊下の先ではテレビにCNNが映っていた。**パリス・ヒルトンがなんとか、かんとか**。弁護士は戦い続けると言っていたけれど、奇妙な、疲労からくる落ち着きのようなものが私に訪れていた。私は所長に「いいんです。私のことはほっといてください」と言った。私は狭いベッドで体を丸くして、膝を抱え、オブスで経験したあの長い時間に私が訪れていた場所に戻っていた。私の美しい世界だ。

私が生きていた人生は、私が思い描いていた人生と、驚くほど同じものだった。理解できなかったのは、とても楽しい時間を過ごしているというのに、満足感が少ないことだった。欲しいものはなんでも手に入れていた。それでも、足りなかった。足りているなんてことは存在せず、私の唯一の救済はただ、摩耗し続けることだったのかもしれない。より多くのプロジェクト。もっとデートを楽しもう。この人や、この製造者とパートナーシップを組もう。フレグランス、物件、映画、音楽。パーティー。人。金、金、金。

私は私自身と私の世界にいつも信念をもたらしてくれるロンダ・バーンの『ザ・シークレット』を読んだ。思いやりのある看守がオーディオブックをスピーカーで流してくれたので、誰もがロンダの心強い励ましを聞くことができた。**エネルギー……信頼……愛……豊かさ……教育……平和**。私はこのような言葉を信じていた。

それを手に入れ、そして与えたかった。この10年で自分がどれだけ変わったのかをずっと考えていた――そして全く変わらなかったことも。少しの間は、それをすべて抱えていられたと思ったのに、今となっては釈放されてから自分の世界がどうなってしまうのか、私のブランドにどのように影響するのか、知るのは不可能だった。私が立ち上げたブランド、私が守るべきブランドだ。それが私のすべてだった。多くの意味で、ブランドは私自身だった。もし守ることができなかったら、私は自分自身を守ることに失敗するということで、そうなったら、どうしたらいい？

私がどのように感じたいのかという問題だった。私が何を手に入れたいのか、ではなかった。私がそれを忘れることはないだろう。

弱い私には別れを告げる。私が演じた役柄は――一部はルーシーであり、一部はマリリンだった——私にとっては鉄の鎧《よろい》だった。10代の女性として、私は1人の女性を作り上げた。かわいくて生意気で、バカなブロンド娘。私は彼女を使ってクラブに入り、テレビや映画で彼女を演じ、パパラッチと遊んだ。人々は彼女のことが大好きだった。大嫌いだったかもしれないけれど、それにだって需要があった。私はそのキャラクターに頼り、経済的な自由と隠れることができる安全な場所への切符を手に入れた。彼女なしで、自分が何者なのかを理解するための静かな時間を持たないようにした。自分が何を発見するかわからなかったから、その時間を持つことを恐れていた。

でも、その答えは釈放1週間前に出た。看守が私の独房のドアを開き、プラスチックの箱に詰められた、世界中のリトル・ヒルトンズから届いた手紙を持って来たのだ。**あなたのそばにいる**。**がんばって**。**あなたは私のインスピレーションだよ**。**だいじょうぶ**。何千通もの手紙のなかの、ただの一通にも、怒りや批判を綴ったものはなかった。すべて、愛が込められていた。優しさだった。私は残りの刑期を、手紙の返事を書くことに費やした。リトル・ヒルトンのみんな、あなたがどれだけ大切か、言葉では語り尽くすことができない。あなたたちは私に素晴らしい人生を与えてくれた。外見も、内面も美しいあなたたちに感謝しているし、心から誇りに思っている。

同時期に、私はこの体験を大いに物語る曲を書き始めた。

CNNとMTV　すべてのカメラは私にフォーカス

ヘリコプターは旋回　全くなんて茶番
狂った世界は戦争中　玄関の前で戦闘中
全く時間の無駄
私はただの刑務所ベイビー
かわいく歌う
刑務所ベイビー
世界への窓は閉ざされたまま
私はかわいい、かわいいジェイルバード

寒い夜　冷たい水　蛍光灯は常にオン
ガラスの向こうの娘を見つめる両親
判事、あんたはセレブじゃない
あんたは惨めなワナビー
本物の犯罪者を野放しにしておきたいようだ

孤独な夜の恐怖
手紙をありがとう
世界中からの言葉

孤独で小さなジェイルバードのための言葉

カリフォルニアでは模範囚に対する減刑が行われるため、模範的な1日を過ごせば、刑期が1日減らされる。私は23日間服役することとなった。刑務所から釈放される日の夜、上空にはヘリコプターが飛び、パパラッチと主要メディアが互いを押しのけ合うなか、金網のフェンスが張られた長い通路を歩かなければならなかった。その先には、母と父が乗り、私を待つ車が駐車されていた。フラッシュ、ヘリコプターの音、大声の質問で空気は溢れていた。

報道陣の列は、どんなレッドカーペットや映画祭のものよりも長かった。私はジーンズを穿き、髪をざっくりとポニーテールにして、素顔だったけれど、まるでスーパーモデルみたいに刑務所から出てきた。最初はただ、歩いていた——そしてルブタンを履いたままで、ユニコーントロットで走ったんだ——それから母の腕のなかに飛び込んだ。あの狂乱のなかで、私は純粋な幸せの中心にある、穏やかさを感じていた。地獄から、2度目の脱出を成功させたのだ。

出所から数か月、パパラッチは容赦なかった。結局、家を売却して、マルホランドから少し離れた場所にあるゲイテッド・コミュニティ（訳注：居住者以外の外部からの出入りを制限する、塀や門のある住宅地）に引っ越しを余儀なくされた。新しい家も大好きだったけれど、キングス通りのハッピーなパーティー・ハウスを離れるのはつらかった。

ひとつの時代が終わったと感じていた。

Ⅳ
リブランディング

時には良いことが
バラバラになってしまうことが
あるかもしれません。
でもそれは、
それ以上に良いことが訪れる
きっかけなのです。

――マリリン・モンロー

第19章 SNSとインフルエンサーの時代

コーチェラと私には歴史がある。私もコーチェラも、1999年に大人の世界に足を踏み入れ、数年間の奮闘の時期を経験し、活動の拠点を見つけ、そしてその後の20年をネオンが輝く世界で荒れ狂う日々を過ごした。

コーチェラは、毎年春に、パーム・スプリングスから20分ほどの距離にある、エンパイヤ・ポロ・クラブで開催される。78エイカーの平原だ。祖母と一緒にランチョ・ミラージュに住んでいた時期、土曜の午後をエンパイヤ・ポロ・クラブで過ごすことが多かった。敷地内を歩き回ったり、ポロのゲームを観戦したりしていた。私は馬を見るのが好きだった。おばあちゃんは男を見るのが好きだった。映画『プリティ・ウーマン』に出てくるポロのシーンは、バーバンクのロサンゼルス乗馬センターで撮影されたらしいけど、コーチェラ・バレーの典型的な土曜の午後をコピー&ペーストしたような雰囲気だった。グラム・クラッカーと私はいつもおめかしして、サマードレスとバレエシューズを履いて、洗練されていた。ヒールを履くことはできない。芝の生えた土地を歩き回る午後が厳しいものになるからだ。

2000年代初頭、コーチェラ——正式にはコーチェラ・バレー・ミュージック・アンド・アーツ・フェスティバル——は「反ウッドストック」と呼ばれていた。なぜなら、フェスティバルにやって来る美しい人々、とても素敵で、礼儀正しい観客らに、多くのトイレ、食べ物、水を提供していたからだ。新しい世代のフェスティバル参加者たちは、泥にまみれることには、興味ゼロ。泥にまみれる気分なら、グラストンベリーに行くべき。

2009年、ブレント・ボルトハウスがネオン・カーニバルという、超有名人だけの、招待制のアフターパーティーを企画した（ブレント、覚えてる？　彼は今でも大活躍してるし、私たちは1997年にポップで開いた16歳の誕生日からの付き合いだ）。1年目から、私は夢中になっていた。先週誰かが「ネオン・カーニバルに行くの？」と聞いてきた。私は「ハニー、ネオン・カーニバルは私のことよ」と答えた。

私はこれを2022年に書いている。ＣＯＶＩＤによって2年連続で殺されていたフェスティバル・シーズンがとうとう復活した。私は自分のワードローブに関して少しイライラしている。コーチェラとバーニングマンのワードローブに関しては、何か月も前から詳細に分析して決めているのだけれど、ミラー・イベントの件で多忙なのだ——それはメタバースでのネオン・カーニバルのこと——だから、直前になって、ギラギラで、ゴスで、アーティスティックで、クレイジーでセクシーな衣装とアクセサリーを販売するレイヴァーのための店「ドールズ・キル」の創業者で友人のショディー・リンに電話をした。私は女性の経営する中小企業の応援をするのが大好きだ。

マイケル・コステロには日中に着るドレスを数枚オーダーしていた。流れるように自由で粋なデザインだ。ニッキーがフレンチ・ソールとコラボしたバレリーナ・シューズと合わせることができる。日中は、美しいレースをまとった天使になって、夜はセクシーなレイヴァーのプリンセスになることができる。すべての衣装はグラマラスで、写真撮影もあるので、事前に計画を立てなければならない。そうでないと、楽しい時間が減ってしまう。すでに時間が限られていた理由は、週末しかいられないからだった。通常、私はコーチェラの第2週を逃すことはないのだけれど、配偶者の協力を必要とするビジネスがカーターにあり、私もそこに出席しなければならないのだ。

不思議なことに、私はこのような「伴侶」の仕事にわくわくしてしまう。カーターも私も、どのように仕事をすればいいのか理解している――それは私たちが両親から学んだパワー・カップルのダイナミクスだ。説明するのが難しいけれど、それは――優美で、全面的な安らぎであり、学ぶことや偽ることができない、言葉を必要としないコミュニケーションだ。心から尊敬し、信頼し、互いを支援しあったときにのみ生まれるものだ。**同盟**という言葉が最もしっくりくるかもしれない。私たちはそんな関係にある。カーターにとって重要なことは、私にとっても重要だ。私にとって重要なことは、カーターにとっても重要だ。

そうであっても、みんながポストしているコーチェラ第2週の写真を見ると、FOMO（訳

注：fear of missing out　友人や知人の書き込みを見て、自分が取り残されると不安を感じること）が現実になるのではないかと心配になる。

最後にコーチェラに行ったときに比べ、多くが変わった――それも良い方向に、だと考えている――でも、最も大きな変化は、私にはカーターがいるということ。私たちが付き合い始めて数年間は、外出の自粛時期と重なっていた。私たちにとって初めてのフェスティバル・シーズンなのだ。今、カーターは玄関ホールに立ち、週末の3日間で私が必要とする荷物の量に衝撃を受けている。スーツケース2ダース、複数のガーメント・バッグ、バッグを入れた箱、髪飾り、サングラス、アクセサリーとハイテク機器が入ったケース、そしてハードセルツァー（訳注：炭酸飲料）の創業者フィッシャーの等身大のダンボールの切りぬき。すべてに意味がある。私を信じて。

意識的に考えているわけではないけれど、コーチェラは、私のADHD的時間認識がトレンドの発見にどのように結びつくのかを説明する良い例ではないかと思う。スピログラフの視界のなかで、私はポロのフィールドをグラム・クラッカーと歩き、ネオン・カーニバルをカーターと歩いている。頑丈なブーツ、美しいバレエシューズの足元に地球を感じる。正しいインフルエンサーが、両方の世界の最善が、美しいプラットフォーム・ブーツだと言えば、誰かが――女性が経営者の中小企業がいい――それを大量に販売することになる。

私たちは日の出前に荷物を積みこんで、プライベート・ジェットでパーム・スプリングスに向かい、ホテルのスイートに移動する。私のチームの人間がウォークインクローゼットにすべての荷物を整理して収納してくれる。金曜の朝、コーチェラのメインステージの裏に、グレイハウンド社のバスぐらいの大きさのRV車で乗り付ける。そこから72時間で、私が眠るのはたぶん10時間ぐらいだ。誰かが髪を整えたり、メイクをしてくれていたりする間に居眠りをしなければ、もっと短い時間かもしれない。

マリリン・モンローも、そのようにしていた——グラマラスチームが仕事をしている間、横たわって眠っていた。まるで死体にメイクを施すように。それは、あまり質の良い眠りではない。仮眠に近いものだ。週末だったらそれでもオーケー。虹色のリップとセーラームーンの髪型で目覚めるのはいい気分だし、コーチェラで過ごす週末を最大限に楽しまなければいけないから。

何よりも、音楽だ。メインステージのアクトの間に——ミーガン・ジー・スタリオン、ハリー・スタイルズ、ビリー・アイリッシュ、スウェディッシュ・ハウス・マフィアとザ・ウィークエンド、ドージャ・キャット——8か所のステージでは素晴らしいパフォーマンスが繰り広げられている。私はスケジュールを立て、文字通り、ひとつのステージから別のステージへとプラットフォーム・ブーツで走り回る。大好きなDJセットや、ネオン・カーニバルの時間を確保しなくてはならないからだ。

ネオン・カーニバルは、世紀の変わり目に私たちが愛したロサンゼルスで開かれるパーティーの残響のようなものだ。

ブレントが最近、「ニューヨークにはスタジオ54があった」と言った。「でも僕らには90年代と2000年代があった。ロサンゼルスで月曜日にクラブに行けば、まるでエミー賞のパーティーに参加しているようだった」

いまだに1999年のようにパーティーがしたいのは、私だけではないようだ。ネオン・カーニバルは、ハチャメチャに面白くて、カラフルだった世紀の変わり目のパーティーを連想させるキュレーション体験だ。最初は巨大な飛行機の格納庫のなかで行われていたけれど、10年が経過し、HITS乗馬センターに会場を移した。招待客は限定されている。チケットやテーブル席の販売はない。お金があるだとか、Instagramのフォロワーが多いなんてことは関係がない。

そこには私のようなセレブやカーターのようなベンチャーキャピタリストもいるけれど、名声やお金は解決策ではない。ベニスからやってきたスケーターの詩人や、オーストラリアからやってきたレースカードライバーや、日本から来たモデル、ケニアから来た広告業界の大物、様々な文化圏から来た人たち、様々な能力を持った人、うるさい人、静かな人、ストレートな人、ゲイの人、ドラァグクイーン、ドラマクイーン、内向的な社交家、社交家で内向的な人など、様々だ。全員に共通しているのは、私たちは生きていて、乳白色のネオンの魔法に照らされているということ。

ネオン・カーニバルではアヴァンギャルドなファッションが求められていて、例外はない。だから、衣装も、髪も、メイクも制御不可能だけれど、VMAやメット・ガラで目撃するほど高価な衣装や、動きにくい衣装である必要はない。期待を裏切って、その人なりの奇妙さのようなものを表現している人たちを見るのが大好きだ（それがなんであれ）。私はブラックライトの下で浮かび上がる、緑色のビーズをあしらった黒いミニドレスと、Ｑｕａｉとコラボした新作のサングラスを合わせ、ドールズ・キルのフリースの虹色のボンバー・ジャケット、ケータイを入れるためのホログラムの小さなバックパック、ケチャップ（ハインツとフライドポテトはマスト）、予備のティアラ（メリッサ・ロッシーがデザインする『ロッシー・クラウンズ』のプロダクト。完全オーダーメイドの美しい帽子や髪飾りを制作、Ｅｔｓｙで販売している）を持った。プレゼントしたい気分になったら誰かに渡せるから。それからフレグランスを数種類（男性用を身につけるときもある）、メイクキット、そしてバッテリーで動く小さな扇風機。だってホットだから。温度的な話。

２００８年の経済崩壊を皮切りに、Web2.0によるインターネットの民主化が加速した。誰もが、クリエイターによる型にはまらないコンテンツの「ロングテール」（訳注：インターネットショップ特有のビジネスモデル。多数の商品の販売量を積み重ね、売り上げを確保すること）コンセプトについて語り始めた。製品の発表窓口はもういらない。秘書も必要ない。自分の手のひらの上でマーケティングを作りだし、運営することができるようになったのだ。私はその最先端にいて、知名度が——良くも悪くも——プラットフォームに力を与え、映画、テレビ、そして伝統的なメディアの世界で素晴らしい機会を与えてくれた。

古い世界と新しい世界は全く別のもので相容れないと言う人たちもいたが、私にとってこの両者は健康的に共生できるものだった。確立された道はなかったし、学ぶことができるロールモデルもいなかった。私はただ翼を広げて、上昇気流に身を任せただけだった。

2008年の大統領選挙戦で、マケイン陣営が、「ハリウッドのセレブ」という、彼らが考える最悪の例として、どうしたことか私の写真を広告に使用することにした。彼らの意図はバラク・オバマと、対話に貢献しない愚かなセレブである私とイギリス人を同一視することだったのだろう。「Funny or Die」という比較的新しいウェブサイトが私に最高のアイデアを提示してくれ、私は一連の「パリスを大統領に」という偽物の選挙広告を制作した。せりふは私のお気に入りだ。

私（かわいい水着姿の私が椅子に座っている）「オーケー、私のエネルギー政策はこれ。バラクは外国の石油への依存を減らすために新しいテクノロジーに焦点を当ててると言っている。マケインは海洋掘削。ふたりの候補者のアイデアをハイブリッドするっていうのはどう？　厳格な環境監視をしつつ、限定的な海洋掘削を行い、デトロイトにはハイブリッドや電気自動車を製造するために税の優遇措置を設ける。そうすれば、新しいテクノロジーがスタートするまで海洋掘削を行い、新しいテクノロジーがあれば新しい雇用が生まれ、エネルギーの自給もできるってこと。エネルギー危機は解決！　ディベートで会おう、ビッチども！」

私はせりふを一生懸命に練習し、テレプロンプターが必要ないようにした。そうすることで、自分が話していることを理解していると示すことができる。赤ちゃんみたいな声は出さない。私自身の声。撮影クルーがハンプトンにまでやってきたので、同時に家族と時間を過ごすことができた。

母が「感謝祭には戻ってくるんでしょう？」と聞いた。

私は帰省すると曖昧な約束をしたと思う。家族と過ごす休暇を意図的に避けたわけではない。行かない理由はなかったけれど、行く理由もなかった。両親とはよい関係を保っていた。

2010年、InstagramとPinterestがサービスをスタートさせた。ヒットした映画は『インセプション』と『ソーシャル・ネットワーク』だ。パーティーの雰囲気は明らかに、何をしようとも、どこへ行こうとも、そこにはカメラを持った誰かがいて、言ったこと、あるいはやったことは、数秒以内に世界中に拡散されるという認識で変化を遂げつつあった。新年がスタートして数日でケイシー・ジョンソンが亡くなった。彼女は、子どもの頃からニッキーと私の親友で、彼女がInstagramに掲載していた最後の数枚の写真ではとても幸せそうだった。金色に輝くミニスカートを穿いて、へび皮のパンプスを合わせ、シャネルのバッグを手にしていた。私はお気に入りのハートをクリックした。想像することさえ難しかった――ニッキーと私が彼女に二度と会うことができないなんて。

2011年、私は30歳になった。芸術形式としてのソーシャル・メディアの新しい時代の幕開けだった。Twitterが流行の兆しを見せ、それにInstagramが続き、私はユーザーの最初の波に乗った。自分のグローバル・ブランドを拡大するためのチャンスと捉えた。自分自身が利益を得る可能性と共に、自分が信じる人々や信念を奮い立たせる機会を探していた。

私は新しいリアリティ番組を母と一緒にスタートさせた――『The World According to Paris』だ――一部は私が麻薬の不法所持によって社会奉仕活動をしている期間に撮影された。たいしたことではない。ほんの少し、マリファナを所持していただけだ。現在は合法だし、当時も合法であるべきだった――特に、PTSDのある人たちにとって――でも、当時は合法でなかったから、仕方がないってこと。私は200時間の奉仕活動をして、すごく楽しかったから、追加で350時間の奉仕活動をした。ロサンゼルスのホームレスを助けている団体に対して、人々の関心を集めることができて、とてもうれしかった。

リアリティ番組は楽しかったし、母も最高だった。旅行が私の人生の主役となっていたので、フレグランスのパスポートコレクションを発表した――パリ、サウス・ビーチ、東京、サン・モリッツ――そして世界中を旅して宣伝した。マドリッドのバイクチームのスポンサーとなり、ブラジル・ファッション・ウィークではレディー・ガガの『ボーン・ディス・ウェイ』が大音量で流れるなか、ランウェイを歩いた。旅行の写真をTwitterにポストすることを楽しんでいたのは、エキサイティングな場所に関してポストをするということは、自分が家にいないと知らせていることであり、盗みの被害に遭うと知るまでのことだった。

後に『ブリングリング』として知られることになった高校生の集団が私の家に複数回侵入し、宝石、靴、衣類、現金、そしてほしい物は何でも持ち去っていた。わかってる、わかってるって――溢れかえるようなクローゼットを持っている人とか、100万ドルの価値がある何かが無くなっても気づかない人に対して気の毒な気持ちになれないでしょうけど、家にようやく戻って何が起きたか気づいたときの私の気持ちは、冒瀆《ぼうとく》されたと思ったし、とても頭にきた。

自分のスペースを作るために、私は一生懸命働いてきた。家に戻ったときは、本当に疲れ切っていた。この場所は私の聖域のはずなのだ。再び安全だと感じられるまで長い時間がかかったけれど、引っ越す気持ちにはなれなかった。逃げるのはもう終わり。それに、この家は私にとって本当に特別な家だった。ソフィア・コッポラが『ブリングリング』を撮影するとき、この家を使いたいと頼んできたのだ。

「再現することなんて絶対に無理。本物でなくちゃ」と彼女は言った。

実際に起きてしまったことを芸術作品に変えることは、ある意味癒やしでもあった。エマ・ワトソンは大好きだし、他の共演者たちも素敵だった。撮影スタッフはこの家には実際に誰かが暮らしているという事実をリスペクトしてくれていた。

私の人生、私のビジネス、そして私のブランドは、「ホット」でいることを愛し、美しい物を持ち、かわいいペットが暮らしているゴージャスな家に住むことを喜び、楽しい時間を過ごす方法を知っている女の子たちと遊ぶことを目的としていた。ポップカルチャーが、クレオパトラの時代以来の全盛期を迎えている時期に、私は成人となった。それが起きている間は、すべてが最先端のように思えた。ランウェイ、パーティー、人前に出ること、スキー、スカイダイビング、かわいいペット、美しい人々、アイコニックな写真撮影、シスターフッド、ビジネス、フレグランス、家族、ファン、ナイトクラブ、まつげ、バッグ、女性らしさの再定義、音楽を作ること、見る人の目の中に美を存在させる、アートを体験とすること、アートを体験することを生き方にすること——すごくたくさんある。わかってる。たくさんあっても平気だよ。

私たちは有名人になるという意味を変えた。私のリトル・ヒルトンズと私が。より大切なことは、「自分自身になる」という意味を私たちが変えたことだ。

第20章 カミングアウト

アムネシア（訳注：スペインのイビサ島にあるナイトクラブ）は、私が忘れるために行く場所。何かを忘れたいと思ったとき、イビサ島（スペインと北アフリカの間の地中海に浮かぶ島）の中心に位置するアリーナ程度の広さのあるこのクラブの、言葉では言い表せないエネルギー以外、何が必要だっていうのだろう。

このクラブについて初めて耳にしたのは、私が15歳のときで、家族とウォルドルフに住んでいた。父に頼みこんでみたが、「だめ、だめ、だめ。イビサはだめだ。あそこは評判の悪いパーティー三昧の島だ。いい子が行く場所ではない」と言った。だから、成長するまで、そして自分で費用を稼ぐまでは行くことができなかった。

２００６年、私は忘れられない旅を計画した。私、キャロライン・アモーレ、そしてキム・カーダシアンとのガール・トリップだ。友人のジェイド・ジャガーの家の裏にあるテントで私たちは過ごした。とても自由な雰囲気でクールだった。キムは普段あまりクラブには行かないタイプで、私も彼女もアムネシアのような場所に行ったことはなかった。

このスーパー・クラブは、島の周囲にあるバーが閉店するまで開店しないので、パーティーは午前3時になるまで始まりさえしない。多くの人たちがダンスをし、音楽を楽しむために行く。飲むためではない。キムと私は賢く、互いの面倒を見ていた。信頼できるバックアップ体制がガール・トリップの不可欠な要素だ。ノンストップの音楽が大きすぎて声が聞こえないので、信頼できるパーティー仲間を集めて、互いに気を配るようにするのだ。

アムネシアのプロダクション・バリューは手に負えないものだった。桁外れのサウンド・システム。人々を照らす最高のレーザー・ライト。音楽は独特のハウス・スタイル――この島で生まれたバレアレス・ビートが鳴り響く。私たちはVIPのエリアにいてDJが複雑なデッキやミキサーが並ぶブースで動く姿がよく見えた。この時がDJとは何をしている人なのか、そのパワフルさを知る初めての機会だった。まるでロック・スターのように場を仕切っていた。数千人の人々を、手のひらの上で操るように。

そしてキャノンから泡を発射していた。

ドレスコードもあった――ショートパンツ、Tシャツ、ビーチサンダルは禁止――ほとんどの人が服の下に水着を着ていた。私はカクテルドレスを脱いで腰に巻き、ビキニ姿で踊り続けた。

「パリス！　**Ven aqui!**（**こっち！**）」

泡ガールズがレールを越えてくるように手で招いてくれた。

私は泡キャノンを手にして、レモンの香りのする泡を下にいる人たちに向かって発射した。

誰もが大喜びして、バブルバスに入れたゴムのアヒルみたいに飛び跳ねた。キムも私も笑いが止まらなかった。子どもがウォータースライダーを滑り落ちたときに見せるような喜びで、私たちの顔は輝いていた。痺れるような幸せ――私が5年にわたってアムネシアで開催した「泡とダイヤモンドのパーティー」で、私がみんなに感じて欲しかったのはそれだ。くたくたに疲れ切り、幸せで、キラキラ光る朝日のなか、目を細めながら家路についてほしかった。私たちがそうしたように。

私はホテルに戻って寝たかったけれど、キムがイビサの日常を体験したいと希望したので、私たちはビーチまで行き、白い砂の上に寝そべった。

キムは腕で目を覆いながら、笑っていた。

「最高だった」

「あのDJはホットだった」と私は言った。「いつかあそこに立ちたい」

「女の子だって夢を見ていいんだよ」

「ロンダ・バーンの『ザ・シークレット』にはこう書いてあるの。『人生があなたを作っているのではなく、あなたが人生を作るのです』って。私も人生を作ってみせる」

「あなたと『ザ・シークレット』。まるで取り憑かれてるみたい」とキムは言った。

「でも、本気だよ」

「あなたを信じるわ」と、うたた寝をしながらキムは言ったけれど、本気でそう言ってくれていたと思う。

私は「私もあなたを信じてる、ベイブ」と答えた。

水は冷たく、強烈な青色だった。キャロラインと私は腕を組み、空気を入れたいかだに寝そべり、一晩中踊り明かした疲労感で居眠りをしてしまい、800m沖まで流されてしまった。

これは私が実際にDJを始める何年も前の出来事だけれど、スイッチが入ったのは確実にこの時だった。パーティーに行くことで稼ぐことができると気づいたのは10代の時だったけれど、多くを学び、世界中の最高のパーティーに行き、最高のクラブに足を運んだ。セレブを見るために人々はやってくるけれど、素晴らしいDJだけが、私たちがあの夜、イビサで目撃したような痺れる経験を作り出すことができる。技術を学ぶことができたら、私はその両方を叶えることができると考えた。

私が最初に学んだのは、それは見た目よりもずっと難しいということだった。そうだったとしても――私は知ったかぶりをせずにちゃんと質問ができる賢い人間だ。マイク・ヘンダーソン、別名DJエンドーという最高の男性が、ハードウェアとソフトウェアの基本を教えてくれた。その先数年は、他にやっていた100万個ぐらいのことの合間を縫うようにして、DJについて数百時間をかけて学び、YouTubeでトリックを見ては自習し、自分自身でトリックを作りだした。大きなフェスティバルにはすべて行った――バーニングマン、コーチェラ、ウルトラ、トゥモローランド――観察し、吸収し、エネルギーを感じ、人々をジャンプさせ、大暴れさせ続ける方法を習得していった。

大半が男性によるビジネスの世界に身を置く女性と同じように、条件反射的な抵抗にも遭った。

私がギグを始めた当初、一部の人たちはそれは本物の私ではないと言い始めた。自分の中で、その考えに追いつくことができなかった。私はよりいっそう努力し、自分自身の能力を証明して、どんどん力をつけていった。アメリカ、中国、ヨーロッパ、そして中東の音楽フェスティバルやメガクラブをブッキングするようになっていった。そしてとうとう、イビサに戻ったのだ。

5年間のアムネシアでの舞台には、家族、友人、そして数千人のファン——本当に多くのリトル・ヒルトンたち——多くの美しい人たちが世界中から集まってくれた。そしてそれは、私が思い描いていたことのすべてだった。夏、数週間を確保するのは簡単なことではなかったので、2017年の締めくくりのパーティーが、イビサを訪れる最後の機会になるとわかっていた（少なくともしばらくの間は）。イビサは大好きだったけれど、ビジネスが急成長していたのだ。

フレグランス事業は30億ドルもの利益をもたらし、スキンケア、靴、衣類、バッグ、リップスティック、照明、室内装飾、ペット・ファッション、そしてインスピレーション・ボード（訳注：アイデアやイメージをコラージュするボード）に貼り付けられるもののすべてを含む、19ものライフスタイル・ブランドに関わっていた。スパとナイトクラブを含む不動産事業では、曽祖父の進んだ道を辿り、自分自身のホテルをオープンさせた。作詞し、音楽を録音し、常に映画の撮影に参加したり、自分に合った場所に、正当な報酬を受けて出向いたりしていた。

20年の間、私は世界中にすべてを見せて生きてきたけれど、隠し続けたこともある。その努力によって、私は効率的で、客観的になり、めまぐるしい速さの成功、魂が潰されるような裏切り、そして驚くほど多くの失敗に耐えることができるほど強くなった。

それでも、遅かれ早かれ、誰もがイビサを去る時がくる。

アムネシアは私にとって十分ではなかった。どれだけ努力しても、どれだけ激しくプレイしても、結局は眠らなければならないし、眠れば悪夢を見て、思い出す。まるで、刑務所で過ごした時間が、長期にわたって幽閉されていた地下室のドアを開けたようなものだった。悪夢は決して私を許してはくれなかったけれど、23日間の服役がそれを新しいレベルにしてしまった。悪夢はふたたび、現実として戻って来た。すぐそば。身体的。危険。叫び声をあげて目を覚ますだけではなかった。まるで泥だらけの川底に囚われていたかのように、空気を求めてもがいていた。目を覚まし、ベッドにラップトップを持ち込むこともあった。それは健康的な習慣とは言えなかった。初めて「プロボ・キャニオン学園」とGoogleで検索したとき、あの場所が当時も存在していたことに衝撃を受けた。長い年月が経っていたというのに、誰も、何もしていなかったのだ。私を含めて。罪悪感はまるで蜂に刺されたような感覚だった。なぜなら、小児性愛者、虐待する人間、そしてレイプする人間がやることだから。やつらは、自分たちを脅かす何かを子どもに与えることで、間違った行いに加担させる。今となっては誰もが知っている。私たちはやつらを止めることができる。何もやらなかったら、次はあんたの番だ。もちろん、これは完全なるクソで不公平で嘘っぱちだけど、その重荷を背負っているのは私だけではないことはわかっている。多くのサバイバーたちが自身の経験を私に話し、一緒に泣いてくれた。あの場所を過去とするために私たちが努力していた時期に、つらい思いをしていたすべての子どもたちに対する後悔に苛まれている。私たちの正気は——時には、生き残りそのものが——あの場所を忘れること、あの日々を二度と考えずに済む人生を築き上げることに苦心していた。

Reddit（訳注：アメリカの掲示板型ソーシャルニュースサイト）やフォーラムの台頭と共に、プロボやCEDUのサバイバーたちが、見捨てられた子どもたちと、彼らへの虐待の悲惨な歴史をまとめ始めた。それは惨めなものだった。依存症、PTSD、自殺、睡眠障害、家族の崩壊。そして大量の金銭がやりとりされていた——**息を飲むほどの金額だ**。莫大な金額が、民間や公的資金を通じてこのような施設に支払われた。訴訟や告発をかわすために法人格を変更し続けるやり方は、クソみたいに最悪だ。CEDUエデュケーションは、1998年にブラウン・スクールズに売却された。彼らは2005年に破産を宣言し、ユナイテッド・ヘルス・サービス社に買収された。やつらはまるでモグラ叩きみたいに、姿を現したり、消えたりした。説明責任を追及する努力も行われたようだが、彼らに責任を負わせることはできなかった。

私は目をそらさねばならなかった。自分自身に言い聞かせなければならなかった。**これは私の責任ではないと。私ができることは何もなかった**。私が参加するわけにはいかなかった。掲示板に書き込みをしていた誰かが私のことを記憶していたら？　あの頃、私のことを嫌っていたとしたら？　だって、あのラップ会で起きたことは？　カンガルー・キックは？　私のせいにされてしまった、注射器で職員を刺すという例の話は？——ありとあらゆることだ。私のブランドは私のビジネスよりも大きく成長していた。それは私のアイデンティティとなり、力となり、自尊心となり、独立心であり、人生のすべてだった。

私は自分のブランドを守らなければならなかった。ブランド以外のものは——守る必要はない。**禁止**。それは手に入れてはならない。

私は安全地帯に避難した。それは仕事だった。Facebookは2012年にInstagramを買収し、Twitterは Vineを買収した。私は上海でメガネのブランドを立ち上げ、今でもお気に入りの15番目のフレグランス「Dazzle」と共にツアーを行い、スペイン人モデルの恋人と別れた。主にヨーロッパとアジアにオープンしたパリス・ヒルトンブランドの40店舗の小売店とフランチャイズ契約を結び、ハンドバッグ、スキンケア製品、サングラス、そしてその他ブランド商品を販売した。

2013年から2014年、アトランティック・シティーやイビサでDJの仕事をしていない時期、スペイン、フランス、ポルトガル、韓国、そしてアメリカでショーに出演していない時期は、自分自身の音楽制作をするためにスタジオに籠もっていた。新しいシングル『High Off My Love』と『Come Alive』を作り、昔から愛してきたテーマ音楽と共にセットに加えた。それまで以上に、ウルトラ・ナテの『フリー』を身近に感じていた。

子どもたちがプロボ・キャニオン学園に囚われているという考えを頭から払拭することはできなかったけれど、学校が私を訓練した通りにしか考えられなかった。それは、無だ。

助けたかった、でも誰に訴えればいいのかわからなかった。何をやったとしても、自分が注意深く積み上げてきた物語を危険に晒す。それは私の家族を傷つける、あるいは辱めることに繋がる可能性があった。

母方の祖父であるパパを守りたかった。彼は年齢のわりにはとても元気だったけれど、2004年にナナが亡くなってからというもの、パパからは輝きのようなものが失われていた。彼は決して繊細な男というわけではなかったけれど、自分の人生をビジネスの世界で開花させた私は、パパとは似た者同士だった。その関係性は私にとっては重要だった。2014年、私が不動産ビジネスに興味を持ち、フィリピンにパリス・ビーチ・クラブをオープンすると、パパはとても喜んでくれた。彼を夕食に連れ出すたびに、パパラッチを避けるために裏口から出たほうがいいか聞くのだけれど、彼は私の腕を取り、表から堂々と店を出るのが好きだった。

母と父が、私が成し遂げたすべてに関して誇りに思ってくれていることは、大きな意味があった。NRJ DJアワードでは最優秀女性DJ賞を受賞し、『タイム』誌は私について、一回のギグで最高100万ドルを得る、業界で最も稼ぐ女性DJと書いた。この文脈から「女性」が無くなる日に向けて、私は今でも努力を重ねている。今となっては、素晴らしい女性DJはたくさん存在している。女性DJだなんて、古くさいと思うのだけれど。チャンスは山ほどある。男の子たちは恐れないで。あなたが優秀だったら、仕事は回ってくる。競争があるということは健康的でしょ？　ニッキーだって最高の人生を送っていた。ジェームス・ロスチャイルド（訳注：銀行家。ジェームス・ド・ロスチャイルド男爵の子孫）と婚約した。彼はａ：素晴らしい人物で、b：ロスチャイルド家の人間だ。つまり、私は過去の喜ばしくないことを蒸し返して、家族の乗る舟を揺らすような行為をしたくなかった。

2015年、『High Off My Love』がビルボードのクラブリストの3位になり、ミルウォーキーで開催されたサマーフェストでは5万人の観客に向けて演奏をし、ニッキーはジェームスとケンジントン宮殿で結婚式を挙げた。多くの良い時期、そして悪い時期を一緒に過ごしてくれたティンカーベルが亡くなったことが、本当につらかった。彼女は14歳で老衰でこの世を去った。

TikTokがサービスを開始したのは2016年で、瞬く間にセンセーションを巻き起こした。ドナルド・トランプが大統領になった。そして私はニッキーとジェームスの間に美しいリリー・グレース・ヴィクトリアが誕生したことで伯母となった。彼女の妹、テオドラ・マリリンは2017年に誕生している。パリス伯母さんとなったことは、新しいレベルの激しさを私から引き出した。この素晴らしい、小さな生き物が成長する様子を観察していると、心の底に自分の幼少期の記憶が甦ってくる。私はかつて、喜びに満ちた、自由な魂を持つ、人魚のような子どもだった。そして……いろいろなことが起きた。

TikTokもInstagramも、私の人生を完璧なおとぎ話のように見せかけるためには便利なツールだったけれど、実際のところ、エリートが集結するプレパラトリー・スクール、アイビーリーグの大学、海外の大学院での学び、動物科学分野でのキャリア、素敵な夫と子どもたちといった、おとぎ話のような生活は存在していなかった。想像するチャンスを得る前に姿を消してしまった。その時の私は『シンプルライフ』の登場人物の劇画に閉じ込められていて、私だけれど、私の人生を生きている私は本当の私ではないという状況だった。

ソーシャル・メディアが新しい現実になった。

自分はセルフィーにとって代わった。

プライバシーは商品化された。

集中力が持続する時間は、すべて広告スペースに吸収された。リタリンによって麻痺させられたすべての世代の子どもたちは、どうにかして繋がる技術を再発明することに成功した。

私はエンパワメントの波に流された。すべての年代の女性たちが、それまで退けられていたことに気づいたのだ。私は自分の皮を脱ぎ捨て、赤ちゃん声のキャラクターを捨てて、必死に努力していた。マリリンが進化する機会を得られなかった女性になりたかった。イット・ガールのインフルエンサーだ。

私の行うことはすべて、またたくまに先端技術に結びつけられた。音楽、ソーシャル・メディア、DJ、ヴィジュアル・アート、製品開発とデザイン、NFT、そして次にやってくるものすべて。子どもたちをその環境でどのように育てるべきか、私とカーターは頻繁に相談している（子どもについて話をしている。なぜなら、いつか必ず子どもを持ちたいから）。

「今の時代に13歳の女の子でいるってどんな感じか、想像できないな」とカーターに言った。

「スクリーン・タイムに関しては厳しくしないと」

「僕の両親も同じ問題に直面していたよ」と彼は答えた。「でも、ふたりが直面していたのは、コンピューターの時間とビデオ・ゲームの時間だった。僕の両親が直面していたのは、新しい、テレビという技術だ」

びっくりするよね。あっという間に時代は変わる。

でも、私の周りにはレンガの壁が立っていた。私は必死に努力して、それを維持していた。残念な選択もしてきた。害のある影響も許してきた。常にお金を求める、常に注目を求める、あるいはその両方を求める強欲な取り巻きや、美しいいじめっ子たちに多くの時間を無駄にしてきた。偶然にもしっかりした男性と巡り会ったとしても、私は物事をぶち壊す方法を必ず見つけるのだった。

「あまり気の毒には思えないよ」と、私が今思い出すこともできない男と別れた時、ニッキーが言った。「子どもと夫がほしいのなら、その方法を見つけるはず。もしかして、望んでないんじゃないの。社会からそれを求められている、と思っているかもしれないけれど、大きな責任だよ。本気で欲しいと思わないなら、やめたほうがいい」

本気で欲しいと思っていた。本当だって！　でも私の中の何かが、パパとナナ、母と父、そしてニッキーとジェームスの間にあるパートナーシップに対して素直になれないのだった。私にはその能力がないのだと受け入れるしかなかった。**自分はひとりでいたほうがいい**という昔からの教訓を忘れたとは思えなかった。

私は年に250日旅行をしていた。私の時間は創造と啓発に費やされていた。物事をスタートさせる。それが私に不可欠なこと。そしてこのような活動のすべてが、私を記憶から遮断するものだった。ギグ、フライト、そして写真撮影。カメオ出演と使い捨ての彼氏が、私が自分の周りに築いたレンガの壁だったのだ。ニッキーよりも私を知る人間はいない。それなのに「ロンドンの全寮制の学校」に通っていたとされる時期、私に実際に何が起きたのか、ニッキーにも一切語っていなかったことが、それだけ深い場所まで事実を葬り去っていたことの証拠だ。

２０１７年、私はマリリン・モンローとダイアナ妃が命を落とした36歳になった。ふたりが残してくれた道しるべはここで終わった。**何かが起きなければならない**という奇妙な気持ちが湧いてきていた。リアリティ番組への出演オファーは常にあったが、いつもは検討することもなく断っていた。後戻りはしたくなかったからだ。

しかし、ドキュメンタリーシリーズ『リア・レミニ〜私は元サイエントロジー信者〜』の制作総指揮をしたアーロン・サイドマンから、繰り返し連絡を受けていた。彼が行っていた調査と、彼の描こうとしている物語の要旨を聞き、口説き落とされた。

初めてのミーティングでアーロンは「多くの記事を読んで、ウサギの穴に落ちてしまったような気分です。正直なところ、多くの記事は手厳しいものだったと思います。批判的でした。このような記事を消費しているのって、どういう人たちなんでしょう。20年以上にわたってパリス・ヒルトンに執着しているわけです。ヒルトン姉妹のゴシップが継続的に流されている一方で、あなたたちは自らのことを語っていません。人々が噂話をしているというのに、スキャンダルが出るたびに、ヒルトン一家はいつもの防戦態勢になる。広報の男性を送り込んで、非難を一手に受けさせる」

私は微笑むしかなかった。エリオットがシャルドネを飲む姿を想像しながら。

さびついたものをきれいにし、輝きを倍にする。

「ノンフィクションのストーリーテラーとして、もしあなた自身が物語の主人公で、チャンスがあったとしたら、何を語るのかに関してどんどん興味が湧いたのです」

私もそれには興味があった。私が制作し、出演した『アメリカン・ミーム』はソーシャル・メディアのインフルエンサーについてのドキュメンタリー映画だけれど、この映画も同じように映画っぽくしたかったし、怖くて、面白くて、エンターテイメントで、辛辣にしたかった（そしてこの本に対する私のビジョンも同じ。成功していることを祈る）。私はドキュメンタリー作品に参加することを承諾した。企業のブランディング・ディーバのパリス・ヒルトンが世界中を飛び回り、ガール・ボスで、ファンに挨拶し、主要音楽フェスティバルで演奏し、ホットな男性とデートするという内容だ。ビバリー・ヒルズの自宅であるスリヴィントン邸にファンを招き、曽祖父が築きあげた桁外れのホテル・チェーンの伝統を受け継ぐ、世界的企業を設立するために毎日何をしているのかを見せたかった。

「全寮制の学校での日々」での真実を明らかにするつもりはなかった。でも、デミ・ロバートが私の世界を揺さぶることになった。

私はデミのことを知っているし、大好きだけれど、世界中の人々と同じように、２０１７年製作のドキュメンタリー映画『Demi Lovato: Simply Complicated documentary』の彼女の、あまりにもリアルで、脆弱で、そして勇気ある姿に驚いた。

イビサで最後のショーを行ってから間もなく、デミの自宅で行われた『Sorry not Sorry』のミュージックビデオの撮影で、パーティーシーンのDJ役として出演した。ドキュメンタリーでデミは、つらい過去の、痛みを伴う報いについて語っていた。彼女とは、自分の受容と発見という難しい時期に、実際に会っている。

それを受け入れた彼女を羨ましいと思っていた。自分も、同じような発見をしたいと思った。私が最も影響を受けたのは、デミの勇気だった。彼女のその勇気を見て、私も勇気を得たのだ。自分のブランドにどのような影響を与えるのかと心配するのではなく、もし私が隠れていた陰から姿を現し、真実を語ったら、問題児産業にどのような影響を与えられるか、と考えるようになった。

アレクサンドラ・ディーンが『This is Paris』の製作に参加してくれたときはうれしかった(彼女のドキュメンタリー『Bombshell: The Hedy Lamarr Story』は、映画界の女神で同時に科学者だったヘディ・ラマーの隠された人生に焦点を当てている)。アレクサンドラとスタッフが私を追いかけはじめ、大陸から大陸へと移動する私の過密スケジュールに同行し、イベントやインタビューの撮影をして、どこへ行こうとも(地理的にも、スタイル的にも)会いに来てくれるファンを紹介してくれた。この関係が、唯一うまくいくように思う。私と、私が知らない人たちとの関係だ。一日の終わりにひとりになって孤独になると、愛を感じた。悪夢が常にそこにいて、壁紙と無機質なホテルの部屋に飾られた絵画の間に辛抱強く身を隠していることを知りながら、明かりのついた世界から離れて眠ろうとしなければならない。

数か月間にわたって、空港、ギグ、店舗、そして私のクローゼットの様子を撮影し、そして韓国のソウルに到着した。私は疲れ切っていたけれど、アレクサンドラはリアルな瞬間を撮影したがった。私は小型カメラを構えた彼女をホテルの部屋に招き入れた。彼女は私がつけまつげを外す姿を撮影し、静かに座った。私は毛布にくるまって、ケータイを探し、バッグの中を引っかき回し、寒いと文句を言った。彼女はインタビューしたいことがある人だったら普通にするように、私に質問を投げかけたりはしなかった。彼女はただ私と一緒にいてくれた。眠れない時間を一緒に過ごし、彼女の静寂はまるで磁石のようだった。

私はドリーム・ウォーター（訳注：睡眠補助飲料）を飲み干した。ラベルには「すっきり目覚めよう！」とあった。

「夢の中では、すっきり目覚めることなんてない。すごく疲れてる。私はただ……頭の中では次の数か月のことばかり考えている状態。ノンストップだよ。世界中を旅してまわって、見るのはホテルの部屋とクラブと店舗ばかり。自分が誰なのかもわからなくなる。私はいつも、仮面をかぶっている……幸せで、完璧な人生を送っているという仮面を。私には計画があったんだ。ブランドを立ち上げて、このペルソナと、このキャラクターで生きようって。その時以来、ずっとそう。昔の私はこんな人間じゃなかった」

それはスカイダイビングの瞬間のようだった。真実を伝えることで、何もない空に身を投げた。

「子どものときなんだ。あれが起きたのは」

アレクサンドラは足を組んでベッドに座り、カメラをしっかりと構えた。私はすべてを語った。

「あいつらは私からすべてのコントロールを奪って、私は何もかも、何もかも……基本的な人権をすべて奪われて、とにかく**なんにも**できなくなるんだ……歩くことだって、話すことだって、トイレに行くことも、咳をすることさえ……普通の人間がやることはすべてできなくなる。やろうと思ったら許可を得なくちゃならない。それから部屋に閉じ込められるんだ。管理される。そして山ほどのルールを与えられて……本当に意味がないルールなんだよ。あれは本当に、本当に、不可能……ああもう、わからない。精神的な拷問なんだ。クレイジーだよ！　本当に起きたことだとは思えない。この話をするときは、**本当に現実なのかな**って考えるんだ。でもオンライン上にいるサバイバーたちが……私のような経験をした人たちがいるし、あの人たちは理解してくれるんだけど、声が届いていない。刑務所よりも最悪な場所に子どもたちがいるということを**信じてもらえていない**」

途切れ途切れだったけれど、この本に書いた内容を、私は彼女に伝えた。すべてを話し終えたとき、空が夜明けの光を放ちはじめていた。窓の外に見えるソウルの街は、信号機と高層ビルの建ち並ぶ、真っ青な海のようだった。

アレクサンドラと私はホテルのベッドに横たわり、肉体的にも感情的にも疲れ切っていた。

私たちは泣いていた。カメラを何時間も構えていた彼女の腕は、疲労から震えていた。今思い出しても泣けてくる。彼女のスタミナと忍耐強さと、**ただ耳を傾けてくれた**寛大さに。

「夢の中にカメラを持ち込めたらいいのに。そうしたらあなたに見せてあげられるから」と私は言った。「本当に怖い。でも、悪夢を止める唯一の方法は、何か行動を起こすことだと思う」

『This is Paris』の撮影と編集を通して、アレクサンドラは私が基本的な安全圏を大いに越えて語るように説得し、衝突したときには緊張した空気が流れた。私はアレクサンドラがプロボで一緒だった女の子たち数人と私を再会させたときにはとてもナーバスになった。映画の最後のシーンはプロボ・キャニオン学園を回想している。この地獄のような場所を閉鎖させるという使命を持って、サバイバーたちと共に立ち上がり、「沈黙の掟」を破ったのだ。

最も恐ろしかったプロセスは、母と一緒に座って、何が実際に起きたのかを伝えることだった。母の表情を窺うと、最初の不信感はやがて衝撃と深い悲しみに変わっていくのがわかった。私が母のために涙を流した時間を――恐怖の夜、惨めな日々、心が**ママ**、**ママ**、**ママ**と呼び続けていたとき――まるですべて一度に耳にしたような表情だった。圧倒され、彼女は両手で顔を覆い、額に指を当てていた。そして長い間沈黙が流れた。再び母が顔を上げた時、表情は落ち着いていて、美しかった。プレッシャーを感じながらも、優美な仮面をつけていた。彼女は彼女自身の方法でそれを処理しなければならないのだ。

最初、母はいつものように、すべてをラグの下に掃いて隠してしまうのではと思ったのだけれど、数日後、母からメールが送られてきて、プロボ・キャニオン学園のサバイバーたちの記事へのリンクが貼られていた。まるでウサギの穴に私と一緒に落ちる準備ができていると言いたげだった。その時から、私たちはゆっくりと、注意深く過去についての話し合いを重ね、互いの気持ちを尊重した。これ以上痛みを重ねることは望まなかったから。

支援活動は拡大し、私は今現在拘留されている子どもたちを守るための急務の法案の提出に注力している。一方で、問題児産業によって引き裂かれた家族についても、痛むほど理解している――家族が危機に瀕し、最終的には完全に解体され、巨額の債務を抱え、深い、深い、傷を心に負った人たち。彼らにも助けと癒やしが必要だ。

法的な措置を求める行動において、母が隣にいてくれることは、そういった家族に希望を与えるはずだ。私たちの間で、すべての問題が解決できたわけではない。そうできるかどうかもわからない。公の場において、母がこの話題について語ることは、驚くべき勇気を要するはずだ。彼女の存在は、シンプルでパワフルなメッセージを送っている。**ママはここにいる。**

第21章 出会い

カーターは、自分が私の**クラブ熱**を治療したと言うのが好きだ。その言葉は、言い換えればFOMOだろう。そして私のFOMOはネクストレベルに強烈だった。私は失われた時間を取り戻さなければいけないという気持ちで、何年間も強迫的にクラブに通い続けた。メリーゴーランドは回り続け、同じ地球規模の道を辿り続けた。カンヌ映画祭。レッツ・ゴー。カンヌのあとはモナコ・グランプリ。そこからはイビサに行き、そしてサン＝トロペ、トゥモローランド、コーチェラ、バーニングマン、ウルトラ・ミュージック・フェスティバル、アート・バーゼル、マイアミ、そしてEDC（エレクトリック・デイジー・カーニバル）だ。見逃せないイベントがカレンダーいっぱいにあり、イベントの合間を縫うようにしてレッドカーペット、映画のプレミア、そして大規模なアフターパーティーに出席した。私は新しい家を改築して、クローゼット、レコーディング・スタジオ、そして家にいるときに友人を呼ぶ大人バージョンのクラブ・パリスを何エーカーもの敷地に作った。

この時期に、私とカーターは何度も出会っていた。彼は同じフェスティバルやイベントに何度も来ていたし、彼は私に、弟のコートニーといとこのジェイが私の家で開かれたパーティーに行ったことがあると教えてくれた。私はふたりを招待していない――そもそもふたりを知らなかった――でも共通の知り合いが多く、ふたりはパーティーに馴染んでいたようだ。話によると、ジェイはスヌープ・ドッグとシュグ・ナイトと一緒に、2階の部屋で大麻を吸っていたらしい。ジェイはミシガンの家に戻ると、それを言いふらし、家族のお気に入りの逸話となったそうだ。「スヌープとシュグと一緒にラリったジェイの話」

カーターの家族は休暇には必ず家に集まる。彼はシカゴ郊外の小さな町で育った。彼は中西部出身の男性で、私は彼のそんなところが好きだ。大学を卒業後、彼はゴールドマン・サックスで働き、その後コートニーと共にロサンゼルスに引っ越して、高級アルコールブランドVEEV社――アメリカで最も急成長を遂げる企業のひとつ――を設立した。そして2016年にベンチャー・キャピタルのM13を立ち上げた。彼は私たちが同じ場所に同じ時間にいることが多かったから出会うことができたと言うのが好きだけど、実は、私は彼の存在に気づいていなかった。夜の女王になるので忙し過ぎたのだ。2019年8月、『This is Paris』の編集作業中、私はバーニングマンを楽しんでいた。友だちが挨拶をしにやってきて、写真を撮影した。そこにカーターがいた。私は彼を見ていなかった。

本当に不思議。きっと私たちは結ばれる運命だったのだろうけれど、私の準備ができるまで、神様は彼を私に見せてくれなかった。

秋、休暇の計画が始まって、母は感謝祭には家族と友人と共にハンプトンまで来てほしいと言った。それは私が15年もやっていないことだった。私は常に働いていた。常に、ロンドンとかインドとか、行かなければならない場所を探し、両親と夕食の席に着かなくてもいいようにしていた。特に、ニッキーとジェームスがドバイに行くと聞いてからは、**絶対に嫌**だった。「母と父と私で食事なんてしないから」と私は言った。「そんなのダサすぎる」

ニッキーは偉そうな妹の声で「パリス、いいから家族に会いに行きなさい。孤児みたいにならないで。女の子たちだって来てるんだよ。リリー・グレースとテディなんて、ずっと会っていないでしょ。ふたりの成長は早いんだから」と言った。

私はニッキーに考えてみるとは答えた。そしてロサンゼルスを見渡して、驚いてしまった。家族から離れてさまようことに疲れ、役割を演じなければならないパーティーにうんざりしている自分に気づいたのだ。

家に戻る時が来たと考えた。

感謝祭の週は料理、食べること、そして人々の訪問などで大忙しだった。母は友人の家の夕食に招待されていて、一緒に行かないかと私を誘ってくれた。母は、私が寝なくちゃだとかショッピングに行くだとか、何か理由をつけるだろうと思っていたそうだけど、私はあっけらかんと「いいよ」と答えた。退屈するだろうなと思っていたけれど、到着するとキュートな男性がいた――背が高く筋肉質で、素晴らしい笑顔と優しい目――私は、オーケー、**これってちょっと面白いかもと思った**。カーターの姉のハーレが、母の友人の息子と結婚していた。この年の2年前にカーターの父が突然この世を去って、カーターは母シェリーに寄り添っていたのだ。彼女は『マグノリアの花たち』に出てくるようなタイプの女性だ。カーターが彼女の世話を焼く様子はとても微笑ましかった。注意深いけれども監視しているわけではなく、思いやりを持ちつつ、とても頼りがいがあるように見えた。彼は常に視線の隅に彼女を置いていた。

カーターは私を見て、そして目を輝かせた。ホット・チョコレートを飲みながら暖炉の前に座る私を見たとき、私とふたりきりで話をすることができるよう、他の人たちを追い払うよう弟に頼んだそうだ。私たちは、**ハーイ、こんにちは**という挨拶の基本を済ませた。そして私は、この男性は私が彼を知っていると勘違いしていると気づいた。彼はバーニングマンでのことを話し、私は失礼なことをしたくなかったので、「あ〜、あのとき〜、モチロン」と答えた。彼が私の予定を聞いてきたので、「ダライ・ラマとお友だちと一緒に旅に出ることになっているの」と答えた。

彼は「え、僕の知り合いも行くんだよ、その旅に。君の電話番号を教えてくれないかな。紹介するよ」と言った。実際のところ、彼はその旅に行く人なんて誰も知らなかった。あまり強引に思われないように、なんとかして私の本物の電話番号を聞き出すための作戦だったようだ。

招待客たちが夕食の席に着き始めたとき、私はメイクを直すためにパウダールームに駆け込んだ。カーターはテーブルに移動し、母を左の席に、そして右側に置かれた椅子を占拠して、私のために空けておいてくれた。彼の横に座っても、彼はクールに振る舞おうともしなかった。彼は私の横に座ることができることに、ただ大喜びしていたのだ。

夜が更けていく中、私たちは家族、アート、人生、ビジネス、そして共通の情熱である仕事について語り合った。そしてカーターは、私がどうやって彼を外に連れ出してキスしようと考えている間中、仕事に関して延々と語り続けていた。

サーバーの一人が私に身を寄せ「ミス・ヒルトン、お食事が進まないようですが、何か他にご用意いたしましょうか？」と、静かに聞いてくれた。

私は「結構です」と答えた。「キュートな男性の前では食べたくないから」

夕食が終わると私は彼に外を散歩しようと言い、そして彼に飛びついた。テニスコートのフェンスに彼を押しつけてキスして、それから私たちはティーンみたいに10分とか15分の間、体を寄せ合った。

カーターは「これは予想外だったな」と言った。「欲しいものは手に入れる」と、夜の女王が答えた。「さあ、行かなくちゃ」とカーターは言った。「今夜、街に戻るんだ。プラザ・ホテルに母と弟と宿泊しているものだから」

私は、**ちょっと待って、は？　これだけ？**　って感じ。そして彼らは去って行った。

Google、緊急事態発生だよ。私は夜を徹してこの男性のことを調べ上げた。彼の会社をチェックし、YouTubeでインタビューを見て、CBSとFOXでビジネスに関するコメントを発しているのを確認、そして起業家に関するテレビ番組の『Hatched』もチェックした。

彼は最高に素敵だった。夢中になった。もう一度彼に会わなくちゃ。「街に行っちゃだめよ」と母は釘を刺した。「必死だと思われるから」。私はすでに必死だった。私はもう一晩ハンプトンで過ごして、翌朝目を覚ますと、荷物をまとめた。母に「彼に会わなくちゃ」と伝えた。私はニューヨークの自分のアパートに戻った。カーターが来てくれた。私たちは中華料理のミスター・チャウを注文し、ワインのボトルを飲み、何時間も語り続けた。彼には、もうすぐ公開される予定のドキュメンタリーについて告白をした。世界にショッキングな秘密が明らかにされるのだ。彼は目に涙を浮かべて私の話を聞いてくれた。私の人生で初めて、すべてを明らかにした基礎の上に関係を始めたのだ。私は慎重に隠した秘密を持たない関係を作り上げた。私たちは互いに対して正直だった。クレイジーなコンセプトだよね？　まずは自分のものにする。そしてそれを共有する。

静かに、そして完全に、私の壁は取り崩された。それからの数か月、カーターと私は何度も会った。私はそのための時間を作り、その時間を最優先にし、クラブへの招待やジェット機で飛び回る旅行の誘いをすべて断った。友だちは私に大丈夫なの、と質問し続けたし、私はみんなに「私は大丈夫。ただこの素敵な男性と別れたくないだけ」と答えた。

数か月後の2020年3月、COVIDのパンデミックがすべてをシャットダウンし、私の賑やかな世界が静かになった。これだけ連日家に滞在していたのは、いつぶりだったのかわからないほどだった。こんなことをしたら、絶対におかしくなってしまうと思っていたことを、私はやっていた。それなのに、楽しかった。カーターと私は、自分たちの世界に閉じこもっていた。料理をして、掃除をして、互いの面倒を見た。彼は私の開いたばかりの心にとても優しく接してくれた。これは私にとって新しいことだった。対等な男性との間に築いた、真に成長した関係。彼は私に子どもの頃に感じていた喜びを与えてくれ、自分にも子どもを持つ準備ができたと感じさせてくれた。

私たちはこの関係が永遠のものだとわかっていた。私たちは家族だった。私たちはキュートなメンバーと共に過ごす人生という大きな夢を描いて体外受精に取り組みはじめた。

私とカーターにとって、外出の自粛期間はオアシスのようなものだったけれど、死者の数が増えていくのを見るのは恐ろしかった。私のファンの多くが損失と悲劇を乗り越えた。そのような犠牲のなかで、恵まれ、幸運な環境にあることに対して罪悪感を覚えた。

『This is Paris』のプレミア上映が流れてしまったときは、アレクサンドラが気の毒になったが、私にとっては慈悲のようだった。強制的な自粛期間という非常事態に上映が流れたことに感謝した。世間に――そしてより重要な――私の家族に、どう受け取られるのかわからなかったからだ。私のビジネスと人生の個人的な部分に、どのような影響を与えるのか予測は不可能だった。

『This is Paris』は2020年9月14日にYouTubeで公開され、最初の30日間で1600万回以上の再生数を稼ぎ出した。直後の衝撃は私の想像をはるかに上回るものだったけれど、私に起きた真実に直面することは、家族にとってはつらいことだった。癒やしは今も継続中で、それはどの家庭においても同じことだろう。

『This is Paris』の公開から、私は何度かワシントンD.C.に足を運び、問題児産業に対する規制と監視のために法律の改正が必要だと訴え、議員やホワイトハウスのスタッフたちと面談をした。カーターの完全なサポートを得て、インパクト・プロデューサーのレベッカ・メリンジャーをスタッフに迎え入れた。彼女の仕事は、激しい怒りを行動に変えることだ。抗議行動を組織し、記者会見を取り仕切り、政策方針書をそろえ、同じ問題児産業の被害者キャロライン・コールとのポッドキャスト『Trapped in Treatment』の進行役を務めてくれた。私とレベッカは、法的手段のトレーニングコースを受講した。それは私たちに本当にどれだけの力があるかを──私たちとは、人々のこと──私に気づかせてくれた。私のゴールは、虐待の履歴のある施設はすべて閉鎖すること、子どもたち全員が適切なケアを受けられるようになることだ。

施設に閉じ込められている子どもたちに知ってほしい。**私たちはここにいるから**。施設の虐待者たちに告ぐ。**私たちが追いかける**。

通した法案と、成文化できた法律は、私のキャリアのなかでは最大の成果で、最も誇りに思っていることだ。パパとナナ、そしてグラム・クラッカーが目撃できたらよかったのにと思う。コンラッド・ヒルトンが生きていて、見てくれていたらよかったのに！　私を、そして多くの子どもたちを傷つけた人間が見ていると考えると、とてもうれしくなってしまう。やつらがクソほど震え上がっているといい。

私はとうとう表に出た──自分のために、そして誰かのために──強い力を感じている。

嘘と虐待と静寂のクモの糸に囚われている子どもたちを救うために、やれることはすべてやっていると知りながら眠りにつく。

問題に警鐘を鳴らし、意味のある変化を問題児産業にもたらすという努力を、カーターは驚くほど支援してくれている。彼は私が戦う女性であり、活動家であり、大物クリエイターで、彼の横に寝ながらムード・ボードで計画を立てたり、製造パイプラインや企業買収のための書類をそろえたりしている間に、損益計算書をチェックするような私が大好きだそうだ。今まで、カーターが私を愛しているすべての理由で、私を愛した男性はゼロだと正直に言える。自分が守られていると同時に、力を与えられると感じられる関係があるとは知りもしなかった。

2021年2月に、私は上院小委員会で証言し、上院法案127の可決を要請した。後に下院で可決され、保険福祉省による青少年施設の規制と監視を求める法案となった。2週間後、私の40歳の誕生日に、カーターは私に求婚し、私はイエスと答えた。

私のおとぎ話のような11月11日の結婚式は、『パリス・イン・ラブ』というドキュメンタリーシリーズで撮影されたので(当然)、ここで詳しくは書かない。番組は結婚式の桁外れな計画だとか、支援運動で得た驚くべき進展だとか、その時期に母との関係性で少しだけ変わったことなどを描き出している。結婚式は3日にわたって開かれた、至福の時間だった。パンデミックのために招待客のリストは限定されていたけれど、カーターと私は愛に包まれ、喜びに浸っていた。

一緒になって3年、私たちは居心地の良いカップルだ。新鮮な卵、フルーツ、野菜を買いに市場に出かける土曜日の朝が大好きだ。買った食材を家に持ち帰り、私が手の込んだランチを作る。一緒に座って食べ、とてもオタクっぽい会話を楽しむ。例えば相互乗り入れだとか、ネガティブ・ピックアップ方式といった話題だ。私たちはよく笑い、時間をかけてあれこれと考え、互いに感謝している。私たちは働くことが大好きで、家が大好きで、仕事が好きで、犬たちを愛している。

ヒルトン家のペットたちはそれぞれがソーシャル・メディアのプラットフォームを持ち、いくつものコマーシャルに出演している。ダイヤモンド・ベイビーはヒルトンのコマーシャルで大活躍だ。カーターと私は、スリヴィントンが25万ドル以下の出演料では片足を上げることも拒否したと冗談を言うのが好きだ。犬たちのステージ・ママというだけではなく、製品ラインをまとめ、メディアの複合企業とメタバースの世界を発展させ、カレンダーいっぱいのイベントを仕切っている。連日やってくるチャンスは特別で、断ることに苦労しているけれど、私は学んでいる。カーターと私は、お金はとても楽しいものだけれど、最も大切な天然資源は時間だと痛感している。

私は、カーターがいまだに重症のロマンチストだということがうれしい。先日、私たちの月ごとの記念日に、パティオにカウチと枕、プレゼント、オードブル、そして大きな映画のスクリーンを置いて、マリリン・モンローがローレライ・リーを演じた1953年公開のミュージカルのクラッシック映画『紳士は金髪がお好き』を上映してくれた。ローレライはマテリアル・ガールの象徴で『ダイヤが一番』を歌うのだ。

「女の子が持っていないお金について思い悩んでいるなら、恋に落ちる時間なんてあるの?」

と、マリリンは有名なベビーボイスで言う。「幸せを見つけて、楽しむのをやめてほしいわ」

私は笑った。今まで感じたことがないほど生きていると実感があったし、目の前が開け、人生で最も深い愛を感じていた。その日の夜、私は悪夢を見ず、翌朝はスカイダイバーのような気持ちで目を覚まし、外の世界に飛び出す準備ができていた。可能性の詰まった未来だ。

体外受精は、そのようなものだ。可能性。希望。大変なことだけれど、心の底から望むことのためには、なんだって乗り越えられる。

私はこれまでずっと、双子の親になりたいと思っていた。男の子と女の子の双子だ。

「可能です」と医者は言った。「完璧な世界では……」

私の人生が、見た目通りに完璧であればよかったのに。毎月の注射、卵子を育てる、IVFの注射、新しいADHDの薬、私のいつものカオス状態——とにかく大変だ。唯一無二の愛。家族としての強い基礎もある。お願い、神様……と私は祈り続け、神様と交渉し、そして懇願し続けた。

カーターと私が2年にわたって体外受精を続けていた時、なんと次々と赤ちゃんが産まれることになったわけ！

ニッキーと義理の妹のテッサが妊娠。

私は妊娠しなかった。

とても悲しい瞬間だった。私はふたりを祝福していたけれど、ニッキーと私が同じ時期に妊娠したら楽しいだろうなといつも思っていた。彼女もテッサもとてもゴージャスで幸せそうに輝いていて、私はおなかに針を入れ、置いてけぼりを食って、その上嫉妬していた。妊娠にまつわる体験ができなかったのは残念だったけれど——性別の発表、素敵なマタニティールック、ビヨンセみたいに薔薇に囲まれた大きなおなかの撮影だとか——一番大切なのは、幸せで、健康的な赤ちゃんが生まれてくること。何が、どうあろうと。

一部の人にとっては、赤ちゃんを産むことはプラグ&プレイみたいなものでしょ？　そう思えるんだ。赤ちゃんを欲しいと思ったら、スナネズミみたいに産んじゃうイメージがある。なんだか悔しいけれど、私だけが悩んでいるわけじゃない。不妊治療の専門医のオフィスには若い女性がたくさんいるし、多くの家族が赤ちゃんの誕生を待ち望んでいる。私の主治医は、人間が食べるジャンクフードや吸っている空気さえ、私たちが理解できないほど広範囲に及ぶ影響を与えると言っていた。

若い女性が生殖の運命を操る必要がある、ということを言いたいのだ。自分自身で知る必要がある。何が私たちにとって正しいのかを知り——そしていつが正しいのか——運転席に座り続けることだ。高価なことはわかっているけれど、それが重要なのだったら、私からお姉さんとしてのアドバイスがある。先延ばしにはしないこと。運命の人が現れるのを待たないこと。選択肢を理解して、自分の未来を変えること。若い、威勢のいい卵子を保存すること。

カーターと私はもっと女の子がほしいと考えている。もっと注射を打つ。もっと採卵する。それは私の体と心にとっては負担だけれど、私はふたりの娘と息子を持つという夢を持っていた。注射は痛い。もう無理だと思ったこともある。私の心と体が完全に癒やされることはないという事実に直面しなければならなかった――そして完全に癒えることはないだろう――10代の頃に受けたトラウマが消えることはない。

思春期の私は、飢えさせられ、殴られ、心が壊れるところまで追い込まれた。若い頃は車で走り周り、大量のアルコールを飲み、山ほどジャンクフードを食べた。何十年にもわたって、私はワイルドで、突き動かされるように生きていた。限界までその暮らしをしたのだから後悔はない。今の自分の立ち位置が好きだし、私が選択してきた物事が私を作り上げてくれたからだ。でも私は最低でもあと80年は生きたいし、それにはセルフケアが必要――それは身勝手な生き方と同義ではない。

カーターが自分のケアをするのは、彼が愛する人たちに最善を尽くしたいからだ。愛の行為としての健康とは、私にとっては新しいコンセプトだ。二度とそれを当然のものとは考えない。

2022年の春、私は再び体外受精を行った。より多くの卵子が育った。男の子の可能性のある卵子は多くあったけれど、女の子の可能性のある卵子はたったひとつだった。フットボールのチームは作れるけれど、チアリーダーがひとりだけの状態。私たちは新しい家に引っ越し、新しい人生をスタートさせる計画をしていた。まずは共有の子ども部屋――そして個室、泳ぎ方を教えるためのプール、お花と野菜を育てるためのテラス・ガーデン、母と私が大きなバースデーパーティーを開くことができる芝生。

私たちは娘をロンドンと名付けることにしていた。私には常に娘をそう名付けるビジョンがあったのだ。「ああ、かわいい名前だよね?」という気まぐれではない。これはそれ以上のものだ。私の完璧な人生のビジョンの重要な部分を占めることだった。彼女は私にそっくりだ。私の愛は月に届いてそして地球に戻ってくるほど強い。彼女は……私のすべて。

9月中旬、私は医師の診察に出向いた。そして家に戻ると、ダイヤモンド・ベイビーが行方不明になっていた。私たちは引っ越しの最中だった。引っ越し業者がドアを開けっぱなしにして、鉄のフェンスをすり抜けたに違いない。それとも冒険の旅に出たのかも。私は我を忘れた。必死になった。

最初は丘を彷徨《さまよ》っているコヨーテに連れて行かれたのかと思ったのだけれど、ペットの霊媒師が母に連絡を入れ、ダイヤモンド・ベイビーは生きていて、ちゃんとケアされていると言った。私たちは懸賞金をかけて、当然のように嘘の雪崩現象が起きた。隣人の子どもがダイヤモンド・ベイビーを見つけ一目惚れしたようだと電話をかけてきた人物がいた。子どもの親はダイヤモンド・ベイビーと子どもを引き離すことができなかったそうだ。子どもを傷つけることができずに、報奨金に手を挙げることができなかった（この人物は結局、詐欺師だった）。報奨金を引き上げることも検討したが、もしそうしたら、私たちのペットが誘拐犯にとってより魅力的になってしまう。何日も、何週間も経過した。私は泣き続けた。赤ちゃんに関する状況の切なさに加えて、ダイヤモンド・ベイビーがいなくなるなんて、耐えられなかった。それはまるで、娘、妹、そして親友を一度に失うような経験だった。ダイヤモンド・ベイビーは私のすべて。私の腕、私の心、そして体中が喪失の痛みを感じていた。

それをすべて飲み込んで、ミラノ・ファッション・ウィークに行かねばならなかった。ヴェルサーチのショーのクロージングと、その後のDJパーティーを担当していたのだ。ドナテラ・ヴェルサーチは大切な友だちだ。彼女との約束をギリギリで破ることはできなかった。「大丈夫」とカーターには伝えた。「仕事はできるから」

私はいつだって働くことができる。そして私はいつでも歩くことができる。私がやり方を知っている唯一のことでもある。片足を、もう一方の足の前に出すことだ。だから私はミラノに行った。ニッキーが一緒に来てくれた。彼女が付き添ってくれたことに感謝した。彼女は、私がどれだけダイヤモンド・ベイビーを愛していたか知っていたし、私がつらい思いをしていることを理解していたのだろう。フィッティングでは魔法のサングラスをかけた。キラキラ光るブライダル・ヴェールとピンクのメタリックのミニ。このドレスは明るい未来を表すショーのなかで、愛を祝福するデザインだった。

ランウェイ用の靴を履いて、リハーサルを行い、ランウェイをディレクターにくっついて歩いた。ランウェイは8マイルほどに感じられた。彼はおしゃべりを止めなかった。だから、私がひと言も話さなくても大丈夫だった。

「くるっと回って、わかった？　マークして。ビートはホットだ。カメラをまっすぐ見て」と言い、彼は自分の目を指さして、そしてカメラがセットされる場所の方を指した。「ここを歩く。真ん中を歩くこと。肩を開いて、顎を引く。わかった？」

私は頷いて、「わかった」と言った。

エミリー・ラタコウスキーがやってきて、私の両頬にキスした。「こんにちは、ゴージャスさん」と私は言った。

「最高だね」とエミリーが言った。「会えてうれしいよ」

「私も」と私は答えた。

「赤ちゃん、すごくかわいいね」

「ありがとう。あの子も来てるの！」赤ちゃんについて話す彼女は表情を明るくした――実際にぱっと明るくなった。サングラスをかけていてよかった。いろいろ考え続けていた。仕事に赤ちゃんを連れてくること、旅行に連れて行くこと、ファッション・ウィークのバックステージに連れてくること。今はそんな世界に私たちは生きていて、それは脳裏に入り込んでくる思考を乗り越えることができたなら、美しい世界のはずだ。希望を持つことができたら。そして歩き続けることができたら。


あなたがこれを読むまでには、すべてがうまくいっている。カーターと私には男の子が生まれているはずだ。私たちは彼をフェニックスと名付けるつもりでいる。街、国、そして州を地図で見ながら、パリスとロンドンに合う名前を探したのだ。フェニックスには多くのポップカルチャーの参考となる場所がいくつかあるけれど、より重要なのは、それは炎に飛び込んで燃え尽き、そして灰から再び飛び立つ鳥だということ。私は息子に、人生には災難と勝利が巡ってくるということ、そして過去がどれだけ痛みに溢れていても、現実がどれだけクソに思えても、それは私たちに大きな希望を与えるということを知りながら育ってほしいのだ。ふたつの考えが完全に異なることは不思議だ。完全に正反対なのに、共存できるし、実際に共存している。


自由と苦しみ。

喜びと悲しみ。

愛と喪失。

肩を後ろに、顎を引いて、暗闇のなかで順番が来るのを待っていた。光のなかに歩み出す。

ディレクターは嘘をついていなかった。

ビートはかなりホットだった。

エピローグ

　私の人生の分岐点となった瞬間を理解するためにこの本を書いた。テクノロジー・ルネッサンス、そしてインフルエンサーの時代だ。伝えたかったすべての物語を書くスペースはなかったので、私を支援活動に導いた、人生の重要な側面に集中して記した。私からどのようにして力が奪われ、どのようにしてそれを取り戻したのかという点だ。

　私が生きてきたこれまでの人生と、私の進むべき道を決めた動機について、可能な限り忠実に書くことを目指した。最も良いことであり、最も難しいことは、正直になること。私が目指したのはそれだ。ありのままの私を受け入れてもらいたいとは思っているけれど、無理であれば、理解する。結局のところ、私の物語であなたが笑って、考えて、そして以前よりも少しだけ自分を愛することができるようになってくれたらそれでいい。

　私のものではない物語を語らないように努めた。この本の中に、私にとって大切な人が、全員出てくるわけではない。コンラッド・ヒルトンのひ孫であることに加えて、コンラッドとバロンはパリス・ヒルトンの弟として育っている。彼らには彼らの物語がある。名声には巻き添えが出るとは誰もが知るところだけれど、弟たちは幼い頃から爆発の中心にいたのだ。

　ニッキーは私がただの脇役に過ぎないほど、素晴らしい人生を歩んでいる。彼女と母がいつの日か自伝を執筆することを願ってる。秀才で、面白くて、勤勉で、思いやりがある女性が世界を牛耳っているのだから。そしてそんな女性の物語は、毒のある主婦のメロドラマの霧の中で迷子になることが多いから。父は自伝というタイプではないけれど、コンラッド・ヒルトンの執筆した『Be my guest』的ビジネス書は得意だろう。コンラッドは『Be my guest』の最後を起業家への箇条書きにしたアドバイスで締めくくっている。いつか私もそのテーマで本を書くかもしれないけれど、とりあえず今のところはこんな感じ。

・好奇心を信じて。本当の目的にあなたを引き寄せるから。
・他人がデザインした人生を生きることでエネルギーを消費しないで。人生はそれぞれのもの。他人は他人。あなたはあなた。
・終わりなき再発明の必要性を受け入れること。同じことを言い続けるのは、退屈だし、不可能。
・努力に代わるものなし。やり続ければ何かが起きる。期待したものではないかもしれない。でも、何かが起きる。
・あなたがスターであることを知りなさい。そしてあなたが銀河の一部だということを。
・ポジティブなことを祝い、ネガティブなものの価値に気づき、両方に感謝すること。それはあなた自身を作ってくれるものだから。

「君は8つの人生を同時に生きる女性だ」と、最近エリオットが言ってくれた。「マリリン・モンローの酸素を吸ったんだな」

私は大きな特権を持って生まれ、素晴らしい人生を生きている。私の人生の物語を取り巻くメディアの多さには驚いている。この状況を理解するために、人を雇わなければならなかったほどだ。1年以上もかけて、何千ページも読んだけれど、進展はなかった。すべてを忘れなければならなかった。この本は、その鏡の中を歩く私のやり方だ。

月日が流れ、人々が私を愛し、憎み、憧れ、捨てることに意味を感じなくなっていった。奇妙なことに、人間に対する理解が深まったような気がしている。あなたと私が同じだと言いたいわけではない。私は、あなたをちゃんと見ていて、誰かが思うよりも私たちが互いを理解することは可能だと言いたいのだ。世界中の多くの女性と同じように、私には秘密がある。世界中の多くの女性と同じように、ひどいことが私に起きて、道を誤ったこともある。

悪いことが起きても、それを無理矢理に良いことだと考えることがあるけれど、それは嘘っぱちだ。その心臓発作は、あなたの命を救ったわけじゃない。癌は贈り物ではない。虐待した人間があなたに与えたのは強さじゃない。ひどいことは、ひどい。そう認めよう。

もしあなたが強さ、知恵、新しい世界観を見つけたのなら、それは最高のこと。でもその強さ、知恵、新しい世界観はすべてあなた自身から出たものだと気づいてほしい。それは最初からあなたの中に存在していたものだということを。

支援活動は私の人生を変えた。カーターは贈り物。良いことは、良い。私はそれに感謝している。ひどいことは、勝手にファックしてろ。でも、すべての物事には意味があると信じたい。すべての人生の物語は、原因と結果のクモの巣のようなものだ。私は正しい時期に、正しい人々のもとに生まれた。この宇宙の魔法が私という人間を作り、絶望的に助けが必要な人を助ける立場に導いてくれた。そしてそのスピログラフのなかで、支援活動は私に銀の弾丸を授けてくれた。それはADHDをスーパーパワーに変えてくれるもの。つまり、目的を与えてくれたのだ。

何年間も、自分は何に対しても集中することができない人間だと考えていた。今は、本当に大切なことに関してはレイザー・ビームのようになれることを知っている。

2022年に母と一緒にワシントンD.C.に行った時、中に入って体験できるオブスの独房のレプリカを制作しようと、レベッカが提案してくれた。私がその中に入る理由は、写真撮影のためだった。「ドアを閉めないでね」と、私はレベッカに囁いた。彼女は私を固く抱きしめた。私はそこに足を踏み入れ、泣かないように必死だった。怖かったからではない。だって、私はそこが怖くなかったから。

私が泣いたのは、その日に話を聞き続けていたからだ。私のドキュメンタリーを観た人が、プロボに子どもを送り込むことを思いとどまったそうだ。私たちのポッドキャストを聞いた叔母が、急いでプロボに行って、甥を引き取ったそうだ。私の大切なサバイバー仲間と一緒に行進した時にプロボにいた女の子が、職員が窓を覆い、生徒を部屋に閉じ込めたと教えてくれた。しかし、私たちの言葉は、職員や生徒たちの間で山火事のように広がったという。

「何事？　**パリス・ヒルトンが外にいるって？**」

警察が来た。メディアが続いた。彼らの容赦ないライトが、悪魔のような産業を照らし出した。もう隠れることはできない。

カシャッ　カシャッ　カシャッ　カシャッ　カシャッ

あの日、あの壁の中にいたすべての人たちに、あなたに今、知ってもらいたいことと同じことを伝えたい。あなたを傷つける人たちに、最後の言葉は与えられない。あなたの物語を語るのはあなたで、あなたの物語はあなたの想像以上に力がある。

謝辞

私が本書の中で述べた意見は、必ずしもヒルトン家、11:11 Media、あるいは私と取引のある組織の意見を反映するものでもない。これは私の物語であり、私の完全ではない記憶のなかから抽出した物語だ。もし誰かが異なる物語を記憶しているのであれば、その視点から物語を語る権利があることを尊重している。愛と思いやりの心で物語を紡ぎ出した。他の人たちもそうしてくれることを希望している。

お礼をたくさん言わなくちゃ！　この本とか、図書館いっぱいを使っても、私の家族と友人からのサポート、素晴らしいユーモア、そして愛に感謝しきれない。母と父。あなたは私にこの世界を与えてくれ、そしてどのように生きればいいのかを教えてくれた。私は永遠にあなたたちの娘です。そしてニッキー、いつも私の心を読むことができるから、あなたがどれだけ私にとって大切かはわかってくれますよね。あなたは私の親友で、あなたなしの人生なんて想像できない。コンラッド、テッサ、そしてバロン。あなたらしくいてくれることで、私は幸せ。いとこのブルック、ホイットニー、そしてファラー。世界中で作った良い思い出ばかり。ほかのいとこたち、叔母さん、そして叔父さんたち。最高だよ。

私のもうひとつのファミリー。ニコール、ジェン、アリソン、ホリー、ケイド、ブリット、そしてキム。それから多くの人たち。笑い、愛、常識、そして驚くほどの楽しさを、私が最も必要としたとき、私にもたらしてくれた。リトル・ヒルトンたち。私の物語の最も幸せな部分に、あなたを反映してね。あなたたち全員に、私の愛と感謝を感じてほしい。

私の人生はドキュメンタリー製作チームによって変わった。真実の物語以上のものを作り上げてくれた。アレクサンドラ・ディーンとアーロン・サイドマンには大きな感謝を。『This is Paris』の製作に関わってくれた、その他多くの才能ある人々にも感謝を。私の支援活動や立法を目指す活動は、インパクト・ディレクターのレベッカ・メリンジャーとスタッフの協力がなくては成り立たない。あなたが味方でいてくれることで、世界を変えられると私は知っている。私のメディア会社の社長であるブルース・ガーシュは、毎日不可能なことを可能にして、このクレイジーなメリーゴーランドを回し続けている。11:11 Media の素晴らしいチームにも支えられている。特別な感謝と愛を、フレグランス、プロダクトライン、ポッドキャスト、ソーシャル・メディア、メタバースにおいて、私と一緒に働いてくれているすべてのスタッフに。あなたが動かしてくれている。そして楽しくしてくれている。

私の夢の書籍チームは私と一緒に過去に旅をしてくれた。私の文芸エージェントであるUTAのアルバート・リーは完璧な出版社を見つけてくれた。編集者のキャリー・トーンソンとデイ・ストリート社のスタッフは、本をゴージャスにデザインしてくれた。ジョニ・ロジャースは私の声を見つけるために手助けをしてくれ、カオスのなかで私の手を握っていてくれた。彼女のスタッフのシンディ・デイビス・アンドレスとリサーチャーのパティ・ルイス・ロットがサポートしてくれた。この本を読んでくれた人の時間と、思いやりのあるエネルギーに感謝。ソーシャル・メディアで感想を読むのが楽しみだし、世界のどこかで会えるのを楽しみにしている。世界中のリトル・ヒルトンたち、本当にありがとう。

カーターへ。コンラッド・ヒルトンは、幸運とは正しい人と、正しい場所に、正しい時期に存在することだと言った。ベイビー、私の正しい人、場所、そして時期でいてくれてありがとう。私たちの家族と未来は、私のすべてです。毎日、おとぎ話のなかに住むプリンセスの気分にしてくれてありがとう。あなたは私の世界で、私が結婚式であなたに言った通り、一生、あなたに自分を世界で一番幸運な男と思わせてみせる。愛してる。

2023年春　パリス・ヒルトン

訳者あとがき

私の記憶に残るパリス・ヒルトンの姿は、世界がミレニアムを迎えた２０００年前後のロサンゼルスやニューヨークの街で大勢のパパラッチを引き連れて歩き、人懐っこく、明るい笑顔を振りまいているイメージがほとんどだ。ある時はミニスカート姿でフェンスをよじ登り、ある時はクラブで大勢の人々の注目を集めながら踊っていた。連日マスコミを賑わす元祖お騒がせセレブは、世間の評判など一切気にする様子もなく、派手できらびやかな日々を心から楽しんでいるように見えた。彼女と彼女の取り巻きたちは、多くの若者の関心を集め、その持ち物や身につけている商品の一つひとつが話題になった。

手にする商品が話題となり、そしてそれが売れることで商品の広告塔としての役割を果たした彼女は、今にして思えば、元祖インフルエンサーという存在だった。同様に、キム・カーダシアンやブリトニー・スピアーズのように、パリスと一緒に派手な生活を楽しんでいた友人の多くが、今現在に至るまで優秀な起業家、あるいは著名人として活躍している。彼女は常にその中心にいて、人脈のハブとしても機能していた。

元祖お騒がせセレブの誕生は、彼女が10代後半の頃に遡る。数々のゴシップ誌が彼女の行動のほとんどすべてを書き連ね、辛辣で、時には残酷なタイトルをつけ、世間に公表した。当時は、ゴシップ誌に写真を売り込むことで生活費を稼ぎ出すパパラッチが山ほど存在していたため、彼女は常にそのような人々から追いかけられる対象となっていたのだ。彼女が新しいボーイフレンドを作れば、それもすべて記事になった。飲酒運転で逮捕されれば、それも大きな話題になった。大人は若い彼女の行動に眉をひそめ、やれやれと首を振った。彼女は常に世間の嘲笑と批判に晒される存在となっていた。

それでもパリスが夜の街から離れる気配はなく、やがて自由奔放な姿は広く世界中に知られることとなった。相棒として、彼女と一緒にリアリティー・ショーで一世を風靡したのは、ニコール・リッチー。ふたりが出演した『シンプル・ライフ』(2003年~2007年)は大ヒットし、ふたりは一躍セレブの仲間入りを果たした。ふたりは喜んで「おバカキャラ」を演じているように見えた。遊び好きで、苦労なんて一度も経験したことがない、ホテル王・ヒルトン家のわがまま娘。なんの才能もない、ゴシップで名が売れただけの有名人。「有名であることで有名」。これから先の彼女の人生も、お騒がせな日々に違いないというのが、世間がパリスに抱いた印象だっただろう。私の彼女に対する印象もほとんどそのようなものだったし、多くの読者のみなさんの彼女に対する印象も、それに近いものだったのではないだろうか。

しかし、そんなパリスの、一見派手で破天荒な行動の裏に、凄絶な虐待を受けた数年を耐え抜いた葛藤が隠れていたことを、一体どれだけの人が知っていただろう。多くの人々の印象に残っている彼女の独特のキャラクターは、学校とは名ばかりの施設で連日虐待を受け、時には独房に閉じ込められ、それでも生き延びるために、イマジネーションを駆使して作り上げた未来を具現化したのだ。本書は、問題を抱えた若者を「再教育する」と謳われた収容施設(CEDU)で、虐待を受けたパリスが、その苦悩に満ちた日々を初めて振り返った一冊となる。そしてそのような問題児産業の撲滅を目指して精力的なロビー活動を展開する今現在のパリスと、両親との和解、トラウマからの回復、そして愛する夫との出会いが赤裸々に綴られている。

本書の中心となっているのは、彼女が自分自身のADHD(注意欠如・多動性障害)について触れている記述だろう。当時は発達障害について社会的認知が不足しており、彼女の行動が周囲に理解されることはなかった。子どもの頃から大人しく座っていることができず、常にそわそわして落ち着かなかった。それゆえ、周囲に馴染むことができなかった。頭の中では常に思考が繰り返され、考えがまとまることはなかった。中学ではひどいいじめを経験した。特性を理解されないことが原因で教師や周囲の生徒と衝突し、何度も転校を繰り返し、次第に優等生である妹のニッキーとの間に差が開いていく。14歳頃から家を抜け出してクラブに通う日々が続き、その存在にパパラッチやゴシップ紙が気づくようになる。

両親は、彼女を愛するがゆえに、そしてヒルトン家という華麗な一族のブランドを守るために、彼女をどうにかして家に閉じ込めようとした。そのような両親に反発し、ありとあらゆる手段を駆使して家から抜け出していたパリスだったが、ある夜、突然ふたりの屈強な男に自宅から無理矢理連れ去られることになる。大声を上げ、泣き叫びながら助けを求めるパリスが目撃したのは、寝室のドアの向こうに隠れるようにして、もがく彼女を見て、涙を流す両親の姿だった。この日を境に、パリスの地獄のような生活が始まる。

パリスが強引に連れて行かれたのは、全寮制の私立校とは名ばかりの、職員による暴力や虐待が横行する場所だった。問題のある子どもを再教育するという名目で、人里離れた場所に建設されたこのような学校では、職員による子どもたちへの虐待が常態化していた。体腔捜査(麻薬などを隠していないか検査するため、体内まで調べること)、シャワーの監視、飲食の制限、強制的な長時間労働が行われ、行政の指導が入ることもなかった。何時間もかけて子どもたちに互いを罵らせ、精神的に追いつめ、それでも反抗的な態度を取る者は独房に監禁した。劣悪な環境と粗末な食事が子どもたちを苦しめた。逆らう者には容赦ない暴力が振るわれ、必要のない投薬まで行われていた。

そんな危機的状況下でも、自分を見失うことを拒絶したパリスは、虎視眈々と脱走するチャンスを狙い、職員の隙を見ては脱走を繰り返した。脱走した先で家族に連絡をすれば、必ず施設や警察に通報され、強制的に引き戻され、再び職員による熾烈な暴力で制圧された。助けてくれると信じた家族に裏切られ続けたパリスの絶望は深かっただろう。互いを監視させ、密告することで生徒を管理する環境で、パリスは繰り返し裏切られる経験をすることになる。妹のニッキーもドキュメンタリー『パリス・ヒルトンの真実の物語'This is Paris'』(2020年)の中で、姉について「彼女は信頼を裏切られ続けている」と証言している。だから彼女は、誰のことも信用できず、孤独なのだと。このドキュメンタリーの公開により、パリスの過去が世間に広く知られ、彼女のイメージが大きく更新されるきっかけとなった。

18歳になり、施設からようやく解放されたパリスは、想像の世界で思い描いていた未来の姿を実現することに必死になった。深いトラウマを抱えた彼女は、すべてを忘れるため、浴びるように酒を飲み、朝まで踊り、自由奔放な暮らしをした。今も世間の記憶に残るパリスは、この時代のパリスの姿だ。朝まで遊んでへとへとになっても、眠ることはできなかった。ようやく眠りにつくと、今度は悪夢に苛まれた。突然、ふたりの屈強な男に手足を拘束され、連れ去られた夜のことが甦るのだ。そんな状況は、今現在でも続いているという。

彼女は本書の中で、両親への気持ちを正直に吐露している。そしてふたりに対して、迷惑をかけて申し訳なかったと謝罪もしている。家族の中では、パリスが虐待の横行する施設で過ごした数年についてはタブーとされており、これまで一切、会話の中に登場することはなかったそうだ。パリスの母親は、「当時、実情を知っていたら、決してそんな学校にあなたを通わせることはなかった」とパリスに言ったそうだが、パリスはそれをどこまで信用しているのだろう。今現在でも、当時のことを涙なしには語ることが出来ないほど深刻なトラウマを抱えているにもかかわらず、パリスの両親への愛情はとても深い。そこに、パリスの素直で純粋な人柄が垣間見える。ヒルトン家に生まれた誇りと、それゆえの苦労も、正直に綴られている。

彼女にとって大きな衝撃だったセックステープの流出については、今でもその傷は癒えていないようだ。現代とはプライバシーに関する考え方も、女性の生き方に関する社会の視線もまったく違った時代だ。当時の彼女には著名人を含む世間から、からかいやいわれのないバッシングなど二次加害的なコメントを大量に浴びせられた。テープが18歳だった彼女の意思とは関係なく世界に公開されてしまったこと、そしてその後に彼女にかけられた言葉の数々に、彼女は今現在でも苦悩し、怒りを抱えている。彼女だけではなく、彼女の家族も、同じように苦しみを抱いているようだ。

突然、パーティーガールだったパリスの姿が2010年代に一時的にマスコミの前から消えたのは、彼女が本気でビジネスをスタートさせようと、自分のキャリアを第一に考えたからだった。両親に対して抱いた恨みはすべて、成功へのモチベーションにしたと語るパリスは現在、経営者として巨額の利益を得ている。パリス・ヒルトンは元お騒がせセレブで、パーティーガールで、優秀な起業家というだけの存在ではない。彼女はインフルエンサーの第一人者で、セルフィーを流行させた人物で、「Paris World」というメタバース空間を制作し、「メタバースの女王」という名までほしいままにしている。起業家、投資家、DJ、そしてホテルのオーナーとしても活躍するなど、その勢いは止まるところを知らない。香水から調理器具まで幅広い事業展開により、年収は100万ドルを超えると報道されている。

プライベートでは、心から愛し、信頼できる伴侶・カーターを見つけ、代理出産を経てふたりの子どもの母親となった。SNSアカウントからは、現在の幸せな暮らしが垣間見える。動物への愛情が深いことで知られる彼女だが、今でも多くの動物との暮らしを楽しんでいるようだ。

ヒルトン家のお嬢様で、元お騒がせセレブ。彼女のことを、ただそれだけの人と考えているのなら、ぜひ本書を読んで、彼女の別の一面を知ってほしい。彼女は優秀な起業家を生み出してきたヒルトン家の中でも、群を抜いて優秀な起業家であり、今も世間を騒がせているスターなのだ。

2025年1月　村井理子

パリス・ヒルトン
PARIS HILTON

世界で最も知名度の高いインフルエンサー。20年以上にわたってポップカルチャーを定義し、支配してきた。起業家、テック・パイオニア、DJ、レコーディング・アーティスト、慈善家として、数十億ドル規模の世界帝国を築く。2021年、ポップカルチャーの中心人物として、コンテンツ、コマース、コミュニティをつなぐ次世代企業、11:11 Mediaを立ち上げる。ティーンエイジャーを支援するための法改正のロビイング活動の先頭に立つなど、若い女性や少女に力を与え、地位を向上させることに専心する支持者、活動家として影響力を持ち続けている。夫と息子とともにロサンゼルス在住。

村井理子
RIKO MURAI

翻訳家・エッセイスト。静岡県生まれ。滋賀県在住。訳書に『ヘンテコピープルUSA』(中央公論新社)、『ゼロからトースターを作ってみた結果』『人間をお休みしてヤギになってみた結果』(ともに新潮文庫)、『ダメ女たちの人生を変えた奇跡の料理教室』(きこ書房)、『黄金州の殺人鬼』(亜紀書房)、『エデュケーション』(早川書房)、『メイドの手帖』(双葉社)など。著書に『ブッシュ妄言録』(二見文庫)、『家族』、『犬(きみ)がいるから』『犬ニモマケズ』『ハリー、大きな幸せ』(以上、亜紀書房)、『全員悪人』、『兄の終い』『いらねえけどありがとう』(以上CCCメディアハウス)、『村井さんちの生活』(新潮社)、『更年期障害だと思ってたら重病だった話』(中央公論新社)、『本を読んだら散歩に行こう』(集英社)など多数。

PARIS
The Memoir

発行
2025年1月25日　第1版第1刷

著者
パリス・ヒルトン

訳者
村井理子

発行人
森山裕之

発行所
株式会社 太田出版
〒160-8571 東京都新宿区愛住町22 第3山田ビル4階
電話 03-3359-6262　Fax 03-3359-0040
HP https://www.ohtabooks.com

印刷・製本
中央精版印刷株式会社

装丁
アルビレオ

編集
藤澤千春

ISBN 978-4-7783-1976-2 C0098